ein Ullstein Buch

Theodor Fontane

Sämtliche Romane,
Erzählungen,
Gedichte,
Nachgelassenes

Herausgegeben von
Walter Keitel und
Helmuth Nürnberger

Band 11

Theodor Fontane

Cécile

ein Ullstein Buch

Ullstein Buch Nr. 4518
im Verlag Ullstein GmbH,
Frankfurt/M – Berlin – Wien

Ungekürzte Ausgabe

Umschlagentwurf:
Hansbernd Lindemann
Vorlagen mit Genehmigung des
Bildarchivs Preußischer Kulturbesitz

Mit freundlicher Genehmigung
des Carl Hanser Verlag, München

Printed in Germany 1976
Gesamtherstellung:
Augsburger Druck- und
Verlagshaus GmbH
ISBN 3 548 04518 9

Anmerkungen auf Seite 185
Varianten auf Seite 238

CÉCILE

ERSTES KAPITEL

»Thale. Zweiter ...«

»Letzter Wagen, mein Herr.«

Der ältere Herr, ein starker Fünfziger, an den sich dieser Bescheid gerichtet hatte, reichte seiner Dame den Arm und ging in langsamem Tempo, wie man eine Rekonvaleszentin führt, bis an das Ende des Zuges. Richtig, »Nach Thale« stand hier auf einer ausgehängten Tafel.

Es war einer von den neuen Waggons mit Treppenaufgang, und der mit besonderer Adrettheit gekleidete Herr: blauer Überrock, helles Beinkleid und Korallentuchnadel, wandte sich, als er das Waggontreppchen hinauf war, wieder um, um seiner Dame beim Einsteigen behülflich zu sein. Die Compartiments waren noch leer, und so hatte man denn die Wahl, aber freilich auch die Qual, und mehr als eine Minute verging, ehe die schlanke, schwarzgekleidete Dame sich schlüssig gemacht und einen ihr zusagenden Platz gefunden hatte. Von ähnlicher Unruhe war der sie begleitende Herr, dessen Aufundabschreiten jedoch, allem Anscheine nach, mit der Platzfrage nichts zu schaffen hatte, wenigstens sah er, das Fenster mehrfach öffnend und schließend, immer wieder den Perron hinunter, wie wenn er jemand erwarte. Das war denn auch der Fall, und er beruhigte sich erst, als ein in eine Halblivree gekleideter Diener ihm die Fahrbillets samt Gepäckschein eingehändigt und sich bei dem »Herrn Obersten« (ein Wort, das er beständig wiederholte) wegen seines langen Ausbleibens entschuldigt hatte. »Schon gut«, sagte der so beharrlich als »Herr Oberst« Angeredete. »Schon gut. Unsere Adresse weißt du. Halte mir die Pferde in Stand; jeden Tag eine Stunde, nicht mehr. Aber nimm dich auf dem Asphalt in acht.« Dann kam der Schaffner, um unter respektvoller Verbeugung gegen den Fahrgast, den er sofort als einen alten Militär erkannte, die Billets zu kupieren.

Und nun setzte sich der Zug in Bewegung.

»Gott sei Dank, Cécile«, sagte der Oberst, dessen scharfer und beinah stechender Blick durch einen kleinen Fehler am linken Auge noch gesteigert wurde. »Gott sei Dank, wir sind allein.«

»Um es hoffentlich zu bleiben.«

Damit brach das Gespräch wieder ab.

Es hatte die Nacht vorher geregnet, und der am Fluß hin gelegene Stadtteil, den der Zug eben passierte, lag in einem dünnen Morgennebel, gerade dünn genug, um unseren Reisenden einen Einblick in die Rückfronten der Häuser und ihre meist offenstehenden Schlafstubenfenster zu gönnen. Merkwürdige Dinge wurden da sichtbar, am merkwürdigsten aber waren die hier und da zu Füßen der hohen Bahnbögen gelegenen Sommergärten und Vergnügungslokale. Zwischen rauchgeschwärzten Seitenflügeln erhoben sich etliche Kugelakazien, sechs oder acht, um die herum ebensoviel grüngestrichene Tische samt angelehnten Gartenstühlen standen. Ein Handwagen, mit eingeschirrtem Hund, hielt vor einem Kellerhals, und man sah deutlich, wie Körbe mit Flaschen hinein- und mit ebensoviel leeren Flaschen wieder hinausgetragen wurden. In einer Ecke stand ein Kellner und gähnte.

Bald aber war man aus dieser Straßenenge heraus, und statt ihrer erschienen weite Bassins und Plätze, hinter denen die Siegessäule halb gespenstisch aufragte. Die Dame wies kopfschüttelnd mit der Schirmspitze darauf hin und ließ dann an dem offenen Fenster, wenn auch freilich nur zur Hälfte, das Gardinchen herunter.

Ihr Begleiter begann inzwischen eine mit dicken Strichen gezeichnete Karte zu studieren, die die Bahnlinien in der unmittelbaren Umgebung Berlins angab. Er kam aber nicht weit mit seiner Orientierung, und erst als man die Lisière des Zoologischen Gartens streifte, schien er sich zurechtzufinden und sagte: »Sieh, Cécile, das sind die Elefantenhäuser.«

»Ah«, sagte diese mit einem Versuch, Interesse zu zeigen, blieb aber zurückgelehnt in ihrem Eckplatz und richtete sich erst auf, als der Zug in Potsdam einfuhr. Viele Militärs schritten hier den Perron auf und ab, unter ihnen auch ein alter General, der, als er Céciles ansichtig wurde, mit besonderer Artigkeit in das Kupee hineingrüßte, dann aber sofort vermied, abermals in die Nähe desselben zu kommen. Es entging ihr nicht, ebensowenig dem Obersten.

Und nun wurde das Signal gegeben, und die Fahrt ging weiter über die Havelbrücken hin, erst über die Potsdamer, dann über die Werdersche. Niemand sprach, und nur die Gardine mit dem eingemusterten M. H. E. flatterte lustig im Winde. Cécile starrte darauf hin, als ob sie den Tiefsinn dieser Zeichen erraten wolle, gewann aber nichts, als daß sich der Mattigkeitsausdruck ihrer Züge nur noch steigerte.

»Du solltest dir's bequem machen«, sagte der Oberst, »und dich ausstrecken, statt aufrecht in der Ecke zu sitzen.« Und als sie zustimmend nickte, nahm er Plaids und Decken und mühte sich um sie.

»Danke, Pierre. Danke. Nur noch das Kissen.«

Und nun zog sie die Reisedecke höher hinauf und schloß die Augen, während der Oberst in einem Reisehandbuch zu lesen begann und kleine Strichelchen an den Rand machte. Nur von Zeit zu Zeit sah er über das Buch fort und beobachtete die nur scheinbar Schlafende mit einem Ausdrucke von Aufmerksamkeit und Teilnahme, der unbedingt für ihn eingenommen haben würde, wenn sich nicht ein Zug von Herbheit, Trotz und Eigenwillen mit eingemischt und die freundliche Wirkung wieder gemindert hätte. Täuschte nicht alles, so lag eine »Geschichte« zurück, und die schöne Frau (worauf auch der Unterschied der Jahre hindeutete) war unter allerlei Kämpfen und Opfern errungen.

Es verging eine Weile, dann öffnete sie die Augen wieder und sah in die Landschaft hinaus, die beständig wechselte: Saaten und Obstgärten und dann wieder weite Heidestriche. Kein Wort wurde laut, und es schien fast, als ob dies apathische Träumen ihr, der eben erst in der Genesung Begriffenen, am meisten zusage.

»Du sprichst nicht, Cécile.«

»Nein.«

»Aber *ich* darf sprechen?«

»Gewiß. Sprich nur. Ich höre zu.«

»Sahst du Saldern?«

»Er grüßte mich mit besonderer Artigkeit.«

»Ja, mit besonderer. Und dann vermied er dich und mich. Wie wenig selbständig doch diese Herren sind.«

»Ich fürchte, daß du recht hast. Aber nichts davon; warum uns quälen und peinigen? Erzähle mir etwas Hübsches, etwas von Glück und Freude. Gibt es nicht eine Geschichte: Die Reise nach dem Glück? Oder ist es bloß ein Märchen?«

»Es wird wohl ein Märchen sein.«

Sie nickte schmerzlich bei diesem Wort, und als er nicht ohne aufrichtige, wenn auch freilich nur flüchtige Bewegung sah, daß ihr Auge sich trübte, nahm er ihre Hand und sagte: »Laß, Cécile. Vielleicht ist das Glück näher, als du denkst, und hängt im Harz an irgendeiner Klippe. Da hol' ich es dir herunter, oder wir pflücken es gemeinschaftlich. Denke nur, das Hotel, in dem wir wohnen werden, heißt Hotel Zehnpfund. Klingt das nicht wie die gute Zeit? Ich sehe schon die Waage, drauf du gewogen wirst und dich mit jedem Tage mehr in die Gesundheit hineinwächst. Denn Zunehmen heißt Gesundwerden. Und dann kutschieren wir umher und zählen die Hirsche, die der Wernigeroder Graf in seinem Parke hat. Er wird doch hoffentlich nichts dagegen haben. Und überall, wo ein Echo ist, laß ich einen Böllerschuß dir zu Ehren abfeuern.«

Es schien, daß ihr die Worte wohltaten, im übrigen aber doch wenig bedeuteten, und so sagte sie: »Ich hoffe, daß wir viel allein sind.«

»Warum immer allein? Und gerade du. Du brauchst Menschen.«

»Vielleicht. Nur keine Table d'hôte. Versprich mir's.«

»Gern. Aber ich denke, du wirst bald andren Sinnes werden.«

Und nun stockte das Gespräch wieder, und in immer rascherem Fluge ging es erst an Brandenburg und seiner Sankt Godehards-Kirche, dann an Magdeburg und seinem Dome vorüber. In Oschersleben schloß sich der Leipziger Zug an, und mit etwas geringerer Geschwindigkeit, weil sich die Steigung fühlbar zu machen begann, fuhr man jetzt auf Quedlinburg zu, hinter dessen Abteikirche der Brocken bereits aufragte. Das

Land, das man passierte, wurde mehr und mehr ein Gartenland, und wie sonst Kornstreifen sich über den Ackergrund ziehen, zogen sich hier Blumenbeete durch die weite Gemarkung.

»Sieh, Cécile«, sagte der Oberst. »Ein Teppich legt sich dir zu Füßen, und der Harz empfängt dich à la Princesse. Was willst du mehr?«

Und sie richtete sich auf und lächelte.

Wenige Minuten später hielt der Zug in Thale, wo sofort ein Schwarm von Kutschern und Hausdienern aller Art die Kupees umdrängte: »Hubertusbad!« »Waldkater!« »Zehnpfund!«

»Zehnpfund«, wiederholte der Oberst, und einem dienstfertig zuspringenden Kommissionär den Gepäckschein einhändigend, bot er Cécile den Arm und schritt auf das unmittelbar am Bahnhof gelegene Hotel zu.

ZWEITES KAPITEL

Der große Balkon von Hotel Zehnpfund war am andern Morgen kaum zur Hälfte besetzt, und nur ein Dutzend Personen etwa sah auf das vor ihnen ausgebreitete Landschaftsbild, das durch die Feueressen und Rauchsäulen einer benachbarten Fabrik nicht allzuviel an seinem Reize verlor. Denn die Brise, die ging, kam von der Ebene her und trieb den dicken Qualm am Gebirge hin. In die Stille, die herrschte, mischte sich, außer dem Rauschen der Bode, nur noch ein fernes Stampfen und Klappern und ganz in der Nähe das Zwitschern einiger Schwalben, die, im Zickzack vorüberschießend, auf eine vor dem Balkon gelegene Parkwiese zuflogen. Diese war das Schönste der Szenerie, schöner fast als die Bergwand samt ihren phantastischen Zacken, und wenn schon das saftige Grün der Wiese das Auge labte, so mehr noch die Menge der Bäume, die gruppenweis von ersichtlich geschickter Hand in dies Grün hineingestellt waren. Ahorn und Platanen wechselten ab, und dazwischen drängten sich allerlei Ziersträucher zusammen, aus denen hervor es buntfarbig blühte: Tulpenbaum und Goldregen, und Schneeball und Akazie.

Der Anblick mußte jeden entzücken, und so hing denn auch das Auge der schönen Frau, die wir am Tage vorher auf ihrer Reise begleiteten, an dem ihr zu Füßen liegenden Bilde, freilich, im Gegensatze zu dem Obersten, ihrem Gemahl, mit nur geteiltem Interesse.

Der Tisch, an dem beide das Frühstück nahmen, stand im Schutz einer den Balkon nach dem Gebirge hin abschließenden Glaswand und fiel nicht nur durch ein besonders elegantes Service, sondern mehr noch durch ein großes und prächtiges Fliederbouquet auf, das man, vielleicht in Huldigung gegen die durch Rang und Erscheinung gleich distinguierte Dame, gerad auf diesen Tisch gestellt hatte. Cécile selbst brach einige von den Blütenzweigen ab und sah dann abwechselnd auf Berg und Wiese, ganz einer träumerischen Stimmung hingegeben, in der sie sich augenscheinlich ungern gestört fühlte, wenn der Oberst, in wohlmeinendem Erklärungseifer, den Cicerone machte.

»Vieles«, hob er an, »hat sich speziell an dieser Stelle geändert, seit ich in meinen Fähnrichstagen hier war. Aber ich finde mich doch noch zurecht. Das Plateau dort oben, mit dem großen würfelförmigen Gasthause, muß der Hexentanzplatz sein. Ich höre, man kann jetzt bequem hinauffahren.«

»O gewiß kann man«, sagte sie, während sie, sichtlich gleichgiltig gegen diese Mitteilung, mit ihrem Auge den Balkon überflog, auf dem die Jalousieringe klapperten und die rot und weiß gemusterten Tischdecken im Winde wehten. Zugleich zupfte sie an einer ihrer Schleifen und wandte den Kopf so, daß man, von der anderen Seite des Balkons her, ihr schönes Profil sehen mußte.

»Hexentanzplatz«, nahm sie nach einer Weile das Gespräch wieder auf. »Wahrscheinlich ein Felsen mit einer Sage, nicht wahr? Wir hatten auch in Schlesien so viele; sie sind alle so kindisch. Immer Prinzessinnen und Riesenspielzeug. Ich dachte, der Felsen, den man hier sähe, hieße die Roßtrappe.«

»Gewiß, Cécile. Das ist der andre; gleich hier der nächste.«

»Müssen wir hinauf?«

»Nein, wir müssen nicht. Aber ich dachte, du würdest es wünschen. Der Blick ist schön, und man sieht meilenweit in die Ferne.«

»Bis Berlin? Aber nein, darin irr' ich, das ist nicht möglich. Berlin muß weiter sein; fünfzehn Meilen oder noch mehr. Ah, sahst du die zwei Schwalben? Es war, als haschten sie sich und spielten miteinander. Vielleicht sind es Geschwister, oder vielleicht ein Pärchen.«

»Oder beides. Die Schwalben nehmen es nicht so genau. Sie sind nicht so diffizil in diesen Dingen.«

Es lag etwas Bittres in dem Ton. Aber diese Bitterkeit schien sich nicht gegen die Dame zu richten, denn ihr Auge blieb ruhig, und keine Röte stieg in ihr auf. Sie zog nur ein Cheniltetuch, das sie bis zur Hüfte hatte fallen lassen, wieder in die Höhe und sagte: »Mich fröstelt, Pierre.«

»Weil du nicht Bewegung genug hast.«

»Und weil ich schlecht geschlafen habe. Komm, ich will mich niederlegen und eine halbe Stunde ruhn.«

Und bei diesen Worten erhob sie sich und ging unter leichtem Gruß, den die Zunächstsitzenden ebenso leicht erwiderten, auf das Nebenzimmer und den Korridor zu. Der Oberst folgte. Nur einer der Gäste, der, über seine Zeitung fort, von der andern Seite des Balkons her das distinguierte Paar schon seit lange beobachtet hatte, stand auf, legte die Zeitung aus der Hand und grüßte mit besondrer Devotion, was seines Eindrucks auf die schöne Frau nicht verfehlte. Wie belebt und erheitert, nahm diese plötzlich ihres Begleiters Arm und sagte: »Du hast recht, Pierre. Luft wird mir besser sein als Ruhe. Mich fröstelt nur, weil ich keine Bewegung habe. Laß uns in den Park gehn. Wir wollen sehn, ob wir die Stelle finden, wo die Schwalben nisten. Ich habe mir den Baum gemerkt.«

Der junge Mann, der sich von seinem Platz erhoben und mit so besondrer Artigkeit gegrüßt hatte, rief jetzt den Kellner heran und sagte: »Kennen Sie die Herrschaften?«

»Ja, Herr von Gordon.«

»Nun?«

»Oberst a. D. von St. Arnaud und Frau. Sie kamen gestern mit dem Mittagszug und nahmen ein Diner à part. Die Dame scheint krank.«

»Und werden einige Tage bleiben?«

»Ich vermute.«

Der Kellner trat wieder zurück, und der als Herr von Gordon Angeredete wiederholte jetzt zwei-, dreimal den Namen, den er eben gehört hatte. »St. Arnaud... St. Arnaud!«

Endlich schien er es gefunden zu haben.

»Ja, jetzt entsinne ich mich. In St. Denis war anno 70 viel von ihm die Rede. Kugel durch den Hals, zwischen Carotis und Luftröhre. Wahrer Wunderschuß. Und wunderbar auch die Heilung: in sechs Wochen wiederhergestellt. Witzleben hat mir ausführlich davon erzählt. Kein Zweifel, das ist er. Er war damals ältester Hauptmann in einem der Garderegimenter, bei Franz oder den ›Maikäfern‹, und wurde noch in Frankreich Major. Ich muß ihn im ›Cerf‹ gesehen haben. Aber warum außer Dienst?«

Der dies Selbstgespräch Führende nahm, als er sich mit Hülfe seines Gedächtnisses auf diese Weise leidlich orientiert hatte, die Zeitung wieder zur Hand und überflog den Leitartikel, der die letzten Fortschritte der Russen in Turkmenien behandelte, zugleich aber unter allerhand Namensverwechslungen auch über Indien und Persien orakelte. »Der Herr Verfasser weiß da so gut Bescheid wie ich auf dem Mond.« Und das Blatt verdrießlich wieder beiseiteschiebend, sah er lieber auf das Gebirge hin, das er, seit länger als einer Woche, an jedem neuen Morgen mit immer neuer Freude betrachtete. Zuletzt ruhte sein Blick auf dem Vordergrund und verfolgte hier die Kieswege, die sich, in abwechselnd breiten und schmalen Schlängellinien, durch die Parkwiese hinzogen. Eins der Bosquets, das dem Sonnenbrand am meisten ausgesetzt war, zeigte viel Gelb, und er sah eben scharf hin, um sich zu vergewissern, ob es gelbe Blüten oder nur von der Sonne verbrannte Blätter seien, als er aus ebendiesem Bosquet die Gestalten des St. Arnaudschen Paares hervortreten sah. Sie bogen in den Weg ein, der, jenseits der Parkwiese, parallel mit dem Hotel lief, so daß man, vom Balkon her, beide genau beobachten konnte. Die schöne Frau schien sich unter dem Einflusse der Luft rasch gekräftigt zu haben und ging aufrecht und elastisch, trotzdem sich unschwer erkennen ließ, daß ihr das Gehen immer noch Müh und Anstrengung verursachte.

»Das ist Baden-Baden«, sagte der vom Balkon aus sie Beobachtende. »Baden-Baden oder Brighton oder Biarritz, aber nicht Harz und Hotel Zehnpfund.« Und so vor sich hinsprechend, folgte sein Auge dem sich bald nähernden, bald entfernenden Paare mit immer gesteigertem Interesse, während er zugleich in seinen Erinnerungen weiterforschte. »St. Arnaud. Anno 70 war er noch unverheiratet, sie wäre damals auch kaum achtzehn gewesen.« Und unter solchem Rechnen und Erwägen erging er sich in immer neuen Mutmaßungen darüber, welche Bewandtnis es mit dieser etwas sonderbaren und überraschenden Ehe haben möge. »Dahinter steckt ein Roman. Er ist über zwanzig Jahre älter als sie. Nun, das ginge schließlich, das bedeutet unter Umständen nicht viel. Aber den Abschied genommen, ein so brillanter und bewährter Offizier! Man sieht ihm noch jetzt den Schneid an; Garde-Oberst comme il faut, jeder Zoll. Und doch außer Dienst. Sollte vielleicht... Aber nein, sie kokettiert nicht, und auch sein Benehmen gegen sie hält das richtige Maß. Er ist artig und verbindlich, aber nicht zu gesucht artig, als ob was zu cachieren sei. Nun, ich will es schon erfahren. Übrigens wirkt sie katholisch, und wenn sie nicht aus Brüssel ist, ist sie wenigstens aus Aachen. Nein, auch das nicht. Jetzt hab' ich es: Polin oder wenigstens polnisches Halbblut. Und in einem festen Kloster erzogen: ›Sacré coeur‹ oder ›Zum guten Hirten‹.«

DRITTES KAPITEL

Herr von Gordon war auf bestem Wege, seine Mutmaßungen noch weiter auszuspinnen, als er sich durch ein von rückwärts her laut werdendes sehr ungeniertes Lachen unterbrochen und zwei neue Besucher auf den Balkon heraustreten sah, stattliche Herren von etwa dreißig, über deren spezielle Heimat, sowohl ihrem Auftreten wie besonders ihrer Sprechweise nach, kein Zweifel sein konnte. Sie trugen graubraune Sommeranzüge, deren Farbe sich nach oben hin bis in die kleinen Filzhüte fortsetzte, dazu Plaids und Reisetaschen. Alles paßte vorzüglich zusammen, mit Ausnahme zweier Ausrüstungsgegenstände, von denen der eine, mit Rücksicht auf eine Harzreise, des Guten zuwenig, der andere aber entschieden zuviel tat. Diese zwei *nicht* passenden Dinge waren: ein eleganter Promenadenstock mit Elfenbeingriff und andrerseits ein hypersolides Schuhzeug, das sich mit seinen Schnürösen und dicken Sohlen ausnahm, als ob es sich um eine Besteigung des Matterhorn, nicht aber der Roßtrappe gehandelt hätte.

»Wo kampieren wir?« fragte der Ältere, von der Türschwelle her Umschau haltend. Im selben Augenblick aber des geschützt stehenden Tisches mit dem großen Fliederstrauß ansichtig werdend, an dem die St. Arnauds eben noch gesessen hatten, schritt er rasch auf diese bevorzugte, weil windgeschützte, Stelle zu und sagte: »Wo *das* blüht, da laß dich ruhig nieder, böse Menschen haben keinen Flieder.« Und im selben Augenblicke sowohl Reisetasche wie Plaid über die Stuhllehne hängend, rief er mit charakteristischer Betonung der letzten Silbe: »Kellnér!«

»Befehlen?«

»Zuvörderst einen Mokka samt Zubehör, oder sagen wir kurz: ein Schweizer Frühstück. Jedem Mann ein Ei, dem tapfren Schweppermann aber zwei.«

Der Kellner lächelte schalkhaft vor sich hin und suchte, zu sichtlicher Freude der beiden neuen Ankömmlinge, durch eine humoristische Handbewegung auszudrücken, daß er nicht recht wisse, wer der zu Bevorzugende sein werde.

»Berliner?«

»Zu dienen.«

»Nun denn, Freund und Landsmann, Sie werden uns nicht verraten, wenn Sie hören, daß wir eigentlich beide Schweppermänner sind. Macht vier Eier. Und nun flink. Aber erst hier das alte Schlachtfeld abräumen. Und wie steht es mit Honig?«

»Sehr gut.«

»Nun denn auch Honig. Aber Wabenhonig. Alles frisch vom Faß. Echt, echt!«

Unter diesem Gespräche hatte der Kellner den Tisch klar gemacht und ging nun, um das Frühstück herbeizuschaffen. Es folgte eine Pause, die das Berliner Paar, weil ihm nichts anderes übrigblieb, mit Naturbetrachtungen ausfüllte.

»Das also ist der Harz oder das Harzgebirge«, nahm der Ältere zum zweiten Male das Wort, derselbe, der das kurze Gespräch mit dem Kellner gehabt hatte. »Merkwürdig ähnlich. Ein bißchen wie Tivoli, wenn die Kuhnheimsche Fabrik in Gang ist. Sieh nur, Hugo, wie das Ozon da drüben am Gebirge hinstreicht. In den Zeitungen heißt es in einer allwöchentlich wiederkehrenden Annonce: ›Thale, klimatischer Kurort.‹ Und nun diese Schornsteine! Na, meinetwegen; Rauch konserviert, und wenn wir hier vierzehn Tage lang im Schmook hängen, so kommen wir als Dauerschinken wieder heraus. Ach, Berlin! Wenn ich nur wenigstens die Roßtrappe sehen könnte!«

»Du hast sie ja vor dir«, sagte der andre, während eben auf einem großen Tablett das Frühstück gebracht wurde. »Nicht wahr, Kellner, das rötliche Haus da oben, das ist die Roßtrappe?«

»Nicht ganz, mein Herr. Die Roßtrappe liegt etwas weiter zurück. Das Haus, das Sie sehen, ist das Hotel zur Roßtrappe.«

»Na, das ist die Roßtrappe. Das Hotel entscheidet. Übrigens, Pilsener oder Kulmbacher?«

»Beides, meine Herren. Aber wir brauen auch selbst.«

»Wohl am Ende da drüben, wo der Rauch zieht?«

»Nein, hier mehr links. Die Schornsteine nach rechts hin sind die Blechhütte.«

»Was?«

»Die Blechhütte. Blech mit Emaille.«

»Wundervoll! Mit Emaille! Fehlt bloß noch das Zifferblatt. Und darf man das alles sehn?«

»O gewiß, gewiß. Wenn die Herren nur ihre Karten abgeben wollen...«

Und damit brach das Gespräch ab, und die beiden Touristen par excellence machten sich an ihr Frühstück mit Ei und Wabenhonig.

Eine halbe Stunde später erhoben sie sich und verließen den Balkon, wobei der jüngere den Stock mit der Elfenbeinkrücke quer vor den Mund nahm, zugleich den Ton einer zum Marsch blasenden Pickelflöte nachahmend. Alles, was noch auf dem Balkon verblieben war, sah ihnen neugierig nach, auch Gordon, der ihren Weitermarsch bis ins Bodetal hinein verfolgt haben würde, wenn nicht der eben mit neuen Ankömmlingen eingetroffene Frühzug sein Interesse nach der entgegengesetzten Seite hin abgezogen hätte. Sängervereine rückten vom Bahnhof heran und marschierten auf Treseburg zu, wo sie den Tag zu verbringen und ihre Sängerwettkämpfe zu führen gedachten. Im Vorüberziehen an dem Hotel schwenkten sie die Hüte, zahllose Hochs ausbringend, von denen niemand recht wußte, wem sie galten. An ihre letzte Sektion aber schlossen sich alle diejenigen an, die der Zug außerdem noch gebracht hatte, lauter Durchschnittsfiguren, unter denen nur die direkt abschließenden einiger Aufmerksamkeit wert waren.

Es waren ihrer zwei, beide lebhaft plaudernd, aber doch nur wie Personen, die sich eben erst kennengelernt haben. Der zur Linken Gehende, schwarz gekleidet in Stehkragenrock, dabei von freundlichen Zügen, war ein alter Emeritus, den Gordon schon von verschiedenen Ausflügen und namentlich von der Table d'hôte her kannte, während der andere durch eine große Häßlichkeit und beinah mehr noch durch die Sonderbarkeit seiner Kleidung auffiel. Er trug nämlich ziemlich defekte Gamaschen und eine Manchesterweste, deren Schöße länger waren als seine Joppe, dazu Strippenhaar, Klapphut und Hornbrille. Worauf deutete das alles hin? Seinem unteren Menschen nach hätte man ihn ohne weiteres für einen Trapper, seinem oberen nach ebenso zweifellos für einen Rabulisten und Winkeladvokaten halten müssen, wenn nicht sein letztes und vorzüglichstes Ausrüstungsstück: eine Botanisiertrommel gewesen wäre, ja sogar eine Botanisiertrommel am gestickten Bande. Diese beständig hin und her schiebend, schritt er an der Seite des geistlichen Herrn, der übrigens bereits Miene zum Abschwenken machte, mit großen Schritten und unter beständigen Gestikulationen auf die Parkwiese zu.

»Botaniker«, sagte Gordon zu dem Wirte von Hotel Zehnpfund, der sich ihm mittlerweile gesellt hatte. »Sieht er nicht aus wie der Knecht Ruprecht, der den Frühling in seinen Sack stecken will?«

Der joviale Hotelier jedoch, der, wie die meisten seines Standes, ein Menschenkenner war, wollte von der Gordonschen Diagnose nichts wissen und sagte: »Nein, Herr von Gordon, die grüne Trommel, die kenn' ich; in neun Fällen von zehn ist sie Vorratskammer, am gestickten Bande aber ist sie's immer. Nichts von Botanik. Ich halte den Herrn für einen Urnenbuddler.«

»Archäologe?«

»So drum herum.«

Und als beide so sprachen, verschwand der Gegenstand ihrer Unterhaltung jenseits der Parkwiese, nachdem er sich schon vorher von dem im Hotel wohnenden Emeritus verabschiedet hatte.

VIERTES KAPITEL

Zehn Minuten vor eins läutete die Tischglocke durch alle Korridore hin, und wiewohl die Hautesaison noch nicht begonnen hatte, versammelte sich doch eine stattliche Zahl von Gästen im großen Speisesaal. Auch die beiden Berliner in Graubraun fehlten nicht und hatten sofort am untern Ende der Tafel eine Korona teils bewundernder, teils lächelnder Zuhörer um sich her, zu welchen letztren auch der alte Herr im geistlichen Rock und der Langhaarige mit der Hornbrille zählte. Das im Gegensatze zu dem unterwegs von Cécile geäußerten Wunsche heut' ebenfalls erschienene St. Arnaudsche Paar war vom Oberkellner gebeten worden, die Mittelplätze der Tafel einzunehmen, gegenüber von Herrn von Gordon, der im selben Augenblicke, wo die Herrschaften Platz genommen hatten, auch schon die mit allerhand rotem Blattwerk zwischen ihm und Cécile stehende Vase zu verwünschen begann. Selbstverständlich ließ er sich durch dies Hindernis nicht abhalten, sich vorzustellen, worauf der Oberst, vielleicht weil er einen adeligen Namen gehört hatte, mit bemerkenswerter Artigkeit erwiderte: »v. St. Arnaud, – meine Frau.« Es schien aber bei diesem Namensaustausch bleiben zu sollen, denn Minuten vergingen, ohne daß ein weiterer Annäherungsversuch von hüben oder drüben gemacht worden wäre. Gordon, trotzdem ihm die Tage preußischer Disziplin um mehrere Jahre zurücklagen, glaubte doch, mit Rücksicht auf den Rang des Obersten, diesem das erste Wort überlassen zu müssen. Auch Cécile schwieg und richtete nur dann und wann ein Wort an ihren Gemahl, während sie mechanisch an einem Türkisringe drehte.

Seit dem Ragoût fin en coquille, von dem sie zwei Bröckchen gekostet und zwei andere auf der Gabelspitze gelassen hatte, hatte sie bei jedem neu präsentierten Gange gedankt und lehnte sich jetzt mit verschränkten Armen in den Stuhl zurück, nur dann und wann nach der Saaluhr blickend, auf deren Zifferblatt der Zeiger langsam vorrückte. Gordon, auf bloße Beobachtung angewiesen, begann allmählich die Vase zu segnen, die, so hinderlich sie war, ihm wenigstens gestattete, seine Studien einigermaßen unauffällig, wenn auch freilich nicht unbemerkt, fortsetzen zu können. Er gestand sich, selten eine schönere Frau gesehen zu haben, kaum in England, kaum in den »States«. Ihr Profil war von seltener Reinheit, und das Fehlen jeder Spur von Farbe gab ihrem Kopfe, darin Apathie der vorherrschende Zug war, etwas Marmornes. Aber dieser Ausdruck von Apathie war nicht Folge besonderer Niedergeschlagenheit, noch weniger von schlechter Laune, denn ihre Züge, wie Gordon nicht entging, begannen sich sofort zu beleben, als plötzlich von der unteren Tafel her dem Kellner in gutem Berlinisch zugerufen wurde: »Kaltstellen also. Aber nicht zu lange. Denn der Knall bleibt immer die Hauptsache« – bei welcher These der, der sie aufstellte, mit seinem Zeigefinger rasch und geschickt unter den Mundwinkel und mit solcher Energie wieder herausfuhr, daß es einen lauten Puff gab.

Alles lachte. Selbst der Oberst schien froh, aus der Tafel-Langweile heraus zu sein, und sagte jetzt, während er sich über den Tisch hin vorbeugte: »Nicht wahr, Herr von Gordon, Sie sind ein Sohn des Generals?«

»Nein, mein Herr Oberst, auch kaum verwandt, denn ich bin eigentlich ein Leslie. Der Name Gordon ist erst durch Adoption in unsere Familie gekommen.

»Und stehen in welchem Regiment?«

»In keinem, Herr Oberst. Ich habe den Dienst quittiert.«

»Ah«, sagte der Oberst, und eine Pause folgte, die zum zweiten Male verhängnisvoll werden zu wollen schien. Aber die Gefahr ging glücklich vorüber, und St. Arnaud, der sonst wenig sprach, fuhr mit einem für seinen Charakter überraschend artigen Entgegenkommen fort: »Und Sie sind schon längere Zeit hier, Herr von Gordon? Und vielleicht zur Kur?«

»Seit einer Woche, mein Herr Oberst. Aber nicht eigentlich zur Kur. Ich will ausruhen und eine gute Luft atmen und nebenher auch Plätze wiedersehen, die mir aus meiner Kindheit her teuer sind. Ich war, eh ich in die Armee trat, oft im Harz und darf sagen, daß ich ihn kenne.«

»Da bitt' ich, daß wir uns vorkommendenfalls an Ihren guten Rat und Ihre Hülfe wenden dürfen. Wir gedenken nämlich, sobald es das Befinden meiner Frau zuläßt, immer höher in die Berge hinaufzugehen und etwa mit Andreasberg abzuschließen. Es soll dort die beste Luft für Nervenkranke sein.«

In diesem Augenblicke präsentierte der Kellner ein Panachee, von dessen Vanillenseite Frau von St. Arnaud nahm und kostete. »Lieber Pierre«, sagte sie dann mit sich rasch belebender Stimme, »du bittest Herrn von Gordon um seinen Beistand und verscheuchst ihn im selben Augenblick aus unserer Nähe. Denn was ist lästiger, als Rücksichten auf eine kranke Frau nehmen? Aber erschrecken Sie nicht, Herr von Gordon, wir werden Ihre Güte nicht mißbrauchen, wenigstens nicht ich. Sie sind zweifellos ein Bergsteiger, also enragiert für große Partien, während ich vorhabe, mir noch auf Wochen hin an unserem Balkon und der Parkwiese genügen zu lassen.«

Das Gespräch setzte sich fort und ward erst unterbrochen, als der an der unteren Tafel inzwischen erschienene Champagner mit allem Zeremoniell geöffnet wurde. Der Propfen flog in die Höh', und während der Jüngere die Gläser füllte, musterte der Ältere die Marke, selbstverständlich nur um Gelegenheit zum Vortrage einiger Champagner-Anekdoten zu finden, die sämtlich, um seinen eigenen Ausdruck zu gebrauchen, auf »Wirt- und Hotelentlarvung auf dem Pfropfenwege« hinausliefen – alles übrigens in bester Laune, die sich nicht bloß seiner nächsten Umgebung, sondern so ziemlich der ganzen Tafel mitteilte.

Zehn Minuten danach erhob man sich und verließ in Gruppen den Eßsaal. Auch die Berliner gingen den Korridor hinunter, machten aber an einem Fenstertischchen halt, auf dem das Fremdenbuch aufgeschlagen lag, und begannen darin zu blättern.

»Ah, hier. Das is er: Gordon-Leslie, Zivilingenieur.«

»Gordon-Leslie!« wiederholte der andere. »Das ist ja der reine Wallensteins Tod.«

»Wahrhaftig, fehlt bloß noch Oberst Buttler.«

»Na, höre, der alte...«

»Meinst du?«

»Freilich, mein' ich. Sieh dir 'n mal an. Wenn *der* erst anfängt...«

»Höre, das wär' famos; da könnt man am Ende noch was erleben.«

Und damit gingen sie weiter und auf ihr Zimmer zu, »um sich hier«, wie sich der Ältere ausdrückte, »inwendig ein bißchen zu besehn«.

FÜNFTES KAPITEL

Gleich nach Aufhebung der Tafel war zwischen den St. Arnauds und ihrem neuen Bekannten und Tisch-vis-à-vis ein Nachmittagsspaziergang auf die Roßtrappe hinauf verabredet worden, und um vier Uhr traf man sich unter der großen Parkplatane, wo Gordon dann sofort auch, aber doch erst nachdem er seine Dispositionen gehorsamst unterbreitet hatte, die Führung übernahm. Die gnädige Frau, so waren seine Worte gewesen, möge nicht erschrecken, wenn er, statt des sehr steilen nächsten Weges, einen Umweg vorschlage, der sich nicht bloß durch das, was er habe (darunter die schönsten Durchblicke), sondern viel, viel mehr noch durch das, was er *nicht* habe, höchst vorteilhaft auszeichne. Die sonst üblichen Begleitstücke harzischer Promenadenwege: Hütten, Kinder und aufgehängte Wäsche kämen nämlich in Wegfall.

Cécile gab in guter Laune die Versicherung, lange genug verheiratet zu sein, um auch in kleinen Dingen Gehorsam und

Unterordnung zu kennen; am wenigstens aber werde sie sich gegen Herrn von Gordon auflehnen, der den Eindruck mache, wie zum Führer und Pfadfinder geboren zu sein.

»Bedanken Sie sich«, lachte der Oberst. »Reminiszenz aus Lederstrumpf.«

Gordon war nicht angenehm von einem Scherze berührt, dessen Spott sich ebenso gegen ihn wie gegen Cécile richten konnte, verwand den Eindruck aber schnell und nahm das Schaltuch, das die schöne Frau bis dahin über dem Arm getragen hatte. Dann wies er auf einen einigermaßen schattigen, am Parkende gelegenen Steinweg hin und führte, diesen einschlagend, das St. Arnaudsche Paar an Buden und Sommerhäusern vorüber, auf das benachbarte Hubertusbad zu, von dem aus er den Aufstieg auf die Roßtrappe bewerkstelligen wollte. Von beiden Seiten trat das Laubholz dicht heran, aber auch freiere Plätze kamen, auf deren einem eine von einem vergoldeten Drahtgitter eingefaßte, mit wildem Wein und Efeu dicht überwachsene Villa lag. Nichts regte sich in dem Hause, nur die Gardinen bauschten überall, wo die Fenster aufstanden, im Zugwind hin und her, und man hätte den Eindruck einer absolut unbewohnten Stätte gehabt, wenn nicht ein prächtiger Pfau gewesen wäre, der, von seiner hohen Stange herab, über den meist mit Rittersporn und Brennender Liebe bepflanzten Vorgarten hin, in übermütigem und herausforderndem Tone kreischte.

Cécile blieb betroffen stehen und wandte sich dann zu Gordon, der den ganzen Umweg vielleicht nur um dieser Stelle willen gemacht hatte.

»Wie zauberhaft«, sagte sie. »Das ist ja das ›verwunschene Schloß‹ im Märchen. Und so still und lauschig. Wirkt es nicht, als wohne der Friede darin oder, was dasselbe sagt: das Glück.«

»Und doch haben beide keine Stätte hier gefunden, und ich gehe täglich an diesem Hause vorüber und hole mir eine Predigt.«

»Und welche?«

»Die, daß man darauf verzichten soll, ein Idyll oder gar ein Glück von außen her aufbauen zu wollen. Der, der dies schuf, hatte dergleichen im Sinn. Aber er ist über die bloße Kulisse nicht hinausgekommen, und was dahinter für ihn lauerte, war weder Friede noch Glück. Es geht ein finsterer Geist durch dieses Haus, und sein letzter Bewohner erschoß sich hier, an dem Fenster da (das vorletzte links), und wenn ich so hinseh', ist mir immer, als säh' er noch heraus und suche nach dem Glücke, das er nicht finden konnte. Plätze, daran Blut klebt, erfüllen mich mit Grauen.«

Es war, als ob Gordon auf ein Wort der Zustimmung gewartet hätte. Dies Wort blieb aber aus, und Cécile zählte nur die Maschen des vor ihr ausgespannten Drahtgitters, während der Oberst sein Lorgnon nahm und die Fenster mit einer Art ruhiger Neugier musterte.

Dann, ohne daß weiter ein Wort gesprochen worden wäre, schritt man dem Schlängelwege zu, der auf die Roßtrappe hinaufführte.

SECHSTES KAPITEL

Die Bahnhofsuhr unten in Thale. schlug eben fünf, als das St. Arnaudsche Paar und Gordon bis auf wenige Schritt an den Felsenvorsprung mit dem »Hotel zur Roßtrappe« heran waren und im selben Augenblicke wahrnahmen, daß viele der Gäste, mit denen sie die Table d'hôte geteilt hatten, ebenfalls hier oben erschienen waren, um an diesem bevorzugten Aussichtspunkte ihren Kaffee zu nehmen. Einige, darunter auch die beiden Herren in Graubraun (und an einem Nachbartische der Emeritus und der Langhaarige), saßen paar- und gruppenweis unter einem von Pfeifenkraut überwachsenen Zeltschuppen und sahen in die reiche Landschaft hinein, aus der in nächster Nähe die pittoresken Gebilde der Teufelsmauer und weiter zurück die Quedlinburger und Halberstädter Turmspitzen aufragten. Alles, was unter dem Zeltschuppen und zum Teil auch in Front desselben saß, war heiter und guter Dinge, voran die beiden Berliner, deren Dinerstimmung sich, unter dem Einfluß einiger Kaffeecognacs, eher gesteigert als gemindert hatte.

»Da sind sie wieder«, sagte der Ältere, während er auf das

St. Arnaudsche Paar und den unmittelbar folgenden Gordon zeigte. »Sieh nur, schon den Schal überm Arm. Der fackelt nicht lange. Was du tun willst, tue bald. Ich wundre mich nur, daß der Alte...«

Seine Neigung, in diesem Gesprächstone fortzufahren, war unverkennbar; er brach aber ab, weil die, denen diese Bemerkungen galten, mittlerweile ganz in ihrer Nähe Platz genommen hatten, und zwar an einem unmittelbar am Abhange stehenden Tische, neben dem auch ein Teleskop für das schaulustige Publikum aufgestellt war. Eine junge, freilich nicht allzu junge, mit Skizzierung der Landschaft beschäftigte Dame saß schon vorher an dieser Stelle, was den Obersten, als er seinen Stuhl heranschob, zu den Worten veranlaßte: »Pardon, wenn wir lästig fallen. Aber alle Tische sind besetzt, mein gnädiges Fräulein, und der Ihrige genießt außerdem des Vorzugs, der landschaftlich anziehendste zu sein.«

»Das ist er«, sagte die Dame rasch und mit ungewöhnlicher Unbefangenheit, während sie das Blatt, an dem sie bis dahin gezeichnet, in die Mappe schob. »Ich ziehe diese Stelle jeder anderen vor, auch der eigentlichen Roßtrappe. Dort ist alles Kessel, Eingeschlossenheit und Enge, hier ist alles Weitblick. Und Weitblicke machen einem die Seele weit und sind recht eigentlich meine Passion in Natur und Kunst.«

Der Oberst, den das frank und freie Wesen der jungen Dame sichtlich anmutete, beeilte sich, sich und seine Begleitung vorzustellen, und fuhr dann fort: »Ich hoffe, meine Gnädigste, daß wir nicht zu sehr als eine Störung empfunden werden. Sie schoben das Blatt in die Mappe...«

»Nur weil es beendet war, nicht um es Ihren Augen zu entziehen. Ich mißbillige diese Kunstprüderie, die doch meistens nur Hochmut ist. Die Kunst soll die Menschen erfreuen, immer da sein, wo sie gerufen wird, aber sich nicht wie die Schnecke furchtsam oder gar vornehm in ihr Haus zurückziehen. Am schrecklichsten sind die Klaviervirtuosen, die zwölf Stunden lang spielen, wenn man sie nicht hören will, und nie spielen, wenn man sie hören will. Das Verlangen nach einem Walzer ist ihnen die tödlichste der Beleidigungen, und doch ist ein Walzer etwas Hübsches und wohl des Entgegenkommens wert. Denn er macht ein Dutzend Menschen auf eine Stunde glücklich.«

Ein herantretender und nach den Befehlen der neuen Gäste fragender Kellner unterbrach hier auf Augenblicke das Gespräch, aber es wurde rasch wieder aufgenommen und führte, nach einer kleinen Weile schon, zur Durchsicht der bereits die verschiedensten Blätter enthaltenden Mappe. Cécile war entzückt, verklagte sich ihrer argen Talentlosigkeit halber, unter der sie zeitlebens gelitten, und tat freundliche, wohlgemeinte Fragen, die reizend gewesen wären, wenn sich nicht, bei mancher überraschenden Kenntnis im einzelnen, im ganzen genommen eine noch verwunderlichere Summe von Nichtwissen darin ausgesprochen hätte. Sie selber schien aber kein Gewicht darauf zu legen und übersah ein nervöses Zucken, das bei der einen oder anderen dieser Fragen um den Mund ihres Gatten spielte.

Gordon, selber ein guter Zeichner und speziell von einem für landschaftliche Dinge geübten Auge, hatte hier und da Bedenken und gab ihnen, wenn auch unter den artigsten Entschuldigungen, Ausdruck.

»Oh, nur das nicht«, sagte die junge Dame. »Nur keine Entschuldigungen. Nichts schrecklicher als totes Lob; ein verständiger und liebevoller Tadel ist das Beste, was ein Künstlerohr vernehmen kann. Aber sehen Sie *das* hier; das ist besser.« Und sie zog unter den Blättern eines hervor, das eine Wiese mit Brunnentrog und an dem Trog ein paar Kühe zeigte.

»Das ist schön«, sagte Gordon, während die beständig auf Ähnlichkeiten ausgehende Cécile durchaus eine Wiese, die man vorher passiert hatte, darin wiedererkennen wollte.

Die junge Malerin überhörte diese Bemerkungen aber und fuhr, während sie Gordon ein zweites Blatt zuschob, in immer lebhafterem Tone fort: »Und hier sehen Sie, was ich kann und nicht kann. Ich bin nämlich, um es rund heraus zu sagen, eine Tiermalerin.«

»Ah, das ist ja reizend«, sagte Cécile.

»Doch nicht, meine gnädigste Frau, wenigstens nicht so bedingungslos, wie Sie gütigst anzunehmen scheinen. Eine Dame soll Blumenmalerin sein, aber nicht Tiermalerin. So fordert es die Welt, der Anstand, die Sitte. Tiermalerin ist an der Grenze des Unerlaubten. Es gibt da so viele intrikate Dinge. Glauben Sie mir, Tiere malen aus Beruf oder Neigung ist ein Schicksal. Und wer den Schaden hat, darf für den Spott nicht sorgen. Denn zum Überfluß heiße ich auch noch Rosa, was in meinem speziellen Falle nicht mehr und nicht weniger als eine Kalamität ist.«

»Und warum das?« fragte Cécile.

»Weil mich, auf diesen Namen hin, die Neidteufelei der Kollegen in Gegensatz bringt zu meiner berühmten Namensschwester. Und so nennen sie mich denn Rosa Malheur.«

Cécile verstand nicht. Gordon aber erheiterte sich und sagte: »Das ist allerliebst, und ich müßte mich ganz in Ihnen irren, wenn Sie diese Namensgebung auch nur einen Augenblick ernstlich verdrösse.«

»Tut es auch nicht«, lachte jetzt das Fräulein, das eigentlich stolz auf den Spitznamen war, den man ihr gegeben hatte. »Man kommt darüber hin. Und Spielverderberei gehört ohnehin nicht zu meinen Tugenden.«

In diesem Augenblick erschien der Kellner mit einem tassenklirrenden Tablett, und während er die Serviette zu legen und den Tisch zu arrangieren begann, hörte man, bei der eingetretenen Gesprächspause, beinah jedes Wort, das unter dem Zeltschuppen, und zwar an dem zunächst stehenden Tische, gesprochen wurde.

»Darin«, sagte der Langhaarige, dessen Botanisiertrommel trophäenartig an einem Balkenhaken hing, »darin, mein sehr verehrter Herr Emeritus, muß ich Ihnen durchaus widersprechen. Es ist ein Irrtum, alles in unserer Geschichte von den Hohenzollern herleiten zu wollen. Die Hohenzollern haben das Werk nur weitergeführt, die Begründer aber sind die halb vergessenen und eines dankbaren Gedächtnisses doch so würdigen Askanier. Ein oberflächlicher Geschichtsunterricht, der beiläufig die Hauptschuld an dem pietäts- und vaterlandslosen Nihilismus unserer Tage trägt, begnügt sich, wenn von den Askaniern die Rede ist, in der Regel mit zwei Namen, mit Albrecht dem Bären und Waldemar dem Großen, und wenn der Herr Lehrer ein wenig ästhetisiert (ich hasse das Ästhetisieren in der Wissenschaft), so spricht er auch wohl von Otto mit dem Pfeil und der schönen Heilwig und dem Schatz in Angermünde. Nun ja, das mag gehen; aber das alles sind, wenn nicht Allotria, so doch bloße Kosthäppchen. In Wahrheit liegt es so, daß sie, die Askanier, trotz einiger sonderbarer Beinamen und Bezeichnungen, die, wie gern zugestanden werden mag, den Scherz oder einen billigen Witz herausfordern, samt und sonders bedeutend waren. Ich sage, gern zugestanden. Aber andererseits muß ich doch sagen dürfen, wohin kommen wir, mein Herr Emeritus, wenn wir die Bedeutung der Menschen nach ihren Namen abschätzen wollen? Ist Klopstock ein Dichtername? Vermutet man in Griepenkerl einen Dramatiker oder in Bengel einen berühmten Theologen? Oder gar in Ledderhose? Wir müssen uns freimachen von solchen Albernheiten.«

An einer lebhaften Bewegung seiner Lippen ließ sich erkennen, daß der Emeritus emsig dabei war, dem Manne des historischen Essays mit gleicher Münze heimzuzahlen, da seine Pensionierung aber, auf Antrag seiner ihn sonst verehrenden Gemeinde, vor zehn Jahren schon, und zwar »um Mümmelns willen«, erfolgt war, so war an ein Verstehen dessen, was er sagte, gar nicht zu denken, während das, was in ebendiesem Augenblick an dem berlinischen Nachbartisch gesprochen wurde, desto deutlicher herüberschallte.

»Sieh nur«, sagte der Ältere. »Die beiden Türme da. Der nächste, das muß der Quedlinburger sein, das ist klar, das kann 'ne alte Frau mit 'm Stock fühlen. Aber der dahinter, der sich so retiré hält! Ob es der Halberstädter ist? Es muß der Halberstädter sein. Was meinst du, wollen wir 'n mal ein bißchen ranholen?«

»Gewiß. Aber womit?«

»Na, mit's Perspektiv. Sieh doch den Opernkucker da.«

»Wahrhaftig. Und auf 'ner Lafette. Komm.«

Und so weitersprechend, erhoben sie sich und gingen auf das Teleskop zu.

»Berliner«, flüsterte Rosa leise zu Gordon hinüber und rückte mehr seitwärts.

Aber sie gewann wenig durch diese Retraite, denn die Stimmen der jetzt abwechselnd in das Glas hineinschauenden beiden Freunde waren von solcher Berliner Schärfe, daß kein Wort von ihrer Unterhaltung verlorenging.

»Nu? hast du 'n?«

»Ja. Haben hab' ich ihn. Und er kommt auch immer näher. Aber er wackelt so.«

»Denkt nicht dran. Weißt du, wer wackelt? Du.«

»Noch nich.«

»Aber bald.«

Und damit traten sie von dem Teleskop wieder unter die Halle zurück, wo sie sich nunmehr rasch zum Weitermarsch auf die eigentliche Roßtrappe hin fertig machten.

Als sie fort waren, sagte Rosa: »Gott sei Dank. Ich ängstige mich immer so.«

»Warum?«

»Weil meine lieben Landsleute so sonderbar sind.«

»Ja, sonderbar sind sie«, lachte Gordon. »Aber nie schlimm. Oder sie müßten sich in den letzten zehn Jahren sehr verändert haben.«

So plaudernd, wurde das Durchblättern der Mappe fortgesetzt, freilich unter sehr verschiedener Anteilnahme. Der Oberst, ohne recht hinzublicken, beschränkte sich auf einige wenige bei solcher Gelegenheit immer wiederkehrende Bewunderungslaute, während Cécile zwar hinsah, aber doch vorwiegend mit einem schönen Neufundländer spielte, der, von Hotel Zehnpfund her, der schönen Frau gefolgt war und, seinen Kopf in ihren Schoß legend, mit unerschüttertem und beinah zärtlichem Vertrauensausdruck auf die Zuckerstücke wartete, die sie ihm zuwarf. Nur Gordon war bei der Sache, machte Bemerkungen, die zwischen Ernst und Scherz die Mitte hielten, und sagte, als ein Blatt kam, das ein aus vielen Feldsteinen aufgebautes Grabmal darstellte: »Pardon, ist das Absicht oder Zufall? Einige der Steine haben eine Totenkopfphysiognomie. Wahrhaftig, man weiß nicht, ist es ein Steinkegel oder eine Schädelstätte?«

Rosa lachte. »Sie haben die Bilder von Wereschtschagin gesehen?«

»Freilich. Aber nur die Skizzen.«

»In Paris?«

»Nein, in Samarkand. Und dann später eine größere Zahl in Plewna.«

»Sie scherzen. Plewna, das möchte gehn, das glaub' ich Ihnen. Aber Samarkand! Ich bitte Sie, Samarkand ist doch eigentlich bloß Märchen.«

»Oder schreckliche Wirklichkeit«, erwiderte Gordon. »Entsinnen Sie sich der samarkandischen Tempeltüren?«

»O gewiß. Eine Perle.«

»Zugestanden. Aber haben Sie nebenher auch die Tempelwächter mit Pfeil und Bogen in Erinnerung, die, der seltsam kriegerischsten Beschäftigung hingegeben (da wo sich Krieg und Jagd berühren), in Front dieser berühmten Tempeltüren hockten? Ach, meine Gnädigste, glauben Sie mir, die Vorzüge jener Gegenden sind überaus zweifelhafter Natur, und ich bin alles in allem entschieden für Berlin mit einer Lohengrin-Aufführung und einem Souper bei Hiller. Lohengrin ist phantastischer und Hiller appetitlicher. Und auch das letztere bedeutet viel, sehr viel. Namentlich auf die Dauer.«

Der Oberst nickte zustimmend, die Malerin aber wollte sich nicht gleich und jedenfalls nicht in allen Stücken gefangengeben und fuhr deshalb fort: »Es mag sein. Aber eines bleibt, die großartige Tierwelt: der Steppenwolf, der Steppengeier.«

»Im ganzen werden Sie die Bekanntschaft dieser liebenswürdigen Geschöpfe Gottes im Berliner Zoologischen sichrer und kopierbarer machen als an Ort und Stelle. Die Wahrheit zu gestehen, ich habe, während meines Trienniums in der Steppe, keinen einzigen Steppengeier gesehen und sicherlich keinen, der sich so gut ausgenommen hätte wie *der* da. Freilich kein Geier. Sehen Sie, meine Gnädigste, da zwischen den Klippen.«

Und er wies auf einen Habicht, der sich, am Eingange der Schlucht, hoch in Lüften wiegte.

Rosa sah dem Fluge nach und bemerkte dann: »Er fliegt offenbar nach dem Hexentanzplatz hin.«

»Gewiß«, sagte Cécile, von Herzen froh, daß endlich ein Wort gefallen war, das sie der unheilvollen Mappe samt daran anknüpfenden kunstästhetischen oder gar erdbeschreiblichen Betrachtungen entzog. »Nach dem Hexentanzplatz! Ich höre das Wort immer wieder und wieder; heute schon zum dritten Male.«

»Was einer Mahnung, ihn zu besuchen, gleichkommt, meine gnädigste Frau. Wirklich, wir werden ihn über kurz oder lang sehen müssen, das schulden wir einem Harzaufenthalte. Denn allerorten, wo man sich aufhält, hat man eine Art Pflicht, das Charakteristische der Gegend kennenzulernen, in Samarkand« (und er verbeugte sich gegen Rosa) »die Tempeltüren und ihre Wächter, in der Wüste den Wüstenkönig und im Harze die Hexen. Die Hexen sind hier nämlich Landesprodukt und wachsen wie der rote Fingerhut überall auf den Bergen umher. Auf Schritt und Tritt begegnet man ihnen, und wenn man fertig zu sein glaubt, fängt es erst recht eigentlich an. Zuletzt kommt nämlich der Brocken, der in seinem Namen zwar alle hexlichen Beziehungen verschweigt, aber doch immer der eigentlichste Hexentanzplatz bleibt. Da sind sie zu Haus, das ist ihr Ur- und Quellgebiet. Allen Ernstes, die Landschaft ist hier so gesättigt mit derlei Stoff, daß die Sache schließlich eine reelle Gewalt über uns gewinnt, und was mich persönlich angeht, nun so darf ich nicht verschweigen: als ich neulich, die Mondsichel am Himmel, das im Schatten liegende Bodetal passierte, war mir's, als ob hinter jedem Erlenstamm eine Hexe hervorsähe.«

»Hübsch oder häßlich?« fragte Rosa. »Nehmen Sie sich in acht, Herr von Gordon. In Ihrem Hexenspuk spukt etwas vor. Das sind die inneren Stimmen.«

»Oh, Sie wollen mir bange machen. Aber Sie vergessen, meine Gnädigste, wo das Übel liegt, liegt in der Regel auch die Heilung, und ich kenne Gott sei Dank kein Stück Land, wo, bei drohendsten Gefahren, zugleich so viel Rettungen vorkämen wie gerade hier. Und immer siegt die Tugend, und der Böse hat das Nachsehen. Sie werden vielleicht vom ›Mägdesprung‹ gehört haben? Aber wozu so weit in die Ferne schweifen! Eben hier, in unserer nächsten Nähe, haben wir ein solches Rettungsterrain, eine solche beglaubigte Zufluchtsstätte. Sehen Sie dort (und er wandte sich nach rückwärts) den Roßtrapp-Felsen? Die Geschichte seines Namens wird Ihnen kein

Geheimnis sein. Eine tugendhafte Prinzessin zu Pferde, von einem dito berittenen, aber untugendhaften Ritter verfolgt, setzte voll Todesangst über das Bodetal fort, und siehe da, wo sie glücklich landete, wo der Pferdehuf aufschlug, haben wir die Roßtrappe. Sie sehen an diesem einen Beispiele, wie recht ich mit meinem Satze hatte: wo die Gefahr liegt, liegt auch die Rettung.«

»Ich kann Ihr Beispiel nicht gelten lassen«, lachte Rosa. »Zum mindesten beweist es ein gut Teil weniger, als Sie glauben. Es macht eben einen Unterschied, ob ein gefährlicher Ritter eine schöne Prinzessin, oder ob umgekehrt eine gefährlich schöne Prinzessin ...«

»Was dem einen recht ist, ist dem andern billig.«

»Oh, nicht doch, Herr von Gordon, nicht doch. Einem armen Mädchen, Prinzessin oder nicht, wird immer geholfen, da tut der Himmel seine Wunder, interveniert in Gnaden und trägt das Roß, als ob es ein Flügelroß wäre, glücklich über das Bodetal hin. Aber wenn ein Ritter und Kavalier von einer gefährlich-schönen Prinzessin oder auch nur von einer gefährlich-schönen Hexe, was mitunter zusammenfällt, verfolgt wird, da tut der Himmel gar nichts und ruft nur sein aide toi même herunter. Und hat auch recht. Denn die Kavaliere gehören zum starken Geschlecht und haben die Pflicht, sich selber zu helfen.«

St. Arnaud applaudierte der Malerin, und selbst Cécile, die bei Beginn des Wortgefechts ein leises Unbehagen nicht unterdrücken konnte, hatte sich, als ihr das harmlos Unbeabsichtigte dieser kleinen Pikanterien zur Gewißheit geworden war, ihrer allerbesten Laune rückhaltlos hingegeben. Selbst der säuerlich schlechte Kaffee, mit der allerorten im Harz als Sahne geltenden häßlichen Milchhaut, erwies sich außerstande, diese gute Laune zu verscheuchen, und bestimmte sie nur, behufs leidlicher Balancierung des Übels, um Sodawasser zu bitten, was freilich, weil es multrig war, seines Zweckes ebenfalls verfehlte.

»Die Roßtrappen-Prinzessin«, sagte der Oberst, »wenn sie sich nach dem Sprunge hat restaurieren wollen, hat es hoffentlich besser getroffen als wir. Aber« (und er verneigte sich bei diesen Worten gegen Rosa) »wir haben dafür etwas anderes vor ihr voraus, eine liebenswürdige Bekanntschaft, die wir anknüpfen durften.«

»Und die sich hoffentlich fortsetzt«, fügte Cécile mit großer Freundlichkeit hinzu. »Dürfen wir hoffen, Sie morgen an der Table d'hôte zu treffen?«

»Ich habe vor, meine gnädigste Frau, mich morgen in Quedlinburg umzutun, und möchte mein Reiseprogramm gern innehalten. Aber es würde mich glücklich machen, mich Ihnen für diesen Nachmittag anschließen zu dürfen und dann später vielleicht auf dem Heimwege.«

Dieser Heimweg wurde denn auch bald danach beschlossen, und zwar über die sogenannte »Schurre« hin, bei welcher Gelegenheit man den eigentlichen Roßtrappe-Felsen, also die Hauptsehenswürdigkeit der Gegend, mit in Augenschein nehmen wollte.

»Werden auch deine Nerven ausreichen?« fragte der Oberst, »oder nehmen wir lieber einen Tragstuhl? Der Weg bis zur Roßtrappe mag gehen. Aber hinterher die Schurre? Der Abstieg ist etwas steil und fährt in Kreuz und Rücken oder, um mich wissenschaftlicher auszudrücken, in die Vertebrallinie.«

Der schönen Frau blasses Gesicht wurde rot, und Gordon sah deutlich, daß es sie peinlich berührte, den Schwächezustand ihres Körpers mit solchem Lokaldetail behandelt zu sehen. Sie begriff St. Arnaud nicht, er war sonst so diskret. Aber sich bezwingend, sagte sie: »Nur nicht getragen werden, Pierre; das ist für Sterbende. Gott sei Dank, ich habe mich erholt und empfinde, mit jeder Stunde mehr, den wohltätigen Einfluß dieser Luft... Ich glaube, Sie beruhigen zu können«, setzte sie lächelnd gegen Gordon gewandt hinzu.

So brach man denn auf und erreichte zunächst die Roßtrappe, die berühmte Felsenpartie, wo ganze Gruppen von Personen, aber auch einzelne, vor einer Erfrischungsbude standen und unter Lachen und Plaudern das Echo weckten, – die meisten ein Seidel, andere, die dem Selbstbräu mißtrauten, einen Cognac in der Hand. Unter diesen waren auch unsere Berliner, die sich, als sich ihnen erst St. Arnaud mit der Malerin und dann Gordon mit der gnädigen Frau von der Seite her genähert hatten, anscheinend respektvoll zurückzogen, aber nur um gleich danach ihrem Herzen in desto ungenierterer Weise Luft zu machen.

»Sieh die Große«, sagte der Ältere. »Pompöse Figur.«

»Ja; bißchen zu sehr Karoline Plättbrett.«

»Tut mir nichts.«

»Mir aber. Übrigens darum keine Feindschaft nich. Chacun à son goût. Und nun sage mir, wen lassen wir leben, den Stöpsel oder die Stricknadel?«

»Ich denke Berlin.«

»Das is recht.«

Und erfreut über das Aufsehen, das sie durch ihre vorgeschrittene Heiterkeit machten, stießen sie mit den Cognacgläschen zusammen.

SIEBENTES KAPITEL

Gordon bot Cécile den Arm und führte sie so geschickt bergab, daß die gefürchtete Schurre nicht nur ohne Beschwerde, sondern sogar unter Scherz und Lachen passiert wurde, wobei die schöne Frau mehr als einmal durch einen Anflug kleinen Übermuts überraschte.

»St. Arnaud, müssen Sie wissen, macht sich gelegentlich interessant mit meinen Nerven, was er besser mir selber überließe. Das ist Frauensache. Gleichviel indes, ich werd' ihn in Erstaunen setzen.«

Und wirklich, ehe noch das Hotel erreicht war, war auch schon eine von St. Arnaud gutgeheißene Verabredung getroffen, die Malerin am folgenden Tage nach Quedlinburg begleiten zu wollen. Cécile selbst hatte den Vorschlag dazu gemacht.

Ja, die nervenkranke Frau, die von ihrer Krankheit und vor allem von einer Spezialisierung derselben, deren St. Arnaud sich schuldig gemacht hatte, nichts hören wollte, hatte sich tapfer gehalten; nichtsdestoweniger rächte sich, als sie wieder auf ihrem Zimmer war, das Maß von Überanstrengung, und ihren Hut beiseitewerfend, streckte sie sich auf eine Chaiselongue, nicht schlaf-, aber ruhebedürftig.

Als sie sich wieder erhob, fragte St. Arnaud: ›ob man das Souper auf dem großen Balkon nehmen wolle?‹ Cécile war aber dagegen und sprach den Wunsch aus, daß man allein bleibe. Der Kellner brachte denn auch eine Viertelstunde später das Teezeug und schob den Tisch an das offene Fenster, vor dem, weit drüben und zu Häupten der Berge, die Mondsichel leuchtete.

Hier saßen sie schweigend eine Weile. Dann sagte Cécile: »Was war das mit dem Spottnamen, dessen das Fräulein heute nachmittag erwähnte?«

»Du hast nie von Rosa Bonheur gehört?«

»Nein.«

St. Arnaud lächelte vor sich hin.

»Ist es etwas, das man wissen muß?«

»Je nachdem. Meinem persönlichen Geschmacke nach brauchen Damen überhaupt nichts zu wissen. Und jedenfalls lieber zu wenig als zu viel. Aber die Welt ist nun mal wie sie ist, auch in *diesem* Stück, und verlangt, daß man dies und jenes wenigstens dem Namen nach kenne.«

»Du weißt...«

»Ich weiß alles. Und wenn ich dich so vor mir sehe, so gehörst du zu denen, die sich's schenken können... Bitte, noch eine halbe Tasse... Dich zu sehen ist eine Freude. Ja, lache nur; ich hab' es gern, wenn du lachst ... Aber lassen wir das dumme Wissen. Und doch wär' es gut, du könntest dich etwas mehr kümmern um diese Dinge, vor allem mehr sehen, mehr lesen.«

»Ich lese viel.«

»Aber nicht das Rechte. Da hab' ich neulich einen Blick auf deinen Bücherschrank geworfen und war halb erschrocken über das, was ich da vorfand. Erst ein gelber französischer Roman. Nun, das möchte gehen. Aber daneben lag: ›Ehrenström, ein Lebensbild, oder die separatistische Bewegung in der Uckermark‹. Was soll das? Es ist zum Lachen und bare Traktätchenliteratur. Die bringt dich nicht weiter. Ob deine Seele Fortschritte dabei macht, weiß ich nicht; nehmen wir an ›ja‹, so fraglich es mir ist. Aber was hast du gesellschaftlich von Ehrenström? Ehrenström mag ein ausgezeichneter Mann gewesen sein, ich glaub' es sogar aufrichtig und gönn' ihm seinen Platz in Abrahams Schoß, aber für die Kreise, darin wir leben oder doch wenigstens leben sollten, für *die* Kreise bedeutet Ehrenström nichts, Rosa Bonheur aber sehr viel.«

Sie nickte zustimmend und abgespannt, wie fast immer, wenn irgend etwas, das nicht direkt mit ihrer Person oder ihren Neigungen zusammenhing, eingehender besprochen wurde. Sie wechselte deshalb rasch den Gesprächsgegenstand und sagte: »Gewiß, gewiß, es wird so sein. Fräulein Rosa scheint übrigens ein gutes Kind und dabei heiter. Vielleicht ein wenig mit Absicht. Denn die Männer lieben Heiterkeit, und Herr von Gordon wird alles, nur keine Ausnahme sein. Es schien mir vielmehr, als ob er sich für das plauderhafte Fräulein interessiere.«

»Nein, es schien mir umgekehrt, als ob er sich für *die* Dame interessiere, die wenig sprach und viel schwieg, wenigstens solange wir oben auf der Roßtrappe waren. Und ich kenne wen, dem es auch so schien, und der es noch besser weiß als ich.«

»Glaubst du?« sagte Cécile, deren Züge sich plötzlich belebten, denn sie hatte nun gehört, was sie hören wollte. »Wie spät mag es sein? Ich bin angegriffen. Aber bringe noch ein Kissen, eine Rolle, daß wir noch einen Augenblick auf das Gebirge sehen und auf das Rauschen der Bode hören. Ist es nicht die Bode?«

»Freilich. Wir kamen ja durch das Bodetal. Alles Wasser hier herum ist die Bode.«

»Wohl, ich entsinne mich. Und wie klar die Sichel da vor uns steht. Das bedeutet schönes Wetter für unsre Partie. Herr von Gordon ist ein vorzüglicher Reisemarschall. Er spricht nur zuviel über Dinge, die nicht jeden interessieren, über Steppenwolf und Steppengeier und, was noch schlimmer ist, über Bilder von unbekannten Meistern. Ich kann Bildergespräche nicht leiden.«

»Ah, Cécile«, lachte St. Arnaud, »wie du dich verrätst! Ich glaube gar, du verlangst, er soll, als ob er noch in Indien wäre, den Säulenheiligen spielen und zehn Jahre lang nichts als deinen Namen sprechen. Es erheitert mich. Eifersüchtig. Und eifersüchtig auf *wen?*«

Und nun kam der andre Tag.

Es war eine Früh- oder doch Vormittagspartie, darauf hatte Gordon bestanden, und ehe noch der nach Quedlinburg abdampfende Zug über die letzten Dorfvillen und die schöne Blutbuche des am andern Flußufer gelegenen Baron Bucheschen Parkes hinaus war, sagte Cécile, während sie die kleinen Füße gegen den Rücksitz stemmte: »Jetzt aber das Programm, Herr von Gordon. Versteht sich, nicht zu lang, nicht zuviel! Nicht wahr, Fräulein Rosa?«

Diese stimmte zu, freilich mehr aus Artigkeit als aus Überzeugung, weil sie, nach Art aller Berlinerinnen, am Lerntrieb litt und nie genug hören oder sehen konnte. Gordon gab übrigens die Versichrung, es gnädig machen zu wollen. Es seien vier Dinge da, darum sich's lediglich handeln könne: das Rathaus, die Kirche, dann das Schloß und endlich der Brühl.

»Der Brühl?« sagte Rosa. »Was soll uns *der?* Das ist ja die Straße, worin die Pelzhändler wohnen. Wenigstens in Leipzig.«

»Aber nicht in Quedlinburg, meine Gnädigste. Der Quedlinburger Brühl gibt sich ästhetischer und ist ein Tiergarten oder ein Bois de Boulogne mit schönen Bäumen und allerlei Bild- und Bauwerken. Karl Ritter, der berühmte Geograph, hat ein gußeisernes Denkmal darin und Klopstock ein Tempelchen mit Büste. Beide waren nämlich geborne Quedlinburger.«

»Also nach dem Brühl«, seufzte Cécile, die nicht den geringsten Sinn für Tempelchen und gußeiserne Monumente hatte. »Nach dem Brühl. Ist es weit von der Stadt?«

»Nein, meine gnädigste Frau, nicht weit. Aber weit oder nicht, wir können ihn fallen lassen, ich meine den Brühl und auch das Rathaus, trotz seines steinernen Rolands und seines aus Brettern zusammengeschlagenen großen Kastens mit Vorlegeschloß, darin der Regensteiner, natürlich ein Buschklepper oder dergleichen, eine hübsche Weile gefangensaß.«

»Mit Vorlegeschloß«, wiederholte Cécile neugierig, die sich für den Regensteiner augenscheinlich mehr als für Klopstock interessierte. »Mit Vorlegeschloß. War es ein großer Kasten, darin man ihn einsperrte?«

»Nicht viel größer als eine Apfelkiste, weshalb mir auch bei seinem Anblick diese bevorzugten Versteckplätze meiner Jugend wieder in Erinnerung kamen, mit ihrem Glück und ihrem Grusel. Besonders mit ihrem Grusel. Denn wenn die Krampe zufiel und eingriff, so saß ich allemal voll Todesangst in dem stickigen Kasten, um kein Haar breit besser als der Regensteiner. Aber der wirkliche Regensteiner (der übrigens kein Asthmatikus gewesen sein kann) ließ sich's, trotz Stickigkeit und Enge, nicht anfechten und steckte zwanzig Monate lang in dem Loch, ohne mehr Luft als die, die durch die spärlichen Ritzen eindrang. Und nur dann und wann kamen die Quedlinburger und wohl auch die Quedlinburgerinnen und sahen hinein und grinsten ihn an.«

»Und piekten ihn mit ihren Sonnenschirmen.«

»Ganz unzweifelhaft, meine gnädigste Frau. Zum mindesten sehr wahrscheinlich. Die Bourgeoisie, die nie tief aus dem Becher der Humanität trank, war gerade damals von einer besonderen Abstinenz, und die liberale Geschichtsschreibung – verzeihen Sie diesen Exkurs, meine Gnädigste – greift in nichts so fehl als darin, daß sie den Bürger immer als Lamm und den Edelmann immer als Wolf schildert. ›Die Nürnberger henken keinen nich, sie hätten ihn denn zuvor‹, und *dieser* Milde huldigten auch die Quedlinburger. Aber wenn sie den zu Henkenden hatten, henkten sie ihn auch gewiß, und zwar mit allen Schikanen.«

St. Arnaud, dem jedes Wort aus der Seele gesprochen war, nickte beifällig und wollte den ihm sympathischen Gegenstand eben mit einigen Bemerkungen seinerseits begleiten, als der Zug hielt und ein paar Kupeetüren geöffnet wurden.

»Ist dies Quedlinburg?« fragte Cécile.

»Nein, meine gnädigste Frau, dies ist *Neinstedt*, eine kleine Zwischenstation. Hier ist der Lindenhof, und, was dasselbe sagen will, hier wohnen die Nathusiusse.«

»Die Nathusiusse? Wer sind die?« fragten a tempo beide Damen.

»Eine Frage«, lachte Gordon, »die die betreffende Familie sehr übel vermerken würde. Die gnädige Frau, deren Protestantismus mir, pardon, einigen kleinen Anzeichen nach einigermaßen zweifelhaft erscheint, hat Absolution. Aber Fräulein Rosa, Berlinerin, ah, ah...«

»Keine Reprimande, keine Spöttereien. Einfach Antwort: Wer sind die Nathusiusse?«

»Nun denn, die Nathusiusse sind viel und vielerlei; sie sind, ohne die Frage damit erschöpfen zu wollen, fromme Leute, literarische Leute, landwirtschaftliche Leute, politische Leute. Bücher, Kreuz-Zeitung, Rambouillet-Zucht, alles kommt in der Familie vor, und selbst die Geschichte von der aufgenommenen Stecknadel, die dann schließlich den Aufnehmer zum Millionär umschuf, ist dem Ahnherrn der Nathusiusse nicht erspart geblieben. Aber das bedeutet nichts, das ist eine alte Geschichte, denn in wenigstens sechs großen Städten, in denen ich gelebt habe, kam der Reichtum der Reichsten immer von einer Stecknadel her. Überhaupt sind die besten Geschichten uralt und überall zu Haus, also Welteigentum, und ich habe manche, von denen wir glaubten, daß sie zwischen Havel und Spree das Licht der Welt erblickten oder ohne die Gebrüder Grimm gar nicht existieren würden, in Tibet und am Himalaja wiedergefunden.«

Rosa wollte davon nichts wissen und stritt hartnäckig hin und her, bis das abermalige Halten des Zuges allem Streiten ein Ende machte.

»Quedlinburg, Quedlinburg!«

Und unsere Reisenden entstiegen ihrem Waggon und sahen dem Zuge nach, der sich eine Minute später rasch wieder in Bewegung setzte.

ACHTES KAPITEL

Die Sonne brannte heiß auf den Perron nieder, und Cécile, die nach Art aller Nervösen sehr empfindlich gegen extreme Temperaturverhältnisse war, suchte nach einer schattigen Stelle, bis Gordon endlich vorschlug, in die große Flurhalle des Bahnhofgebäudes eintreten und hier in aller Ruhe den in der

Schwebe gebliebenen Schlachtplan feststellen zu wollen. Das geschah denn auch, und nachdem man, ebenso wie den Brühl, auch noch das Rathaus ohne lange Bedenken gestrichen hatte, kam man überein, sich an Schloß und Kirche genügen zu lassen. Beide, so versicherte Gordon, lägen dicht nebeneinander, und der Weg dahin, wenn man am Außenrande der Stadt bleibe, werde der gnädigen Frau nicht allzu beschwerlich fallen.

All das war rasch akzeptiert worden, die Damen nahmen noch ein Himbeerwasser, und eine Minute später schritt man bereits, nach Passierung eines von einer wahren Tropensonne beschienenen Vorplatzes, an der die Stadt in einem Halbbogen umfließenden und an beiden Ufern von prächtig alten Bäumen überschatteten Bode hin. Das Wasser plätscherte neben ihnen, die Lichter hüpften und tanzten um sie her, und mit Hülfe kleiner Brückenstege machte man sich das Vergnügen, die Flußseite zu wechseln, je nachdem hüben oder drüben der kühlere Schatten lag. Es war sehr entzückend, am entzückendsten aber da, wo die bis dicht an die Bode herantretenden Gärten einen Blick auf endlos scheinende Blumenbeete gestatteten, ähnlich jenen draußen vor der Stadt, die schon, während der Eisenbahnfahrt von Berlin bis Thale, Cécile bezaubert hatten. Auch heute wieder konnte sie sich nicht satt sehen an der oft ganze Muster bildenden Blumen- und Farbenpracht und fand es, gegen ihre Gewohnheit, sogar interessant, als Gordon, in allerhand Einzelheiten eingehend, von den zwei großen Gartenfirmen der Stadt sprach, die, mit ihrem um die ganze Welt gehenden Quedlinburger Blumensamenpaketen, ein Vermögen erworben und sich den Zuckermillionären in der Umgegend mindestens gleichgestellt hätten.

»Ei, das freut mich. Zuckermillionäre! Wie hübsch das klingt.« Und dabei blieb sie stehen und sah, durch ein goldbronziertes Gitter, einen der breiten Gartenstege hinauf. »Das lila Beet da, das sind Levkoien, nicht wahr?«

»Und das rote«, fragte Rosa, »was ist das?«

»Das ist ›Brennende Liebe‹.«

»Mein Gott, so viel.«

»Und doch immer noch unter der Nachfrage. Muß ich Ihnen sagen, meine Gnädigste, wie stark der Konsum ist?«

»Ah«, sagte Cécile mit etwas plötzlich Aufleuchtendem in ihrem Auge, das dem sie scharf beobachtenden Gordon nicht entging und ihn, mehr als alle seine bisherigen Wahrnehmungen, über ihre ganz auf Huldigung und Pikanterie gestellte Natur aufklärte. Der Eindruck, den er von diesem fein-sinnlichen Wesen hatte, war aber ein angenehmer, ihm überaus sympathischer, und eine lebhafte Teilnahme, darin sich etwas von Wehmut mischte, regte sich plötzlich in seinem Herzen.

Von der Stelle, wo man stand, bis zu dem hochgelegenen Stadtteile, der mit Schloß und Kirche das ihm zu Füßen liegende Quedlinburg beherrscht, war nur noch ein kurzer Weg, und ehe man hundert Schritte gemacht hatte, begann bereits die Steigung. Diese selbst war beschwerlich, die malerisch-mittelalterlichen Häuser aber, die, nesterartig, zu beiden Seiten der zur Höhe hinaufführenden Straße klebten, erhielten Cécile bei Mut, und als sie bald danach auf einen von stattlichen Häusern gebildeten und zu weitrer Verschönerung auch noch von alten Nußbäumen überschatteten Platz hinaustrat, kam ihr zu dem Mut auch alle Kraft und gute Laune wieder, die sie gleich zu Beginn des Spazierganges an der Bode hin gehabt hatte.

»Das ist das Klopstock-Haus«, sagte Gordon und zeigte, seine Führerrolle wieder aufnehmend, auf ein etwas zur Seite gelegenes und beinah grasgrün getünchtes Haus mit Säulenvorbau.

»Das Klopstock-Haus?« wiederholte Cécile. »Sagten Sie nicht, es stände ... Wie hieß es doch?«

»Im Brühl. Ja, meine gnädigste Frau. Aber da läuft eine kleine Verwechslung mit unter. Was im Brühl steht, das ist das Klopstock-Tempelchen mit der Klopstock-Büste. Dies hier ist das eigentliche Klopstock-Haus, das Haus, darin er geboren wurde. Wie gefällt es Ihnen?«

»Es ist so grün.«

Rosa lachte lauter und herzlicher, als die Schicklichkeit gestattete, sofort aber wahrnehmend, daß Cécile sich verfärbte, lenkte sie wieder ein und sagte: »Pardon, aber Sie haben mir so ganz aus der Seele gesprochen, meine gnädigste Frau. Wirklich, es ist zu grün. Und nun excelsior! Immer höher hinauf. Sind es noch viele Stufen?«

Unter solchem Gespräch erstiegen alle das noch verbleibende Stück Weges, eine gepflasterte Treppe, deren Seitenwände dicht genug standen, um gegen die Sonne Schutz zu geben.

Und nun war man oben und freute sich, aufatmend, der Brise, die ging. Der Platz, den man erreicht hatte, war ein mäßig breiter, Schloß und Abteikirche voneinander scheidender Hof, der, außer den auf ihm lagernden Schatten und Lichtern, nichts als zwei Männer zeigte, die, wie Besuch erwartende Gastwirte, vor ihren zwei Lokalen standen. Wirklich, es waren Kastellan und Küster, die zwar nicht mit haßentstellten, aber doch immerhin mit unruhigen Gesichtern abwarteten, nach welcher Seite hin die Schale sich neigen würde, worüber in der Tat selbst bei denen, die die Entscheidung hatten, immer noch ein Zweifel waltete.

Besichtigung von Schloß und Kirche, so lautete das Programm, *das* stand fest, und daran war nicht zu rütteln. Aber was noch schwebte, war die Prioritätsfrage. Gordon und St. Arnaud sahen sich also fragend an. Endlich entschied der Oberst mit einem Anfluge von Ironie dahin, daß Herrendienst vor Gottesdienst gehe, welchem Entscheide Gordon in gleichem Tone hinzusetzte: »Preußen-Moral! Aber wir *sind* ja Preußen.«

Und so wandte man sich denn rasch entschlossen dem Kastellan zu, freilich nicht ohne sein Vis-à-vis, den nach links hin stehenden Küster, mit einem hoffnunggebenden Gruße gestreift zu haben. Er verneigte sich denn auch in Erwiderung darauf verbindlich lächelnd und schien alles in allem nicht unzufrieden über diesen Gang der Dinge. Denn unten in der Stadtkirche läuteten eben die Mittagsglocken, und etwas Bratwurstartiges, das von der Küche her durch die Luft zog, ließ das In-die-zweite-Linie-Gestelltwerden fast als einen Vorzug erscheinen.

Unter diesen Vorgängen, die nur von Rosa scharf beobachtet und mit Künstlerauge gewürdigt worden waren, waren alle vier in den Schloßflur eingetreten, an dem respektvoll die Honneurs machenden Kastellan vorüber. Dieser, ein freundlicher und angenehmer Mann, nahm durch seine Freundlichkeit sofort für sich ein, fiel aber andererseits durch ein unsicheres und fast ein schlechtes Gewissen verratendes Auftreten einigermaßen auf, ganz wie jemand, der Lotterielose feilbietet, von denen er weiß, daß es Nieten sind. Und wirklich, sein Schloß konnte, durch alle Räume hin, als eine wahre Musterniete gelten. Was es vordem an Kostbarkeiten besessen hatte, war längst fort, und so lag ihm, dem Hüter ehemaliger Herrlichkeit, nur ob, über Dinge zu sprechen, die nicht mehr da waren. Eine nicht leichte Pflicht. Er unterzog sich derselben aber mit vielem Geschick, indem er den herkömmlichen, an *vorhandene* Sehenswürdigkeiten anknüpfenden Kastellansvortrag in einen umgekehrt sich mit dem *Verschwundenen* beschäftigenden Geschichtsvortrag umwandelte. Voll richtigen Instinkts ersah er hierbei den Wert der historischen Anekdote, die denn auch beständig aus der Verlegenheit helfen mußte.

Rosa, deren Wißbegier auf ganze Säle voll Rubens und Snyders, voll Wouwermans und Potters rechnete, hielt sich selbstverständlich unausgesetzt in der Nähe des Kastellans und mühte sich, durch allerlei klug gestellte Fragen seine besondere Teilnahme zu wecken.

»Und in diesen Räumen also haben die Quedlinburger Äbtissinnen residiert?« begann sie mit erheucheltem Interesse, denn es lag ihr ungleich mehr an Bärenhatz und Sechzehnendern als an Porträts mit Pompadourfrisuren. »In diesen Räumen also...«

»Ja, meine gnädigste Frau«, antwortete der Kastellan, der unsere Freundin um ihres muntern Wesens und vielleicht auch um ihres Embonpoints willen für eine glücklich verheiratete Dame nahm. »Ja, meine gnädigste Frau, *wirklich* residiert, das heißt mit Hofstaat und Krone. Denn die Quedlinburger Äbtissinnen waren nicht gewöhnliche Klosteräbtissinnen, sondern Fürstabbatissinnen und saßen von Mechthildis, Schwester Ottos des Großen, an bei den Reichsversammlungen auf der Fürstenbank. Und hier im Schlosse war auch der Thronsaal. Es ist der Saal nebenan, in welchem ich die gnädige Frau vorweg bitten möchte, die roten Damasttapeten beachten zu wollen. Es ist Damast von Arras.«

Und damit traten alle, von einem kleinen, bis dahin besichtigten Vorzimmer her, in den großen Thronsaal ein, in welchem, neben der so ruhmvoll erwähnten Damasttapete, nur noch der getäftelte Fußboden an die frühere Herrlichkeit erinnerte.

Rosa sah sich verlegen um, was dem Führer nicht entging, weshalb er seinen Vortrag rasch wieder aufnahm, um durch Erzählungskunst den absoluten Mangel an Sehenswürdigkeiten auszugleichen. »Also, der Thronsaal, gnädige Frau«, hob er an. »Und hier, wo die Tapete fehlt, genau hier stand der Thron selbst, der Thron der Fürstabbatissinnen, ebenfalls rot, aber von rotem Samt und mit Hermelin verbrämt. Und mit dem zuständigen Wappen: Zwei Kelche mit einem Pokal.«

»Ah«, sagte Rosa, »mit zwei Kelchen und einem Pokal... Sehr interessant.«

»Und hier«, fuhr der Kastellan, während er auf einen großen, aber leeren Goldrahmen zeigte, mit einer immer volltönender und beinah feierlich werdenden Stimme fort, »hier in diesem Goldrahmen befand sich die Hauptsehenswürdigkeit des Schlosses: der Spiegel aus Bergkristall. Der Spiegel aus Bergkristall, sag' ich, der sich zurzeit in den skandinavischen Reichen, und zwar in dem Königreiche Schweden, befindet.«

»In Schweden?« wiederholte St. Arnaud. »Aber wie kam er dahin?«

»Auf Umwegen und durch allerlei seltsame Schicksale«, nahm der Kastellan seinen historischen Vortrag wieder auf. »Unsere letzte Fürstabbatissin war nämlich eine Prinzessin von Schweden, Josephine Albertine, Tochter der Königin Ulrike, Schwester Friedrichs des Großen. Über zwanzig Jahre hatte Josephine Albertine hier glänzend und segensreich residiert und sich an dem Kristallspiegel, der ihr Stolz und ihr Lieblingsstück war, erfreut, als diese Gegenden eines Tages westfälisch wurden und unter König Jérôme kamen. Da mußte sie sich trennen von ihrem Schloß, samt allem, was darinnen war, und natürlich auch von ihrem Spiegel. Denn es ward ihr kaum Zeit gelassen zum Notwendigsten, geschweige zum Einpacken und Mitnehmen dessen, was das Nebensächliche, wenn auch freilich für sie das Liebste war.«

»Und was wurde?«

»Nun, König Jérôme, der, wegen dem ewigen ›Morgen wieder lustik sein‹ sehr viel Geld brauchte, stand alsbald vor der

Notwendigkeit, das ganze Schloßinventar unter den Hammer zu bringen, und eines Tages hieß es in allen Zeitungen, deutschen und fremden, daß, neben den anderen Schätzen des Schlosses, auch der berühmte Kristallspiegel versteigert werden solle. Das war der Moment, auf den Prinzessin Josephine Albertine, die mittlerweile nach Schweden zurückgekehrt war, denn die Bernadottesche Zeit war noch nicht da, gewartet hatte, weshalb sie nunmehr strikten Befehl gab, auf den Spiegel zu fahnden und jeden Preis zu zahlen, zu dem er angesetzt oder am Auktionstage selbst hinaufgetrieben werden würde. Wie hoch er kam, weiß ich nicht; nur das eine weiß ich, daß es ein Vermögen gewesen sein soll. Ich habe von einer Tonne Goldes sprechen hören. Unter allen Umständen aber kam der Spiegel nach Schweden, nach Stockholm, woselbst er sich bis diesen Tag befindet und im Ridderholm-Museum gezeigt wird.«

»Allerliebst«, sagte St. Arnaud. »Im ganzen genommen ist mir die Geschichte lieber als der Spiegel«, eine Meinung, die von Gordon und Rosa vollkommen, keineswegs aber von Cécile geteilt wurde. Diese hätte sich gern in dem Kristallspiegel gesehen und war während der zweiten Hälfte der ihr viel zu weit ausgesponnenen Erzählung an ein offenstehendes Balkonfenster getreten, das nicht nur einen Blick auf das Gebirge, sondern auch auf die weiten Gartenanlagen hatte, die sich im Halbkreis um die Schloßfundamente herumzogen. In diesen Gartenanlagen wechselten Strauchwerk und Blumenterrassen; was aber das Auge Céciles bald ausschließlich in Anspruch nahm, war ein Sandsteinobelisk von mäßiger Höhe, der, halb in dem Schloßunterbau drin steckend, hautreliefartig aus einer alten Mauerwand vorsprang. Der Sockel war mit Girlanden ornamentiert und schien auch eine Inschrift zu haben.

»Was ist das?« fragte Cécile.

»Ein Grabstein.«

»Von einer Äbtissin?«

»Nein, von einem Schoßhündchen, das Anna Sophie, Pfalzgräfin von bei Rhein und vorletzte Fürstabbatissin, an dieser Stelle beisetzen ließ.«

»Sonderbar. Und mit einer Inschrift?«

»Zu dienen«, antwortete der Kastellan.

Und den Damen ein Opernglas überreichend, das er zu diesem Behufe stets mit sich führte, las Cécile: »Jedes Geschöpf hat eine Bestimmung. Auch der Hund. Dieser Hund erfüllte die *seine*, denn er war treu bis in den Tod.«

Gordon lachte herzlich. »Denkmal für Hundetreue! Brillant. Wie sähe die Welt aus, wenn jedem treuen Hunde ein Obelisk errichtet würde. Ganz im Stil einer Barockprinzessin.«

Rosa stimmte zu, während Cécile verwirrt vom Fenster zurücktrat und mechanisch, und ohne zu wissen, was sie tat, an die Wandstelle klopfte, wo der Kristallspiegel seinen Platz gehabt hatte.

»Was haben wir noch zu gewärtigen?« fragte Gordon.

»Die Zimmer Friedrich Wilhelms des Vierten.«

»Friedrich Wilhelms des Vierten? Wie kam *der* hierher?«

»In den ersten Jahren seiner Regierung erschien er jeden Herbst, um von hier aus die großen Harzjagden abzuhalten. Als aber anno 48 die Jagdfreiheit aufkam und Stadt und Bürgerschaft ihm die Jagd verweigerten, wurd' er so verstimmt, daß er nicht wiederkam.«

»Was ich nur in der Ordnung finde. Bourgeoismanieren. Aber nun die Zimmer.«

Und damit traten sie, vom Thronsaal her, in ein paar niedrige, mit kleinen Mahagonimöbeln ausgestattete Räume, deren Spießbürgerlichkeit nur noch von ihrer Langweil übertroffen wurde.

Rosa sah ihre Hoffnung auf große Tierstücke mehr und mehr hinschwinden, hielt aber eine darauf gerichtete Frage immer noch für zulässig.

Freilich erfolglos.

»Tierstücke«, antwortete der Kastellan in einem Tone, darin unsere Künstlerin eine kleine Spitze zu hören glaubte, »Tierstücke haben wir in diesem Schlosse *nicht*. Wir haben nur Fürstabbatissinnen. Aber diese haben wir auch vollständig. Und außerdem die Quedlinburger Geistlichen lutherischer Konfession (ebenfalls beinah vollständig), deren einer altem Herkommen gemäß allsonntäglich hier oben predigte, so daß er neben seinem Stadtdienst auch noch Hofdienst hatte. Nach der Predigt blieb er dann zu Tisch und mitunter auch bis zur Dunkelstunde. So beispielsweise dieser hier, ein schöner Mann, etwas blaß, der in seinen besten Jahren an der Auszehrung starb. Er war Prediger zur Zeit der schwedischen Prinzessin Josephine Albertine, derselben, die den Kristallspiegel wieder erstand. Und hier ist die Prinzessin in Person.«

Dabei wies er auf das Bild einer mittelalterlichen Dame mit großer Kurfürstennase, Stirnlöckchen und Agraffenturban, aus deren ganz ungewöhnlicher Stattlichkeit sich die vom Kastellan nur leis angedeuteten Anfechtungen ihres Seelsorgers unschwer erklären ließen.

Einige der Bilder kehrten mehrfach wieder, was die Zahl der Äbtissinnen größer erscheinen ließ, als sie tatsächlich war. Rosa drang darauf, die Namen zu hören, aber es waren tote Namen, *einen* ausgenommen, den der Gräfin Aurora von Königsmark.

Und vor das Porträt *dieser* traten jetzt alle mit ganz ersichtlicher Neugier, ja Cécile – die vor kaum Jahresfrist einen historischen Roman, dessen Heldin die Gräfin war, mit besonderer Teilnahme gelesen hatte – war so hingenommen von dem Bilde, daß sie von der Unechtheit desselben nichts hören und alle dafür beigebrachten Beweisführungen nicht gelten lassen wollte.

Gordon, als er sah, daß er nicht durchdränge, wandte sich um Sukkurs an Rosa. »Helfen Sie mir. Die gnädigste Frau will sich nicht überzeugen lassen.«

Rosa lachte. »Kennen Sie die Frauen so wenig? Welche . . .«

»Wohl, Sie haben recht. Und am Ende, wer will an Bildern Echtheit oder Unechtheit beweisen? Aber zweierlei gilt auch ohne Beweis.«

»Und das wäre?«

»Nun zunächst das, daß es nichts Toteres gibt als solche Galerie beturbanter alter Prinzessinnen.«

»Und dann zweitens?«

»Daß der Unterschied von ›hübsch‹ und ›häßlich‹ in solcher Galerie zurechtgemachter Damenköpfe gar keine Rolle spielt, ja, daß einer Häßlichkeitsgalerie wie dieser hier vor einer sogenannten Schönheitsgalerie mit ihrer herkömmlichen Ödheit und Langerweile der Vorzug gebührt. Ach, wie viele solcher ›Galeries of beauties‹ hab' ich gesehen und eigentlich keine darunter, die mich nicht zur Verzweiflung gebracht hätte. Schon in ihrer Entstehungsgeschichte sind sie meistens beleidigend und ein Verstoß gegen Geschmack und gute Sitte. Denn wer sind denn die jedesmaligen Mäzene, Stifter und Donatoren? Immer ältliche Herren, immer mehr oder weniger mythologische Fürsten, die, pardon, meine Damen, nicht zufrieden mit der wirklichsten Wirklichkeit, ihre Schönheiten auch noch in effigie genießen wollen. Einer von ihnen – derselbe, von dem das Bonmot existiert, er habe nie was Dummes gesagt und nie was Kluges getan – ist mit seiner Galerie von Magdalenen (selbstverständlich von Magdalenen *vor* dem Bußestadium) allen anderen vorauf. Er war ein Stuart, wie kaum gesagt zu werden braucht. Aber unsere deutschen Kleinkönige sind ihm gefolgt und haben nun auch dergleichen. Ich entsinne mich noch des Eindrucks, den der Kopf der Lola Montez oder, wenn Sie wollen, der Gräfin Landsfeld, auf mich machte. Denn Gräfinnen werden sie schließlich alle, wenn sie nicht vorziehen, heiliggesprochen zu werden.«

»Ei, wie tugendhaft Sie sind«, lachte Rosa. »Doch Sie täuschen mich nicht, Herr von Gordon. Es ist ein alter Satz, je mehr Don Juan, je mehr Torquemada.«

Cécile schwieg und ließ sich, wie gelähmt, in einen in einer tiefen Fensternische stehenden Sessel nieder. St. Arnaud, der wohl wußte, was in ihr vorging, öffnete den einen der beiden Flügel und sagte, während die frische Luft einströmte: »Du bist angegriffen, Cécile. Ruh dich.«

Und sie nahm seine Hand und drückte sie wie dankbar, während es vor Erregung um ihre Lippen zuckte.

NEUNTES KAPITEL

Cécile erholte sich rascher als erwartet von dieser Anwandlung, und die weitere Besichtigung des Schlosses und bald danach auch der Abteikirche verlief zu allseitiger Zufriedenheit, ganz besonders auch zur Freude Céciles. Ja, sie war durch den Besuch der prächtig kühlen Kirche so gekräftigt und erfrischt worden, daß man auf *ihren* Vorschlag das Programm überschritt und guten Mutes die schon aufgegebene Partie nach dem Rathause machte, wo man erst den Roland und gleich danach das Gefängnis des Regensteiners bewunderte. Daran schloß sich dann unmittelbar ein ziemlich mittägliches Frühstück an Ort und Stelle. Kulmbacher Bier, wofür das Rathaus ein Renommee hatte, wurde bestellt, und Cécile war entzückt, als der Wirt die schäumenden und frisch beschlagenen Seidel brachte. »Wieviel schöner doch als eine Table d'hôte«, sagte sie. »Pierre, votre santé ... Fräulein Rosa, wohl bekomm's ... Herr von Gordon, Ihr Wohl.« Und während sie so plauderte, stieß sie mit ihrem Seidel an, sprach von dem Regensteiner, der es achtzehn Monate lang nicht voll so gut gehabt habe, und war überhaupt wie ein Kind. Nur als die Malerin auf die Bilder der Äbtissinnen zurückkam und bei der Gelegenheit bemerkte, daß auch noch im Rathaussaale (wie der Herr Wirt ihr eben verraten) ein Bild der schönen Aurora sei, »besser und jedenfalls echter als das im Schloß«, brach Cécile rasch ab und sagte verstimmt und in beinahe heftigem Tone: »Bilder und immer wieder Bilder. Wozu? Wir hatten mehr als genug davon.«

Gegen fünf Uhr war man in Thale zurück, und Cécile, die sich nach Ruhe sehnte, verabschiedete sich für den Rest des Tages. »Bis auf morgen, Fräulein Rosa; bis auf morgen, Herr von Gordon.«

Und dieser Morgen war nun da.

Gordon, der am Abend vorher noch einem Konzert auf dem Hubertusbade beigewohnt und bei dieser Gelegenheit eine halbe Stunde lang mit der Malerin über Samarkand und Wereschagin, dann aber mit dem ebenfalls erschienenen St. Arnaud über den Quedlinburger Roland, den Regensteiner und vieles andere noch geplaudert hatte, hatte sich's, um den Morgen zu genießen, auf einem Fauteuil am Fenster bequem gemacht und blies eben den Dampf seiner Havanna in die frische Luft hinaus. Er ließ dabei die Vorgänge des letzten Tages, darunter auch die Bilder der Fürstabbatissinnen, noch einmal an sich vorüberziehen und begleitete den Zug ihrer meist grotesken Gestalten mit allerhand spöttisch erbaulichen Betrachtungen. »Ja, diese kleinen Grandes Dames aus dem vorigen Jahrhundert! Wie wird eine freiere Zeit darüber lachen, wenn sie nicht *jetzt* schon darüber lacht. Es gibt nichts, an dem sich das Wesen der Karikatur so gut demonstrieren ließe. Meist waren sie häßlich oder doch mindestens von einem unschönen Embonpoint, und alle hielten sie sich einen Kammerherrn und einen Mops, wuschen sich nicht oder doch nur mit Mandelkleie und waren ungebildet und hochmütig zugleich. Ja, auch hochmütig. Nur nicht gegen ihren Leibdiener.« Er malte sich das alles noch weiter aus, bis sich ihm plötzlich vor eben diese groteske Gestaltenreihe die graziöse Gestalt Céciles stellte, wechselnd in Stimmung und Erscheinung, genauso, wie sie der vorhergehende Tag ihm gezeigt hatte. Jetzt sah er sie, wie sie, sich vorbeugend, die Inschrift auf dem Grabobelisk des Bologneser Hündchens las, und dann wieder, wie sie bei dem Gespräch über die Schönheitsgalerien und die Gräfin Aurora nahezu von einer Ohnmacht angewandelt wurde. War das alles Zufall? Nein. Es verbarg sich etwas dahinter. Aber dann vernahm er wieder das heitere Lachen und sah, wie sie, glückstrahlend, den Krug nahm und anstieß. »Ihr Wohl, Fräulein Rosa; Herr von Gordon, Ihr Wohl.« Und er empfand dabei deutlich, daß, was immer auch auf ihrer Seele laste, die Seele, die diese Last trage, trotz alledem eine Kinderseele sei.

»Klothilde muß von ihr wissen«, sprach er vor sich hin. »Und wenn sie nichts weiß, so doch von ihr hören können. Liegnitz ist just der Ort dazu; nicht zu groß und nicht zu klein, und was das Regiment nicht weiß, das weiß die Ritterakademie. Die Schlesier sind ohnehin miteinander verwandt und haben einen schwatzhaften Zug. Schwatzhaftigkeit, Eigensinn und ›so gerne‹ hat Rübezahl jedem der Seinen in die Wiege gelegt. Ja, Klothilde muß es wissen, an sie zu schreiben hab' ich ohnehin, und so denn two birds with one stone. Fräulein Schwester wird freilich sommerlich ausgeflogen und irgendwo im Gebirge sein, in Landeck oder in Reinerz oder gar in Böhmen. Aber was tut's? Die Post wird sie schon zu finden wissen. Wozu haben wir Stephan? Er kommt ja gleich nach Bismarck.«

Und bei diesem Selbstgespräche die Havanna aus der Hand legend, nahm er ein Kuvert und adressierte mit großer Handschrift: »Dem Fräulein Klothilde von Gordon-Leslie, Liegnitz, Am Haag 3a.« Dann schob er das Kuvert wieder zurück, legte sich zwei kleine Bogen mit »Hexentanzplatz« und »Roßtrappe« zurecht und schrieb: »Meine liebe Klotho. Genau vier Wochen heute, daß ich mich von Dir und Elsy verabschiedete. Vier Wochen fort aus Eurem traulichen Heim, aber erst seit einer Woche hier, weil ich, als ich von Liegnitz nach Berlin zurückkehrte, Briefe vorfand, die mich in geschäftlichen Angelegenheiten erst nach Hamburg und dann nach Bremen führten. Um Euch wenigstens eine Andeutung zu machen, es handelt sich abermals um Legung eines Kabels. Von Bremen dann hierher, nach Thale, Thale am Harz und nicht zu verwechseln mit einem gleichnamigen Kurort in Thüringen.

Es gereut mich nicht, diesen entzückenden Platz mit seiner erfrischenden und stärkenden Luft gewählt zu haben, denn Luft ist kein leerer Wahn, was *der* am besten weiß, der ihre mannigfachen Arten an sich selber erprobt hat. Wir gehen einer totalen Reform der Medizin oder doch zum mindesten der Heilmittellehre entgegen, und die Rezepte der Zukunft werden lauten: drei Wochen Lofoten, sechs Wochen Engadin, drei Monate Wüste Sahara. Ja, selbst Malariagegenden werden in kleinen Dosen verordnet werden, etwa wie man jetzt Arsenik gibt. Die große Wirkung der Luftheilmethode liegt in ihrer Perpetuierlichkeit – man kommt Tag und Nacht aus dem Heilmittel nicht heraus.

Ein gut Teil dieser Heilmethode hab' ich auch hier, und so fühl' ich denn mehr und mehr die Verstimmung von mir abfallen, die mich, ohne rechten Grund, seit lange quälte. Nur bei Euch war ich frei davon. Die Partien und Ausflüge liegen hier wie vor der Tür, und so sieht man sich in der angenehmen Lage, Naturschönheit ohne jede Müh und Anstrengungen genießen zu können. Daß es eine Schönheit kleineren Stils ist, schadet wenig. Ich bin oft genug bis zwanzigtausend Fuß hoch umhergeklettert, um jetzt mit zweitausend vollkommen zufrieden, ja sogar eigens dankbar dafür zu sein. Ich liebe Weltreisen und möchte sie, wiewohl ich fühle, daß die Passion nachläßt, auch für die Zukunft nicht missen, aber ich bin andererseits kein Freund von Strapazen als solchen, und je bequemer ich den Kongo hinauf oder hinunter komme, desto besser. Ökonomie der Kräfte.

Doch was Kongo! Vorläufig heißt meine Welt noch Thale, Hotel Zehnpfund, ein wundervoller Hotelname, bei dem man sich, wie auf dem Bilde ›Wo speisen Sie?‹, förmlich arrondieren fühlt und der sofort die Vorstellung weckt: hier ist es gut sein.

Und diese Vorstellung täuscht auch nicht. Es ist hier in der Tat gut sein, appetitlich und unterhaltlich, letzteres besonders seit drei Tagen, wo sich, durch Eintreffen neuer Gäste, die Table d'hôte belebt hat. Unter diesen Gästen ist ein alter Emeritus, mit dem ich mich gleich anfänglich anfreundete, seit Dienstag aber hat er vor einer neuen Bekanntschaft einigermaßen zurücktreten müssen: Oberst St. Arnaud und Frau. Er, trotzdem er ›a. D.‹ ist (nicht bloß ›zur Disposition‹), Gardeoffizier from top to toe, *sie*, trotz eines languissanten Zuges, oder vielleicht auch um desselben willen, eine Schönheit ersten Ranges. Wundervoll geschnittenes Profil, Gemmenkopf. Ihre Augen stehen scharf nach innen, wie wenn sie sich suchten und lieber sich selbst als die Außenwelt sähen – eine Besonderheit, die von Splitterrichtern sehr wahrscheinlich ihrer Schönheit zum Nachteil angerechnet und mit einem ziemlich prosaischen Namen bezeichnet werden wird. Es gibt ihr aber entschieden etwas Apartes, und wenn ihre Beauté wirklich Einbuße dadurch erfahren sollte, was ich nicht zugeben kann, so doch sicherlich nicht ihr Reiz. Sie verzieht mich ein wenig, und zwar in einer ganz eigentümlichen Weise, der ich Koketterie nicht zuschreiben und auch nicht ganz absprechen kann. Ich stehe vor einem Rätsel oder doch mindestens vor etwas Unbestimmtem und Unklarem, das ich aufgeklärt sehen möchte. Und dazu, meine liebe Klothilde, mußt Du mir behülflich sein. Du weißt ja den Genealogischen halb und die Rangliste ganz auswendig, hast das Offizierkorps Eurer berühmten Garnison eingetanzt und kennst die nachbarlichen Wahlstätter Kadettenlieutenants, die sich so ziemlich aus allen Provinzen rekrutieren. Du mußt also was erfahren können. Daß er mehrere Jahre lang ein Gardebataillon kommandierte, weiß ich; er hat sich gestern abend, als ich von einem Konzert mit ihm heimkehrte, selbst darüber ausgesprochen. Warum aber nahm er den Abschied? Warum zieht er sich augenscheinlich aus dem, was man Gesellschaft nennt, zurück?

Vor allem jedoch, wer ist Cécile? Dies ist nämlich ihr Name. Woher stammt sie? Brüssel, Aachen, Sacré Cœur, so schoß es mir durch den Kopf, als ich sie zum ersten Male sah, aber dies alles war ein Irrtum. Ich finde, sie schlesiert ein wenig, und so wird es Dir, wenn ich darin recht habe, nur um so leichter sein, meine Neugier zu befriedigen.

Meine Neugier? Ich würde Dir von einem tieferen Interesse sprechen, wenn ich nicht fürchten müßte, diesen Ausdruck mißverstanden zu sehen. Sie hat offenbar viel erfahren, Leid und Freud, und ist nicht glücklich in ihrer Ehe, trotzdem sie dem Obersten, ihrem Gemahl, in einzelnen Momenten etwas wie Dank oder selbst wie Hingebung und Herzlichkeit zeigt. Aber es sind immer nur Momente, wo sie nach einem Halt sucht und diesen Halt in ihm zu finden glaubt. Also, wenn Du willst, eine Neigung mehr aus Schutzbedürfnis als aus Liebe. Mitunter auch aus bloßer Caprice.

Ja, sie hat Capricen, was an einer schönen Frau nicht sonderlich überraschen darf, aber was durchaus frappieren muß, ist das naive Minimalmaß ihrer Bildung. Sie spricht gut Französisch (recht gut) und versteht ein weniges von Musik, im übrigen fehlt ihr nicht bloß alles Positive, sondern auch jener Esprit, der adorierten Frauen fast immer zu Gebote steht. Wir waren gestern in Quedlinburg und kamen unter anderm an dem Klopstock-Hause vorüber. Ich sprach von dem Dichter und konnte deutlich wahrnehmen, daß sie den Namen desselben zum ersten Male hörte. Was nicht in französischen Romanen und italienischen Opern vorkommt, das weiß sie nicht. Ob sie Zeitungen liest, ist mir fraglich. Und so gibt sie sich Blößen über Blößen. Aber sie besitzt dafür ein anderes, was alle diese Mängel wieder aufwiegt: eine vornehme Haltung und ein feines Gefühl, will sagen ein Herz. Denn ein feines Gefühl läßt sich so wenig lernen wie ein echtes. Man hat es oder hat es nicht. Dazu gesellt sich jener freiere Blick oder doch mindestens jenes unbefangene, allem Schwerfälligen abgewandte Wesen, das allen Personen eigen ist, die jahrelang in der Obersphäre der Gesellschaft gelebt und sich einfach dadurch jenes je ne sais quoi erworben haben, das sie Gebildeteren und selbst Klügeren überlegen macht. Sie weiß, daß sie nichts weiß, und behandelt dies Manko mit einer entwaffnenden Offenheit. Trotz einer hautänen Miene, die sie, wenn sie will, sehr wohl aufzusetzen versteht, ist sie bescheiden bis zur Demut. Daß sie nervenkrank ist, ist augenscheinlich, aber der Oberst (vielleicht, weil es ihm paßt) macht unter Umständen mehr davon als nötig. Er mag übrigens, was diesen Punkt angeht, in einer ziemlich heiklen Lage sein, denn nimmt er's leicht, wo sie's vorzieht, krank zu sein, so verdrießt es sie, und nimmt er's schwer, wo sie's vorzieht, gesund zu sein, so verdrießt es sie kaum minder. Ich war auf der Roßtrappe Zeuge solcher Szene. Mir persönlich will es scheinen, daß sie, nach Art aller Nervenkranken, im höchsten Grade von zufälligen Eindrücken abhängig ist, die sie, je nachdem sie sind, entweder matt und hinfällig oder aber umgekehrt zu jeder Anstrengung fähig machen. Überhaupt voller Gegensätze: Dame von Welt und dann wieder voll Kindersinn. Sie lacht wenig, aber wenn sie lacht, ist es entzückend, weil man herausfühlt, wie dieses Lachen sie selber beglückt. Sie war wohl eigentlich, ihrer ganzen Natur nach, auf Reifenwerfen und Federballspiel gestellt und dazu angetan, so leicht und graziös in die Luft zu steigen wie selber ein Federball. Aber es wird ihr von Jugend an nicht daran gefehlt haben, was sie wieder herabzog. Vielleicht weil sie so schön war. Übrigens glaube nicht, daß ich an eine St. Arnaudsche Mesalliance denke. Nichts in und an ihr, das an eine Tochter Thaliens oder gar Terpsichorens erinnerte. Noch weniger hat sie den kecken Ton unserer Offiziersdamen oder den unmotiviert selbstbewußten unseres Kleinadels auf seinen Herrensitzen. Ihr Ton ist vornehmer, ihre Sphäre liegt höher hinauf. Ob von Natur oder durch zufällige Lebensgänge, laß ich dahingestellt sein. Sie hascht nach keinem Witzwort, am wenigsten müht sie sich um ein zugespitztes Reparti, sie läßt *andre* sich mühen und zeigt auch darin, daß sie ganz daran gewöhnt ist, Huldigungen entgegenzunehmen. Alles erinnert an ›kleinen Hof‹.

Und nun tue das Deine. Deiner Antwort sehe ich noch *hier* entgegen, und zwar binnen einer Woche. Wird es später, so nach Berlin: poste restante. Zu ›postlagernd‹ hab' ich mich noch nicht bekehren können. Und nun Dir und meiner teuren Elsy Gruß und Kuß. Wie immer Dein Dich herzlich liebender Robert v. G. L.«

ZEHNTES KAPITEL

Gordon überflog den Brief noch einmal und war mit seiner Charakteristik Céciles zufrieden, aber nicht so mit dem, was er über St. Arnaud geschrieben hatte. Der war offenbar zu kurz gekommen, was ihn bestimmte, noch ein paar Worte hinzuzufügen.

»Eben, meine liebe Klotho«, (so kritzelte er an den Rand), »hab' ich mein langes Skriptum noch einmal durchgelesen und finde, daß St. Arnauds Bild der Retouche bedarf. Es wird dadurch freilich mehr an Richtigkeit als an Liebenswürdigkeit gewinnen. Wenn ich ihn Dir als Gardeoberst comme il faut vorstellte, was zutrifft, so gibt dies doch immer nur eine Seite; mindestens mit gleichem Rechte darf ich ihn als den Typus eines alten Garçons aus der Oberschicht der Gesellschaft bezeichnen. Es ist unmöglich, sich etwas Unverheirateteres vorzustellen als ihn, trotzdem er voll Courtoisie gegen die junge Frau, ja gelegentlich selbst voll anscheinend großer Aufmerksamkeiten ist. Aber sie wirken äußerlich, und wenn sie nicht *bloß* in chevaleresker Gewohnheit ihren Grund haben, so doch jedenfalls zur größeren Hälfte. Zu dem allem hat er (in *diesem* Punkte mit Cécile verwandt) einen ›genierten Blick‹; aber was *ihr* kleidet, ja, rund heraus, ihren Reiz noch steigert, ist an ihm einfach unheimlich. In manchen Momenten, ich zögere fast, es auszusprechen, wirkt er nicht viel anders, als ob er ein Jeu-Oberst wäre, der hier in Thale den Gemütlichen spielt und seine Kräfte für eine neue Kampagne sammelt. Jedenfalls wirst

Du nach dem allen meine Neugier begreifen. Und nun noch einmal Gott befohlen. Dein Roby.«

Und nun schob er den Brief ins Kuvert und ging in das Lesezimmer, um sich in die Times zu vertiefen, die zu lesen ihm, seit seinen indisch-persischen Tagen, ein Bedürfnis war.

Um dieselbe Stunde, wo Gordon den Brief schrieb, machte das St. Arnaudsche Paar, wie täglich nach dem Frühstück, seinen Morgenspaziergang. Als sie die große Parkwiese zweimal umschritten hatten, war Cécile müde geworden und nahm auf einer von Flieder und Goldregen überwachsenen Bank Platz, die zum großen Teil im Schatten lag. Es war eine lauschige Stelle, vormittags die schönste der ganzen Anlage, von der aus man nicht bloß die vorgelegene bewaldete Gebirgswand, sondern auch den Hexentanzplatz und die Roßtrappe mit ihren in der Sonne blitzenden Hotels übersehen konnte. Die Luft stand, und nur dann und wann fuhr ein Windstoß durch die Stille.

Cécile, die den schattigsten Platz hatte, zog den Sonnenschirm ein und sagte: »Gewiß, ich finde das Fräulein sehr unterhaltlich, aber doch etwas emanzipiert oder, wenn dies nicht das richtige Wort ist, etwas zu sicher und selbstbewußt. Künstlerin, sagst du. Gut. Aber was heißt Künstlerin? Sie schlägt gelegentlich einen Weisheits- und Überlegenheitston an, als ob sie Gordons Großtante wäre.«

»Wohl ihr.«

»Ja«, beharrte Cécile. »Wohl ihr. Wenn nur nicht das Gerede der Leute wäre.«

»Das Gerede der Leute«, wiederholte St. Arnaud spöttisch das ihn allemal nervös machende Wort. Aber Cécile, die sonst ein scharfes Ohr für diesen Ton hatte, hörte heute darüber hin, und mit ihrem Sonnenschirm auf einen Hausgiebel zeigend, der in geringer Entfernung aus einer Baumgruppe hervorragte, sagte sie: »Das ist das Hubertusbad, nicht wahr? Wie verlief eigentlich das gestrige Konzert? Ich hatte das Fenster auf und hörte noch die Schlußpiece: ›Komm in mein Schloß mit mir‹. Wenn ich mir Rosa als Zerline denke.«

»Und Cécile als Donna Elvira.«

Sie lachte herzlich, denn der Ton, in dem St. Arnaud dies sagte, klang durchaus liebenswürdig und jedenfalls ebenso frei von Gereiztheit wie Tadel. »Donna Elvira«, wiederholte sie, »die Rolle der Verschmähten! Wirklich, es wäre die letzte meiner Passionen, und wenn ich mich da hineindenke, so muß ich dir offen gestehen, es gibt doch allerlei Dinge ...«

»Die noch schwerer zu tragen sind als *die*, die wir tragen müssen. Ja, Cécile, sprich es nur aus. Und du solltest dich jeden Tag daran erinnern. Freilich ist es leichter, die Wahrheit zu predigen, als danach zu handeln. Aber wir sollten es wenigstens versuchen.«

Jedes dieser Worte tat ihr wohl, und in einem flüchtigen Zärtlichkeitsanfluge sich an ihn lehnend, sagte sie: »Wie du nur sprichst. Als ob ich eine Neigung hätte, den Kopf hängen zu lassen. Und du weißt doch das Gegenteil. Ach, Pierre, wir hätten uns statt der großen Stadt einen stillen Platz suchen sollen, da wär' uns manch Bitteres erspart geblieben. Einen stillen Platz, oder lieber gleich ein paar, um mit ihnen wechseln zu können. Wie leicht und gefällig macht sich hier das Leben. Und warum? Weil sich beständig neue Beziehungen und Anknüpfungen bieten. Das ist noch der Vorzug des Reiselebens, daß man den Augenblick walten und überhaupt alles gelten läßt, was einem gefällt.«

»Und doch hat das ›Leben aus dem Koffer‹ auch seine schweren Bedenken. Man findet nicht jeden Tag einen perfekten Kavalier, der die Tugenden unserer militärischen Erziehung mit weltmännischem Blick vereinigt. Du weißt, wen ich meine. Welche Fülle von Wissen, und dabei absolut unrenommistisch. Er hat einen entzückenden Ton; es klingt immer, als ob er sich geniere, viel erlebt zu haben.«

Sie nickte zustimmend und fuhr dann ihrerseits fort: »Du hast gestern, als ihr gemeinschaftlich das Fräulein vom Konzert her bis an das Hotel zurückführtet, noch ein Gespräch mit Herrn von Gordon gehabt. Ich stand am Fenster und sah euch den Kiesweg auf und ab promenieren. Erzähle. Du weißt, ich bin eigentlich nicht neugierig, aber wenn ich es bin ...«

»Dann?«

»Dann de tout mon cœur. Also was ist es mit ihm? Warum

ging er in die weite Welt? Ein Mann von so guter Erscheinung und Familie, denn die Schotten sind alle von guter Familie. Wir hatten unter den Kavalieren am Hofe... Daher meine Kenntnis. Mir liegt sonst die Prätension fern, über schottische Familien unterrichtet zu sein. Also warum trat er aus der Armee?«

St. Arnaud lachte. »Meine liebe Cécile, du gehst einer grausamen Enttäuschung entgegen. Er schied aus der Armee...«

»Nun?«

»Einfach Schulden halber. In diesem Punkte beginnt seine Laufbahn als chevalier errant so trivial wie möglich. Er stand erst bei den Pionieren in Magdeburg, dann bei dem Eisenbahnbataillon unter Golz, einer Truppe, die sonst viel zu klug und zu gescheit ist, um sich durch Schuldenmachen auszuzeichnen. Aber jede Regel hat ihre Ausnahme. Kurzum, er konnte sich nicht halten und übersiedelte, wenn sich in solcher Lage von Übersiedelung sprechen läßt, nach England, woselbst er seine wissenschaftlichen Kenntnisse praktisch zu verwerten hoffte. Dies gelang ihm denn auch, und er ging Mitte der siebziger Jahre nach Suez, um hier, im Auftrag einer großen englischen Gesellschaft, einen Draht durch das Rote Meer und den Persischen Golf zu legen. Du wirst nicht orientiert sein, aber ich zeige dir's auf der Karte.«

»Nur weiter.«

»Etwas später trat er in persischen und, nach Beendigung einer unter seiner Oberleitung hergestellten Telegraphenverbindung zwischen den zwei Hauptstädten des Landes, in russischen Dienst. Es war gerade die Zeit, als Skobeleff, dessen du dich von Warschau her erinnern wirst, vor Samarkand seine Triumphe feierte. Später, als der Kriegsschauplatz wechselte, war er mit demselben General vor Plewna. Der wachsende Haß der Russen aber gegen alles Deutsche hat ihm schließlich den Dienst verleidet; er nahm den Abschied und hat das Glück gehabt, alte Beziehungen wieder anknüpfen zu können. Er ist in diesem Augenblicke Bevollmächtigter derselben englischen Firma, in deren Dienst er seine Laufbahn begann, und gerade jetzt mit einer geplanten neuen Kabellegung in der Nordsee beschäftigt. Hat aber den lebhaften Wunsch, in preußischen

Dienst zurückzutreten, was ihm, bei Protektion an hoher Stelle, deren er sich erfreut, ganz zweifellos gelingen wird.«

»Und das ist alles?«

»Aber Cécile . . .«

»Du hast recht«, lachte sie. »Buntes Leben genug. Und doch find' ich wirklich, daß einen Draht oder ein Kabel an einer mir unbekannten Küste zu legen (und welche Küste wäre mir nicht unbekannt), schließlich ebenso trivial ist wie Schuldenmachen.«

»Da bin ich doch neugierig, zu hören, was du geneigt sein möchtest, *nicht* trivial zu finden.«

»Nun, beispielsweise den Regensteiner. Der ist doch um vieles romantischer. Und wenn es der Regensteiner nicht sein kann, nun denn, Abenteuer, Tigerjagd, Wüste, Verirrungen . . .«

»Geographische oder moralische?«

»Beide.«

»Nun, wer weiß, was er davon noch in petto hat. Er konnte mich doch nicht gleich in seine letzten Intimitäten einweihen. Aber sieh nur . . .«

Und ein Windstoß, der eben in das große, mit Zentifolien dicht besetzte Rondell gefahren war, trieb eine Wolke von Rosenblättern auf Cécile zu.

»Sieh nur«, wiederholte der Oberst, und im selben Augenblicke sanken die herangewehten Blätter, denen das Fliedergebüsch den Durchgang wehrte, zu Füßen der schönen Frau nieder.

»Ah, wie schön«, sagte Cécile. »Das ist mir eine gute Vorbedeutung.«

Und sie bückte sich nach einem der Blätter, um es auf ihre Lippen zu legen. Dann aber erhob sie sich und schritt, in guter Laune St. Arnauds Arm nehmend, auf das Hotel zu.

ELFTES KAPITEL

Es war noch eine gute Weile bis Mittag. St. Arnaud, der die Kartenpassion hatte, beabsichtigte, sich in eine Harzkarte zu vertiefen, Cécile dagegen wollte ruhen und zog, als sie sich auf die Chaiselongue gestreckt hatte, den über ihre Füße gebreiteten Schal höher hinauf und sagte: »Wecke mich, Pierre. Nicht länger als zehn Minuten.« Und gleich danach schlief sie, die linke Hand unter dem schönen Kopf, während ihre Rechte noch das Tuch hielt. –

Zwei Stunden später erschien man an der Table d'hôte, wo der die Neigungen und Wünsche seiner Gäste beständig scharf im Auge habende Wirt eine Neuplazierung hatte stattfinden lassen. Die St. Arnauds saßen an alter Stelle, Gordon aber, statt gegenüber von Cécile, war links neben diese gesetzt worden, während der Emeritus den erledigten Vis-à-vis-Platz und der in seiner Erscheinung etwas aufgebesserte Privatgelehrte (denn das war er) den Platz neben dem Geistlichen erhalten hatte. Rosa fehlte. Gordon erschien erst, als man die Suppe schon herumgab, und als Soldat ein wenig verlegen über die Verspätung, noch verlegener aber über das Neuarrangement, das er vorfand, wandte er sich mit der Bemerkung an Cécile, »daß er nicht recht wisse, wodurch er sich, der er doch viel mehr ein Sodawasser- als Champagnergast sei, diese wirtliche Bevorzugung verdient habe«, – eine Bemerkung, bei der der alte Emeritus jovial und lebemännisch lächelte, während der Privatgelehrte mit einem schon den Ernst der Historie streifenden Interesse seine Hornbrille höher schob und mehr forscherhaft-wissenschaftlich als landesüblich-artig zu Gordon hinüberstarrte. Dieser selbst indes war durch die schöne Frau viel zu sehr in Anspruch genommen, um für das Lächeln des Emeritus oder gar für den Forscherblick des Askanischen Spezialisten irgendwie Sinn und Auge zu haben, und gab der Erregung, in der er sich nach wie vor befand, durch allerlei rasche Fragen Ausdruck, die sich auf die kleinen Vorkommnisse der Quedlinburger Partie bezogen, auf die Krypta, den Roland und das Klopstock-Haus, »das« (und Cécile lachte jetzt mit) »nur leider zu grün gewesen sei«. Noch andere Fragen drängten sich, und nur der Äbtissinnen, und speziell des Bildes der schönen Gräfin Aurora, wurde von seiten Gordons mit keinem Worte gedacht.

»Aber ich schwatze so viel«, unterbrach er sich plötzlich selbst, »und versäume darüber die Hauptsache, *die*, mich nach dem Befinden der gnädigen Frau zu erkundigen, das mir auf der Rückfahrt in der Tat ernstlich gefährdet erschien, denn ich entsinne mich nicht, etwas Ähnliches von Zug erlebt zu haben, nicht einmal auf amerikanischen Bahnen, die bekanntlich in ›frischer Luft‹ ein äußerstes tun. Oh, wie hass' ich diese großen Salonwagen, wo jede Vorsicht, auch die sorglichste, scheitert, weil einem das *eine* geschlossene Fenster, auf das man einen reglementsmäßigen Anspruch hat, zu rein gar nichts hilft, – man bleibt eben immer noch im Kreuzfeuer von sechs anderen, die sich der Kontrolle durch allerhand Zwischenbauten entziehen, eine wahre Perfidie der Wagenbaukonstrukteure. Sahen Sie gestern wohl den dicken kleinen Herrn in dem Nachbarcompartiment? *Der* war schuld. Mit einem wahren Krach ließ er alle noch geschlossenen Fenster in die Versenkung niederfahren und sah sich dabei so stolz und herausfordernd um, daß mir der Mut entsank, ihn in seinem mörderischen Tun zu hindern. O diese Ventilationsenthusiasten!«

»Und doch weiß ich nicht«, sagte St. Arnaud, »ob sein Antagonist, der Ventilationshasser, nicht vielleicht noch schlimmer ist als der Ventilationsenthusiast.«

»Aufs letzte hin angesehen, also Extrem gegen Extrem, ganz unbedingt. Zu viel Luft ist immer besser als zu wenig. Aber sehen wir von solch äußersten Fällen ab, so geb' ich dem Ventilationsfeinde den Vorzug. Er mag ebenso lästig sein wie sein Gegner, ebenso gesundheitsgefährlich oder meinetwegen auch noch mehr; aber er ist nicht so beleidigend. Der Ventilationsenthusiast brüstet sich nämlich beständig mit einem Gefühl unbedingter Superiorität, weil er, seiner Meinung nach, nicht bloß das Gesundheitliche, sondern auch das Sittliche vertritt. Das Sittliche, das Reine. Der, der sämtliche Fenster aufreißt, ist allemal frei, tapfer, heldisch, der, der sie schließt, allemal ein Schwächling, ein Feigling, un lâche. Und das weiß der unglückliche Fensterschließer auch, und weil er es weiß, geht er ängstlich und heimlich vor, so heimlich, daß er mit Vorliebe den Moment abwartet, wo sein Widerpart zu schlafen scheint. Aber dieser Widerpart schläft nicht, und mit jenem nie versagenden Mut, den eben nur die höhere Sittlichkeit gibt, springt er auf, läßt seine Zornader anschwellen und schleudert das Fenster wieder nieder, genauso wie der dicke kleine Herr gestern. Sie können zehn gegen eins wetten, der Antagonist von Zug und Wind ist immer voll Timidität, der Enthusiast aber (und das ist schlimmer) voll Effronterie.«

»Sehr gut«, stimmte der Emeritus ein.

»Aber«, fuhr Gordon fort, »da kommen Forellen, meine gnädigste Frau. Das ist denn doch wichtig genug, um unsere Streitfrage wenigstens momentan ruhen zu lassen. Darf ich Ihnen dieses Prachtexemplar vorlegen? Und zugleich etwas Butter von diesem merkwürdigen Buttervogel hier, hier auf der zweiten Schüssel, gelber als gelb und mit zwei Pfefferkornaugen! Oh, sehen Sie, grotesk bis zum Gruseligen. Zu den schlimmsten Ausschreitungen erregter Künstlerphantasie gehören doch immer *die* der Konditoren und Köche.«

»Was ich mich zuzugestehen gedrungen fühle«, sagte der Langhaarige mit stark wissenschaftlicher Betonung. »Aber, so Sie gestatten, zugleich unter Konstatierung gelegentlicher Ausnahmen. Das deutsche Märchen, über dessen Abstammung zu sprechen uns hier zu weit führen würde... Darf ich mich Ihnen vorstellen? Eginhard Aus dem Grunde... das deutsche Märchen kennt von ältester Zeit her ein ideales Pfefferkuchenhaus, ein Pfefferkuchenhaus nur in der Idee. Dies steht fest. Ist es nun eine konditorliche Geschmackssünde, so wird sich die Sache vielleicht präzisieren lassen, *das* leibhaftig vor uns hinzustellen, was bis dahin nur in unserer Vorstellung lebte? Die Beantwortung dieser Frage will mir keineswegs leicht erscheinen, am wenigsten aber unanfechtbar, ob sie nun auf ›nein‹ oder ›ja‹ lauten möge. Was mich persönlich angeht, so bekenn' ich offen, daß ich mich in der Weihnachtszeit jedesmal herzlich freue, bei Degebrodt in der Leipziger Straße (dessen Spezialität diese Dinge zu sein scheinen) dem bis vor wenig Jahren nur in der Idee bestehenden Pfefferkuchenhause greifbar zu begegnen. Es unterstützt dergleichen die Phantasie, statt sie zu lähmen. Der unsre Zeit und unsre Kunst entstellende Realismus hat seine Gefahren, aber, wie mir scheinen will, auch sein Recht und seine Vorzüge.«

»Gewiß, gewiß«, sagte Gordon. »Ich revoziere. Wenn man Fisch ißt, darf man ohnehin nicht streiten. Ich habe einen Professor gekannt, der an einer Fischgräte gestorben ist.«

»Die Forelle hat keine Gräten.«

»Aber Flossen. Und doch jedenfalls die Mittelgräte. Nehmen Sie sich in acht, Herr Professor.«

»Sie legen mir einen Titel zu...«

»Pardon. Ich war der Meinung... Übrigens find' ich diese Harzforellen überaus delikat und von einem ganz eigentümlichen Aroma.«

»Forellen sind Forellen.«

»Doch nur etwa so, wie Menschen Menschen sind. Weiße, Schwarze, Privatgelehrte haben einen verschiedenen Geschmack, auch vom anthropophagischen Standpunkt aus, und die Forellen desgleichen. Sie schmecken wirklich verschieden. Ich darf es sagen. Denn wenn ich die Rechnung mache, so hab' ich wohl ein Dutzend Arten durchgekostet.«

»Und die schönsten waren?«

»In Deutschland, meine gnädigste Frau, die Felchen im Bodensee (man muß Markgräfler dazu trinken), und in Italien die Maränen aus dem Lago di Bolsena... Die bedingungslos schönsten aber hab' ich erst ganz vor kurzem in meiner Heimat, will sagen in der schottischen Heimat meiner Familie kennengelernt.«

»Und das waren?«

»Lachsforellen aus dem Kinroßsee. Maria Stuart saß da gefangen, in einem alten Douglas-Schlosse mitten im See, und wenn sie während dieser Gefangenschaftstage, neben der Liebe von Willy Douglas, eines beiläufig illegitimen, also doppelt verführerischen Sohnes des Hauses, irgend etwas getröstet haben kann, so müssen es die Lachsforellen gewesen sein.«

»Und doch«, unterbrach hier der Emeritus, »wag' ich die Behauptung, daß das, was unser Harz und speziell unsre Bode bietet, Ihre Lachsforellen im...«

»Kinroßsee.«

»Im Kinroßsee also, um ein Beträchtliches überbietet. Nicht auf dem Gebiete der Lachsforelle, nicht Forelle gegen Forelle, wohl aber...«

»Nun?«

»Wohl aber Schmerle gegen Forelle.«

»Schmerle?« wiederholte Cécile. »Was ist das? Kennen Sie Schmerlen, Herr von Gordon?«

»O gewiß. Ich entsinne mich ihrer aus meinen Kindertagen her, und bei meiner Anlage zur Gourmandise könnt' ich mich allenfalls entschließen, eine Kunst- und Entdeckungsreise zu machen, um das gelobte Land der Schmerlen kennenzulernen. Ist es weit?«

»Nur wenige Stunden.«

»Und nennt sich?«

»Altenbrak; ein großes Dorf an der Bode. Wenn Sie die Partie machen wollen, so haben Sie die Wahl zwischen einem Talweg unten und einem Hochweg oben. Am meisten aber empfiehlt sich's wie gewöhnlich, das eine zu tun und das andre nicht zu lassen oder, mit andren Worten, über die Berge hin den Hinweg und an der Bode hin den Rückweg zu machen. Der eine Weg würde Sie bei Jagdschloß Todtenrode, der andre bei Treseburg vorüberführen. Eine sehr empfehlenswerte Partie.«

»Der Sie sich vielleicht anschließen, mein Herr Emeritus, um uns Führer und Berater zu sein.«

»Mit vielem Vergnügen«, fuhr dieser fort. »Und um so lieber, als mir dadurch Gelegenheit wird, einen Mann wiederzusehen, der aufs glücklichste Humor mit Charakter und Naivität mit Lebensklugheit verbindet.«

»Und wer ist dieser Glückliche?«

»Der Altenbraker Präzeptor.«

»Und das bedeutet?«

»Zunächst nichts weiter, als was es besagt, einen Lehrer also. Doch ist nicht jeder Lehrer ein Präzeptor. Die Nomination des meinigen (er ist bereits ein hoher Siebziger) stammt noch aus einer Zeit her, wo man den Dorfschulmeistern, wenn im Dorfe der Pfarrer fehlte, den Extratitel eines Präzeptors beilegte. Wenigstens in unsrer Braunschweiger Gegend. Damit war dann angedeutet, daß der Betreffende von einer gewissen höheren Ordnung und sowohl berechtigt wie verpflichtet sei, Sonntag für Sonntag der Gemeinde das Evangelium oder auch eine Predigt aus einem Predigtbuche vorzulesen.«

Cécile, die bis dahin mit der Redseligkeit des über Schmerlen und Schulmeisteroriginale sich verbreitenden alten Emeritus nur wenig einverstanden gewesen war, wurde jetzt plötzlich aufmerksam, denn ein in ihrer Natur liegender mystisch-religiöser Zug, den die Lektüre von Erbauungs- und namentlich von Erweckungsgeschichten noch erheblich gesteigert hatte, ließ sie jedesmal aufhorchen, wenn gewisse Stichworte fielen, die Konventikliges oder Sektiererisches in Aussicht stellten. In vorderster Reihe standen natürlich die Mormonen, und wenn sich auch im gegenwärtigen Augenblicke *so* Gutes und Interessantes kaum erhoffen ließ, so sagte sie doch über den Tisch hin: »Und ein solcher Präzeptor befindet sich in dem Schmerlendorfe?«

»Ja, meine gnädigste Frau. Nur ist zu bedauern, daß der ehemalige Präzeptor nicht mehr Präzeptor ist, vielmehr sein Amt niedergelegt hat. Noch dazu gegen den Wunsch seiner kirchlichen Behörde.«

»So waren es seine hohen Jahre, was den Ausschlag gab?«

»Auch das nicht, meine gnädigste Frau. Das, was den Ausschlag gab, war sein Gewissen.«

»Aber aus einem Manne, wie Sie den Alten geschildert, kann doch kein böses Gewissen gesprochen haben?«

»In gewissem Sinne doch.«

»Oh, da bin ich neugierig. Ist es eine Sache, die sich erzählen läßt?«

»Unbedingt. Und ich erzähle sie doppelt gern, weil sie meinen Altenbraker Freund in einem schönen Lichte zeigt. Ich sprach von seinem bösen Gewissen und mit Recht. Denn das, was wir ein böses Gewissen nennen, ist ja immer ein gutes Gewissen. Es ist das Gute, was sich in uns erhebt und uns bei uns selber verklagt.«

Cécile sah ihn groß an. Aber sie gewahrte bald, daß es absichtslos gesprochen war, und so nickte sie nur freundlich und sagte: »Nun denn.«

»Nun denn, in meinem alten Präzeptor regte sich also plötzlich sein gutes Böses-Gewissen. Und das machte sich so. Predigten- und Evangeliumlesen war ihm vorgeschrieben. Als er aber an die Siebzig kam und die Buchstaben in seinem Predigtbuche, trotz angeschaffter starker Brille, vor seinem Auge zu tanzen und zu verschwimmen anfingen, ließ er sich in dem, was er später seinen Dünkel nannte, hinreißen, alle Bücher zu

Hause zu lassen und von der Kanzel herab aus dem Stegreife zu sprechen. Mit andern Worten, er predigte, tat den Präzeptor ab und zog den Pastor an. Das ging so mehrere Jahre. Mit einemmal aber kam ihm die Vorstellung seines Unrechts, und daß er in Eitelkeit und Vermessenheit tue, was nicht seines Amtes sei. Alles erschien ihm plötzlich, und nicht ganz mit Unrecht, als Übergriff und Ungesetzlichkeit, und nachdem er das Gefühl davon eine Zeitlang mit sich herumgetragen, entschied er sich endlich kurz und energisch und ging nach Braunschweig, um sich selber vor einem Hohen Konsistorium zur Anzeige zu bringen.«

»Und was geschah nun?« unterbrach hier St. Arnaud. »Ich fürchte, das Hohe Konsistorium, man kennt dergleichen, wird gerade so klein gewesen sein, wie der Alte groß war.«

»Nein, mein Herr Oberst, es kam doch erfreulicher, und wenn eine Geschichte zwei Helden haben darf, so hat sie die meinige, denn neben meinen Präzeptor stellt sich ebenbürtig mein Konsistorialrat. Der wußte lange schon von dem Übergriff. Aber er wußte zugleich auch, daß die Altenbraker nie so kirchgängerische Leute gewesen waren als von dem Tag an, wo der Präzeptor zum ersten Male den Übergriff gewagt und mit dem unerlaubten Predigen begonnen hatte. Und so stand er denn von seinem Lehnstuhl auf und sagte: ›Mein lieber Rodenstein‹ (das ist nämlich der Name meines Präzeptors), ›mein lieber Rodenstein, Ihre Klage wird gar nicht angenommen. Gehen Sie ruhig wieder nach Altenbrak und machen Sie's gradso, wie Sie's bisher gemacht haben. Und damit Gott befohlen.‹ Und wirklich, der Präzeptor ging auch. Aber wiewohl er sich für so viel Nachsicht und Güte respektvollst bedankt hatte, blieb er im stillen doch fest bei seiner Meinung und gab, als er wieder daheim war, seinen Abschied schriftlich ein, der ihm denn auch schließlich in Gnaden erteilt wurde. Seitdem sitzt er, wenn nicht Gäste kommen, einsam auf seiner Burg Rodenstein.«

»Auf seiner Burg Rodenstein?«

»Ja, man darf es so nennen. Jedenfalls nennt er es selber so. Seine Burg Rodenstein aber ist nichts weiter als ein wundervoll auf einem Felsen gelegenes Gasthaus, darin er als ›Rodensteiner‹ haust und wie sein berühmter Namensvetter unter allen Umständen einen guten Trunk und, wenn gewünscht, auch die besten Schmerlen auf den Tisch bringt. Und das ist das Schmerlenland, von dem ich Ihnen sprach: Altenbrak und sein Präzeptor, Burg Rodenstein und der Rodensteiner.«

»Und da müssen wir hin«, sagte Gordon, und Cécile klatschte zustimmend in die Hände. »Da müssen wir hin, um die Streitfrage zwischen Forellen und Schmerlen ein für allemal entscheiden zu können.«

»Und der Herr Emeritus übernimmt die Führung. Er hat bereits zugestimmt. Und auch Herr Eginhard... Oh, pardon...«

»Aus dem Grunde.«

»Und auch Herr Eginhard Aus dem Grunde«, wiederholte Gordon, während er sich gegen den Privatgelehrten verneigte, »wird uns begleiten. Nicht wahr?«

ZWÖLFTES KAPITEL

Die Partie nach Altenbrak war für den andern Morgen verabredet, aber bis dahin war noch eine lange Zeit, und als man aus dem Saal in den Korridor trat, wurde mehrfach die Frage laut, was bei der schwebenden Hitze mit dem »angebrochenen« Nachmittage zu machen sei? Der Privatgelehrte schlug eine Promenade durch das Bodetal vor, drang aber nicht durch.

»Nur nicht Bodetal«, sagte Gordon. »Oder gar dieser ewige ›Waldkater‹! Das reine Landhaus an der Heerstraße mit einer Mischluft von Küchenabguß und Pferdeställen. Überall Menschen und Butterpapiere, Krüppel und Ziehharmonika. Nein, nein, ich proponiere Lindenberg.«

»Lindenberg«, entschied St. Arnaud, und Cécile zeigte sich bereit, die Promenade sofort zu beginnen.

»Du solltest dich erst ruhen«, sagte der Oberst. »Es ist heiß, und der Weg wird dich ermüden.«

Aber die schöne Frau, die regelmäßig andern Sinnes war, wenn St. Arnaud auf ihr Ruhebedürfnis oder gar auf ihre

Schwächezustände hinwies, widersprach auch diesmal und versicherte, während sie sich gegen den Privatgelehrten, um dessen Begleitung sie schon vorher gebeten hatte, verneigte: »bei gutem Gespräche noch niemals müde geworden zu sein«.

Ein Verklärungsschimmer ging über Eginhard, der bei seinem Hange, zu generalisieren, sofort auch Betrachtungen über die Superiorität aristokratischer Lebens- und Bildungsformen anstellte. Zugleich war er fest entschlossen, sich eines so schmeichelhaft in ihn gesetzten Vertrauens würdig zu zeigen, war aber nicht glücklich damit, wie sich gleich bei seinem ersten Versuche herausstellen sollte.

»Miquelscher Privatbesitz, meine Gnädigste«, hob er an, während er auf eine noch innerhalb der Dorfstraße gelegene, von einem herrschaftlichen Garten umgebene Villa zeigte.

»Wessen?« fragte Cécile.

»Doktor Miquels. Ehedem Bürgermeister von Osnabrück, jetzt Oberbürgermeister zu Frankfurt.«

»An der Oder?«

»Nein; am Main.«

»Aber was konnte diesen Herrn veranlassen, von so landschaftlich bevorzugter Stelle her, gerade *hier* sich anzukaufen und in diesem einfachen Harzdorfe seine Sommerfrische zu nehmen?«

»Eine wohl aufzuwerfende Frage, deren einzig mögliche Beantwortung mir in der Deutschkaiserlichkeit des Doktor Miquel zu liegen scheint, ein Wort, das trotz seiner sprachlichen Anfechtbarkeit den Gedanken genau wiedergibt, den ich Ihnen, meine gnädigste Frau, des ausführlicheren unterbreiten möchte. Darf ich es?«

»Ich bitte recht sehr darum.«

»Nun denn, es darf als historische Tatsache gelten, daß wir Männer besaßen und noch besitzen, in denen das Kaisertum bereits mächtig lebte, bevor es noch da war. Es waren das die Propheten, die jeder großen Erscheinung vorauszugehen pflegen, die Propheten und Täufer.«

»Und zu diesen zählen Sie...«

»Vor allem auch Doktor Miquel von Frankfurt. In der Tat, er war unter denen, in deren Brust der Kaisergedanke von

Jugend auf nach Verwirklichung rang. Aber wo war diesem Gedanken am besten eine Verwirklichung zu geben? Wo durft er am ehesten Nahrung finden und Förderung erwarten? Und auf diese Fragen, meine gnädigste Frau, gibt es nur *eine* Antwort: *Hier*. Denn hier, an dieser gesegneten Harzstelle, predigt alles Kaisertum und Kaiserherrlichkeit. Ich spreche nicht von dem ewigen Kyffhäuser, der ohnehin schon halb thüringisch ist, aber speziell hier, am harzischen Nordrande, gibt jeder Fußbreit Erde wenigstens einen Kaiser heraus. In der Quedlinburger Abteikirche, die Sie, wie mir zu meiner Freude bekannt geworden, durch Ihren Besuch beehrt haben, ruht der erste große Sachsenkaiser, im Magdeburger Dome der noch größere zweite. Sie mit Namen zu behelligen, meine gnädigste Frau, kann mir nicht einfallen. Aber ich bitte, Tatsachen geben zu dürfen. In Harzburg, auf der Burgberg-Höhe (deren Besteigung ich Ihnen empfehlen möchte; Sie finden Esel am Fuße des Berges) stand die Lieblingsburg des zu Canossa gedemütigten Heinrich, und zu Goslar, in verhältnismäßiger Nähe jener Burgberg-Höhe, haben wir bis diese Stunde die große Kaiserpfalz, die die mächtigsten Herrschergeschlechter, die Träger des ghibellinischen Gedankens in schon vorghibellinischer Zeit, in ihrer Mitte sah. Also Kaisererinnerungen auf Schritt und Tritt. Und hierin, meine gnädigste Frau, seh' ich den Grund, der Doktor Miquel, den Mann des Kaisergedankens, in speziell *diese* Gegenden zog.«

»Unzweifelhaft. Und Sie sprechen das alles mit solcher Wärme...«

Der Privatgelehrte verneigte sich.

»Mit solcher Wärme, daß ich annehmen möchte, Sie selber seien mit unter den Propheten und Täufern gewesen, und Ihre Studien fänden ihren Gipfelpunkt in einer begeisterten Hingebung an die deutsche Kaisergeschichte.«

»Gewiß, meine gnädigste Frau, wennschon ich Ihnen offen bekenne, daß der Gang unserer Geschichte nicht *der* war, der er hätte sein sollen.«

»Und was ist es, woran Sie Anstoß nehmen?«

»Das, daß sich der Schwerpunkt verschob. Ein Fehler, der erst in unseren Tagen seine Korrektur erfahren hat. Als die

Sachsenkaiser, die wir mit mindestens gleichem Recht auch die Harzkaiser nennen dürften, seitens der deutschen Stämme gekürt wurden, waren wir auf der rechten Spur und hätten, bei dem endlichen, aber nur allzu frühen Erlöschen des Geschlechts, den Schwerpunkt deutscher Nation nach Nordosten hin verlegen müssen.«

»Bis an die russische Grenze?«

»Nein, meine Gnädigste, nicht so weit; nach dem Lande zwischen Oder und Elbe.«

»Mit den Hohenzollern an der Spitze?«

»Doch nicht. Nicht damals. Wohl aber, statt ihrer, ein anderes großes Fürstengeschlecht an der Spitze, das in bereits vorhohenzollerscher Zeit das Land zwischen Oder und Elbe beherrschte, seitdem aber in unbegreiflich undankbarer Weise vergessen oder doch beiseitegestellt wurde: das Geschlecht der Askanier. Haben wir doch als einziges Denkmal und Erinnerungszeichen an diese ruhmreiche Familie nichts als den Askanischen Platz, eine mittelmäßige Lokalität, die täglich viele Tausende passieren, ohne mit dem Namen derselben auch nur die geringste historische Vorstellung zu verknüpfen.«

Cécile war selbst unter diesen. Aber in Kreisen großgezogen, in denen aller historischer Notizenkram einen höchst geringen Rang behauptete, bekannte sie sich lachend zu dieser ihrer Unkenntnis und sagte: »Sie müssen es leicht nehmen, mein teurer Herr Professor, pardon, daß ich bei diesem Titel verbleibe; Sie müssen es leicht nehmen. Es ist nicht jedermanns Sache, gründlich zu sein. Und nun gar erst wir Frauen. Sie wissen, daß wir jedem ernsten Studium feind sind. Aber wir haben eine Neigung zu glücklicher Benutzung des Moments, auch ich, und so dürfen Sie jederzeit sicher sein, einer dankbaren Schülerin in mir zu begegnen.«

Wieviel daran Ernst war, war ungewiß, aber als desto gewisser konnte das eine gelten, daß Cécile nicht in der Laune war, den ersten erweiterten Unterricht über Askaniertum auf der Stelle nehmen zu wollen. Sie sah sich vielmehr, als ob sich's um eine Hülfstruppe gehandelt hätte, ziemlich ängstlich nach St. Arnaud und Gordon um, die denn auch, den Emeritus in der Mitte, in einiger Entfernung folgten.

»Ich bin«, empfing sie die Herankommenden, »ein gut Teil schneller gegangen als gewöhnlich, und lehrreiche Gespräche haben mir den Weg gekürzt.«

Aber während sie diese Worte sprach, hielt sie sich an einer Banklehne, und St. Arnaud sah deutlich, daß sie todmüde war, gleichviel ob vom Weg oder von der Unterhaltung. Er kam ihr deshalb zu Hülfe und sagte, während er den Privatgelehrten lächelnd musterte: »Dein alter Fehler, Cécile! Wenn dich etwas lebhaft interessiert, Gespräch oder Person, überspannst du deine Kräfte... Die Herren werden verzeihen, wenn wir uns, während Sie den Berg ersteigen, diese Bank hier zunutze machen und auf Ihre Rückkehr warten.«

Gordon und der Emeritus, beide wahrnehmend, wie's stand, beeilten sich, ihre Zustimmung auszudrücken, und nur Eginhard, der auf eine Zuhörerin von so viel »feinem Verständnis« nicht gern verzichten wollte, sprach noch allerlei von dem Belebenden des Doppel-Oxygen, das erfahrungsmäßig in dem Zusammenwirken von Nadel- und Laubholz läge, von denen das Nadelholz auf der Lindenberg-Höhe sowohl durch Larix tenuifolia wie sibirica, das Laubholz aber durch Quercus robur in wahren Prachtexemplaren vertreten sei. Noch weitere Namen sollten folgen. Gordon indes kupierte die Rede ziemlich brüsk und schritt, des Emeritus Arm nehmend, unter einem griechisch-lateinischen Kauderwelsch, in dem Ausdrücke wie Douglasia, Therapeutik, Autopsie wild durcheinander wiederkehrten, an Eginhard vorüber, den sanft ansteigenden Schlängelpfad hinauf.

Der Privatgelehrte seinerseits machte gute Miene zum bösen Spiel und folgte.

St. Arnaud und Cécile hatten sich's mittlerweile bequem gemacht. Die Bank war ziemlich primitiv und bestand aus zwei Steinpfeilern und zwei Brettern, von denen eins als Sitz, das andere als Lehne diente. Heidekraut und Epilobium wuchsen umher, und weit vorhängende Tannenzweige bildeten ein Schutzdach gegen die Sonne. Boncœur, der schöne Neufundländer, der sich vom Hotel her auch heute wieder angeschlossen hatte, hatte sich neben einem der Steinpfeiler ins Heidekraut gelegt.

»Wie schön«, sagte Cécile, während ihr Auge die vor ihr ausgebreitete Landschaft überflog.

Und wirklich, es war ein Bild voll eigenen Reizes.

Der Abhang, an dem sie saßen, lief, in allmählicher Schrägung, bis an die durch Wärterbuden und Schlagbäume markierte Bahn, an deren anderer Seite die roten Dächer des Dorfes auftauchten, nur hier und da von hohen Pappeln überragt. Aber noch anmutiger war das, was diesseits lag: eine Doppelreihe blühender Hagerosenbüsche, die zwischen einem unmittelbar vor ihnen sich ausdehnenden Kleefeld und zwei nach links und rechts hin gelegenen Kornbreiten die Grenze zogen. Von dem Treiben in der Dorfgasse sah man nichts, aber die Brise trug jeden Ton herüber, und so hörte man denn abwechselnd die Wagen, die die Bodebrücke passierten, und dann wieder das Stampfen einer benachbarten Schneidemühle. Boncœur hatte den Kopf zwischen die Vorderfüße gelegt, und nur dann und wann sah er zu seiner selbstgewählten Herrin auf, als ob er sich wegen seiner Saumseligkeit entschuldigen wolle.

Plötzlich aber sprang er nicht nur auf, sondern mit ein paar großen Sätzen bis in das Kleefeld hinein, freilich nur, um sich hier sofort wieder auf die Hinterfüße zu setzen und ein paar Töne, die halb Geblaff und halb Gewinsel waren, laut werden zu lassen.

»Was ist es?« fragte Cécile, während St. Arnaud, nach rechts hin, auf einen in Büchsenschußentfernung über den Weg kommenden und im selben Augenblick auch wieder im Unterholz am Bergabhange verschwindenden Hasen zeigte. Boncœur aber, mit seinem Behange hin und her schlagend, sah dem flüchtigen Lampe noch eine Weile nach und nahm dann seinen Platz neben der Bank wieder ein.

»Schlechter Hund«, sagte Cécile, mit ihrer Schuhspitze seinen Kopf krauend.

»Guter Hund«, erwiderte St. Arnaud. »Er zieht einfach deine Liebkosungen einer fruchtlosen Hasenjagd vor. Er ist ritterlich und verständig zugleich, was nicht immer zusammenfällt.«

Cécile lächelte. Solche Huldigungsworte taten ihr wohl, auch wenn sie von St. Arnaud kamen. Dann schwiegen beide wieder und hingen ihren Gedanken nach. Helles, sonnendurchleuchtetes Gewölk zog drüben im Blauen an ihnen vorüber, und ein Volk weißer Tauben schwebte daran hin oder stieg abwechselnd auf und nieder. Unmittelbar am Abhang aber standen Libellen in der Luft, und kleine graue Heuschrecken, die sich in der Morgenkühle von Feld und Wiese her bis an den Waldrand gewagt haben mochten, sprangen jetzt, bei sich steigernder Tagesglut, in die kühlere Kleewiese zurück.

Der Oberst nahm Céciles Hand, und die schöne Frau lehnte sich müd und auf Augenblicke wie glücklich an seine Schulter.

In solchem Träumen blieb sie, bis plötzlich an der Bahn entlang die Signale gezogen wurden und von Thale her das scharfe Läuten der Abfahrtsglocke herüberklang. Und siehe da, keine Minute mehr, so vernahm man auch schon den Pfiff der Lokomotive, gleich danach ein Keuchen und Prusten, und nun dampfte der Zug auf wenig hundert Schritt an dem Lindenberge vorüber.

»Er geht nach Berlin«, sagte St. Arnaud. »Willst du mit?«

»Nein, nein.«

Und nun sahen beide wieder der Wagenreihe nach und horchten auf das Echo, das das Gerassel und Geklapper in den Bergen wachrief und fast so klang, als ob immer neue Züge vom Hexentanzplatz her herunterkämen.

Endlich schwieg es, und die frühere Stille lag wieder über der Landschaft. Nur die Brise, von Dorf und Fluß her, wuchs, und die Kornfelder neigten sich und mit ihnen der rote Mohn, der in ganzen Büscheln zwischen den Halmen stand.

Unwillkürlich machte Cécile die schwankende Bewegung mit, bis sie plötzlich auf ein Bild wies, das der Aufmerksamkeit beider wohl wert war. Von jenseit der Bahn her kamen gelbe Schmetterlinge, massenhaft, zu Hunderten und Tausenden herangeschwebt und ließen sich auf dem Kleefeld nieder oder umflogen es von allen Seiten. Einige schwärmten am Waldrand hin und kamen der Bank so nahe, daß sie fast mit der Hand zu fassen waren.

»Ah, Pierre«, sagte Cécile. »Sieh nur, das bedeutet etwas.«

»O gewiß«, lachte St. Arnaud. »Es bedeutet, daß dir alles huldigen möchte, gestern die Rosenblätter und heute die

Schmetterlinge, Boncœurs und Gordons ganz zu schweigen. Oder glaubst du, daß sie meinetwegen kommen?«

DREIZEHNTES KAPITEL

Alles freute sich auf Altenbrak, und selbst Cécile war schon um acht auf dem großen Balkon, trotzdem der Aufbruch erst um zehn und zehneinhalb erfolgen sollte.

Dieser Aufbruch zu verschiedenen Zeitpunkten hatte darin seinen Grund, daß Cécile, sosehr sie sich erholt hatte, für eine Fußpartie doch nicht ausreichend gekräftigt war, während St. Arnaud, ein leidenschaftlicher Steiger, auf eine Wanderung über die Berge hin nicht gern verzichten wollte. So war man denn übereingekommen, den Marsch in zwei Kolonnen zu machen, von denen die Fußkolonne: St. Arnaud, der Emeritus und der Privatgelehrte, um zehn Uhr vorausmarschieren, die Reiterkolonne: Gordon und Cécile, um zehneinhalb Uhr nachfolgen sollte. Danach wurde denn auch verfahren, und als der Fußtrupp um eine halbe Stunde voraus war, erhoben sich die bis dahin Zurückgebliebenen, um sich, unmittelbar vor dem Hotel, an dem Halteplatze der Wagen und Pferde, beritten zu machen. Gordon, wenig zufrieden mit dem Bestande, den er hier vorfand, unterhandelte gerade mit einem der Vermieter, als Cécile, zwischen den Pferden hin, ein Paar Esel gewahr wurde, die ganz zuletzt im Schatten einer Platane standen. Sie freute sich sichtlich dieser Wahrnehmung, und mit einer ihr sonst nicht eigenen Lebhaftigkeit die Verhandlungen unterbrechend, sagte sie, während sie nach der Platane hinzeigte: »Da sind Esel, Herr von Gordon. Das ist nun einmal meine Passion: Eselreiten und Ponyfahren. Und wenn Sie nicht Anstand nehmen...«

»Im Gegenteil, meine gnädigste Frau, man sitzt besser und gemütlicher, und das gefürchtete ›Vom Pferd auf den Esel Kommen‹, was bildlich sein Mißliches haben mag, ist mir in natura nie schrecklich gewesen.«

Ein Blick, von dem schwer zu sagen war, ob mehr schmeichelhafte Huld oder naive Kinderfreude darin vorherrschte, belohnte Gordon für seine Bereitwilligkeit, und wenige Minuten später saßen beide bereits plaudernd im Sattel und trotteten, über einen Brückensteg hin, auf eine mit vorjährigem Eichenlaub gefüllte Schlucht zu, die, jenseits der Bode, zu der auf dem Bergrücken entlang laufenden Blankenburger Chaussee hinaufführte. Neben ihnen her ging der Eseljunge, den Esel, auf dem Cécile saß, dann und wann zu beschleunigterer Gangart antreibend. Es war ein bildhübscher, zugleich hartgewöhnter Junge, der abwechselnd ging und lief und dem Gespräche, das Gordon und Cécile führten, mit klugem Auge folgte.

Das Laub raschelte, die Sonne spielte durch das Gezweig, und aus dem Walde her vernahm man den Specht und dann und wann auch den Kuckuck. Aber nur langsam und spärlich, und als Gordon zu zählen anfing, rief er nur ein einzig Mal noch.

»Ist euer Harzkuckuck immer so faul?«

»O nein; mal so, mal so. Soll *ich* ihn fragen?«

»Versteht sich.«

»Wieviel Jahre noch?«

Und nun antwortete der Kuckuck, und sein Rufen wollte kein Ende nehmen.

Das schuf eine kleine Verstimmung, denn jeder ist abergläubisch, und um die Verstimmung wieder loszuwerden, sagte jetzt Gordon, das Thema wechselnd: »Eselreiten und Ponyfahren! Sie sprachen so glückstrahlend davon, meine gnädigste Frau. Sind es Kindererinnerungen? Das Ponyfahren läßt es fast vermuten. Aber, pardon, wenn ich in meiner Neugier vielleicht indiskrete Fragen tue.«

»Nicht indiskret. Überhaupt, was ist Diskretion? Wer ihr à tout prix leben will, muß in den Kartäuserorden treten.«

»Der, Gott sei Dank, für Frauen nicht gestiftet wurde.«

»Mutmaßlich, weil seine Begründer klug und weise genug waren, das Unmögliche nicht anzustreben. Aber, Sie fragten mich, ob Kindererinnerungen? Nein, leider nein. Meine Kindertage vergingen ohne das. Aber dann kamen andre Tage, freilich auch halbe Kindertage noch, in denen ich aus der kleinen oberschlesischen Stadt, darin ich geboren und großgezogen war, zum erstenmal in die Welt sah. Und in welche Welt! Jeden Morgen, wenn ich ans Fenster trat, sah ich die ›Jungfrau‹ vor mir und daneben den Mönch und den Eiger. Und am Abend dann das Alpenglühen. Ich vergesse sonst Namen, aber *diese* nicht, diese sind mir in der Seele geblieben, wie die Tage selbst. Schöne, himmlische, glückliche Tage, Tage voll ungetrübter Erinnerungen. Und unter diesen ungetrübten Erinnerungen auch Eselritt und Ponyfahren. Ach, es sind so kleine Dinge, aber die kleinen Dinge gehen über die großen... Und von woher stammt *Ihre* Passion für derlei Kavalkaden?«

»Aus dem Himalaja.«

Bei diesem Worte waren sie aus der Schlucht heraus, und Gordon wollte just abbrechen, um, oben angelangt, des freien Umblicks vom Plateau her voll zu genießen, im selben Moment aber wahrnehmend, daß der Eseljunge, ganz wie benommen, ihn anstarrte, überkam ihn ein Lachen, und er sagte: »Junge, kennst du den Himalaja?«

»Mount-Everest... 27000 Fuß.«

»Wo hast du das her?«

»Nu, das lernen wir.«

»A la bonne heure«, lachte Gordon. »Ja, der preußische Schulmeister... Zu welch erstaunlichen Siegen wird uns *der* noch verhelfen! Und was sagen *Sie* dazu, meine Gnädigste?«

»Nun zunächst nur das eine, daß der Junge mehr weiß als ich.«

»Lassen Sie's ihm. Preußischer Drill und Gedächtnisballast. Je weniger man davon schleppt, desto besser.«

»Das sagt St. Arnaud auch, wenn er gut gelaunt ist. Aber au fond glaubt er's nicht und empfindet ein beständiges Crèvecœur über all das, was die Herren Präzeptoren, zu deren einem wir jetzt wallfahrten, an mir versäumt haben. St. Arnaud, sag' ich, glaubt es nicht, und *Sie* glauben es auch nicht, Herr von Gordon. Ich hab' es wohl bemerkt. Alle Preußen sind so konventionell in Bildungssachen, alle sind ein klein wenig wie der Herr Privatgelehrte...«

»Ja«, stimmte Gordon zu, »das sind sie. Sie heißen nicht sämtlich Eginhard, aber alle sind mehr oder weniger ›Aus dem Grunde‹.«

Danach brach das Gespräch ab, und erst nach einer Weile nahm es Cécile wieder auf. »Ob wir die Herren noch einholen?« fragte sie. »Die Chaussee läuft hier wie mit dem Lineal gezogen, und doch seh' ich niemand.«

In der Tat, Cécile sah niemanden und konnte niemand sehen, aber es lag nicht an einer allzu großen Entfernung zwischen ihr und der Avantgarde, sondern einfach daran, daß die drei Herren, denen der Aufstieg doch saurer geworden war, als sie vermutet hatten, schattenshalber in einen wundervollen Waldpfad eingebogen waren, der erst später wieder auf den Hauptweg mündete. St. Arnaud hatte die Mitte zwischen seinen beiden Begleitern genommen und rechnete darauf, die Fehde zwischen dem »Braunschweigischen Roß« des Emeritus und dem »Askanischen Bären« des Privatgelehrten in kürzester Frist ausbrechen zu sehn, schob aber seinerseits alles, was den Streit unmittelbar hätte heraufbeschwören können, klug und vorsichtig hinaus und begnügte sich damit, den Privatgelehrten über seinen Namen auszuholen.

»Irr' ich, wenn ich annehme, mein hochverehrter Herr ›Aus dem Grunde‹, daß Sie rheinischen oder schweizerischen Ursprungs sind und ähnlich wie die Vom Rat, Aus dem Winkel und Auf der Mauer entweder der Kölner Gegend oder aber den Urkantonen entstammen?«

»Doch nicht, mein Herr Oberst. Mein Urgroßvater kam glaubenshalber aus Polen und hieß ursprünglich Genserowsky, noch bis vor kurzem befanden sich in der Berliner Hasenheide Träger dieses alten Namens. Einer der Söhne, mein Großvater, war homo literatus, zugleich Verfasser einer griechischen Grammatik, und um ganz mit den polnischen Erinnerungen zu brechen oder vielleicht auch wegen eines dem deutschen Ohre nicht unbedenklichen Namensanklanges, ließ er den Genserowsky fallen und nannte sich ›Aus dem Grunde‹. Das einigermaßen Anspruchsvolle darin verkenn' ich nicht, aber der Name ist mir überkommen, und so kann es mir persönlich nur obliegen, ihm, nach dem bescheidenen Maße meiner Fähigkeiten, Ehre zu machen.«

»Ein Streben, zu dem ich Sie beglückwünsche.«

»Der Herr Oberst beschämen mich durch so viel Güte. Das aber darf ich heute schon aussprechen, daß ich mich jederzeit vor Zersplitterung und einer damit zusammenhängenden Oberflächlichkeit gehütet habe. Zersplitterung ist der Fluch unserer modernen Bildung. Ich befleißige mich der Konzentration und halte zu dem guten alten Satze ›multum non multa‹. Mein Stolz ist *der*, ein Spezialissimus zu sein, ein Spott- und zugleich Ehrenname, den mir beizulegen dem Chor meiner Gegner beliebte. Der Herr Oberst wissen, welchem Gegenstande meine Studien gelten, und es sind denn auch eben diese, die mich neuerdings wieder hierher in den Harz und in der letzten Woche nach dem reizenden Gernrode (dessen Besuch ich dem Herrn Obersten empfohlen haben möchte) geführt haben, nach Gernrode, das seinen Namen bekanntlich von einem voraskanischen Markgrafen herleitet, dem Markgrafen Gero.«

»Demselben mutmaßlich, der dreißig Wendenfürsten zu Tische lud, um sie dann zwischen Braten und Dessert abschlachten zu lassen?«

»Von ebendemselben, mein Herr Oberst. Aus welchem Zwischenfall ich übrigens bitten möchte, nicht allzu nachteilige Schlüsse ziehen zu wollen. Markgraf Gero war ein Kind seiner Zeit, genauso wie Karl der Große, dem die summarisch enthaupteten zehntausend Sachsen nie zum Nachteil angerechnet worden sind. Es sind das eben die Männer, die Geschichte machen, die Männer großen Stils, und wer Historie schreiben oder auch nur verstehen will, hat sich in erster Reihe zweier Dinge zu befleißigen: er muß Personen und Taten aus ihrer Zeit heraus zu begreifen und sich vor Sentimentalitäten zu hüten wissen.«

»Gewiß, gewiß«, lachte der Oberst. »Einverstanden mit allem, wobei mir nur ewig merkwürdig bleibt, daß die durch Natur und Beruf friedliebendsten Leute von der Welt allemal für ›Kopf ab‹ sind, während alle Leute von Fach an dreißig abgeschlachteten Wendenfürsten doch einigermaßen Anstoß nehmen. Es muß übrigens ein Gesetz in dieser Erscheinung walten, vielleicht dasselbe, nach dem ganz unbemittelte Personen immer erst geneigt sind, ein Dreißig-Millionen-Vermögen als ein Vermögen überhaupt gelten zu lassen.«

Unter diesem Gespräche, das sich weiterspann, hatten unsre drei Freunde den Punkt erreicht, wo der Waldweg wieder in den Hauptweg einbog, auf dem, im selben Augenblicke fast, wo sie denselben betraten, ein Hauderer oder Personenwagen, mit dem Anhaltiner Wappen am Wagenschlage, vorüberrollte.

»War das nicht der Askanische Bär?« fragte St. Arnaud.

»Zu dienen. Und zwar der Askanische Bär an einem emeritierten Postwagen aus guter alter Zeit, wo das Herzogtum Anhalt noch eine selbständige Postverwaltung hatte. Die nunmehr längst meistbietend versteigerten Wagen laufen nur noch als Hauderer durchs Land und predigen einen Wechsel der Dinge, der mich in meiner Eigenschaft als Deutscher beglückt, in meiner Spezialeigenschaft als zu Haus Anhalt haltender Berliner aber ebenso betrübt wie verletzt. Denn worin hat speziell Berlin den Ursprung und die Wurzel seiner Kraft? Einfach in dem jetzt hinsterbenden Askaniertum, dem es nicht bloß seinen Wappen-Bären, sondern in gleichem Grade sein Gedeihen und seinen Ruhm verdankt. Und wie lohnt es diesem Askaniertum? Ich hatte schon gestern die Ehre, mich gegen die gnädige Frau darüber aussprechen zu können. Wenn ich sage ›durch Mißachtung‹, so mach' ich mich insoweit noch einer erheblichen Beschönigung schuldig, als Haus Anhalt einfach einer gewissen Komik verfallen ist, die sich tagtäglich in den traurigsten Berlinismen Luft macht. Urteilen Sie selbst. Erst vorgestern war es, daß ich in einem diese Frage berührenden ernsten Gespräch der ganz unqualifizierbaren Antwort begegnete: ›Versteht sich, Anhalt-Dessau. Denn wenn wir Dessau nicht hätten, so hätten wir auch nicht den alten Dessauer, und wenn wir den alten Dessauer nicht hätten, so hätten wir auch nicht: ‚So leben wir'!‹«

»Ah«, sagte der Oberst, »das waren die zwei Berliner an der Table d'hôte. Dergleichen darf man nicht übelnehmen. Die Berliner sind Spaßmacher und gefallen sich in ironischen Bemerkungen und Zitaten.«

»Und treffen dabei meistens den Nagel auf den Kopf«, setzte der Emeritus hinzu. »Denn sie werden, mein hochverehrter Herr Eginhard, doch nicht allen Ernstes verlangen, daß wir uns im Zeitalter Otto von Bismarcks auch noch für Otto den Faulen oder gar für Otto den Finner interessieren sollen?«

»Doch, mein Herr Emeritus. Zu den schönsten Zierden deutscher Nation zähl' ich Loyalität gegen das noch lebende Fürstengeschlecht und unwandelbare Pietät gegen die, die bereits vom Schauplatz abgetreten sind.«

»Eine Forderung, mein hochverehrter Herr Aus dem Grunde, die sich leichter stellen als erfüllen läßt. Andauernde Treue gegen das Alte macht die Treue gegen das Neue nahezu zur Unmöglichkeit; aber unmöglich oder nicht, es ist jedenfalls ein gefährliches Evangelium, das Sie da predigen. Denn was Albrecht dem Bären recht ist, ist Heinrich dem Löwen billig, und doch möcht' ich Ihnen nicht anempfehlen, Ihren unentwegten Enthusiasmus für emeritierte Postkutschen (Sie selbst geruhten diesen Ausdruck zu gebrauchen) von Haus Anhalt auf das Haus Welf übertragen zu wollen. Es gibt eben leichte und schwere Pietäten, und die letztern sind nicht jedermanns Sache, was auch kaum anders sein kann. Und um schließlich auf diesem nur allzu heiklen Gebiet auch noch ein Wort von mir selber zu sagen, so bin ich fester Braunschweiger trotz einem. Aber wenn heute mein Herzog stirbt und morgen ›der Preuß‹ uns annektiert, so bin ich übermorgen loyaler Preuße. Nur keine Prinzipienreiterei, mein hochverehrter Herr Aus dem Grunde. ›Das *Wort* sie sollen lassen stahn‹, *das* ist Recht und Ordnung, *dafür* bin ich da, das ist Gewissenssache. Für alles andre aber haben wir die Vernunft. Treue! Man muß die Welt nehmen, wie sie liegt, und danach treu sein.«

»Oder *un*treu.«

»Meinetwegen.«

Und dabei lächelte der Emeritus mit überlegener Miene.

Der so voraufschreitenden Kolonne folgten Gordon und Cécile.

Nach rechts hin, auf Blankenburg zu, lagen weite Wiesen und Ackerflächen, während unmittelbar zur Linken ein Waldschirm von geringer Tiefe stand, der unsere Reisenden von der steil abfallenden Talschlucht und der unten schäumenden Bode trennte. Dann und wann kam eine Lichtung, und mit

Hülfe dieser glitt dann der Blick nach der anderen Felsenseite hinüber, auf der ein Gewirr von Spitzen und Zacken und alsbald auch der Hexentanzplatz mit seinem hellgelben, von der Sonne beschienenen Gasthause sichtbar wurde. Juchzer und Zurufe hallten durch den Wald, und dazwischen klang das Echo der Böller- und Büchsenschüsse von der Roßtrappe her.

»Es ist doch ein eigen Ding um die Heimat«, sagte Gordon, »sie sei, wie sie sei. Lass' ich mich aufs Vergleichen ein, so ist dies alles nur Spielzeug der Natur, das neben dem Großen verschwindet, was sie draußen in ihren ernsteren Stunden schuf. Und doch geb' ich für dieses bescheidene Plateau sechs Himalajapässe hin. Es ist mit all dem Großen draußen, wie wenn man einen Kaiser in Hermelin oder den Papst in pontificalibus sieht; man bewundert und ist benommen, aber wohl wird einem erst wieder, wenn man seiner Mutter Hand nimmt und sie küßt.«

»Sie sprechen das mit so vieler Wärme. Lebt Ihre Mutter noch? Haben Sie sie wiedergefunden?«

»Nein, sie starb in den Jahren, da ich draußen war. Ich habe nichts weiter mehr als zwei Schwestern. Eine war noch ein halbes Kind, als ich Deutschland verließ; aber mit der andern wuchs ich auf, wir harmonierten in allen Stücken, und wenn sich mir meine Wünsche nur einigermaßen erfüllen, so trennen wir uns nicht wieder, wenigstens nicht wieder auf Jahre. Ja, diese Bande sind doch die festesten und überdauern alles andre. Wie manche Nacht, wenn ich in den gestirnten Himmel aufsah, hab' ich an Mutter und Schwester gedacht und mir ein Wiedersehen ausgemalt. Nur halb ist es mir in Erfüllung gegangen.«

Cécile schwieg. Sie war klug genug, um die Herzlichkeit solcher Sprache zu verstehen und zu würdigen, aber doch andererseits auch verwöhnte Frau genug, um sich durch ein so betontes Hervorkehren verwandtschaftlicher Empfindungen, und zwar in *diesem* Augenblick und an *ihrer* Seite wenig geschmeichelt zu fühlen.

»Und wie heißt Ihre Schwester?«

»Klothilde.«

»Klothilde«, wiederholte sie langsam und gedehnt, und Gordon, der heraushören mochte, daß ihr der Name nicht sonderlich gefiel, fuhr deshalb fort: »Ja, Klothilde, meine gnädigste Frau. Sie wägen den Namen und finden ihn etwas schwer. Und Sie haben recht. Ich glaube auch nicht, daß ich fähig sein würde, mich jemals in eine Klothilde zu verlieben. Aber je weniger der Name für eine Braut oder Geliebte paßt, desto mehr für eine Schwester. Er hat etwas Festes, Solides, Zuverlässiges und geht nach dieser Seite hin fast noch über Emilie hinaus. Vielleicht gibt es überhaupt nur einen Namen von ebenbürtiger Solidität.«

»Und der wäre?«

»Mathilde.«

»Ja«, lachte Cécile. »Mathilde! Wirklich. Man hört das Schlüsselbund.«

»Und sieht die Speisekammer. Jedesmal, wenn ich den Namen Mathilde rufen höre, seh' ich den Quersack, darin in meiner Mutter Hause die Backpflaumen hingen. Ja, dergleichen ist mehr als Spielerei, die Namen haben eine Bedeutung.«

»Ich wollte, daß Sie recht hätten, es würde mich glücklich machen. Aber was hab' ich beispielsweise von meiner musikalischen und sogar heiliggesprochenen Namensschwester? Die Heiligkeit gewiß nicht und auch kaum die Musik.«

So plaudernd, erreichten sie die Stelle, wo der nach Altenbrak abzweigende Weg auf ein weites Elsbruch einbog, hinter dem die bis jetzt von ihnen passierte Waldpartie von neuem aufragte, freilich nicht als Wald mehr, sondern nur noch als Schonung, über deren Kiefern und Kusseln hinweg eine mutmaßlich einen Weg einfassende Doppelreihe weißstämmiger Birken sichtbar wurde. Hart in Front dieser Schonung lagerte, deutlich erkennbar, eine Gruppe hemdärmlicher oder doch in Leinwandjacken gekleideter Personen, aller Wahrscheinlichkeit nach also Holzschläger oder Arbeiter auf Tagelohn. Etwas Leichtes in den Bewegungen jedoch, zumal wenn sich einzelne von ihnen erhoben, zeigte bald, daß es keine Tagelöhner sein konnten.

»Was sind das für Leute da?« fragte Gordon den Jungen. Ehe dieser aber antworten konnte, wurde drüben ein Signalhorn laut, und im selben Augenblicke begann ein Hin- und

Herlaufen und gleich danach ein Ordnen und Richten. Und nun setzten sich auch unsere zwei Reisenden in Trab und erkannten im Näherkommen, daß es blutjunge Leute waren, Turner in Drillichanzügen, die sich mit bemerkenswerter Raschheit und Gewandtheit in Gliedern formierten. Ganz in Front standen die Spielleute: drei Tambours und ein Hornist, und als die der Aufstellungsseite zunächst reitende Cécile bis auf wenige Schritte heran war, kommandierte der den Trupp führende Vorturner: »Augen links« und dann »Präsentiert das Gewehr.« Er selbst aber salutierte mit dem Schläger, die Spitze zur Erde senkend, während die drei Tambours den Präsentiermarsch schlugen. Cécile verneigte sich dankend und verlegen, und einen Augenblick später ritten beide (Gordon unter militärischem Gruß) in den Birkenweg ein, der sich, wie man vermutet hatte, durch die Schonung hinzog und an manchen Stellen eine vollkommene Laube bildete.

»War das reizend«, sagte Cécile. »Jugend, Jugend. Und so frisch und glücklich. Und so ritterlich und artig.«

Gordon nickte. »Ja, meine gnädigste Frau, das ist Deutschland, Jung-Deutschland. Und mit Stolz und Freude sehe ich es wieder. Draußen hat man auch dergleichen, aber es ist doch anders. Hier gibt sich alles natürlicher und weniger zurechtgemacht; weniger mise en scène. Gott erhalt' uns unsere Jugend.«

Und während er noch so sprach, streiften die Birkenzweige Céciles Gesicht, was ihn zu dem Vorschlag veranlaßte, doch die Plätze zu wechseln.

Aber sie wollte davon nichts hören. »Es ist doch immer ein Streicheln, auch wenn es weh tut. Und dazu diese himmlische Luft! Ach, ich könnte den ganzen Tag so reiten, und von Müdigkeit wäre keine Spur.«

Endlich hatten sie die Schonung im Rücken und hielten vor einer von einem Plankenzaun eingefaßten und hoch in Gras stehenden Wiese, darauf nichts sichtbar war als, in einiger Entfernung, drei ziemlich gleich aussehende Häuschen, die todstill und wie verwunschen in der grellen Mittagssonne dalagen. Keine Grille zirpte, kein Rauch stieg auf; um den Zaun herum aber ging in weitem Bogen der Weg, anstatt die Wiese kurz und knapp zu durchschneiden.

»Wie heißt das?« fragte Gordon.

»Todtenrode«, sagte der Junge.

»Nur in Ordnung. Wenn es nicht schon so hieße, so müßt es so getauft werden. Todtenrode! Wohnen Menschen hier? Mutmaßlich ein Totengräber?«

»Nein, ein Förster.«

Unter solchem Gespräche waren sie bis an die Stelle gekommen, wo die vorerwähnten drei Häuschen standen. Eines derselben, das größte, das etwas von Architektur und Ornament zeigte, war ganz von wildem Wein überwachsen, und Gordon ritt heran, um, so gut es die Lichtblendung gestattete, von außen her in die Fenster hineinzusehen. Keine Gardine war da, kein Vorhang, überhaupt nichts, was auf Bewohnerschaft hätte deuten können, und doch war unverkennbar, daß dies Haus in der Öde sehr bewegte Tage gesehen haben mußte. Polsterbänke zogen sich um paneelierte Wände, dazu Schenktisch und schwere Stühle, während sich in dem Zimmer daneben, das sich, bei nur halber Tiefe, leichter übersehen ließ, allerlei Möbel aus der Zeit des Empire befanden, darunter ein hellblaues Atlassofa mit drei schmalen Spiegeln über der Lehne.

Cécile sah gleichzeitig mit Gordon in die verblaßte Herrlichkeit hinein, und auch der Junge stellte sich neugierig auf die Zehspitzen.

»Eine Försterei, sagtest du. Das ist aber ein Jagdschloß.«

»Ja, ein Jagdschloß.«

»Und von wem?«

»Von unsrem Herzog.«

»Kommt er oft?«

»Nein. Aber der vorige...«

»Ja«, lachte Gordon, »der vorige, *der* kam oft.« Und zu Cécile gewandt, fuhr er fort: »Ich hab' ihn noch in Paris gesehen, den guten Herzog, alt geworden, geschnürt und geschminkt und mit Ringellöckchen, eine lächerliche Figur, ebenso der Liebling wie der Spott der Halbweltdamen. Wahrhaftig, wer die Geschichte dieser Duodezfürsten schreiben will, muß bei den fürstlichen Jagdschlössern anfangen. Und nun gar *dies* hier, dies Todtenrode! Der bloße Name hätte mich in einen Tugendpriester verwandeln können. Aber diese Durchläuchtings empfinden anders und sagen umgekehrt: ›Je mehr Tod, je mehr Leben.‹ Erst die Strecke mit dem erlegten Wild, und dann Bacchus, und dann Eros der göttliche Knabe. Zehn gegen eins, daß dies Todtenrode mit zu den bevorzugtesten Tempeln des kleinen Gottes gezählt hat. Ihr Himmlischen, was mag sich alles in diesem Allerheiligsten abgespielt haben, an Freud und Leid! Ja, auch an Leid. Denn der Krug geht so lange zu Wasser, bis er bricht, wobei mir übrigens die Serenissimi selbst die weitaus kleinste Sorge machen. Aber was so von Jugend und Unschuld mit in die Brüche geht, was so gemütlich mit hingeopfert wird in dem ewigen Molochdienste...«

Cécile musterte den Sprecher, der einen Augenblick in der Laune schien, in seiner Philippika fortzufahren; bald aber wahrnehmend, daß er, wie damals vor den Porträts der Fürstabbatissinnen, in seinen Auslassungen um ein gut Teil zu weit gegangen sei, begann er sofort das Thema zu wechseln, was ihm die sich rasch verändernde Szenerie ziemlich leicht machte. Der Weg nämlich, der bis dahin über ein Plateau geführt hatte, senkte sich hinter Todtenrode wieder und mündete bald danach auf eine mittelhoch am Abhange sich hinziehende Chaussee, neben der, in der Tiefe, die diesseits von einem sonnigen Wiesengrunde, jenseits aber von Wald und Schatten eingefaßte Bode hinfloß. Erquickende Kühle drang von unten her bis zur Höhe hinauf, und einzelne Häuser, die zerstreut und lauschig am Flusse hin lagen, berechtigten zu der Annahme, daß man in kürzester Frist am Ziele sein werde.

Gordon wurde nunmehr sehr bald auch der drei voraufmarschierenden Herren ansichtig, die ganz zuletzt einen Richtsteig eingeschlagen haben mußten, und auf sie hinweisend, rief er seiner Begleiterin in beinahe freudiger Aufregung zu: »Da sind sie. Wenn wir uns in Trab setzen, haben wir sie noch vor dem ersten Hause.«

Cécile sah ihn bei diesen Worten verwundert an, aber mit einer Verwunderung, in die sich etwas von Empfindlichkeit mischte. Das war doch naiver als naiv. Er genoß des Vorzugs ihrer Gesellschaft und schien nichtsdestoweniger hocherfreut über die Möglichkeit, im nächsten Augenblicke wieder in Nähe des Emeritus oder gar an der Seite des Privatgelehrten sein zu können. Alle Verwunderung und Empfindlichkeit aber verlor sich rasch in dem Komischen der Situation, und sich aufrichtend im Sattel, sagte sie mit beinah übermütiger Betonung: »Eh bien, eilen wir uns, Herr von Gordon. Vite, vite. Man soll die Gelegenheit beim Schopfe fassen.«

Und im Trabe, während der Junge sich in den Steigbügel hing, ging es bergab.

Eine Minute noch, und man mußte die Voraufmarschierenden eingeholt und das Dorf selbst erreicht haben.

VIERZEHNTES KAPITEL

Aber es war doch anders bestimmt, denn unmittelbar vor dem Dorfeingange wurde Cécile, die dem Flusse zunächst ritt, einer im Grase sitzenden Dame, der Malerin, gewahr.

Wirklich, es war Fräulein Rosa, mitten in der Arbeit vor einer Staffelei, die sie sich aus drei Bohnenstangen mit eingeschlagenen Holznägeln zurechtgezimmert hatte. Die Freude der Künstlerin gab sich, wie die der beiden Ankömmlinge, ganz ungesucht, und den Pinsel ins Gras werfend, aber die Palette immer noch auf dem linken Daumen, sprang sie von ihrem Malerstuhl auf und reichte Cécile die freigewordene Rechte.

»Willkommen in Altenbrak... Ach, nun entsinn' ich mich... Die drei Herren... vor einer Minute erst... Richtig, das war ja der Herr Oberst und der freundliche alte Emeritus. Und der dritte... Ja, wer war der dritte?«

»Der Herr Privatgelehrte.«

»Nun, der hätte seine Langweil und sich selbst im Hotel Zehnpfund belassen können. Aber welche Freude, *Sie* wiederzusehen, meine gnädigste Frau. Und Sie, Herr von Gordon. Ach, es war mir zuviel Staub in Thale, zuviel Staub und zuviel Sonntagsgäste. Hexentanzplatz und Roßtrappe sind nur wie Tempelhof und Tivoli, Bier und wieder Bier. Aber hier ist Natur, und die weiß- und braungefleckte Kuh da... Sehen Sie doch nur, meine gnädigste Frau, wie das liebe Vieh dasteht und sich nicht rührt. Ein wahres Mustermodell. Ich möchte schwören, es habe Gemüt und freue sich mit mir, daß Sie da sind.«

Cécile, als die Malerin endlich schwieg, tat auch ihrerseits ein paar Fragen und versuchte bei der Gelegenheit einen Blick auf die Skizze zu werfen, aber Rosa wollte davon nichts wissen und fuhr fort: »Nein, meine gnädigste Frau, nur nicht gleich wieder Kunst und Kunstgespräche. Was Sie hergeführt hat, hat einen andern Zweck und Namen. Und ich brauche kaum danach zu fragen. Natürlich, der Präzeptor, der alte Murrkopf, der Mann mit der sonoren Baßstimme, Selbstherrscher aller Altenbraker und dabei Landesautorität in Sachen der Schmerle. Täglich bin ich an seinem Tisch (er hält nämlich eine Pension), und dann setzt er sich zu mir und sagt mir Liebenswürdigkeiten und will mich sogar adoptieren. Aber ich hab' ihm gesagt, er müsse mich heiraten, anders tät ich's nicht, ich wolle Schloßfrau werden auf Burg Rodenstein oder kurzweg die Rodensteinerin und den ganzen Tag über mit dem Schlüsselbund rasseln.«

»Und Sie wohnen in seiner Pension?«

»Nein, ich ziehe diese Seite des Dorfes vor. Ich wohne hier... das dritte Haus da, gleich hinter dem Staket.«

Und sie wies auf ein reizendes, am Dorfeingange gelegenes Häuschen, in dessen Vorgarten ein paar Stachelbeersträucher standen und Mohn und Borré bunt durcheinander blühten. An dem Staket aber trockneten Netze, während eine Sichel an der alten Linde hing.

»Beneidenswert«, sagte Gordon. »Manchem glückt es, überall ein Idyll zu finden; und wenn er's nicht findet, so schafft er's sich. Ich glaube, Sie gehören zu diesen Glücklichen.«

»Ich glaub' es beinah selbst, muß aber jedes persönliche Verdienst in der Sache von mir abweisen. Der Himmel legt einem nicht mehr auf, als man tragen kann. Und ich habe durchaus keine Schultern für das Tragische.«

Cécile schien von diesem scherzhaft hingeworfenen Worte mehr berührt, als sich erwarten ließ. Jedenfalls brach sie rasch ab und sagte: »Das ist ein großes Thema. Und wenn Herr von Gordon und Fräulein Rosa erst ins Philosophieren kommen...«

»Dann gibt es kein Ende.«

Cécile nickte zustimmend, und unter einem herzlichen »Au revoir« warf sie das Tier herum und lenkte, von Gordon gefolgt, auf den breiten Fahrweg ein, in dessen Schatten der Junge zurückgeblieben war.

»Haben wir noch weit bis zum Präzeptor?«

»Noch eine Viertelstunde.«

»Gut denn.«

Und man setzte sich wieder in Trab.

Wirklich, es war noch eine Viertelstunde, denn das Haus, das der Alte bewohnte, lag an der entgegengesetzten Seite von Altenbrak. Aber so lang der Weg war und so ruhebedürftig Cécile sich fühlte, dennoch sprach sie kein Wort von Ermüdung, weil das Bild, das die Dorfstraße gewährte, sie beständig interessierte. Links hin lagen die Häuser und Hütten in der malerischen Einfassung ihrer Gärten, während nach rechts hin, am jenseitigen Ufer der Bode, der Hochwald anstieg, auf dessen Lichtungen das Vieh weidete. Das Geläut der Glokken tönte herüber, und dazwischen klang das Rauschen des über Kieselgeröll hinschäumenden Flusses.

So ging es das Dorf entlang, an Stegen und Brücken vorbei, bis endlich da, wo die Schlucht sich wieder weitete, der Eseljunge nach einem in Mittelhöhe des Felsens eingebauten Häuserkomplex hinaufwies, daran in Riesenbuchstaben auf weißem Schilde stand: »Gasthaus zum Rodenstein.«

»Hier wohnt der Präzeptor.«

Und so hielt man denn.

Und während der Junge die Esel in einem unteren Stallraum unterbrachte, stiegen Gordon und Cécile die Stufen hinan, die zu dem »Rodensteiner« hinaufführten.

Auf der obersten Stufe stand bereits St. Arnaud und empfing die Spätlinge mit vieler Freundlichkeit, aber doch zugleich auch mit einem Anfluge von Spott. »Die Herrschaften«, hob er an, »scheinen auf einen Wettlauf mit dem Braunschweigischen Roß beziehungsweise dem Askanischen Bären verzichtet zu haben. Zu meinem lebhaften Bedauern. Im übrigen hab' ich aus der mir auferlegten Entbehrung das Beste zu machen gesucht und kenne in diesem Augenblicke nicht nur Albrecht den Bären, sondern auch den Markgrafen Waldemar so genau, daß ich keinem Müllergesellen, und wenn es Jakob Rehbock in Person wäre, raten möchte, mich hinters Licht führen zu wollen. Freilich, ob Herrn von Gordon an einer derartigen Wissenszufuhr in gleicher Weise gelegen gewesen wäre, muß dahingestellt bleiben – hinsichtlich meiner teuren Cécile verbürg' ich mich für das Gegenteil. Und nun an die Gewehre! Zehn Minuten haben ausgereicht, mich mit dem Rodensteiner bekanntzumachen, und ich dürste danach, Sie beide dem trefflichen Alten vorzustellen. Unser Freund Eginhard, des Emeritus zu geschweigen, ist zwar eben über ihn her und hat, wenn ich recht gehört habe, vor fünf Minuten den ganzen Markgrafen Otto mit dem Pfeil auf die Sehne seiner Beredsamkeit gelegt. Aber ich hoffe, der Pfeil fliegt schon. Und so denn schnell, eh er zum zweiten Male spannt.«

Unter diesem Geplauder überschritten alle drei die Schwelle des Gasthauses und traten, nach Passierung einiger winkeliger und ziemlich verräucherter Stuben, auf einen halb veranda-, halb balkonartigen Vorbau hinaus, dessen weitvorspringendes Schutzdach in Front auf drei Holzpfeilern ruhte. Nach der Rückseite hin aber lag dasselbe Schutzdach auf einer indigoblauen Wand, an der entlang ein großer, immer mit Essig und Öl und leider auch mit Mostrichbüchsen besetzter Eßtisch stand. In Mitte desselben erblickte man Eginhard und den Emeritus in allerlebhaftestem Gespräche mit einem Dritten, welcher Dritte niemand anders als der Schloßherr aller dieser Dominien sein konnte: der Präzeptor Rodenstein. Und so war es denn auch.

»Erlauben Sie mir, mein hochverehrter Herr Präzeptor, Ihnen meine Frau vorzustellen. Und hier Herrn von Gordon. Die Tagesaufgabe beider war augenscheinlich, das Unausreichende kavalleristischer Leistungsfähigkeit aufs neue zu beweisen und daneben die Superiorität der alten Garde zu Fuß.«

Der Präzeptor hatte sich von seinem Stuhl erhoben und hieß Cécile willkommen, eine zweite Verbeugung galt Gordon. Er stützte sich, all die Zeit über, auf ein Weichselrohr mit Elfenbeingriff und gab, als er sich gleich danach wieder an den Eßtisch lehnte (das Stehen wurd' ihm schwer), eine bequeme Gelegenheit, ihn in seiner ganzen Erscheinung zu mustern. Er konnte füglich als der Typus eines knorrigen Niedersachsen, eines in Eichenholz geschnitzten Westfalen gelten und vernahm denn auch nichts lieber, als »daß er einen Waldeck-Kopf habe«. Wirklich ließ sich von einer solchen Ähnlichkeit sprechen. Ein Fall, den er vor Jahr und Tag getan, machte, daß er seitdem eines Stockes bedurfte, sonst aber war er verhältnismäßig jung geblieben und glich, in der Fülle seines krausen Haares, darin sich nur wenig Grau mischte, mehr einem Fünfziger als einem hohen Siebziger, der er doch war. Sein Bestes aber war sein Organ, und man begriff völlig, daß er mit dieser seiner Stimme vierzig Jahre lang die Altenbraker zusammengehalten und ihnen durch Epistel- und Bibelvorlesung von der Kanzel her den Prediger ersetzt hatte.

Cécile fühlte sich sofort angezogen durch seine Persönlichkeit und sprach ihm unbefangen und liebenswürdig aus, wie sehr sie sich freue, seine Bekanntschaft zu machen. Der Herr Emeritus, in dem er einen warmen Verehrer habe, habe sehr viel Schönes von ihm erzählt, von ihm, von Altenbrak und von den Schmerlen, und sie sehe wohl, daß er nicht zuviel gesagt habe. Denn Altenbrak sei reizend, und was die Schmerlen angehe...

So würden diese (unterbrach hier der Präzeptor) hinter ihrer Reputation nicht zurückbleiben und die gnädige Frau gewiß zufriedenstellen. Die gnädige Frau möge nur bestimmen, um welche Stunde sie das Diner zu nehmen wünsche. Das Küchendepartement sei natürlich Sache seiner Frau, wenn er sich aber trotz alledem mit einem Vorschlag einmischen dürfe, so möcht' er empfehlen: erst die Schmerlen und dann einen Rehrücken aus dem Altenbraker Forst. Denn die Schmerlen allein täten es nicht und gehörten zu den Gerichten, an denen man sich hungrig äße.

Cécile war einverstanden, und nachdem man noch die Frau Präzeptorin und deren Tochter, eine junge Förstersfrau, zu Rate gezogen, wurde festgestellt, daß um fünf Uhr gegessen werden solle. Natürlich auf der Veranda. Die noch dazwischenliegenden zwei Stunden aber solle jeder zu freier Verfügung haben, entweder zu Promenaden an der Bode hin oder aber zu Ruhe und Schlaf.

Ja, Ruhe, danach verlangte Cécile, die sich denn auch unverweilt in eine nach einem Gärtchen hinaus gelegene Hinterstube zurückzog, wo die Fenster aufstanden und die kleinen gelben Gardinen im Luftzuge wehten. In Nähe des einen Fensters stand ein bequemes Ledersofa, darauf die total Erschöpfte sich streckte, während die junge, nur zu Besuch und Aushülfe bei den Eltern anwesende Förstersfrau sie mit einem leichten Sommermantel zudeckte.

»Soll ich die Fenster schließen, gnädige Frau?«

»Nein. Es ist gut so, wie's ist. Eine so schöne Luft und doch kein Zug. Aber wenn Sie mir eine Freude machen wollen, so nehmen Sie sich einen Stuhl und setzen sich zu mir. Ich kann doch nicht schlafen und habe nur das Bedürfnis, mich zu ruhen.«

»Ach, das kenn' ich.«

»Sie? Wie das? Sie sind noch so jung und sehen so blühend aus und Ihre Augen lachen so frisch und glücklich. Sie haben gewiß einen guten Mann. Nicht wahr?«

»Ja, den hab' ich.«

»Und Kinder?«

»Auch die. Und die sind mein besondres Glück. Aber in drei Jahren drei, das ist doch viel, und wenn das zweite geboren wird, eh das erste noch laufen kann, und wenn dann Krankheit kommt und man den Tag über am Herd und in der Nacht an der Wiege steht und alle Lieder durchsingt und das Kleine doch nicht schlafen will und einem dann die Augen zufallen und man sie mit aller Gewalt wieder aufreißen muß – ach, meine gnädigste Frau, wenn *solche* Tage kommen, da lernt man doch erkennen, was Ruhe heißt und das Bedürfnis danach. Und da hilft keine Jugend und keine Gesundheit. Und bei all meinem Glück hab' ich oft bitterlich geweint.«

In diesem Augenblick hörte man von draußen eine Kinderstimme.

»Da ruft eines?«

»Nein, meine gnädigste Frau, meine Kinder sind nicht hier. Die sind im Wald draußen, beim Vater, und die Älteste, die jetzt sieben ist, das heißt sie wird acht zu Michaeli, die muß schon die kleine Mutter sein und die beiden andern in Ordnung halten. Denn die Magd hat in der Küche zu tun und mit dem Vieh im Stalle. Da muß denn eben alles mit anfassen. Und die gnädige Frau sollten das Kind sehen, wie sie sich in Respekt zu setzen weiß, ja, sie gehorchen ihr besser als mir, denn die Kinder untereinander besinnen sich nicht lang, ob ein Klaps paßt oder nicht. Und mein Mann sagt oft: ›Sieh, Frau, die Trude versteht es besser als du; *so* mußt du's machen. Du bist zu gut.‹ «

»Und das trifft auch wohl zu?«

»Nun, bös bin ich grade nicht. Aber wer will sagen, daß er zu gut sei? Wenn man so gut ist, wie man nur irgend sein kann, ist man noch immer nicht gut genug. Am wenigsten gegen die Armen. Ach, meine gnädigste Frau, das lernt man im Wald. Wenn man die Not der Menschen sehen will, dann muß man im Walde leben und das arme Volk sehen, das sich ein bißchen Reisig zusammensucht und immer noch in Angst ist, daß sie was mitnehmen, was sie nicht mitnehmen dürfen. Aber ich habe meinem Mann auch gesagt: ›Tu, was du mußt; aber wenn's sein kann, drück ein Aug' zu, denn die Not ist groß. Und wer den Armen ein Leid tut oder strenger ist als nötig, der ist wie der Reiche, der nicht ins Himmelreich kommt.‹ «

Cécile nahm die Hände der jungen Frau. »Ihr lieber Mann wird wohl so sein, wie Sie selber sind. Mir ist nicht bang um ihn. Aber wenn er auch anders wäre, Sie werden ihn schon bekehren und für seine Seele sorgen, und er wird das Himmelreich haben wie Sie selbst, dessen bin ich sicher. In einer guten Ehe muß sich alles ausgleichen und balancieren, und der eine hilft dem andern heraus.«

»Oder reißt ihn auch mit hinein«, lachte die junge Frau.

»Vielleicht, vielleicht... Aber ich denke, die Gnade rechnet mehr unsere Guttat an als unsere Schuld.«

Cécile wollte nur ruhn, aber zuletzt war sie doch eingeplaudert worden; ein paar Pfauentauben flogen aufs Fenstersims, und die junge Frau Försterin verließ leise das Zimmer, um auf die Veranda, wo nur noch St. Arnaud und der Präzeptor verblieben waren, zurückzukehren und hier Mitteilung zu machen, daß die gnädige Frau schlafe.

»Das ist gut«, sagte St. Arnaud, »ich sah, daß sie der Ruhe bedurfte. Nun aber, mein Herr Präzeptor, müssen Sie mich mit Ihrem ganzen Gewese bekanntmachen. Ich find' es nur in der Ordnung, daß man im Publikum überall von Ihrem ›Schloß Rodenstein‹ spricht, denn wirklich, Ihr Gasthaus hängt wie eine Burg am Felsen. Ist es Granit?«

»Porphyr, Herr Oberst.«

»Desto besser, oder wenigstens um eine Stufe vornehmer. Aber vornehmer oder nicht, ich muß das alles sehen, immer vorausgesetzt, daß Ihnen Ihr Fuß ein Umhersteigen gestattet.«

»O gewiß, mein Herr Oberst, wenn Sie nur Geduld mit einem alten Invaliden haben wollen, der ein etwas langsames Tempo hat und immer nur *einen* Schritt macht, wenn andre drei machen.«

»Ganz nach Ihrer Bequemlichkeit. Ich werde Sie doch nicht um etwas bitten und Ihnen zum Dank für die Gewähr auch noch das Tempo vorschreiben wollen. Das wäre doch ein gut Teil zuviel. Aber nun sagen Sie mir zuvörderst, was bedeutet das Tempelchen, das ich da sehe? Hier, gleich links, auf der obersten Spitze?«

»Das ist mein Schmuckstück, mein Belvedere, wohin ich Sie gerade führen möchte. Da tritt der Porphyr am reinsten heraus und Altenbrak liegt uns zu Füßen. Erlauben der Herr Oberst, daß ich die Tête nehme.«

Bei diesen Worten erhob er sich und schritt, sich auf sein Weichselrohr stützend, auf einen in den Fels gehauenen Zickzackweg zu, der nach dem Aussichtstempelchen hinaufführte. St. Arnaud folgte, schwieg indes, weil er wahrzunehmen glaubte, daß dem alten Herrn nicht bloß das Steigen, sondern auch das Atmen schwer wurde.

Nun aber war man oben und sah in die Landschaft hinaus. Was in der Ferne dämmerte, war mehr oder weniger interesselos, desto freundlicher aber wirkte das ihnen unmittelbar zu Füßen liegende Bild: erst das Gasthaus, das mit seinem

Dächergewirr wirklich an eine mittelalterliche ›Burg Rodenstein‹ erinnerte, dann weiter unten der Fluß, über den links abwärts ein schlanker Brückensteg, rechts aufwärts aber eine alte Steinbrücke führte.

»Beneidenswerter, Sie«, sagte der Oberst. »König Polykrates auf seines Daches Zinnen. Und hoffentlich sagen Sie mit ihm: ›Gestehe, daß ich glücklich bin.‹ Ist es nicht so?«

Der Präzeptor wiegte den Kopf hin und her und schwieg, bis er nach einer kleinen Weile sagte: »Nun ja, mein Herr Oberst.«

»Nun ja! Was heißt das? Warum nicht bloß ja? Was fehlt? Ein Mann wie Sie, Liebling fünf Meilen in der Runde, gehalten von der Gemeinde, geschätzt von der Behörde – wie wenige dürfen sich dessen rühmen! Und wenn dann das Jubiläum kommt...«

»Das kommt nicht.«

»Warum nicht?«

»Weil ich den Dienst quittiert habe.«

»Wie das? Aber freilich... Pardon... ich entsinne mich; Ihr Freund und Verehrer, der Herr Emeritus, hat uns schon in Thale davon erzählt und auch den Grund genannt, der Sie bestimmte. Gewissensbedenken, um nicht zu sagen: Gewissensbisse.«

Der Alte lächelte. »Nun ja, Gewissensbisse, das auch. Aber das alles, offen gestanden, blieb doch bloß die kleinere Hälfte. Die Hauptsache war, ich wollte dem Ehrentag entgehen, demselben Ehrentag, dessen der Herr Oberst eben erwähnte.«

»Dem Jubiläum? aber weshalb?«

»Weil ich der sogenannten ›Auszeichnung‹ entgehen wollte.«

»Aus Bescheidenheit?«

»Nein, aus Dünkel.«

»Aus Dünkel? Ich bitte Sie, wer geht einer Auszeichnung aus dem Wege?«

»Die wenigsten. Und ich auch nicht. Aber Auszeichnung und Auszeichnung ist ein Unterschied. Ein jeder freut sich seines Lohnes. Gewiß, gewiß. Aber wenn der Lohn kleiner ausfällt, als man ihn verdient hat oder wenigstens verdient zu haben glaubt, dann freut er nicht mehr, dann kränkt er.

Und das war meine Lage. Man wollte mir ein Bändchen geben an meinem Jubiläumstage. Nun gut, auch ein Bändchen kann etwas sein; aber *das*, das meiner harrte, war mir doch zu wenig, und so macht' ich kurzen Prozeß und bin ohne Jubiläum, aber Gott sei Dank auch ohne Kränkung und Ärger aus dem Dienste geschieden. Ich weiß wohl, daß man nie recht weiß, was man wert ist, aber ich weiß auch, daß es die Menschen in der Regel noch weniger wissen. Und handelt es sich gar um ein armes Dorfschulmeisterlein, nun, so geht alles nach Rubrik und Schablone, wonach ich mich nicht behandeln lassen wollte. Von niemandem, auch nicht von wohlwollenden Vorgesetzten. Und da hab' ich demissioniert und dem Affen meiner Eitelkeit sein Zuckerbrot gegeben.«

»Bravo«, sagte der Oberst und reichte dem Alten beide Hände. »Sich ein Genüge tun ist die beste Dekoration. Im letzten ist man immer nur auf sich und sein eigen Bewußtsein angewiesen, und was andre versäumen, müssen wir für uns selber tun. Das heißt nicht, sich überheben, das heißt bloß die Rechnung in Richtigkeit bringen. Und nun erzählen Sie mir von dem Porphyr hier. Ich dachte, der Harz wäre Granit. Aber es ist auch in der Natur so: mitten aus dem allgemeinen Granit wächst mal ein Stück Porphyr heraus. Da heißt es dann, woher kommt er? Aber es ist eine nutzlose Frage. Er ist eben da.«

So plauderten sie weiter, und als sie, bei fortgesetztem Gespräch über Altenbrak und die Altenbraker, endlich den Zickzackweg wieder abwärts stiegen, bemerkten sie Gordon und die beiden älteren Herren, die, von einem Dorfspaziergange heimkehrend, eben aus der Talschlucht nach Burg Rodenstein hinaufkletterten. In ihrer Mitte Rosa. Diese begrüßte jetzt der ihr bis in Front des Hauses entgegengehende St. Arnaud unter gleichzeitigen scherzhaften Vorwürfen über ihre Fahnenflucht aus Hotel Zehnpfund, und als man abermals eine Minute später gemeinschaftlich auf die Veranda trat, sah man, wie schon die Vorbereitungen zum Mittagsmahl getroffen und Tisch und Stühle, der bessern Aussicht halber, bis hart an die Holzpfeiler vorgerückt waren. Weißes Linnen kam und Blumen, zuletzt auch Cécile, noch angerötet vom Schlaf, und ehe weitere zehn Minuten um waren, hatte jeder seinen Platz beim Mahl, an dem teilzunehmen der Präzeptor nach einigem Zögern eingewilligt hatte. Er saß zwischen den beiden Damen und zeigte durch Artigkeit und guten Humor, daß er in seiner Jugend eine gute Schule durchgemacht haben mußte. Cécile war entzückt und flüsterte Rosa zu: »Tout à fait comme il faut!«

Und so war auch das Mahl, das sich gleich mit einer kleinen Überraschung einleitete. Die Frau Präzeptorin hatte nämlich, über die vereinbarten Gänge hinaus, auch noch für ein Extra Sorge getragen, für eine Kerbelsuppe, hinsichtlich deren ihr Haushalt ein Renommee hatte.

»Ach, Kerbel«, sagte der Oberst, als der Deckel abgenommen wurde. »Wenn Sie wüßten, meine liebe Frau Präzeptorin, wie Sie's damit getroffen haben! Wenigstens für mich. Meine ganze Jugend steigt dabei wieder vor mir auf. Alle Mittwoch, solang es Kerbel gab, gab es auch Kerbelsuppe, das war wie Amen in der Kirche, Kerbel und dann Reis und Saucißchen. Ich denke, daß es mir heute so schmecken soll wie damals... Aber was trinken wir? Cécile, Fräulein Rosa, was soll es sein? Ich gehe bis an die Grenze des Möglichen...«

»Also so weit mein Weinkeller reicht«, lachte der Präzeptor. »Aber mein Herr Oberst, der reicht nicht weit. Ein Trarbacher, ein Zeltinger. Mosel, dir leb' ich, Mosel, dir sterb' ich. Übrigens das Beste, was ich habe...«

»Nein, nein«, unterbrach Cécile. »Nicht Wein, nichts Fremdes. Braunschweiger Landesgebräu. Nicht wahr, Herr von Gordon?«

»Unbedingt«, sagte dieser. »Bei solchen Gelegenheiten muß alles eine Lokalfarbe haben. Also sagen wir Braunschweiger Mumme.«

So scherzte man weiter, bis man schließlich, auf des Präzeptors Vorschlag, sich für ein einfaches Blankenburger Bier entschied, das denn auch in Deckelkrügen aufgetragen wurde, jeder Krug mit einer blauen Glasurinschrift. Der Oberst las die seine. »›Der Meister hat ein Doppelkinn, Hoch lebe die junge Frau Meisterin‹... Ei, ei, mein fein's Junggesell, wo will das hinaus? Das herkömmliche Balladentöchterlein bleibt uns diesmal überraschlicherweise vorenthalten und die Frau Meisterin muß dafür aushelfen. Ein Glück, daß sie jung ist.«

In diesem Augenblicke kamen die Schmerlen auf einer mit Zitronenscheiben bunt garnierten Schüssel, und da niemand, mit Ausnahme des Emeritus und selbstverständlich auch des Präzeptors, mit dem diffizilen Gerichte Bescheid wußte, so ließ man die beiden anfangen und erging sich, als man ziemlich vorsichtig zu folgen begann, in teils schmeichelhaften, teils despektierlichen Vergleichen. Gordon sprach von »White bait«, woran ihn die Schmerlen erinnern sollten, während ihnen der Oberst einfach eine Mittelstellung zwischen Yklei und Spree-Stint anwies, allerdings im Tone der Entschuldigung hinzusetzend: »Honny soit qui mal y pense.« Rosa drang aber auf vollkommene Revozierung, da sie sich die Poesie der Schmerle nicht rauben lassen wolle, dieses herrlichsten aller Fische, den zu besingen sie keinen Augenblick Anstand nehmen würde, wenn ihr die schnöde Tiermalerei zu Kultivierung der sanglichen Schwesterkunst Zeit gelassen hätte. Aber der Herr Emeritus werde gewiß für sie eintreten. Alle Geistlichen wären bekanntermaßen heimliche Dichter, was auch kaum anders sein könne. Denn wer allsonntäglich unter einem Kanzeldeckel mit der Heiligengeisttaube stehe, für den müsse auch dichterisch notwendig etwas abfallen.

»Ja, der Emeritus«, riefen alle. »Lied oder Toast. Er mag wählen, aber Verse.«

»Gut. Ich bin es zufrieden«, sagte der Alte. »Doch jeder nach seinen Kräften. Über den Leberreim bin ich nie hinausgekommen. Und weil alle Welt einen Leberreim machen kann, auch Fräulein Rosa, trotz der von ihr abgegebenen Erklärungen, so muß es einfach reihum gehen. Das ist Bedingung.«

»Einverstanden«, sagte Rosa. »Nur muß es streng angefaßt werden, das ist *meine* Bedingung, und wer einen falschen Reim macht oder ein Wort gebraucht, das gar nicht existiert, der muß Strafe zahlen oder, mit anderen Worten, ein Pfand geben.«

»Und mit Auslösung«, setzte der Privatgelehrte blinzelnd hinzu, der, wie die meisten Pedanten, etwas von einem Faun hatte.

»Mit Auslösung also«, wiederholte St. Arnaud. »Aber vorher lassen wir die Schüssel noch einmal herumgehen. Das gibt uns dann die höhere Weihe. Nun, Herr Emeritus, commençons.«

Und der Emeritus, während er von der Schüssel nahm, rezitierte langsam und bedächtig vor sich hin:

»Am Bache stehn Vergißnichtmein, und drüben steht die Erle,
Dazwischen blitzt, wie Silberschein, des Baches Kind, die
Schmerle.«

»Gut, gut«, sagte Rosa. »Nun aber der Herr Oberst.«

Und dieser, ohne jedes Besinnen, begann sofort:

»Was soll'n mir Aland, Blei und Hecht und andre große Kerle,
Forelle, ja, das ist mir recht und doppelt recht die Schmerle.«

»Vorzüglich, vorzüglich. Mein Kompliment, Herr Oberst. Der Emeritus ist geschlagen. Ach, das ewig siegreiche Militär, siegreich auf *jedem* Gebiete. In neuester Zeit auch (leider) auf dem der Malerei. Doch das sind trübe Betrachtungen, *zu* trübe für diese heitere Stunde. Fahren wir also fort. Herr von Gordon, lassen Sie sehen, was Sie draußen in Persien gelernt haben. Die Poesie soll ja da zu Hause sein. Ist es nicht so? Wie hieß er doch? Ah, ja, Firdusi. Nun also.«

Gordon, der eine scherzhafte Fehde zu provozieren wünschte, nahm ohne weiteres »Querlen« als Reimwort und ließ sich, als dies selbstverständlich beanstandet wurde, zu Behauptungen hinreißen, deren äußerste Fragwürdigkeit noch über die seines Reimes hinausging.

»Es gibt keine Querlen«, entschied Rosa. »Was Inkulpat meint, wenn er überhaupt etwas gemeint hat, sind Quirle. Die gibt es. Herr von Gordon, ein Pfand. Und nun Sie, Herr Eginhard. Ich bitte Sie, Sie bei diesem Vornamen, ich möchte fast sagen, im Namen der Poesie, nennen zu dürfen.«

Eginhard begann, während er vor sich hinstarrte, seine Brillengläser zu putzen. Aber mit einem Male lag etwas Leuchtendes um seine Stirn und er sagte mit einem Anfluge von historischer Würde:

»Der kleinste Fürst im deutschen Reich, das war der Fürst von Werle,
Der kleinste Fisch in Bach und Teich ist immer noch die Schmerle.«

Rosa bestritt sofort wieder, daß es einen Fürsten von Werle gegeben habe, wobei Cécile sekundierte. St. Arnaud aber trat nicht nur für den Privatgelehrten ein, sondern setzte sogar mit vieler Feierlichkeit hinzu, daß er sich einer Mesalliance zwischen einem werleschen Fürsten und einer anhaltischen Prinzessin entsinne. Darauf brach er ab und wandte sich an Rosa: »Nun aber *Sie*, meine Gnädigste.«

Diese verneigte sich lächelnd und sagte dann: »Ich finde, die Herren haben sich's schwer gemacht, um mir es leicht zu machen. An dem Zunächstliegenden sind wir vorübergegangen. Entscheiden Sie selbst, ob ich recht habe:

Genug, genug der Reimerein auf Schmerlen oder Schmerle,
Hoch, dreimal, unsre schöne Frau, der Perlen schönste Perle.«

Dabei erhob sie sich und ging auf Cécile zu, um ihr die Hand zu küssen. Diese litt es aber nicht, sondern umarmte sie mit einem Anflug von Verlegenheit, zugleich sichtlich bewegt durch diese Huldigung einer heiteren und liebenswürdigen Natur.

Etwas wie Sentimentalität schien aufkommen zu wollen, der Präzeptor aber, der kein Freund davon war, stellte den früheren Ton rasch wieder her, und unter Vortrag aller möglichen Anekdoten aus seinem eigentümlichen, halb als Kantor und halb als Pastor verbrachten Leben verging das Mahl, das niemand Miene machte, gewaltsam abzukürzen.

Endlich aber erhob man sich, und als man in das Tempelchen hinaufstieg, um bei frischer Luft und freier Aussicht den Kaffee zu nehmen, war die Sonne schon im Niedergehen und hing über den Tannen der Berghöhe. Nun sank sie tiefer und durchglühte die Spitzen der Bäume, die momentan im Feuer zu stehen schienen.

Alles war schweigend in das herrliche Schauspiel vertieft, und man sah erst wieder auf, als zu fröhlichem Sprechen und

Lachen, von dem man nicht recht wußte, woher es kam, allerlei Stimmen laut wurden, die das Echo wecken wollten. Aber es antwortete nicht.

Inzwischen waren die vom Dorf her ungesehen und ungekannt Heranziehenden immer näher gekommen, und als sie plötzlich um einen Vorsprung bogen, der sie bis dahin verborgen hatte, bemerkten unsere Freunde, daß es alte Bekannte waren.

»Die Turner«, rief Cécile. »Sie werden uns noch einmal begrüßen wollen.«

Und wirklich schlossen sie sich, als sich der Weg wieder zu verbreitern begann, zu Sektionen zusammen und marschierten in festem Tritt und während die Tambours schlugen, auf die Stelle zu, wo die schmale, fast zu Füßen von Burg Rodenstein liegende Holzbrücke nach dem andern Ufer hinüberführte. Drüben aber nahmen sie nicht Aufstellung en ligne, sondern im Halbkreis und stimmten hier, umleuchtet von dem Lichte des hinscheidenden Tages, den Scheffelschen Rodensteiner an:

»Das war der Herr von Rodenstein,
Der sprach: ›Daß Gott mir helf,
Gibt's nirgends mehr 'nen Tropfen Wein
Des Nachts um halber zwölf?
Raus da, raus da,
Raus aus dem Haus da,
Herr Wirt, daß Gott mir helf.‹ «

Unsre hoch oben stehenden Freunde horchten weiter, aber es blieb bei dieser Strophe. Die Turner brachen mitten im Singen ab, lachten und lärmten und konnten sich an ihrem endlos wiederholten »Raus da, aus dem Haus da« kein Genüge tun.

Von dem Tempelchen her aber klatschte man jetzt Beifall, und der alte, ganz aus dem Häuschen geratene Präzeptor verschwor sich einmal über das andere, ein Faß »Echtes« auflegen und die jungen Leute zu Gaste laden zu wollen.

Aber diese, die den Gesang nur im Anblick der Gasthausinschrift »Zum Rodenstein« improvisiert hatten, begnügten sich, zum Gegengruß ihre Mützen zu schwenken, und marschierten gleich danach in den Wald hinein und auf Treseburg zu.

FÜNFZEHNTES KAPITEL

Eginhard und der Emeritus hatten vor, auf Schloß Rodenstein zu bleiben, um andern Tags einen »überaus lohnenden« Ausflug erst nach Rübeland und dann in weitem Bogen nach Kloster Michelstein hin zu machen, die St. Arnauds ihrerseits aber, und mit ihnen selbstverständlich auch Gordon, waren entschlossen, noch am selben Abende nach Thale zurückzukehren. Ein Blick auf die Bettbestände hatte nämlich der gnädigen Frau, schon im Laufe des Nachmittags, die nur zu gewisse Gewißheit gegeben, daß von einem Nachtquartier an dieser sonst so reizenden Stelle nicht wohl die Rede sein könne, was denn auch, als man bei Sonnenuntergang von dem Aussichtstempelchen wieder hinunterstieg, St. Arnaud veranlaßte, dem Eseljungen die nötigen Befehle zu Sattlung und raschem Aufbruch zukommen zu lassen, während er für sich persönlich ein Pferd aus den Altenbraker Beständen erbat. »Denn er teile nicht die Passion für Eselreiterei.«

»Dann bitt' ich den Herrn Präzeptor«, setzte Cécile mit einer ihr sonst nicht eignen Bestimmtheit hinzu, »den Eseljungen überhaupt ablohnen und statt des einen Pferdes drei beschaffen zu wollen.«

»Ei, ei«, lachte St. Arnaud, einigermaßen überrascht über diese Bestimmtheit, während der kaum minder verwunderte Gordon in Cécile drang, das Bequemere doch nicht ohne Not aufgeben zu wollen.

Aber Cécile blieb fest und sagte: »Darin finden Sie sich nicht zurecht, Herr von Gordon; dazu muß man verheiratet sein. Die Männer sitzen ohnehin auf dem hohen Pferd; schlimm genug; reitet man aber gar noch aus freien Stücken zu Esel neben ihnen her, so sieht es aus wie Gutheißung ihres de haut en bas. Und das darf nicht sein.«

In dieser Weise stritt man noch eine Weile, bis Gordon in einem ihn treffenden Streifblicke zu lesen glaubte: »Tor. Um *deinet*wegen.«

Eine Viertelstunde später erschienen die Pferde; man nahm Abschied und wandte sich auf die Holzbrücke zu, die die Turner vor ihnen passiert hatten. Im Herankommen aber wahrnehmend, daß die Balken- und Bretterlage viel zu schwach sei, durchritt man den Fluß, von dessen andrem Ufer aus alle drei noch einmal nach Burg Rodenstein hinübergrüßten.

Der Weg drüben schlängelte sich zunächst eine Waldhöhe hinauf, bald aber stieg er wieder zur Bode nieder und folgte deren Windungen. Unter den überhängenden Zweigen lag bereits Dämmerung, und minutenlang war nichts Lebendes um sie her sichtbar, bis plötzlich in nur geringer Entfernung von ihnen ein schwarzer Vogel aus dem Waldesschatten hervorhüpfte, wenig scheu, ja beinahe dreist, als woll' er ihnen den Weg sperren. Endlich flog er auf, aber freilich nur, um sich dreißig Schritte weiter abwärts abermals zu setzen und daselbst dasselbe Spiel zu beginnen.

»Eine Schwarzdrossel«, sagte Gordon. »Ein schönes Tier.«

»Aber unheimlich.«

St. Arnaud lachte. »Meine teure Cécile, du greifst vor. Das sind Gefühle, wenn man sich im Walde verirrt hat. Aber dies Stück Romantik wird uns erspart bleiben, ja nicht einmal eine regelrechte Gruselnacht, in der man die Hand nicht vor Augen sieht, steht uns bevor. Sieh nur, da drüben hängt noch das Abendrot, und schon kommt der Mond herauf, als ob er auf Ablösung zöge. Laß die Schwarzdrossel. Sie begleitet uns, weil sie froh ist, Gesellschaft zu finden. Frage nur Herrn von Gordon.«

»Ich möchte doch mehr der gnädigen Frau zustimmen«, sagte dieser. »Alle Vögel, mit alleiniger Ausnahme der Spatzen, exzellieren in etwas eigentümlich Geheimnisvollem und beschäftigen unsere Phantasie mehr als andere Tiere. Wir leben in einer beständigen Scheu vor ihnen, und es gibt eigentlich weniges auf der Welt, was mir so viel Respekt einflößte wie zum Beispiel ein grauer Kakadu, Professoren der Philosophie folgen erst in weiterem Abstand. Und nun gar Storch und Schwalbe! Wer hätte den Mut, einer Schwalbe was zuleide zu tun oder einen Storch aus dem Neste zu schießen?«

»Ah, die Menschen sind Heuchler«, sagte der Oberst. »Heuchler und Pfiffici zugleich. Sie stellen allemal das in ihren Schutz, was sie nicht brauchen können. Ich habe noch nie von Storchbraten gehört, und die gastrosophischen Versuche mit dem ebenfalls gefeiten Schwan sind bis dato regelmäßig gescheitert. Aber Bekassinen und Krammetsvögel! Sie schmecken viel zu gut, als daß man Veranlassung gehabt hätte, sie heilig zu sprechen.«

Unter solchem Gespräche war man bis an die Treseburger Brücke gekommen und sah auf das am andern Ufer, unmittelbar neben dem Fluß hin, reizend gelegene Gasthaus »Zum weißen Hirsch«. Einige der hier aufgestellten Tische hatten Windlichter, die meisten aber begnügten sich mit dem hellen Scheine, den der Mond gab.

»Wollen wir hinüber?« fragte der Oberst.

Aber Cécile war dagegen. Der Weg drüben sei doch mutmaßlich derselbe, den sie schon am Vormittage gemacht hätten, und sie habe keine Sehnsucht, noch einmal an Todtenrode vorüberzukommen.

»Also diesseits!«

Und damit lenkte St. Arnaud in einen schluchtartigen Weg ein, der in ziemlicher Steile zu dem zwischen Treseburg und Thale sich ausdehnenden Plateau hinaufstieg.

Oben war nichts als Gras und Acker, zwischen denen ein schmaler Weg lief, nur gerade breit genug, um in gleicher Linie nebeneinander bleiben zu können. Die Schatten aller drei fielen vorwärts auf den wie Silber blitzenden Weg, und diesem ihrem Schatten ritten sie nach. Meist im Schritt. Die Luft ging kalt, und Cécile begann zu frösteln, weshalb ihr Gordon ein Plaid reichte, das er bis dahin über die Kruppe seines Pferdes geschnallt hatte.

»Nimm's nur«, sagte St. Arnaud. »Herr von Gordon wird dich kunstgerecht damit drapieren; das ist er seinem Clan Gordon schuldig. Und dann haben wir dich als Hochlandserscheinung zwischen uns. Lady Macbeth oder dergleichen. Nur der Reithut fällt aus dem Stil.«

Aber Cécile beschränkte sich darauf, zur Eil anzutreiben, und nicht lange, so war eine Wegkreuzung erreicht, von der aus man in Entfernung von wenig mehr als fünfzig Schritt eines Denkmals ansichtig wurde.

»Was ist das?« fragte der Oberst und ritt auf das Denkmal zu, während Gordon und Cécile langsameren Schritts ihren Weg fortsetzten.

»Lockt Sie's nicht auch?« fragte Cécile mit einem Anfluge von Spott und bitterer Laune. »St. Arnaud sieht mich frösteln und weiß, daß ich die Minuten zähle. Doch was bedeutet es ihm?«

»Und ist doch sonst voll Aufmerksamkeit und Rücksichtnahme.«

»Ja«, sagte sie langsam und gedehnt. Und eine Welt von Verneinung lag in diesem Ja. Gordon aber nahm ihre lässig herabhängende Hand und hielt und küßte sie, was sie geschehen ließ. Dann ritten beide schweigend nebeneinander her, bis sich St. Arnaud ihnen wieder gesellte.

»Was war es?« fragte Cécile.

»Das Denkmal eines alten Oberforstmeisters.«

»Den hier ein Wilddieb erschossen?«

»Nein, weniger sensationell. Er starb ruhig in seinem Bett.«

»Und hieß?«

»Pfeil.«

»Ah, Pfeil. Graf Pfeil?«

»Nein«, lachte St. Arnaud, »bloß Pfeil. Die Natur hat mitunter ihre demokratischen Launen. Übrigens war er, aller Bürgerlichkeit ungeachtet, eine große Forstautorität, und einer unserer berühmtesten landwirtschaftlichen Sätze rührt von ihm her.«

»Und welcher, wenn ich fragen darf?«

»Daß die Vermählung von Sumpf und Sand unter Umständen eine besonders feine Kultur schaffe. Sumpf an und für sich sei nicht zu gebrauchen und Sand an und für sich auch nicht, aber daß der liebe Gott in seinem notorischen Lieblingslande Mark Brandenburg beide dicht nebeneinandergelegt habe, das sei für eben diese Mark und natürlich auch für die Menschheit eine besondere Gnade gewesen, und die ganze preußische Geschichte sei sozusagen aus diesem Gnadenakt hervorgegangen. Da hast du den berühmten Pfeilschen Agrikultursatz, der vielleicht ein bißchen zu geistreich ist. Denn unvermischter Pyritzer Weizacker bleibt schließlich immer das Beste, jedenfalls besser als die Vermählung von Sumpf und Sand. Aber nun Trab, daß wir warm werden und vorwärts kommen.«

Und im Fluge ging es weiter über das Plateau hin, abwechselnd an Bäumen und Felszacken und dann wieder an Kreuzwegen und Wegweisern vorüber. An einem stand: »Nach dem Hexentanzplatz«, und St. Arnaud wies darauf hin und sagte: »Wollen wir einen Contre mitmachen? Oder bist du für Extratouren?«

Es klang übermütig und spöttisch, und sie bog sich bei seiner Annäherung unwillkürlich zur Seite.

Der Oberst aber war in der Laune, sich gehen zu lassen, und fuhr in dem einmal angeschlagenen Tone fort: »Siehe nur, wie das Mondlicht drüben auf die Felsen fällt. Alles spukhaft; lauter groteske Leiber und Physiognomien, und ich möchte wetten, alles was dick ist, heißt Mönch, und alles was dünn ist, heißt Nonne. Wahrhaftig, Herr von Gordon hatte recht, als er den ganzen Harz eine Hexengegend nannte.«

Gleich danach waren sie bis an den Vorsprung gekommen, von dem aus sich der Plateauweg wieder senkte. Die Pferde wollten in gleicher Pace vorwärts, aber ihre Reiter, überrascht von dem Bilde, das sich vor ihnen auftat, strafften unwillkürlich die Zügel. Unten im Tal, von Quedlinburg und der Teufelsmauer her, kam im selben Augenblicke klappernd und rasselnd der letzte Zug heran, und das Mondlicht durchleuchtete die weiße Rauchwolke, während vorn zwei Feueraugen blitzten und die Funken der Maschine weithin ins Feld flogen.

»Die wilde Jagd«, sagte St. Arnaud und nahm die Tête, während Gordon und Cécile folgten.

SECHZEHNTES KAPITEL

Als sich unsere Reiter eine Viertelstunde später dem Hotel näherten, sahen sie deutlich, daß der letzte Zug viel Gäste gebracht haben mußte, denn der große, nach der Parkwiese hinaus gelegene Balkon zeigte noch das bunteste Leben. Alles stand in Licht, und in dem Lichte hin und her bewegten sich die Kellner. Einer trug eine große, hoch aufgebaute Teemaschine, was zweifellos bedeutete, daß Engländer oder Holländer angekommen sein mußten.

»Sieh, Pierre«, sagte Cécile, die sich angesichts dieses lachenden Bildes rasch wieder erheiterte, »das ist hübsch, daß wir noch Leben vorfinden.«

Und gleich danach hielten alle drei vor dem Vorbau, hoben sich aus den Sätteln und traten in das Vestibül. Eine Welt von Koffern und Reisetaschen lag hier bunt durcheinander, und als Cécile die Treppe hinaufstieg, tat ihr die Wärme wohl, die die Gasflammen ausstrahlten.

»Ich denke, wir nehmen den Tee noch gemeinschaftlich auf dem Balkon. Nicht wahr, Herr von Gordon?«

Und wirklich, binnen kürzester Frist saßen unsere Freunde mit unter den Gästen, und zwar an demselben Tisch, an dem sich ihre Bekanntschaft, vor wenig Tagen erst, eingeleitet hatte. Cécile, die sich inzwischen umgekleidet, trug, halb vorsichts-, halb eitelkeitshalber, ein mit Pelz besetztes Jackett, das ihr vortrefflich stand und mit dazu beitrug, sie zum Gegenstand allgemeiner Aufmerksamkeit zu machen. Nichts davon entging ihr, und ihre wohlige Stimmung wuchs bis zu dem Moment hin, wo sie, nach eingenommenem Tee, den nur noch von wenig Gästen besetzten Balkon am Arme St. Arnauds verließ.

Es schlug elf vom Dorfe her, als Gordon in sein einfaches, im linken Flügel gelegenes Zimmer trat, um sich's hier, wie seine Gewohnheit war, schon vor dem Schlafengehen in einer Sofaecke bequem zu machen. Er war aber noch viel zu sehr bestürmt und aufgeregt, um sich dieser Bequemlichkeit länger als eine Minute hingeben zu können, und so stand er wieder auf, um zu dem schon offen stehenden Fensterflügel auch noch den zweiten zu öffnen. Unter ihm lag ein mit Levkoien und Reseda besetztes Rondell, und er sog den in einem starken Strom heraufziehenden Duft begierig ein. Alles war still; die Bosquets, die den Gartenstreifen einfaßten, standen in tiefem Schatten, und nur an einer einzigen, dem Zimmer der St. Arnauds gegenübergelegenen Stelle zeigte sich der Schatten durch einen Lichtstreifen unterbrochen. Gordon sah darauf hin, als ob er die Geheimnisse der kleinen Welt, die Cécile hieß, aus diesem Lichtstreifen herauslesen wolle. Dann aber überkam ihn ein Lächeln, und er sagte zu sich selbst: »Ich glaube gar, ich werde der Narr meiner eigenen Wissenschaft und verfalle hier in Spektralanalyse. Poor Gordon! Die Sonne mag ihre Geheimnisse herausgeben, aber nicht das Herz. Und am wenigsten ein Frauenherz.«

Unter solchem Selbstgespräche trat er vom Fenster zurück und ließ alles, was der Tag gebracht, noch einmal an seiner Seele vorüberziehen. Wieder vernahm er das heitere Lachen, mit dem sie bei Tisch die Schmerlenreime begleitet hatte, wieder sah er das mondbeschienene Plateau, darauf sie heimritten, hörte wieder das langgedehnte »Ja«, das doch ein kurzes »Nein« war, und fühlte noch einmal den erwidernden Druck ihrer Hand. Und dabei kehrten ihm alle Betrachtungen und Fragen zurück, denen er schon in seinen Zeilen an die Schwester Ausdruck gegeben hatte. »Was ist es mit dieser Frau? So gesellschaftlich geschult und so naiv! Sie will mir gefallen und ist doch ohne rechte Gefallsucht. Alles gibt sich mehr aus Gewohnheit als aus Koketterie. Sie hat augenscheinlich in der vornehmen Welt gelebt, vielleicht in einer allervornehmsten, und hat Auszeichnungen und Huldigungen erfahren, aber wenig echte Neigung und noch weniger Liebe. Ja, sie hat ein Verlangen, eine Sehnsucht. Aber welche? Mitunter ist es, als sehne sie sich, von einem Drucke befreit zu werden oder von einer Furcht und innerlichen Qual. Ist ihr St. Arnaud diese Furcht? Ist er ihr eine Qual? Nein; er hat nichts von einem Quälgeist, trotzdem sie heute seine Courtoisie zu bestreiten schien. Aber das sind Stimmungen, und ich habe sie wie heute voll Ablehnung, so auch ebenso voll Dank und Hingebung gegen ihn gesehen. Und *doch* eine Wolke! Sie hat eine Geschichte, oder er, oder beide, und die Vergangenheit wirft nun ihre Schatten.«

In diesem Augenblicke schwand drüben der Lichtstreifen auf dem Bosquet.

»Es soll dunkel bleiben.«

Und er schloß das Fenster und suchte die Ruhe.

Die kam ihm nicht gleich, aber als sie kam, schlief er fest, und die Sonne war schon an seinem Fenster vorüber, als er aufwachte. Nach der Uhr sehend, sah er, daß der Zeiger bereits auf acht wies, und er sprang nun rasch aus dem Bett.

Seine Toilette war erst halb beendet, als es klopfte.

»Herein.«

Der Portier übergab ihm ein Telegramm, zugleich Entschuldigungen vorbringend. Es sei schon gestern nachmittag gekommen, als die Herrschaften noch auf der Altenbraker Partie gewesen seien. Und nachher sei's vergessen worden. Herr von Gordon möge verzeihen.

Gordon lächelte. Telegramme hatten längst aufgehört, eine besondere Wichtigkeit für ihn zu haben, und so kam es, daß er auch jetzt noch eine Minute vergehen ließ, ehe er den Zettel überhaupt öffnete. Sein Inhalt lautete: »Bremen, 15. Juli. Wegen des neuen Kabels abgeschlossen. Wir erwarten Sie morgen.« Eine Welt widerstreitender Empfindungen drang auf ihn ein, als er auf diese Weise den ihm während der letzten Tage so lieb gewordenen Aufenthalt in Thale so plötzlich abgebrochen sah. Aber das Angenehme, Beruhigende, Zufriedenstellende wog in diesem Widerstreit der Gefühle doch schließlich vor. »Gott sei Dank, ich bin nun aus der Unruhe heraus und vielleicht aus noch Schlimmerem. Wer sich in Gefahr begibt, kommt drin um, und mit unserer Festigkeit und unseren guten Vorsätzen ist nicht viel getan. Eine gnädige Hand muß uns bewahren, von Tag zu Tag, von Stunde zu Stunde. ›Führe uns nicht in Versuchung.‹ Wie wahr, wie wahr. Mein gutes Glück interveniert mal wieder und meint es besser mit mir als ich selbst.«

Und er klingelte.

»Mein Frühstück und meine Rechnung... Sind Oberst St. Arnaud und Frau schon auf dem Balkon?«

»Ja, Herr Baron.«

Er ließ sich die Rangerhöhung gefallen und fuhr fort: »Und der nächste Zug nach Hannover?«

»Neun Uhr zwanzig.«

»Ah, da hab' ich noch Zeit vollauf.«

Und er hob, als er wieder allein war, den Koffer auf den

Ständer und begann zu packen. Die Raschheit, mit der er dabei verfuhr, zeigte den Vielgereisten, und der vom Zimmerkellner mittlerweile gebrachte Kaffee hatte noch eine mittlere Temperatur, als auch alles schon fertig und der ins Schloß gedrückte Koffer samt Schirm und Plaid beiseitegeschoben war.

Gordon sah nach der Uhr.

»Neun. Also noch zwanzig Minuten; fünfzehn für mein Frühstück und fünf für den Abschied. Etwas wenig. Aber je weniger, desto besser. Was soll man sich sagen? Abschiedsworte müssen kurz sein wie Liebeserklärungen. Das Beste hält nicht lange vor und sträubt sich gegen Dauer: der erste Moment ist poetisch, der zweite kaum noch und der dritte gewiß nicht mehr. Und weil man das fühlt und ein schlechtes Gewissen hat, so wird man lügnerisch und heuchelt und übertreibt. Und das mag ich nicht. Ich will mich nicht selbst um die schönen Eindrücke dieser Tage bringen und will gehobenen Herzens und ohne alles Redensartliche von ihr gehen. Ich will mich ihrer erinnern, wie, wie... Nun wie... Nun, nur ums Himmels willen nichts von kindischen Vergleichen. Und doch, woran erinnert sie mich? An wen? Oder an welches Bild?«

Und er wiegte den Kopf, nachsinnend, hin und her. Endlich schien er es gefunden zu haben: »Ja, das ist es. Ich habe mal ein Bild von Queen Mary gesehen, ich weiß nicht mehr genau wo, war es in Oxford oder in Hampton-Court oder in Edinburgh-Castle. Gleichviel, es war die schottische Königin, meine arme Landsmännin. Etwas Katholisches, etwas Glut und Frömmigkeit und etwas Schuldbewußtsein. Und zugleich ein Etwas im Blick, wie wenn die Schuld noch nicht zu Ende wäre. Ja, daran erinnert sie mich. Und der alte Oberst! Nun! der könnte den Bothwell aus dem Stegreif spielen. Wahr und wahrhaftig. Ob er irgendeinen Darnley hat in die Luft fliegen lassen? Es wäre leichtsinnig, sich für das Gegenteil verbürgen zu wollen. Aber weg mit solchen Pulverfaßreminiszenzen. Ich will hier mit etwas Heitererm abschließen.«

Und unter solchem Selbstgespräche trat er noch einmal ans offene Fenster und sah, über die zunächstgelegene kleine Gartenanlage fort, in das Flachland hinaus, an dessen äußerstem

Rande die Türme von Quedlinburg aufragten. Er blieb eine Minute lang im Anblick derselben und nahm dann Hut und Stock, um sich bei den St. Arnauds zu verabschieden. Aber diese waren nicht mehr auf dem Balkon, sondern promenierten bereits im Park unten und schritten eben auf ihre Lieblingsbank zu, die, von Flieder und Goldregen halb überwölbt, den Blick auf den Bahnhof frei hatte.

»Bitte«, so wandte er sich an den Oberkellner, »lassen Sie meine Sachen hinüberschaffen.«

Und nun ging er auf die Bank zu, wo St. Arnaud und Cécile mittlerweile Platz genommen hatten. Boncœur war mit da, lag aber diesmal nicht zur Seite, sondern in Front, in vollem Sonnenschein. Als er Gordon kommen sah, hob er einen Augenblick den Kopf, ohne sich im übrigen zu rühren.

»Ah, Herr von Gordon«, sagte der Oberst. »So spät. Ich dachte, Sie wären ein Frühauf. Meine Frau hat Ihnen in den letzten zehn Minuten mindestens ebensoviele Krankheiten angedichtet. Ich wette, sie schwärmte schon in der Vorstellung einer allerchristlichsten Krankenpflege.«

»Der ich mich nun rasch und undankbar entziehe.«

»Wie das?«

»Ein eben erhaltenes Telegramm ruft mich fort, und ich komme, mich zu verabschieden.«

Gordon sah, wie Cécile sich verfärbte. Sie bezwang sich aber, warf mit dem Schirm ein paar Steinchen in die Luft und sagte: »Sie lieben Überraschungen, Herr von Gordon.«

»Nein, meine gnädigste Frau, nicht Überraschungen. Erst seit einer Stunde weiß ich davon, und es lag mir daran, über das, was nun sein muß, so schnell wie möglich hinwegzukommen. Was sag' ich Ihnen noch? Ich werde diese Tage nie vergessen und würde mich glücklich schätzen, sie früher oder später, sei's hier oder in Berlin oder irgend sonstwo in der Welt, wiederkehren zu sehen.«

Cécile sah vor sich hin, und eine peinliche Stille folgte, bis St. Arnaud artig, aber nüchtern erwiderte: »Worin sich unsere Wünsche begegnen.«

In diesem Augenblicke läutete die Glocke drüben zum zweiten Male.

»Das gilt mir. Adieu, meine gnädigste Frau. Au revoir, Herr Oberst.«

Und Gordon, den Hut lüftend, ging auf den Bahnhof zu, der nur durch eine hohe Hecke von der Parkwiese getrennt war. Vor einem der hier eingeschnittenen Durchgänge blieb er noch einmal stehen, verneigte sich und grüßte militärisch hinüber. Der Oberst erwiderte den Gruß in gleicher Weise, während Cécile dreimal mit dem Taschentuch winkte.

Keine Minute mehr, und der Pfiff der Lokomotive schrillte durch die Luft. Boncœur aber sprang auf und legte seinen Kopf in den Schoß der schönen Frau. Dabei schien er sagen zu wollen: »Laß ihn ziehen; ich bleibe dir und – bin treuer als er.«

SIEBZEHNTES KAPITEL

Gordon war allein im Kupee und nahm einen Rückwärtsplatz, um so lange wie möglich einen Blick auf die Berge zu haben, zu deren Füßen er so glückliche Tage verbracht hatte. Hundert Bilder, während er so hinstarrte, zogen an ihm vorüber, und inmitten jedes einzelnen stand die schöne Frau. Gedanken, Betrachtungen kamen und gingen, und auch der Abschiedsmoment stellte sich ihm wieder vor die Seele.

»Dieser Abschied«, sprach er vor sich hin, »ich wollt' ihn abkürzen, um nicht in armselige Redensarten zu verfallen, und doch war mein letztes Wort nichts andres. ›Auf Wiedersehen!‹ Alles Phrase, Lüge. Denn wie steht es damit in Wahrheit? Ich will sie *nicht* wiedersehen, ich *darf* sie nicht wiedersehen; ich will nicht Verwirrungen in ihr und mein Leben tragen.«

Er wechselte den Platz, weil die just eine starke Biegung machende Bahn ihm den Blick auf die Berge hin entzog. Dann aber fuhr er in seiner Betrachtung fort: »Ich will sie nicht wiedersehen, so sag' ich mir. Aber schließlich, warum nicht? Sind Verwirrungen denn unausbleiblich? Lady Windham in Delhi war nicht älter als Cécile, und ich selbst war um fünf Jahre jünger als heut', und doch waren wir Freunde. Niemals in den nun zurückliegenden Tagen hab' ich mir im Umgange mit der liebenswürdigen Lady mißtraut und ihr selbst noch weniger. Also warum kein Wiedersehen mit Cécile? Warum nicht Freundschaft? Was in einer indischen Garnisonstadt möglich war, muß noch viel möglicher sein innerhalb der Zerstreuungen einer großen Residenz. Sind doch Einsamkeit und Langeweile so recht eigentlich die Gevatterinnen, die die Liebestorheit aus der Taufe heben.«

Er warf die Zigarette fort, lehnte sich zurück und wiederholte: »Warum nicht wiedersehen?« Aber er konnte weder Ruhe noch Trost aus dieser Frage schöpfen. »Ach, daß ich von der Frage nicht loskomme, das ist eben das Mißliche, das gibt die Vorwegentscheidung. Ich entsinne mich eines Rechtsanwalts, der mir einmal beim Schoppen erzählte: ›Wenn wer zu mir kommt und im Eintreten schon anhebt: ‚Ich habe da was geschrieben und wollte nur noch von ungefähr anfragen, ob vielleicht *eine* Stelle...', so ruf' ich ihm schon von weitem zu: ‚Streichen Sie die Stelle. Sie würden mich nicht fragen, wenn Sie nicht ein schlechtes Gewissen hätten.'‹ Und daß ich immer wieder frage: ›Warum nicht Freundschaft?‹ das ist *mein* schlechtes Gewissen, das beweist mir, daß es nicht geht, und daß ich den Gedanken daran fallen lassen muß. Cécile lebt nicht für Kränzchen und ›Flora‹-Konzerte, soviel steht fest; ob die Natur sie so schuf, oder ob das Leben sie so bildete, gilt gleich. Möglich, ja wahrscheinlich, daß sie sich zeitweilig nach Idyll und Herzensgüte sehnt, aber sie schätzt instinktiv einen jeden nach seinen Mitteln und Gaben, und ich wäre der Lächerlichkeit verfallen, wenn ich meinen Ton ihr gegenüber plötzlich auf Kunstausstellung und Tagesneuigkeiten oder gar auf den vorlesenden Freund stellen wollte. Was sie von mir erwartet, sind Umwerbungen, Dienste, Huldigungen. Und Huldigungen sind wie Phosphorhölzer, eine zufällige Friktion und der Brand ist da.«

Solche Betrachtungen begleiteten ihn und kamen ihm während seines Bremer Aufenthalts allabendlich wieder, wenn er, nach den Geschäften und Mühen des Tages, seinen Spaziergang am Bollwerk hin machte. Seine Vorsätze blieben dieselben, aber freilich seine Neigungen auch, und als er eines Tages, wo diese Neigungen mal wieder stärker als die Vorsätze gewesen waren, in seine Wohnung heimkehrte, schob er ein

Tischchen an die Balkontür seines nach dem Flusse hin gelegenen Zimmers und setzte sich, um an Cécile zu schreiben.

Es war eine kostbare Nacht, kein Lüftchen ging, und auf den vorüberflutenden Strom fielen von beiden Ufern her die Quai- und Straßenlichter; die Mondsichel stand über dem Rathaus, immer stiller wurde die Stadt, und nur vom Hafen her hörte man noch singen und den Pfiff eines Dampfers, der sich, unter Benutzung der Flut, zur Abfahrt rüstete.

Rasch flog Gordons Feder über die Seiten hin, und die weiche Stimmung, die draußen herrschte, bemächtigte sich auch seiner und fand in dem, was er schrieb, einen Ausdruck.

Die Verhandlungen in Bremen währten länger als erwartet und kamen erst zum Abschluß, als eine nach den Friesischen Inseln hin unternommene Reise die bis dahin bezweifelte Durchführbarkeit des Unternehmens bewiesen hatte. Gordon lernte bei der Gelegenheit Sylt und Föhr kennen, auch Norderney, woselbst er emsig nach den St. Arnauds forschte, die, dessen entsann er sich, den Plan gehabt hatten, ihre Sommertour auf Norderney zu beschließen. Er ging aber vergeblich die Fremdenliste durch und war endlich froh, die Insel, der er seine Mißstimmung entgelten ließ, nach zweitägigem Aufenthalt wieder verlassen zu können.

Anfang August war er in Berlin, wo, neben amtlichen und finanziellen Vorbereitungen, auch allerlei das Technische betreffende Bestellungen und Kontrakte zu machen waren. Er bezog eine schon Ende Mai, kurz vor seiner Reise nach Thale gemietete Wohnung in der Lennéstraße, wohin er auch alle Briefe zu richten angeordnet hatte. Leider fand er nichts vor, weder in der Wohnung noch auf der Post, oder doch nicht das, woran ihm am meisten gelegen war. Eine schlechte Laune stellte sich ein, aber glücklicherweise nicht auf lange.

»Tor, der ich bin, und immer nur mit meinen Wünschen rechne. Man braucht kein Menschenkenner zu sein, um zu wissen, daß Cécile keine passionierte Briefschreiberin ist. Wäre sie das, so wäre sie nicht sie selbst. Briefeschreiben ist wie Wetterleuchten; da verblitzt sich alles, und das Gewitter zieht nicht herauf. Aber Frauen wie Cécile vergegenständlichen sich nichts und haben gar nicht den Drang, sich innerlich von irgendwas zu befreien, auch nicht von dem, was sie quält. Im Gegenteil, sie brüten darüber und überladen sich mit Gefühl, bis dann mit einem Male der Funken überspringt. Aber sie schreiben nicht, sie schreiben nicht.«

Er schob, während er so sprach, den Sofatisch beiseit' und begann auszupacken. Unter den ersten Sachen war auch eine Schreibmappe, deren Deckel eine Photographie zeigte, das Bild seiner Schwester. In der Stimmung, in der er war, sah er sich's an und sagte: »Klothilde. Wie gut sie aussieht. Aber sie taugt auch nichts. Es muß über drei Wochen sein, daß ich an sie geschrieben. Und bis heute keine Antwort, trotzdem das Thema nichts zu wünschen übrigließ. Denn über was schrieben Frauen lieber als über eine andre Frau, und noch dazu, wenn sie merken, daß man sich für diese andre interessiert. Und doch kein Wort. Ist ein Brief verlorengegangen? Unsinn, Briefe gehen nicht verloren. Nun, es wird sich aufklären. Vielleicht liegt mein langes Skriptum irgendwo in Liegnitz, während Fräulein Schwester noch in der Welt umherfährt.«

In diesem Augenblicke klopfte es.

»Herein.«

Der Eintretende war ein Großindustrieller, Vorstand einer Fabrik für Maschinenwesen und Kabeldrähte, dem Gordons Ankunft von Bremen her telegraphiert worden war, und der nicht säumen wollte, sich ihm vorzustellen. Gordon entschuldigte sich wegen der überall im Zimmer herrschenden Unordnung und bat den Fremden, einen eleganten Herrn von augenscheinlich weltmännischen Allüren, in einem der Fauteuils Platz zu nehmen. Der Fremde lehnte jedoch mit vieler Verbindlichkeit ab und lud seinerseits Gordon ein, ihn nach seiner Charlottenburger Villa hinaus begleiten und daselbst sein Gast sein zu wollen; sein Wagen halte bereits vor der Tür, und was Geschäftliches zu sprechen sei, lasse sich unterwegs verhandeln. »Wir haben dann den Abend für ein Gespräch mit den Damen.« Seine Frau, so schloß er, die passioniert für Nilquellen und Kongobecken sei, freue sich ungemein, einen so weitgereisten Herrn kennenzulernen, und wenn es Afrika nicht sein könne, so werde sie sich auch mit Persien und Indien zufriedengeben.

Gordon fühlte sich durch die ganze Sprechweise sehr angeheimelt und nahm an.

Der Abend in Charlottenburg war entzückend gewesen, und Gordon hatte sich wieder überzeugt, »wie klein die Welt sei«. Gemeinschaftliche Freunde waren entdeckt worden in Bremen, England, Newyork und zuletzt auch in Berlin selbst. Auch den Obersten von St. Arnaud kannte man; er habe eine schöne Frau, die schon einmal verheiratet gewesen sei (sehr hoch hinauf), und habe eines Duells halber den Abschied nehmen müssen. Unter solchem Geplauder war der Abend vergangen, und erst lange nach Mitternacht hatte Gordon, in einem Mischzustande von Müdigkeit und Angeheitertsein, seinen Heimweg angetreten.

Nun war es Morgen, und er erschrak fast, als er in sein Wohnzimmer trat und sich hier umsah. Alles lag noch gerade so da, wie's gestern, als der Besuch kam, gelegen hatte: Wäsche, zerstreut über die Stühle hin, Überzieher und Fracks an Schrankecken und Fensterriegel gehängt und der Koffer selbst halb aufgeklappt zwischen Tür und Ofen. Am buntesten aber sah es auf dem Sofatisch aus, wo Nagelscheren und Haarbürsten, Eau-de-Cologne-Flaschen und Krawatten ein Chaos bildeten, aus dessen Zentrum ein rotes Fes und als Überraschung ein Markt-Asternbouquet aufragte, das die Wirtin, vielleicht um sich ihres Mieters fester zu versichern, mit beinah komischer Sorgfalt in eine blaue Glasvase mit Silberrand hineingestellt hatte. Nirgends ein Zollbreit Platz. Zu dem allen kam in ebendiesem Augenblick auch noch der Kaffee; Gordon nahm schnell eine Schale voll und setzte dann das Tablett auf den Bücherschrank.

»Und nun sollt' ich wohl«, hob er an, »in diesem Chaos Ordnung stiften. Aber ich war so lange nicht in Berlin, wenigstens nicht mit Muße, daß ich ein Recht habe, mich als einen Fremden anzusehen. Und für einen Fremden ist es immer das erste, daß er sich ein Kissen aufs Fensterbrett legt und die Häuser und Menschen ansieht.«

Und damit trat er wirklich ans Fenster und sah hinaus.

»Aber Häuser und Menschen in der Lennéstraße! Da hätt' ich mir freilich einen anderen Stadtteil und vor allem ein anderes Vis-à-vis suchen müssen. Alles ist so still und verkehrslos hier, als ob es eine Privatstraße wäre mit einem Schlagbaum rechts und links. Sei's drum; man muß die Feste nehmen, wie sie fallen, und die Straßen auch. Im übrigen wird sich schon was finden, das der Betrachtung aus der Vogelperspektive wert wäre. Das an der Ecke da, das muß der Schneckenberg sein (Erinnerung aus meinen Collègetagen her), und wenn ich Glück habe, so seh ich auch noch ein Stück von dem Schaperschen Goethe. Wahrhaftig, da blitzt so was zwischen den Bäumen; – au fond sind Bäume besser als Häuser, und ein bißchen Publikum wird sich auch noch einstellen. Wo Bänke stehen, stehen auch Menschen in Sicht. Als ich Berlin Ende Mai passierte, schien der Tiergarten, speziell hier herum, aus lauter roten Kopftüchern und blauweißen Kinderwagen zu bestehen, und wenn erst die Mittagssonne wieder brennt, werden auch die roten Kopftücher wieder da sein. Und vielleicht auch die zugehörige Soldateska. Bis dahin muß ich mich mit dem Schlangenungetüm begnügen, das da, zehn Ellen lang, im Grase liegt. Ah, jetzt blitzt der Strahl über den Rasen hin.«

Er sah noch eine Weile dem Spritzen zu, freute sich, wie sich das Sonnenlicht in den Tropfen brach, und gab dann seinen Fensterplatz wieder auf, um endlich Ordnung zu schaffen. Rüstig ging er ans Werk und mußte lachen, als der Kleiderschrank bei jeder Berührung seiner Holzriegel quietschte. »Noch ganz die alte Zeit. So quietschten sie früher auch. Aber Berlin wird Weltstadt.«

Und während er so sprach, flogen die Kästen auf und zu, bis, nach Ablauf einer Stunde, nicht bloß die Stiefel aller Arten und Grade blank aufmarschiert in einer Ecke standen, sondern auch die Bürsten und sonstigen Reinigungsapparate des zivilisierten Menschen ihren richtigen Platz gefunden hatten.

Er ruhte sich einen Augenblick und machte dann Toilette.

»Wohin? Alte Freunde besuchen, die vielleicht keine mehr sind? Immer mißlich. Also neue, das heißt mit andern Worten die St. Arnauds. Denn andre hab' ich nicht. Aber sind sie da? Daß ich sie vor acht Tagen auf der langweiligen Insel nicht finden konnte, beweist nicht, daß sie zurück sein müssen. Sie können sich statt für Norderney mindestens ebensogut für Helgoland oder Scheveningen entschieden haben. Eins ist wie das andre. Aber mit oder ohne Chance, jedenfalls kann ich einen Versuch machen.«

Und er nahm Hut und Stock, um in der St. Arnaudschen Wohnung vorzusprechen.

Diese war auf dem Hafenplatze, so daß der einzuschlagende Weg erst durch ein Stück Königgrätzer Straße, demnächst aber über den Potsdamer Platz führte, der auch heute wieder wegen Kanalisation und Herstellung eines Inselperrons unpassierbar war. Wenigstens in seiner Mitte. So mußte Gordon denn an der Peripherie hin sein Heil versuchen, was ihn freilich nur in neue Wirrnisse brachte. Denn es war gerade Markt heute, der, wie gewöhnlich an dieser Stelle, zwischen Straßendamm und Häuserfront abgehalten wurde. Hier saßen die Marktfrauen in einer Art Defilee »gekeilt in drangvoll fürchterliche Enge«, durch welche Gordon nun hindurch mußte. Wirklich, das war nichts Leichtes, aber so schwer es war, so vergnüglich war es auch, und auf die Gefahr hin, überrannt zu werden, blieb er stehen und musterte die Szenerie. Weithin standen die Himbeertienen am Trottoir entlang, nur unterbrochen durch hohe, kiepenartige Körbe, daraus die Besinge, blauschwarz und zum Zeichen ihrer Frische noch mit einem Anfluge von Flaum, hervorlugten. In Front aber, und zwar als besondere Prachtstücke, prangten unförmige verspätete Riesenerdbeeren auf Schachtel- und Kistendeckeln, und dazwischen lagen Kornblumen und Mohn in ganzen Bündeln, auch Goldlack und Vergißmeinnicht, samt langen Bastfäden, um, wenn es gewünscht werden sollte, die Blumen in einen Strauß zusammenzubinden. Alles primitiv, aber entzückend in seiner Heiterkeit und Farbe. Gordon war ganz hingenommen davon, und erst als er sich satt gesehen und ein paar kräftige Atemzüge getan hatte, ging er weiter, um, an der Köthnerstraßenecke rechts einbiegend, auf den Hafenplatz zuzuschreiten.

»Sie werden in dem Diebitschschen Hause wohnen. Etwas Alhambra, das paßt ganz zu meiner schönen Cécile. Wahrhaftig, sie hat die Mandelaugen und den tief melancholischen Niederschlag irgendeiner Zoe oder Zuleika. Nur der Oberst, bei allem Respekt vor ihm, stammt nicht von den Abenceragen ab, am wenigsten ist er der poetische letzte von ihnen. Wenn ich ihn à tout prix in jenen maurischen Gegenden unterbringen soll, so ist er entweder Abdel-Kader in Person oder ein Riffpirat von der marokkanischen Küste.«

Während er noch so vor sich hin plauderte, stand er vor dem St. Arnaudschen Hause, das aber, wie die Nummer jetzt auswies, nicht das Haus mit der Alhambrakuppel, sondern ein benachbartes von kaum minderer Eleganz war, wie gleich sein Eintritt ihm zeigen sollte. Die Stufen waren mit Teppich, das Geländer mit Plüsch belegt, während die buntbemalten Flurfenster ein mattes Licht gaben. Eine Treppe hoch angekommen, las er: »Oberst von St. Arnaud.«

Er klingelte. Niemand aber kam.

»Also noch verreist. Ich will's aber doch noch einmal versuchen. Solange die Herrschaften nicht da sind, sitzen die Dienerschaften auf den Ohren.«

Und er klingelte wieder.

Wirklich, ein hübsches Mädchen kam, eine Jungfer, etwas verlegen. Sie schien in einer intimen Unterhaltung gestört worden zu sein, oder doch mindestens in ihrer Toilette.

»Die gnädige Frau schon zurück?«

»Erst heut' über acht Tage.«

»Von Norderney?«

»Nein. Von dem Gut.«

»Ah, von dem Gut«, sagte Gordon, als ob er wisse, daß ein solches existiere. Dann ging er wieder, nachdem er sein Bedauern ausgesprochen hatte, die Herrschaften verfehlt zu haben.

»Also noch auf dem Gut. Das will sagen, auf dem Gute der *Frau*. Denn Obersten haben keine Güter. Es gibt zwar Dotationen, aber die kommen erst später, wenn sie überhaupt kommen.«

Und damit trat er wieder auf den Platz hinaus.

ACHTZEHNTES KAPITEL

Erst in einer Woche sollte Cécile von dem Gute zurückkehren. Das erschien Gordon eine lange Zeit, und die Tage wollten kein Ende nehmen, noch weniger die Abende, was ihm Veranlassung gab, es mit dem Theater zu versuchen. Aber er empfand wieder ganz die Wahrheit dessen, was ihm einst ein Freund über Theater und Theaterbesuch gesagt hatte: »Man muß *oft* hingehen, um Vergnügen daran zu finden; wer selten hinkommt, leidet unter der Unwahrheit dessen, was er sieht.« Er gab also den Theaterbesuch wieder auf, vielleicht rascher, als recht und billig war, und mußt' es schließlich noch als ein besonderes Glück ansehen, in dem ihm nahe gelegenen Hôtel du Parc einen ihm zusagenden Platz für Unterbringung seiner Abende zu finden. Er saß hier oft halbe Stunden lang und länger in dem schmalen Glaspavillon und las entweder die Zeitungen oder plauderte mit dem Wirt.

Eines Abends traf er in ebendiesem Glaspavillon auch die beiden Berliner wieder, die, vom Hotel Zehnpfund her, ihm noch gut in der Erinnerung waren, und er würde sicherlich nicht versäumt haben, sie zu begrüßen, wenn sie nicht in Begleitung ihrer Damen gewesen wären, die, nachdem ihnen ganz ersichtlich Gordons Name zugetuschelt worden war, sofort Anstandsgesichter aufsetzten und jeden Versuch ihrer Ehemänner zu Fortführung einer unbefangenen oder gar heiter ungenierten Unterhaltung energisch ablehnten. In dieser erkünstelten Würde verharrten sie denn auch bis zuletzt und brachen, nachdem sie sich gegen den sie begleitenden und ihnen bekannten Wirt nur im letzten Momente noch mit verstecktem Lächeln verbeugt hatten, unter entsprechender Pomphaftigkeit auf.

»Kannten Sie die Herrschaften?« fragte Gordon. »Ich war im Juni mit ihnen in Thale zusammen; das heißt mit den beiden Herren. Da waren sie ganz anders, etwas laut, etwas sonderbar, so berlinisch.«

»Ja«, lachte der Wirt. »Das ist immer so. Richtige Berliner gibt es eigentlich nur noch draußen und auf Reisen. Zu Hause sind sie ganz vernünftig.«

»Besonders, wenn die Frauen dabei sind.«

»Ja, dann besonders.«

Zwei Tage später war die Zeit um, wo die St. Arnauds zurück sein wollten, und Gordon zählte jetzt die Stunden, um am Hafenplatz wieder vorzusprechen. Er bezwang sich aber und ließ abermals drei, vier Tage vergehen, eh er sich anschickte, seinen Antrittsbesuch zu machen.

Diesmal nahm er seinen Weg am Wrangelbrunnen und der Matthäikirche vorbei, welchen Umweg er nur der längeren Vorfreude halber wählte.

»Nun aber ist es Zeit.« Und damit bog er, vom Schöneberger Ufer her, links ein und passierte gleich danach die kleine, hier noch aus älterer Zeit her den Verkehr nach dem Hafenplatz hin vermittelnde Dreh- und Gitterbrücke. Schon von fern her sah er nach der Beletage hinauf und nahm nicht ohne Sorge wahr, daß die zusammengesteckten Gardinen nach wie vor die ganze Fensterbreite verdeckten. Als er aber die Treppe hinaufstieg und den letzten Absatz derselben glücklich erreicht hatte, ließ ihm die den Türrahmen einfassende Laubgirlande keinen Zweifel mehr, daß die Herrschaften zurückgekehrt sein müßten. Oben angekommen, fuhr er mit leiser Hand über das schon halb trockene Laub hin und sagte, wie wenn er an dem Raschelton die Zeit gemessen habe: »Drei Tage.«

Nun erst zog er die Glocke. Dasselbe nach Wesen und Sprechart oberschlesische Mädchen erschien wieder, das ihm schon bei seinem ersten Besuche geöffnet hatte, diesmal mit bemerkenswerter Raschheit. Er nannte seinen Namen, und einen Augenblick später kam Antwort: »Die gnädige Frau lasse bitten.«

Gordon folgte, den Korridor entlang, bis an den sogenannten Berliner Saal, an dessen Schwelle Cécile bereits stand und ihn begrüßte. Sie sah frischer und jugendlicher aus als in Thale, welchen Eindruck ein helles Sommerkostüm noch steigerte. Gordon war wie betroffen, und einer fast ans Sentimentale streifenden Empfindung hingegeben, nahm er ihre Hand und küßte sie mit Devotion.

»Herzlich willkommen«, sagte sie. »Und vor allem schönen Dank für Ihren Brief; er hat mir so wohlgetan. Und wie liebenswürdig, daß Sie Wort halten und unserer gedenken.«

Gordon erwiderte, daß er vor zehn Tagen schon nachgefragt habe.

»Susanne hat uns davon erzählt. Und die Beschreibung, die sie machte, war so gut, daß St. Arnaud und ich gleich auf Sie rieten. Aber nun vor allem Pardon, daß ich Sie nicht in unseren Glanzräumen empfange. Wir sind noch wie zu Gast bei uns selbst und beschränken uns auf ein paar Hinterzimmer. Ein Glück, daß wir wenigstens einen leidlich repräsentablen Gartenbalkon haben. Übrigens finden Sie Besuch. Erlauben Sie, daß ich voraufgehe.«

Gordon verneigte sich, und einen Augenblick später traten beide, nach Passierung eines schon im Seitenflügel gelegenen und mit Philodendrons und anderen Blattpflanzen fast überfüllten Raumes, auf einen Vorbau hinaus, der, aus Stein aufgeführt, mehr einem nach vorn hin offenen Zimmer als einem Balkone glich. Eiserne Stühle samt Tisch und Etagère standen umher, während auf einer mit Kissen belegten Gartenbank ein alter Herr mit schneeweißem Haar saß, der sich, als er Gordons gewahr wurde, von seinem Platz erhob.

»Erlauben mir die Herren, Sie miteinander bekannt zu machen: Herr von Leslie-Gordon, Herr Hofprediger Doktor Dörffel. Aber nun, wenn ich bitten darf, placieren wir uns. Der Stuhl in der Ecke da ... wahrscheinlich verstaubt ... aber gleichviel, helfen Sie sich, so gut es geht. Und nun, Herr von Gordon, bitt' ich, Ihnen ein Glas von diesem Montefiascone einschenken zu dürfen. Oder der Herr Hofprediger übernimmt es vielleicht; er hat ruhige Nerven und eine sichere Hand, während ich immer noch das Fingerzittern habe; Meer- und Gebirgsluft haben mir gleichmäßig die Hülfe versagt. Aber nichts von solch unerfreulichen Dingen. Ihr Wohl, Herr von Gordon.«

»Und das Ihre, meine gnädige Frau.«

Cécile dankte. »Erinnern Sie sich noch des Tages, wo wir das letztemal so zusammensaßen?«

»Oh, wie könnt' ich des Tages je vergessen.«

Und er begann nun den Reim zu zitieren, worin Rosa von der »Perlen schönster Perle« gesprochen hatte.

Cécile ließ ihn aber nicht aussprechen und sagte: »Nein, Herr von Gordon, Sie dürfen mich nicht in Verlegenheit bringen, und am wenigsten hier vor meinem väterlichen Freunde. Ja, die Schmerlen und der Rodensteiner. Und als dann die Turner aufmarschierten! Es war so reizend. Aber das Reizendste von allem ist doch, daß wir in diesem Augenblicke darüber sprechen und den Herrn Hofprediger nicht nur in unsre gemeinschaftlichen glücklichen Erinnerungen einweihen, sondern auch auf Verständnis rechnen können. Denn er hat selber ein gut harzisch Herz und ist ein Quedlinburger, wenn ich nicht irre.«

»Nein, meine gnädigste Frau, nur ein Halberstädter.«

»Nur, nur«, lachte Gordon. »Jedenfalls beneid' ich den Herrn Hofprediger um seine Geburtsstätte.«

»Zuletzt ist jeder Platz gerade gut genug, um darauf geboren zu werden.«

»Gewiß. Aber doch der eine vor dem andern. Und wenn ich meinerseits mir einen Platz hätte wählen können, so hätt' ich mir Lübeck gewählt oder Wismar oder Stralsund, weil ich die Hansa-Passion habe. Gleich nach der Hansa aber kommt der Strich von Halberstadt bis Goslar. Und als drittes erst kommt Thüringen.«

Der Hofprediger reichte Gordon die Hand und sagte: »Darauf müssen wir noch eigens anstoßen; erst Hansa, dann Harz und dann Thüringen. Mir aus der Seele gesprochen, trotzdem es fast sakrilegisch ist. Denn ein richtiger lutherischer Geistlicher muß eigentlich auch zur Luthergegend halten.«

»Gewiß, zur Luthergegend, die die Dioskuren von Weimar uns gleich noch als Zugabe bringt. Aber der Harz hat nun mal meine ganz besonderen Sympathien, und ich liebe jedes harzische Lied und jede harzische Sage, von Buko von Halberstadt an bis zu des Pfarrers Tochter ...«

»... von Taubenhain«, ergänzte der Hofprediger. Aber im selben Augenblicke wahrnehmend, daß Cécile, wie bei jedem unpersönlich bleibenden Gespräche, voll wachsender Abspannung dreinsah, brach er rasch ab oder mühte sich wenigstens, auf etwas Näherliegendes einzulenken. »Ja, der Harz!« fuhr er fort. »Wir sind ganz d'accord, Herr von Gordon. Und nun gar mein liebes altes Halberstadt, von dem ich mit dem König von Thule singen möchte, ›es ging ihm nichts darüber‹ – *so* sehr häng' ich daran. Und doch, wenn ich mich umtun und einen Fleck Erde nennen sollte, der vielleicht angetan wär', ihm in meinem Herzen den Rang streitig zu machen, so wär' es unser gutes Berlin. Und worin den Rang streitig macht? Just in dem, was ihm am meisten abgesprochen wird, in landschaftlicher Schönheit. Bitte, treten Sie heran, Herr von Gordon, hier an diese Brüstung, und dann urteilen Sie selbst. Wenn Sie den ganzen Harz auf den Kopf stellen, so fällt, so schön er ist, kein Stück Erde heraus wie *das* hier.«

Und wirklich, er durfte so sprechen, denn was sich da, vom ersten Herbste kaum angeflogen, zu Füßen des Balkons ausbreitete, war eine Art Föderativstaat von Gärten, zwanzig oder mehr, die, durch niedrige, kaum sichtbare Heckenzäune voneinander getrennt, ein einziges großes Blumenkarree bildeten: Astern in allen Farben, aus denen Rondelle von Canna indica emporblühten. Die Mittagssonne blitzte dazwischen, und auf einer ihnen gegenübergelegenen Veranda standen Damen im Gespräch und fütterten Tauben, die, von einem Nachbarhofe her, auf die jenseitige Balkonbrüstung geflogen waren.

»Insel der Seligen«, sagte Gordon vor sich hin und bedauerte doch schon im selben Augenblicke, das Wort gesprochen zu haben, weil er wahrnahm, wie peinlich Cécile davon berührt wurde. Doch es ging vorüber, und sich rasch wieder in ihre gute Laune zurückfindend, sagte sie: »Wissen Sie, daß ich all die Zeit über an den alten Emeritus und den Professor mit dem sonderbaren Namen gedacht habe. Braunschweig oder Anhalt war das ewige Thema. War es nicht so? Und nun ist Harz oder Thüringen das erste Gespräch, das ich Sie führen höre. Nein, mein Herr Professor ›Aus dem Grunde‹, zu dem Behufe wollen wir uns nicht wiedergesehen haben.«

Gordon versprach feierlichst Besserung, fragte nach dem Obersten und zuletzt auch nach Rosa, und ob Nachrichten von ihr eingetroffen seien, was bejaht wurde. Dann erhob er sich, verneigte sich mit vieler Artigkeit gegen den Hofprediger und empfahl sich, während Cécile nach dem Diener klingelte.

»Nun«, fragte Cécile, »welchen Eindruck haben Sie von ihm empfangen?«

»Einen guten.«

»Ohne Einschränkung?«

»Fast. Er ist klug und gewandt und, wie ich glaube, von untadliger Gesinnung.«

»Aber?«

»Er hat, so lebhaft und sanguinisch er ist, einen eigensinnigen Zug um den Mund und ist mutmaßlich fixer Ideen fähig. Ich fürchte, wenn er sich etwas in den Kopf gesetzt hat, so will er auch mit dem Kopf durch die Wand. Das Schottische spukt noch in ihm nach. Alle Schotten sind hartköpfig.«

»Ich hab' ihn umgekehrt immer nachgiebig gefunden und überaus leicht zu behandeln.«

»Ja, alltags und in kleinen Dingen.«

Cécile schwieg sichtlich verstimmt, weshalb der Hofprediger, einlenkend, fortfuhr: »Im übrigen, meine gnädigste Frau, dürfen Sie Bemerkungen wie diese nicht ernsthafter nehmen, als sie gemacht werden. Alles, was ich gesagt habe, sind Sentiments und Mutmaßungen. Ich bin Hofprediger, aber nicht Prophet, auch nicht einmal von den kleinen. Und wenn ich recht hätte! Was bedeutet Eigensinn? Unser Leben ist voller Fallgruben, und wer in die des Eigensinns fällt, fällt noch immer nicht sonderlich tief. Da gibt es ganz andere. Herr von Gordon, wenn mich nicht alles täuscht, ist ein Mann von Grundsätzen und doch zugleich frei von Langweil und Pedanterie. Man erkennt unschwer den Mann, der die Welt gesehen und die kleinen Vorurteile hinter sich geworfen hat. So recht eine Bekanntschaft, wie Sie sie brauchen. Denn es bleibt bei meinem alten Satze, Sie verbringen Ihr Leben einsamer, als Sie sollten.«

»Im Gegenteil, nicht einsam genug. Was sich Gesellschaft nennt, ist mir alles Erdenkliche, nur kein Trost und keine Freude.«

»Weil die Gesellschaft, die sich Ihnen bietet, hinter Ihren Ansprüchen zurückbleibt. Sie lächeln, aber es ist so, meine gnädigste Frau. Was Sie brauchen, sind unbefangene Menschen, Menschen, die die Sprache zum Ausplaudern, nicht aber zum Cachieren der Dinge haben. Und zu diesen Unbefangenen zählt Herr von Gordon. So wenigstens ist der Eindruck, den ich von ihm empfangen habe. Pflegen Sie seine Bekanntschaft, und er wird Ihnen das Licht und die Freude geben, die Sie so schmerzlich vermissen.«

Sie schüttelte den Kopf.

Er aber nahm teilnehmend ihre Hand und sagte: »Was ist es wieder, meine liebe gnädigste Frau? Sie müssen diese Melancholie von sich abtun. Es gehört nicht zu den Machtmitteln unserer Kirche, den Himmel aufzuschließen und seligzusprechen. Aber so wir nur den rechten Glauben haben, so trägt unser Heiland unsere Schuld. Diese freudige Gewißheit haben wir, und Sie dürfen sich nicht mit Vorstellungen quälen, die darauf aus sind, diese Gewißheit immer wieder in Frage zu stellen. Ich weiß wohl, was diesen Ihren beständigen Zweifeln zugrunde liegt, es ist das, daß Sie, vor Tausenden, in Ihrem Herzen demütig sind. Und diese Demut soll Ihnen bleiben. Aber es ist doch zweierlei: die Demut vor Gott und die Demut vor den Menschen. In unserer Demut vor Gott können wir nie zu weit gehen, aber in unserer Demut vor den Menschen können wir mehr tun als nötig. Und Sie tun es. Es ist freilich ein schöner Zug und ein sicheres Kennzeichen edlerer Naturen, andere besser zu glauben als sich selbst, aber wenn wir diesem Zuge zu sehr nachhängen, so verfallen wir in Irrtümer und schaffen, weit über uns selbst hinaus, allerlei Schädigungen und Nachteile. Damit sprech' ich dem Hochmute nicht das Wort. Wie könnt' ich auch? Ist doch Hochmut das recht eigentlich Böse, die Wurzel alles Übels, fast noch mehr als der Geiz, und hat denn auch die Engel zu Fall gebracht. Aber zwischen Hochmut und Demut steht ein drittes, dem das Leben gehört, und das ist einfach der Mut.«

Er hatte sich erhoben, und beide waren an die Balkonbrüstung getreten, von der aus sie jetzt die stille, vor ihnen ausgebreitete Blumenwelt überblickten. Eine Weile schwiegen sie. Dann sagte Cécile: »Mut! Vielleicht hätt' ich ihn, wenn ich nicht in trüben Ahnungen steckte. Die mir jetzt zurückliegenden glücklichen Tage, welchem Umstande verdank' ich sie? Doch nur dem, daß *er*, den Ihre Güte mir zum Freunde geben möchte, sieben Jahre lang draußen in der Welt war und ein Fremder in seiner eigenen Heimat geworden ist. Er weiß nichts von der Tragödie, die den Namen St. Arnauds trägt, und weiß noch weniger von dem, was zu dieser Tragödie geführt hat. Aber auf wie lange noch? Er wird sich rasch hier wieder einleben, alte Beziehungen anknüpfen, und eines Tages wird er alles wissen. Und an demselben Tage...«

Sie brach hier ab und schien einen Augenblick zu schwanken, ob sie weiter sprechen solle. Dann aber fuhr sie voll wachsender Erregung fort: »Ja, mein Freund, er wird eines Tages alles wissen, und an demselben Tage wird auch der heitere Traum, den ich träumen soll, zerronnen sein. Und, daß ich es sagen muß, ein Glück, *wenn* er zerrinnt. Denn wenn er jemals Gestalt gewönne...«

»Dann? Was dann, meine gnädigste Frau?«

»Dann wäre jeder Tag ein Bangen und eine Gefahr. Denn es verfolgt mich ein Bild, das ich nicht wegschaffen kann aus meiner Seele. Hören Sie. Wir gingen, als wir noch in Thale waren, St. Arnaud und ich und Herr von Gordon, eines Spätnachmittags an der Bode hin und plauderten und bückten uns und pflückten Blumen, bis mich plötzlich ein glühroter Schein blendete. Und als ich aufsah, sah ich, daß es die niedergehende Sonne war, deren Glut durch eine drüben am andern Ufer stehende Blutbuche fiel. Und in *der* Glut stand Gordon und war wie davon übergossen. Und sehen Sie, das ist das Bild, von dem ich fühle, daß es mir eine Vorbedeutung war, und wenn nicht eine Vorbedeutung, so doch zum mindesten eine Warnung. Ach, mein Freund, suchen wir ihn nicht zu halten, wir halten ihn nicht zu seinem und meinem Glück. Sie sind der einzige, der es wohl mit mir meint, der einzige, der reinen Herzens ist, und ich beschwöre Sie, helfen Sie mir alles in die rechten Wege bringen, und, vor allem, beten Sie mir das Grauen fort, das auf meiner Seele liegt. Sie sind ein Diener Gottes, und Ihr Gebet muß Erhörung finden.«

Sie war unter diesen Worten in ein nervöses Fliegen und Zittern verfallen, und der Hofprediger, der wohl wußte, daß ihr, wenn diese hysterischen Paroxysmen kamen, einzig und allein durch ein Ab- und Überleiten auf andere Dinge hin und, wenn auch *das* nicht half, lediglich durch eine fast rücksichtslose Herbheit zu helfen war, sagte, während er sie bis an ihren Platz zurückführte: »Dieser Überschwang der Gefühle, meine gnädigste Frau, das ist recht eigentlich der böse Feind in Ihrer Seele, vor dem Sie sich hüten müssen. Das ist nicht Ihr guter Engel, das ist Ihr Dämon. Überschwenglichkeiten, die sich ins Religiöse kleiden, ohne religiös zu sein, haben keine Geltung vor Gott, ja, nicht einmal vor dem Papste. Wovon ich mich selbst einmal überzeugen durfte.«

Der nüchterne Ton, in dem er dies sagte, machte sie stutzen, aber eine gute Wirkung, an der die Neugier einigen Anteil haben mochte, war doch für den sie scharf beobachtenden Hofprediger unverkennbar, und so nahm er denn aufs neue herzlich und zutulich ihre Hand und wiederholte: »Ja, meine gnädigste Frau, nicht einmal vor dem Papste, wovon ich mich selbst einmal überzeugen konnte. Vielleicht erinnern Sie sich, daß ich Hauslehrer und dann Reisebegleiter bei dem jungen Grafen Medem war und mit ihm nach Rom ging. Als wir daselbst eines Tages zu Schiff nach Terracina wollten, traf es sich, daß auch der Papst, der alte Gregor XVI., dieselbe Reise machte, damals schon ein hoher Siebziger. Ich seh' ihn noch, wie er über die Schiffbrücke kam und, umgeben von seinen Dienerschaften, auf ein Zeltdach zuschritt, das man eben in der Nähe des Steuers für ihn aufstellte. Kaum aber, daß er sich hier placiert hatte, so drängte sich auch schon eine die Fahrt mitmachende Frau durch alle Dienerschaften hindurch, warf sich vor ihm nieder und umfaßte seine Knie. Sie war augenscheinlich aus der Campagna nach der Stadt gekommen und rief jetzt, unter fortwährenden heftigen Selbstanklagen, die Vergebung des Heiligen Vaters an. Der ließ sie denn auch eine Weile gewähren, als es aber andauerte, trat er zuletzt an den Schiffsrand und sagte kalt und abwehrend: ›Una enthusiasta‹.«

Cécile starrte verwirrt und verstimmt vor sich hin, war aber doch sichtlich aus dem Bann ihrer Ängste heraus, und so durfte denn der Hofprediger in einem mit jedem Augenblicke freundlicher werdenden Tone fortfahren: »Und nun zürnen Sie mir nicht, meine gnädigste Frau, wegen eines Mangels an Rücksichtnahme. Kenn' ich doch Ihren beweglichen und im letzten auch gesunden Sinn und weiß deshalb, Sie werden sich endgiltig aufrichten an dieser Geschichte. Die Heilslehren existieren und sollen uns Brot und Wein des Lebens sein. Aber sie sind nicht ein Schlagwasser oder Riechsalz, um uns in jedem beliebigen Momente plötzlich aus unserer Ohnmacht aufzuwecken. Es gibt auf diesem Gebiete nichts Plötzliches, sondern nur ein Allmähliches, auch die geistige Genesung ist ein stilles Wachsen, und je tiefer Sie sich mit dem Glauben an den Erlösertod Jesu Christi durchdringen, desto sicherer und fester wird in Ihnen der Friede der Seele sein.«

NEUNZEHNTES KAPITEL

Während der Hofprediger mit Cécile dies Gespräch führte, schlenderte Gordon am andern Kanalufer auf seine Wohnung zu, bog aber, als er auf diesem Rückwege die Pfeiler der die Straße kreuzenden Eisenbahnbrücke passiert hatte, zunächst nach links hin in einen wenig belebten Weg ein, um hier, am Potsdamer Bahndamm entlang, ungehinderter seinen Gedanken nachhängen zu können. Ahnungslos hinsichtlich des Stimmungsumschlages, der sich, nachdem er den Balkon verlassen, im Gemüte seiner Freundin vollzogen hatte, war das ihn beherrschende Gefühl lediglich ein freudiges Staunen über die vorgefundene Wandlung zum Guten und Gesunden hin. Ja, die Cécile seiner Thalenser Tage war eine schöne, trotz aller Melancholie beständig nach Huldigungen ausschauende Dame gewesen, während die Cécile von heut' eine heitre, lichtvolle Frau war, vor der der Roman seiner Phantasie ziemlich schnell zu verblassen begann.

»Was bleibt übrig? Ich glaube jetzt klar zu sehen. Sie war sehr schön und sehr verwöhnt, und als der Prinz, auf den mit Sicherheit gerechnet wurde, nicht kommen wollte, nahm sie den Obersten. Und ein Jahr später war sie nervös, und zwei Jahre später war sie melancholisch. Natürlich, ein alter Oberst ist immer zum Melancholischwerden. Aber das ist auch alles. Und schließlich haben wir nichts als eine Frau, die, wie tausend andere, nicht glücklich und auch nicht unglücklich ist.«

Unter solchem Selbstgespräche war er bis an die Bülowstraße gekommen und wollte sich eben unter Benutzung derselben in weitem Bogen wieder zurück nach dem Tiergarten schlängeln, als er, in einiger Entfernung, eines Begräbniszuges gewahr wurde, der nach dem Matthäikirchhofe hinaus wollte. Der gelbe, mit Kränzen überdeckte Sarg stand auf einem offenen Wagen, in dessen Front ein schmales, silbernes Kreuz beständig hin und her schwankte. Hinter dem Wagen kamen Kutschen und hinter den Kutschen ein ansehnliches Trauergefolge. Gordon wäre gern ausgewichen, aber der gehabten Anwandlung sich schämend, blieb er und ließ den Zug an sich vorbeipassieren. »Es ist nicht gut, die Augen gegen derlei Dinge zu schließen, am wenigsten, wenn man eben Luftschlösser baut. Der Mensch lebt, um seine Pflicht zu tun und zu sterben. Und das zweite beständig gegenwärtig zu haben, erleichtert einem das erste.«

Gordon wuchs sich rasch wieder in Berlin ein und war nur verwundert, nach wie vor keinen Brief aus Liegnitz eintreffen zu sehen, auch nicht, als er die saumselige Schwester gemahnt hatte. Seine Verwunderung war aber nicht gleichbedeutend mit Verstimmung, vielmehr gestand er sich, alles in allem nie glücklichere Tage verlebt zu haben. Auch nicht in Thale. Wenn es sein konnte, sprach er täglich bei seiner Freundin vor und erneuerte dabei die freundlichen, gleich bei seinem ersten Besuche gehabten Eindrücke. Was ihn einzig und allein störte, war das, daß er sie nie allein fand. Mitte September traf Céciles jüngere Schwester auf Besuch ein und wurde ihm als »meine Schwester Kathinka« vorgestellt. Bei diesem Vornamen blieb es. Sie war um mehrere Jahre jünger und ebenfalls sehr schön, aber ganz oberflächlich und augenscheinlich mehr nach Verhältnissen als nach Huldigungen ausblickend. Cécile wußte davon und schien erleichtert, als die Schwester wieder abreiste. Der Besuch hatte nur wenig über eine Woche gedauert und war niemandem zu rechter Befriedigung gewesen. Auch Gordon nicht. Desto größere Freude hatte dieser, als er eines Tages Rosa traf und von ihr erfuhr, daß sie verhältnismäßig häufig im St. Arnaudschen Hause vorspreche, weshalb es eigentlich verwunderlich sei, sich bis dahin noch nicht getroffen zu haben. Das müsse sich aber ändern, womit niemand einverstandener war als Gordon selbst. Und zu dieser Änderung kam es denn auch; man sah sich öfter, und erschien bei diesen Begegnungen auch noch der in der benachbarten Linkstraße wohnende Hofprediger, so steigerte sich der von Rosas Anwesenheit beinah unzertrennliche Frohsinn, und vom Harz und seinen Umgebungen schwärmend, erging man sich in Erinnerungen an Roßtrappe, Hotel Zehnpfund und Altenbrak. Der Oberst war selten da, so selten, daß Gordon sich entwöhnte, nach ihm zu fragen. »Er ist im Klub«, hieß es ein Mal über das andre. Der Klub aber, um den sich's handelte, war kein militärischer, sondern ein Hautefinance-Klub, in dem Billard, Skat und L'hombre mit beinah wissenschaftlichem Ernst gespielt wurde. Nur die Points hatten eine ganz unwissenschaftliche Höhe.

Neben Rosa war es der alte Hofprediger, der, wenn man gemeinschaftlich heimging, über diese kleineren oder größeren Inkorrektheiten Aufklärung gab, meistens vorsichtig und zurückhaltend, aber doch immer noch deutlich genug, um Gordon einsehen zu lassen, daß er es mit seinem in seinem langen Skriptum an die Schwester im halben Übermute gebrauchten »Jeu-Oberst« richtiger, als er damals annehmen konnte, getroffen habe. Teilnahme mit Cécile war, wenn er derlei Dinge hörte, jedesmal sein erstes und ganz aufrichtiges Gefühl, aber eine nur zu begreifliche Selbstsucht sorgte gleichzeitig dafür, daß dies Gefühl nicht andauerte. St. Arnaud war nicht da, das war doch schließlich die Hauptsache, das gab den Ausschlag, und weder seine Blicke noch seine spöttischen Bemerkungen konnten das Glück ihres Beisammenseins stören.

Ja, diese Septembertage waren voll der heitersten Anregungen, und Briefchen in Vers und Prosa, die von seiten Gordons beinah jeden Morgen an Cécile gerichtet wurden, sei's, um sie zu begrüßen oder ihr etwas Schmeichelhaftes zu sagen, steigerten begreiflicherweise das Glück dieser Tage. St. Arnaud seinerseits gewöhnte sich daran, diese Billetsdoux auf dem Frühstückstische liegen zu sehn, und leistete sehr bald darauf Verzicht, von solcher »Mondscheinpoesie« weitere Notiz zu nehmen. Er lachte nur und bewunderte, »wozu der Mensch alles Zeit habe«. Cécile selbst, voll Mißtrauen in ihre Rechtschreibung, antwortete nur selten, wobei sie sich zurückhaltender und ängstlicher als nötig zeigte, da Gordon bereits weit genug gediehen war, um in einer mangelhaften Orthographie, wenn solche sich wirklich offenbart haben sollte, nur den Beweis immer neuer Tugenden und Vorzüge zu finden.

ZWANZIGSTES KAPITEL

So waren vier Wochen vergangen, als Gordon, an einem der letzten Septembertage, eine Karte folgenden Inhalts erhielt: »Oberst von St. Arnaud und Frau geben sich die Ehre, Herrn von Leslie-Gordon zum 4. Oktober zu einem Mittagessen einzuladen. Fünf Uhr. Im Überrock. U. A. w. g.«

Gordon nahm an und war nicht ohne Neugier, bei dieser Gelegenheit den St. Arnaudschen Kreis näher kennenzulernen. Was er, außer dem Hofprediger, bis dahin gesehen hatte, war nichts Hervorragendes gewesen, ziemlich sonderbare Leute, die sich allenfalls durch Namen und gesellschaftlich sichere Haltung, aber wenig durch Klugheit und fast noch weniger durch Liebenswürdigkeit ausgezeichnet hatten. Beinah alle waren Frondeurs, Träger einer Opposition quand même, die sich gegen Armee und Ministerium und gelegentlich auch gegen das Hohenzollerntum selbst richtete. St. Arnaud duldete diesen Ton, ohne persönlich mit einzustimmen, aber daß er ihn überhaupt zuließ, war für Gordon ein Beweis mehr, daß es keine Durchschnitts-Duellaffaire gewesen sein konnte, was den Obersten veranlaßt oder vielleicht auch gezwungen hatte, den Dienst zu quittieren. Etwas Besonderes mußte hinzugekommen sein.

Und nun war der 4. Oktober da.

Gordon, so pünktlich er erschien, fand alle Geladenen, unter denen der Hofprediger leider fehlte, schon vor und wurde, nachdem er Cécile begrüßt und ein paar Worte an diese gerichtet hatte, dem ihm noch unbekannten größeren Bruchteile der Gesellschaft vorgestellt. Der erste, dem Range nach, war General von Rossow, ein hochschultriger Herr mit dünnem Schnurr- und noch dünnerem Knebelbart, dazu braunem Teint und roten vorstehenden Backenknochen; nach Rossow folgte: von Kraczinski, Kriegsministerialoberst und polnisch-katholisch, Geheimrat Hedemeyer, hager, spitznasig und süffisant, Sanitätsrat Wandelstern, fanatischer Anti-Schweninger, und Frau Baronin von Snatterlöw. Gordon verneigte sich nach allen Seiten hin, bis er Rosas gewahr wurde, der er sich nunmehr rasch näherte. »Wir sind hoffentlich Nachbarn...« »Geb es Gott.« Und nun trat er wieder an Cécile heran, um sich wegen einiger ihm vorgeworfenen Unklarheiten in seinem gestrigen Morgenbillett, so gut es ging, zu verantworten.

»Ich habe die schlechte Gewohnheit«, schloß er, »in Andeutungen zu sprechen und auf Dinge hinzuweisen, die von zehn kaum einer kennt, also auch nicht versteht.«

Sie lachte. »Wie gütig Sie sind, über den eigentlichen Grund so leicht hinwegzugehen und gegen sich selbst den Ankläger zu machen. Sie wissen am besten, daß ich nichts weiß. Und nun bin ich zu alt zum Lernen. Nicht wahr, viel zu alt?«

In diesem Augenblicke wurden die Flügeltüren geöffnet, und Gordon brach ab, weil er sah, daß General von Rossow auf Cécile zukam, um ihr den Arm zu bieten. Kraczinski, Hedemeyer, Wandelstern und einige andere folgten mit und ohne Dame.

Die Plätze waren so gelegt, daß Gordon seinen Platz zwischen der Baronin und Rosa hatte.

»Gerettet«, flüsterte diese.

»Gerichtet«, antwortete er mit einem Seitenblick auf die Baronin, eine hochbusige Dame von neunundvierzig, mit Ringellöckchen und Adlernase, die sich, ärgerlich über das Geflüster zwischen Gordon und Rosa, mit Ostentation von Gordon ab- und ihrem anderen Tischnachbar zuwandte. Sie nannte das »ihre Revanche nehmen«.

Die Revanche war aber nicht von Dauer, und ehe noch das Tablett mit dem Tokaier herumgereicht wurde, setzte sie, wie das ihre Gewohnheit war, bereits höchst energisch ein und sagte mit einer ans Männliche grenzenden Altstimme: »Sie waren in Persien, Herr von Gordon. Man spricht jetzt so viel von persischer Zivilisation, namentlich seit den umfangreichen Übersetzungen Baron Schacks (jetzt Graf Schack), eines Vetters meines verstorbenen Mannes. Ich kann mir aber nicht denken, daß diese Zivilisation viel bedeute, da persische Minister hier im Königlichen Schlosse, wenn auch freilich durch kulturelle Gebräuche dazu veranlaßt, eine ganze Reihe von Hämmeln eigenhändig geschlachtet und die Schlachtmesser an den Gardinen abgewischt haben.«

»Ich halte dies für Übertreibung, Frau Baronin.«

»Sehr mit Unrecht, mein Herr von Gordon. Ich hasse Übertreibungen, und was ich sage, ist offiziell. Übrigens mißverstehen Sie mich nicht. Ich gehöre nicht zu der Gruppe devotest ersterbender Leute, die königliche Schloßgardinen ein für allemal als ein Heiligtum ansehen. Im Gegenteil, ich hasse mißverstandene Loyalitäten. Ein freier Sinn ist das allein Dienliche wie das allein Ziemliche. Servilismus und niedrige Gesinnung sind in meinen Augen unwürdig und hassenswert. Ein für allemal. Aber Anstand und Sitte stehen mir hoch, und blutige Messer an hellblauen Atlasgardinen abwischen, gleichviel ob dieses Horreur in königlichen Schlössern stattfindet oder nicht, ist ein Roheitsakt, den ich beinah unsittlich nennen möchte, jedenfalls unsittlicher als manches, was dafür angesehen wird. Denn auf keinem Gebiete gehen die Meinungen so weit auseinander als gerad auf diesem. Ich werde mich durch Sätze wie diese keinen Verkennungen Ihrerseits aussetzen, denn ich spreche zu einem Manne, der die Wandelbarkeit moralischer Anschauungen, wie sie Race, Bodenbeschaffenheit und Klima mit sich führen, in hundertfältiger Abstufung persönlich erfahren hat. Irr' ich hierin, oder bin ich umgekehrt Ihrer Zustimmung sicher?«

»Vollkommen«, sagte Gordon, nahm aber doch die Pause, die der eben bei der Baronin erscheinende Turbot ihm gönnte, wahr, um Rosa zuzuflüstern: »Emanzipiertes Vollblut. Furchtbar.«

An der andern Seite des Tisches wurden statt der Steinbutte Forellen präsentiert, und Cécile, die sich auf einen Augenblick von ihrem zweiten Nachbar, dem beständig ironisierenden Geheimrat, freizumachen wußte, sagte zu Gordon über den Tisch hin: »Aber von den Forellen müssen Sie nehmen, Herr von Gordon. Es sind ja halbe Reminiszenzen an Altenbrak. ›Denn von der Forelle bis zur Schmerle‹, so wenigstens versicherte uns der alte Emeritus, ›ist nur ein Schritt.‹«

Rosa, der dieser Zuspruch mitgegolten hatte, nickte. General von Rossow aber griff das Wort auf und bemerkte mit krähender Kommandostimme: »Nur *ein* Schritt, sagen Sie, meine gnädigste Frau. Nun gut. Aber, pardon, es gibt große und kleine Schritte, und dieser Schritt ist einfach ein Riesenschritt. Ich war letztes Jahr in Harzburg, unerhörte Preise, Staub und Wind und natürlich auch Schmerlen. Ein erbärmlicher Genuß, der nur noch von seiner Unbequemlichkeit und Mühsal übertroffen wird. Es kommt gleich nach den Artischocken, ebenso langweilig und ebenso fruchtlos. Und um diesen fragwürdigen Genuß zu haben, war ich bei vierundzwanzig Grad Réaumur auf den Burgberg hinaufgestiegen.«

»Und ließen sich die Schmerlen im Freien servieren«, lachte St. Arnaud. »Im Freien und vielleicht sogar an der großen Säule mit der berühmt gewordenen Inschrift: ›Nach Canossa gehen wir *nicht.*‹ Aber wir gehen *doch.*«

»Und gehen auch noch weiter«, fiel der Geheimrat ein, der (schon unter Mühler »kaltgestellt«) den bald darauf ausbrechenden Kulturkampf als Pamphletist begleitet, seine Wiederanstellung jedoch trotz andauernder Falk-Umschmeichlung nicht durchgesetzt hatte. »Ja, noch weiter.« Und dabei hob er seine goldene Brille, mit der Absicht, sie zu putzen, wie das seine Gewohnheit war, wenn er einen heftigen Ausfall plante. Die Götter aber widerstritten diesem Versuche, denn der linke Brillenhaken hatte sich in einem Löckchen seiner blonden Perücke verfitzt und wollte nicht nachgeben. Unter glücklicheren und namentlich gesicherteren Toupet-Verhältnissen würd' er nun freilich, aller Widerhaarigkeit zum Trotz, mit jener »Energie« vorgegangen sein, die sieben Jahre lang sein Programm und den Inhalt seiner Pamphlete gebildet hatte, dieser Sicherheit aber entbehrend, sah er sich auch *hier* gezwungen, den Verhältnissen Rechnung zu tragen und auf ein rücksichtsloses Vorgehen zu verzichten, das ihn an seiner empfindlichsten Stelle bloßgestellt haben würde. Schließlich indes war das Häkchen aus dem Toupet heraus, und mit einer Ruhe, die den Mann von Welt zeigte, nahm er seinen Satz wieder auf und sagte: »Ja, meine Herrschaften, und gehen auch noch weiter. Das heißt also bis nach Rom. Es sind dies die natürlichen Folgen der Prinzipienlosigkeit oder, was dasselbe sagen will, einer Politik von heut' auf morgen, des Gesetzmachens ad hoc. Ich hasse das.«

Die Baronin, die sich in dieser Wendung zitiert glaubte, klatschte mit ihren zwei Zeigefingern Beifall.

»Ich hasse das«, wiederholte der Geheimrat, während er sich gegen die Snatterlöw verbeugte, »mehr noch, ich verachte das. Wir sind kein Volk, das seiner Natur und Geschichte nach einen Dalai-Lama ertragen kann, und doch haben wir ihn. Wir haben einen Dalai-Lama, dessen Schöpfungen, um nicht zu sagen Hervorbringungen, wir mit einer Art Inbrunst anbeten. Rund heraus, wir schwelgen in einem unausgesetzten Götzen- und Opferdienst. Und was wir am willfährigsten opfern, das ist die freie Meinung, trotzdem keiner unter uns Älteren ist, der nicht mit Herwegh für den ›Flügelschlag der freien Seele‹ geschwärmt hätte. Wie gut das klingt! Aber haben wir diesen Flügelschlag? Haben wir diese freie Seele? Nein, und wieder nein. Wir sind weiter davon ab denn je. Was wir haben, heißt Omnipotenz. Nicht die des Staates, die nicht nur hinzunehmen, die sogar zu rühmen, ja die das einzig Richtige wäre, nein, wir haben die Omnipotenz eines einzelnen. Ich nenne keinen Namen. Aber soviel bleibt: Übergriffe sind zu verzeichnen, Übergriffe nach allen Seiten hin, und soviel Übergriffe, soviel Fehlgriffe. Freilich, wer diesen Dingen, direkt oder indirekt, durch Jahrzehnte hin nahegestanden hat, der sah es kommen, dem blutete seit lange das Herz über ein System des Feilschens und kleiner Behandlung großer Fragen. Und wo die Wurzel? Womit begann es? Es begann, als man, Arnims kluge Worte mißachtend, einen Hochverräter aus ihm stempeln wollte, bloß weil ein Brief und ein Rohrstuhl fehlte. Was aber fehlte, war kein Brief und kein Rohrstuhl, sondern einfach Unterwerfung. Daran gebricht es. Arnim hatte den Mut seiner Meinung, das war alles.

das war sein Verbrechen, das allein. Aber wenn es erst dahin gekommen ist, meine Herren, daß jede freie Meinung im Lande Preußen Hochverrat bedeutet, so sind wir alle Hochverräter, alle samt und sonders. Ein Wunder, daß Falk mit einem blauen Auge davongekommen ist, er, der einzige, der den Blick für die Notlage des Landes hatte, der einzige, der retten konnte. Nach Canossa gehen wir *nicht!* O nein, wir gehen nicht, aber wir laufen, wir rennen und jagen dem Ziele zu und überliefern einer beliebigen und beständig wechselnden Tagesfrage zuliebe die große Lebensfrage des Staats an unseren Todfeind. Die große Lebensfrage des Staats aber ist unsere protestantische Freiheit, die Freiheit der Geister!«

Die Baronin war hingerissen und steigerte sich bis zu Kußhändchen. »Ihr Wohl, Herr Geheimrat! Ihr Wohl, und die Freiheit der Geister!«

Einige der Zunächstsitzenden schlossen sich an, und sehr wahrscheinlich, daß sich ein allgemeiner Toast daraus entwikkelt hätte, wenn nicht der alte General ziemlich unvermittelt dazwischengefahren wäre. Der Beginn seiner Rede verfiel zwar dem Schicksal, überhört zu werden, aber mehr ärgerlich als verlegen darüber, nahm er schließlich seine ganze Stimmkraft zusammen und ruhte nicht eher, als bis er sich mit Gewalt Gehör verschafft hatte: »Sie sprechen da von der Freiheit der Geister, mein lieber Hedemeyer. Nun ja, meinetwegen. Aber machen wir nicht mehr davon, als es wert ist. Wir sind unter uns (ein Blick streifte Gordon), ich *hoffe* sagen zu können, wir sind unter uns, und so dürfen wir uns auch gestehen, die protestantische Freiheit der Geister ist eine Redensart.«

»Erlauben Sie ...«, warf Hedemeyer dazwischen.

»Ich bitte Sie, mich nicht unterbrechen zu wollen«, fuhr der alte General mit überlegener Miene fort. »Sie haben gesprochen, jetzt spreche *ich*. Ihr verflossener Falk, ich nenn' ihn mit Vorbedacht *Ihren* Falk, hat es gut gemeint, darüber kann kein Zweifel sein. Aber pourquoi tant de bruit pour une omelette ...«

Alles lachte, denn es traf sich, daß eine dicht mit Omelettschnitten garnierte Gemüseschüssel in ebendiesem Augenblicke dem General präsentiert wurde.

Dieser, sonst überaus empfindlich gegen derartige Zwischenfälle, nahm diesmal die ziemlich lang andauernde Heiterkeit mit gutem Humor auf und wiederholte, während er eine der Schnitten triumphierend in die Höh' hielt: »Pour une omelette... Ja, wieviele Menschen, mein lieber Hedemeyer, glauben Sie denn bei dieser sogenannten Canossa-Frage wirklich interessiert? Sehr viele sind es nicht. Dafür bürge ich Ihnen. Auf Ehre. Manches sieht man denn doch auch, ohne gerade zum Kultus zu gehören oder, pardon, gehört zu haben. Berlin hat dreißig protestantische Kirchen, und in jeder finden sich allsonntäglich ein paar hundert Menschen zusammen; ein paar mehr oder weniger, darauf kommt es nicht an. In der Melonenkirche habe ich einmal fünfe gezählt, und wenn es sehr kalt ist, sind es noch weniger. Und das, mein lieber Hedemeyer, ist genau das, was *ich* die protestantische Freiheit der Geister nenne. Wir können in die Kirche gehen und *nicht* in die Kirche gehen und jeder auf seine Facon selig werden. Ja, meine Freunde, so war es immer im Lande Preußen, und so wird es auch bleiben, trotz allem Canossa-Gerede. Das Interesse hält immer gleichen Schritt mit der Angst, und Angst ist noch nicht da. Jedenfalls ist es keine Frage, daran die Welt hängt oder auch nur der Staat. Der hängt an was ganz anderem. ›Die Welt ruht nicht sicherer auf den Schultern des Atlas als der preußische Staat auf den Schultern seiner Armee...‹, so lautete das friedericianische Wort, und *das* ist die Frage, worauf es ankommt. Da, meine Herrschaften, liegt Tod und Leben. Der Unteroffizier, der Gefreite, *die* haben eine Bedeutung, nicht der Küster und der Schulmeister; der Stabsoffizier hat eine Bedeutung, nicht der Konsistorialrat. Und nun sehen Sie sich um, wie man anitzo verfährt und unter welchen Mißgriffen und Schädigungen man zur Besetzung maßgebendster Stellen schreitet. Ich meine vom Generalmajor aufwärts. Alles, was sich dabei ›höherer Gesichtspunkt‹ nennt, ist Dummheit oder Verranntheit oder Willkür. Und in manchen Fällen auch einfach Klüngel und Clique.«

»Sie meinen...«

»Einfach das Kabinett. Ich habe keine Veranlassung, damit zurückzuhalten und aus meinem Herzen eine Mördergrube zu machen. Ich meine das Kabinett, das sich's zur Aufgabe zu stellen scheint, mit den Traditionen der Armee zu brechen. Wenn ich von Armee spreche, sprech' ich selbstverständlich von der friedericianischen Armee. Was uns heutzutage fehlt und was wir brauchen wie das liebe Brot, das sind alte Familien und alte Namen aus den Stammprovinzen. Aber nicht Fremde...«

Kraczinski, der zwei Brüder in der russischen und einen dritten in der österreichischen Armee hatte, lächelte mit kriegsministerieller Überlegenheit vor sich hin, von Rossow aber fuhr fort: »Der Chef, trotz altem livländischen Adel, der hingehen mag, ist, von meinem Standpunkt aus, ein homo novus, der der unglückseligen Anschauung von der geistigen Bedeutung der Offiziere huldigt. Alles Unsinn. Wissen und Talent ruinieren nur, weil sie bloß den Dünkel großziehen. Derlei Allotria sind gut für Professoren, Advokaten und Zungendrescher, überhaupt für alle die, die sich jetzt Parlamentarier nennen. Aber was soll das dem Staat? Der verlangt andres. Auf die Gesinnung kommt es an, auf das Gefühl der Zusammengehörigkeit mit dem Stammlande, das nur die haben, die schon mit am Cremmer-Damm und bei Ketzer-Angermünde waren. Aber das wird jetzt übersehen, übersehen in einer mir ganz unbegreiflichen Weise. Denn die höhere Disziplin ist lediglich eine Frage der Loyalität. Und das wissen auch die Hohenzollern. Aber weil sie nicht gerne dreinreden und allzu bescheiden sind und immer glauben, die Herren vom grünen Tisch (und die Armee hat *auch* ihren grünen Tisch) müßten es besser wissen, so lassen sie sich bereden und betimpeln. Ein erbärmlicher Zustand. Und daß es nicht zu ändern ist, das ist das Schlimmste. Napoleon konnte nicht alle Schlachten selber schlagen, und die Hohenzollern können nicht allerpersönlichst in alle Winkel der Verwaltung hineingucken. Da liegt es, mein lieber Geheimrat. Da, nur da. Canossa hin, Canossa her. Preßfreiheit, Redefreiheit, Gewissensfreiheit, alles Unsinn, alles Ballast, von dem wir eher zu viel als zu wenig haben.«

Cécile sah verlegen vor sich nieder. Sie kannte längst diese vom Ärger diktierte Beredsamkeit, die sie bei früheren Gelegenheiten immer nur als überflüssig, aber nicht als sonderlich störend empfunden hatte. Heute peinigte sie's, weil sie sah, was in Gordons Seele beim Anhören dieser Renommistereien vorging. Auch St. Arnaud empfand so, weshalb er es für ratsam hielt, sich der Situation zu bemächtigen und in geschickter Anknüpfung an die Rossowschen Worte »von der Bedeutung alter Familien« auf die Gordons überzugehen, die seit dem Dreißigjährigen Kriege, jedenfalls aber seit dem Schillerschen »Wallenstein« uns als unser eigenstes Eigentum angehören. Oberst Gordon, Kommandant von Eger, zähle zu den besten Figuren im ganzen Stück, und er glaube sagen zu können, die Tugenden desselben fänden sich in dem neuen Freunde seines Hauses vereinigt. Er trinke deshalb auf das Wohl seines lieben Gastes, des Herrn von Gordon.

Gordon, der wohl wußte, daß rasches Erwidern die beste, jedenfalls aber die leichteste Form des Dankes sei, nahm unmittelbar nach diesem Toaste das Wort und bat, nachdem er in einer scherzhaft durchgeführten Antithese den »Obersten St. Arnaud des 4. Oktober« dem »General St. Arnaud des 2. Dezember« gegenübergestellt und in Cécile die Lichtgestalt, die den Unterschied zwischen beiden besiegte, gefeiert hatte, das Wohl der liebenswürdigen Wirte proponieren zu dürfen.

Sein Trinkspruch war vorzüglich aufgenommen worden, am enthusiastischsten von der Baronin, die bei dieser Gelegenheit selbstverständlich nicht ermangelte, von ihrer im vorigen Sommer in Ragaz stattgehabten Promenadenbegegnung mit der Kaiserin Eugenie zu sprechen, »einer Frau, die, wenn *sie* statt ihres Polisson von Gatten das Heft in Händen gehabt hätte, Frankreich ganz anders regiert, jedenfalls aber männlicher verteidigt und höchstwahrscheinlich gerettet haben würde«.

Bald darauf wurde die Tafel aufgehoben, und als sich, nach abermals einer Minute, die gesamte Herrenwelt, mit Ausnahme des bei den Damen verbliebenen St. Arnaud, in das Rauchzimmer zurückgezogen hatte, nahm von Rossow – der vor gerade dreißig Jahren, als Hauptmann im Alexander-Regiment, einen schwach besuchten Kasino-Vortrag über den »2. Dezember« gehalten hatte – noch einmal in der St. Arnaud-Frage das Wort und sagte, während er den dritten ihm präsentierten Chartreuse mit einer an Grazie grenzenden Raschheit niederstürzte: »Was übrigens, mein werter Herr von Gordon, Ihre Gegenüberstellung oder meinetwegen auch Ihre Parallele betrifft, nun ja, der damalige St. Arnaud und der gegenwärtige, sie lassen sich, wenn's sein muß, vergleichen, und so viel konzedier' ich Ihnen ohne weiteres, daß mit dem unseren *auch* schlecht Kirschenpflücken ist. Auch der unsere, wenn ich ihn recht beurteile, hat ein tiefes Überzeugtsein von der Gleichgültigkeit des Einzelindividuums, und daß er das Jeu liebt, wie sein berühmter Namensvetter, werden Sie mutmaßlich ebenfalls wissen. Aber der napoleonische, der anno 51 die ganze Geschichte gemacht hat, war ihm denn doch um einiges über. Ein Deubelskerl, sag' ich Ihnen. Und dabei filou comme il faut. Unsere schöne Cécile, was Sie freilich nicht wissen konnten, läßt sich denn auch in Anbetracht all dieser Umstände nicht gern an die Namensvetterschaft erinnern, St. Arnaud selbst aber ist stolz darauf. Und kann auch. Wenn wir unruhige Zeiten kriegen, und man kann nie wissen, so wächst er sich vielleicht noch in was hinein. Talent hat er. Sehen Sie nur das Faunengesicht, mit dem er zu dem arrondierten kleinen Fräulein spricht. Malerin, nicht wahr? Wie heißt sie doch?«

»Fräulein Rosa Hexel.«

»Mit einem x?«

»Ja, Herr General.«

»Na, das paßt ja. Nur keine Spielverderberei. Da kommt übrigens das Tablett noch mal. Chartreuse. Den kann ich Ihnen empfehlen.«

Um neun Uhr brach man auf. Alles drängte sich im Korridor, und Cécile fragte die Malerin, ob der Diener eine Droschke holen solle? Rosa dankte jedoch, Herr von Gordon werde sie bis an den Platz begleiten, und dort finde sie Pferdebahn.

Unten bot ihr Gordon denn auch den Arm und sagte: »Wirklich nur bis an den Platz? Und nur bis an die Pferdebahn?«

»O nicht doch«, lachte Rosa. »Was Sie nur denken? So leicht kommen Sie nicht davon. Sie müssen mich bis nach Hause bringen, Engel-Ufer, und ich schenke Ihnen keinen Schritt. Aber sahen Sie nicht die Gesichter, als ich bloß Ihren Namen nannte? Der Geheimrat hob den Kopf, wie wenn er eine Fährte suche. Man muß es den Schandmäulern nicht zu leicht machen. Und das sind sie samt und sonders, die ganze Gesellschaft.«

»Ich fürchte, daß Sie recht haben. Aber doch alles in allem nicht übel, nicht dumm.«

»Nein, nicht dumm.«

»Und auch nicht uninteressant.«

»Nein, auch nicht uninteressant. Und au fond doch wieder. Es sieht alles nach was aus und klingt leidlich. Aber was ist es am Ende? Chronique scandaleuse, Malicen, Absetzen einiger Bitterkeiten. Und dann hat jeder sein elendes Steckenpferd. Der Klügste bleibt immer St. Arnaud selbst, er steht drüber und lacht. Aber dieser alte General! Ich verstehe nichts von Politik und noch weniger von Armee, wer mir aber ernsthaft versichern will, daß ein kluger General Müller allemal eine Landeskalamität und neben einem Hampel von Hampelshausen nie zu nennen sei, wer mir *das* ernsthaft versichern will, mit dem bin ich fertig, und wenn ich ihn trotz alledem interessant finden soll, so bin ich dazu zwar bereit, aber frag' mich nur nicht, wie.«

»Schau, schau, Fräulein Rosa, das sprüht ja wie ein pot à feu.«

»Der ich auch bin. Und wenn ich nun gar erst von diesem Geheimrat rede, da sprüh' ich nicht bloß, da zisch' ich wie eine Schlange, versteht sich, Feuerwerksschlange.«

»Und doch war vieles richtig, was er sagte.«

»Vielleicht; vielleicht auch nicht. Ich verstehe nichts davon. Aber unehrlich war es jedenfalls. Er ist ein schlechter Kerl, frivol, zynisch, und kein Frauenzimmer, und wenn es die keusche Susanne wäre, kann eine Minute lang mit ihm zusammen sein, ohne sich einer Unpassendheit ausgesetzt zu sehen. Er versteht unter ›protestantischer Freiheit‹ die Freiheiten, die er sich nimmt, und deren sind viele, jedenfalls genug.

Sein ganzer Liberalismus ist Libertinage, weiter nichts. Ein wahres Glück, daß man ihn beiseitegeschoben hat. Er schreibt jetzt, natürlich pseudonym, an einer neuen Broschüre. Daß er unterhaltlich ist, will ich nicht bestreiten, aber St. Arnaud könnte was Besseres tun, als ihn auszuzeichnen und ihn neben unsere schöne Cécile zu setzen. Ich hoffe, sie duldet ihn nur. Aber auch das ist schon zu viel. Er sollte zum Islam übertreten und Afrikareisender werden. Da gehört er hin. Und irgend so was passiert ihm auch noch.«

Gordon lachte. »Bravo, Fräulein Rosa. Fehlt von den Gästen eigentlich nur noch die Snatterlöw.«

»Über die zu sprechen ich mich hüten werde. Haben Sie doch, mein werter Herr von Gordon, in aller Intimität zwei Stunden lang neben ihr gesessen, und ich sah wohl, wie sie jedesmal Ihren Arm nahm und ihn zustimmend drückte. Sie hat überhaupt etwas von einer Massagedoktorin.«

»Und Cécile?«

»Ach, die arme Frau! Es wird wohl auch nicht alles sein, wie's sein sollte. Schönheit ist eine Gefahr von Jugend auf; nicht als ob ich aus Erfahrung spräche, dafür ist gesorgt. Aber sie ist lieb und gut und viel zu schade. Gebe Gott, daß es ein gutes Ende nimmt.«

EINUNDZWANZIGSTES KAPITEL

Es war spät geworden, und der Wächter patrouillierte schon durch die Lennéstraße hin, als Gordon wieder vor seiner Wohnung anlangte. Rosa hatte den ganzen Weg über fast unausgesetzt gesprochen, am meisten über St. Arnaud, auf den sie wiederholt und mit einer gewissen Teilnahme zurückgekommen war. »Er läßt viel zu wünschen übrig, und ich möcht' ihn nicht zum Feind und fast ebensowenig zum Freunde haben; aber trotz alledem ist er immer noch der Beste, weil der Ehrlichste. Natürlich seine arme Frau ausgenommen. Erst gestern wurde bei Grolmans von ihm gesprochen, und wenn auch nicht gerade mit Respekt, so doch mindestens mit Bedauern. Es war ein Unglück, daß er den Dienst quittieren mußte. Blieb er in der Armee, so war alles gut oder konnt' es wieder werden. Jetzt ist er verbittert, befehdet, was er früher vergöttert hat, und sitzt auf der Bank, wo die Spötter sitzen. Und das ist eine schlimme Bank. Er war ganz Soldat und ging darin auf. Nun hat er nichts zu tun und steht im Tattersall umher oder besucht den Klub, ja, fast läßt sich sagen, er lebe da. Vor Tisch liest er Zeitungen, nach Tisch spielt er Whist oder Billard; das klingt sehr harmlos, aber, wie Sie vielleicht wissen werden, es geht um Summen, die für unsereins ein Vermögen bedeuten.«

Gordon folgte jedem Wort und fragte nach *dem*, was ihn selbstverständlich am meisten interessieren mußte: nach dem Verhältnis und der Lebensweise des Ehepaares untereinander. Aber was er als Antwort darauf hörte, war im wesentlichen nur eine Bestätigung dessen, was er schon während der Harzer Sommertage beobachtet hatte. »Ja«, schloß Rosa, »sein Verhältnis zu Cécile, da hab' ich kein gutes Wort für ihn. Mitunter freilich hat er seinen Tag der Rücksichten und Aufmerksamkeiten, und man könnte dann beinahe glauben, er liebe sie. Aber was heißt Liebe bei Naturen wie St. Arnaud? Und *wenn* es Liebe wäre, wenn wir's so nennen wollen, nun so liebt er sie, weil sie sein ist, aus Rechthaberei, Dünkel und Eigensinn, und weil er den Stolz hat, eine schöne Frau zu besitzen. In Wahrheit ist er ein alter Garçon geblieben, voll Egoismus und Launen, viel launenhafter als Cécile selbst. Die Ärmste hat ihr Herz erst neulich darüber zu mir ausgeschüttet. ›Er hält‹, sagte sie, ›viertelstundenlang meine Hand und erschöpft sich in Schönheiten gegen mich, und gleich danach geht er ohne Gruß und Abschied von mir und hat auf drei Tage vergessen, daß er eine Frau hat.‹«

Das und viel anderes noch ging Gordon im Kopfe herum, als er wieder in seiner Wohnung war; vor allem aber klang ihm *das* im Ohr, was Rosa gleich zu Beginn ihrer Unterhaltung gesagt hatte: ›Gebe Gott, daß es ein gutes Ende nimmt.‹

Zu guter Zeit war er auf und bei seinem Kaffee, schob aber die Zeitungen, die die Wirtin gebracht hatte, zurück. Alles Behagens unerachtet, war er in keiner Lesestimmung und beschäftigte sich nach wie vor mit dem, was ihm der gestrige

Tag gebracht hatte. Die Fenster standen auf, und er sah hinaus auf den Tiergarten. Ein feiner, von der Morgensonne durchleuchteter Nebel zog über die Baumspitzen hin, die trotz der schon vorgerückten Jahreszeit kaum ein welkes Blatt zeigten; denn am Tage vorher war es windig gewesen, und das wenige, was sich bis dahin von gelbem und rotem Laube mit eingemischt hatte, lag jetzt unter den Bäumen und bildete Muster auf dem Rasenteppich. Dann und wann fuhr ein Wasserkarren langsam durch die Straße; sonst alles still, so still, daß Gordon es hörte, wenn die Kastanien aufschlugen und aus der Schale platzten.

Ein immer wachsendes Wohlgefühl überkam ihn. »Ich glaube, ich bin so glücklich, weil ich wieder in der Heimat bin. Wo war ich nicht alles? Aber solche Momente hat man nur daheim.«

Als er sich wieder zurückwandte, vernahm er deutlich, daß draußen auf dem Korridor gesprochen wurde. »Der Herr muß unterschreiben.« Und gleich danach trat der Briefträger ein. Er brachte Karten und Geschäftsanzeigen, der eingeschriebene Brief aber, über dessen Empfang quittiert werden mußte, war der langerwartete von Schwester Klothilde.

»Nun endlich.«

Gordon setzte sich in den Schaukelstuhl am Fenster, um hier con amore zu lesen.

»Mein lieber Roby. Deinen zweiten Brief, in dem Du Dich über mein Schweigen beklagst, erhielt ich gleichzeitig mit dem ersten. Ich fand beide hier vor, als ich vorgestern abend von meinen Weltfahrten nach meinem lieben Liegnitz zurückkehrte. Dein Brief aus Thale war mir selbstverständlich nach Johannesbad und, weil er mich dort nicht mehr traf, nach Partenkirchen hin nachgeschickt worden. An letzterem Orte kam er früher an als wir (*wir* heißt Kramstas und ich), was die Partenkirchner Post veranlaßte, Deinen Brief nach Liegnitz zurückzuschicken. Da hat er zwei Monate lang gelagert. Du siehst, ich bin außer Schuld.

Eine Welt von Dingen habe ich, seitdem Du hier warst, erlebt: die junge Kramsta hat sich mit einem Offizier verlobt, Helene Rothkirch ist Hofdame bei der Prinzessin Alexandrine geworden, und der alte Zedlitz hat sich wieder verheiratet. Und nun erst die jetzt zurückliegende Reise mit ihren hundert Bekanntschaften und Eindrücken! Aber ich werde mich hüten, Dir von Berchtesgaden und dem Watzmann eine lange Beschreibung zu machen, einmal, weil Dir achttausend Fuß nicht viel bedeuten können, und zweitens, weil ich annehme, daß junge Kavaliere, die sich nach einer schönen Angebeteten erkundigen, lieber von dieser Angebeteten als vom Watzmann hören wollen.«

Gordon lachte. »Ganz Klothilde. Und wie recht sie hat.«

»...Also die St. Arnauds. Nun wir kennen sie hier recht gut, oder doch wenigstens die Vorgänge, die seinerzeit viel von sich reden machten. Es war nicht gerade das Beste, wobei Dich das eine trösten mag, daß es, alles in allem, auch nicht das Schlimmste war.

St. Arnaud war Oberstlieutenant in der Garde, brillanter Soldat und unverheiratet, was immer empfiehlt. Man versprach sich etwas von ihm. Es sind jetzt gerade vier Jahre, daß er in Oberschlesien Oberst und Regimentskommandeur wurde. Den Namen der Garnison hab' ich vergessen; übrigens auch ohne jede Bedeutung für das, was kommt. Er nahm Wohnung in dem Hause der verwitweten Frau von Zacha, richtiger, Woronesch von Zacha, in deren bloßem Namen schon, wie Dir nicht entgehen wird, eine ganze slawische Welt harmonisch zusammenklingt. Frau von Zacha war eine berühmte Schönheit gewesen; ihre Tochter Cécile war es *noch*. Jedenfalls fand es der Oberst und verlobte sich mit ihr. Vielleicht auch, daß er sich in dem Nest, das ihm die Residenz ersetzen sollte, bloß langweilte. Gleichviel. Drei Tage nach der Verlobung empfing er einen Brief, worin ihm Oberstlieutenant von Dzialinski, der älteste Stabsoffizier, seitens des Offizierkorps und als Vertreter desselben die Mitteilung machte, daß diese Verlobung nicht wohl angänglich sei. Daraus entstand eine Szene, die mit einem Duell endete. Dzialinski wurde durch die Brust geschossen und starb vor Ablauf von vierundzwanzig Stunden. Das Kriegsgericht verurteilte St. Arnaud zu neun Monaten Festung, wobei, neben seiner früheren Beliebtheit, auch die Tatsache mit in Rechnung gestellt wurde, daß er provoziert worden war. Provoziert, so gerechtfertigt die Haltung Dzialinskis und des gesamten Offizierkorps gewesen sein mochte.«

Gordon legte den Brief aus der Hand und wiederholte: »So gerechtfertigt diese Haltung gewesen sein mochte. Warum? Wodurch? Aber was frag' ich? Klothilde wird mir die Antwort nicht schuldig bleiben.«

Und er las weiter.

»Und hier ist nun die Stelle, mein lieber Robert, wo Herr von St. Arnaud zurück- und Frau von St. Arnaud in den Vordergrund tritt. Was lag vor, daß das Offizierkorps gegen seinen eigenen Obersten Front machen mußte? Cécile war eine Dame von zweifelhaftem oder, um milder und rücksichtsvoller zu sprechen, von eigenartigem Ruf. Als sie kaum siebzehn war, sah sie der alte Fürst von Welfen-Echingen und ernannte sie bald danach, und zwar nach wenig schwierigen Verhandlungen mit Frau von Zacha, zur Vorleserin seiner Gemahlin, der Fürstin. Die Fürstin war an derartige ›Ernennungen‹ gewöhnt, erhob also keinen Widerspruch. So kam Cécile nach Schloß Cyrillenort, lebte sich ein, begleitete das fürstliche Paar auf seinen Reisen, war mit demselben in der Schweiz und Italien, las am Teetisch vor (aber selten) und blieb im Schloß, als die alte Fürstin gestorben war. Nicht sehr viel später schied auch der Fürst selbst aus dieser Zeitlichkeit und hinterließ dem schönen Teefräulein ein oberschlesisches Gut, zugleich mit der Bestimmung, daß es ihr freistehen solle, Schloß Cyrillenort noch ein Jahr lang zu bewohnen. Es lag dem schönen Fräulein aber fern, aus diesem ihr bewilligten ›Witwenjahr‹ irgendwelchen Nutzen ziehen oder sich überhaupt unbequem machen zu wollen, und erst als Prinz Bernhard, der Neffe, zugleich Erbe des verstorbenen Fürsten, auch seinerseits den Wunsch äußerte, »daß sie Schloß Cyrillenort *nicht* verlassen möge«, gab sie diesem Wunsche nach und blieb. Prinz Bernhard kam von Zeit zu Zeit zu Besuch, dann öfter und öfter, und als das ›Trauerjahr‹ um war, zog er von Schloß Beauregard, das er bis dahin bewohnt hatte, nach dem Hauptsitz und Stammschloß der Familie hinüber. Sonst blieb alles beim alten; nichts änderte sich, auch nicht in den Ausflügen und Reisen, die nur weiter gingen und bis Algier und Madeira hin ausgedehnt wurden. Denn wenn der alte Fürst alt gewesen war, so war der junge krank. Er starb schon das Jahr darauf, und man erwartete nunmehr allgemein, daß die schöne Cécile dem von ihr protegierten Kammerherrn von Schluckmann (der, nach Ableben des alten Fürsten, als Hofmarschall in die Dienste des jungen eingetreten war) die Hand zum Bunde, zum Ehebunde reichen würde. Dieser Schritt unterblieb aber, aus Gründen, die nur gemutmaßt werden, und die schöne Frau kehrte jetzt, wie sie's schon unmittelbar nach dem Tode des alten Fürsten beabsichtigt hatte, zu Mutter und Geschwistern zurück, von denen sie sich mit Jubel empfangen sah. Eine verhältnismäßig glänzende Wohnung wurde genommen, und in dieser Wohnung war es, daß St. Arnaud, zwei Jahre später, die still und zurückgezogen lebende Cécile (damals noch katholisch) kennenlernte. Sie soll inzwischen übergetreten sein; einer Euerer beliebtesten Hofprediger wird dabei genannt.

Da hast Du die St. Arnaud-Geschichte, hinsichtlich deren ich Dich nur noch herzlich und inständig bitten möchte, von Deiner durchgängerischen Gewohnheit ausnahmsweise mal ablassen und das Kind nicht gleich mit dem Bade verschütten zu wollen. Als Leslie-Gordon kennst Du natürlich Deinen Schiller und wälzst hoffentlich mit ihm, als ob es sich um Wallenstein in Person handele, die größere Schuldhälfte ›den unglückseligen Gestirnen‹ zu. Wirklich, mein Lieber, an solchen unglückseligen Gestirnen hat es im Leben dieser schönen Frau nicht gefehlt. Ihre frühesten Jugendjahre haben alles an ihr versäumt, und wenn es auch nicht unglückliche Jahre waren (vielleicht im Gegenteil), so waren es doch nicht Jahre, die feste Fundamente legen und Grundsätze befestigen konnten. Eva Lewinski, die, wie Du Dich vielleicht entsinnst, lange bei den Hohenlohes in Oberschlesien war und ihre Kinderjahre mit Cécile verlebt hat, hat mir versprochen, alles aufzuschreiben, was sie von jener Zeit her weiß. Ich schließe diesen Brief erst, wenn ich Evas Zeilen habe... Diesen Augenblick kommen sie. Lebe wohl. Elsy ist in Görlitz bei der Großtante, daher kein Gruß von ihr. In herzlicher Liebe Deine

Klothilde.«

Gordon war in der höchsten Erregung. Einzelnes, was er in der Charlottenburger Villa, gleich nach seinem Eintreffen in Berlin, und dann gestern wieder aus dem Munde des alten Generals gehört hatte, hatte freilich nicht viel Gutes in Sicht gestellt, aber dieser Schlag ging doch über das Erwartete hinaus. Fürstengeliebte, Favoritin in duplo. Erbschaftsstück von Onkel und Neffe! Und dazwischen der Kammerherr – ein Schatten, der sich schließlich gesträubt hatte, sich zum Ehemann zu verdichten.

Er warf den Brief fort und erhob sich, um in hastigen Schritten im Zimmer auf und ab zu gehen. Dann aber trat er an das zweite, bis dahin geschlossene Fenster und riß auch hier beide Flügel auf, denn es war ihm, als ob er ersticken solle.

Der eingelegte Zettel von Eva Lewinski (nur ein halber, eng bekritzelter Briefbogen) war auf den Teppich gefallen. Er nahm ihn jetzt wieder auf und sagte: »Besser alles in einem. Lieber die ganze Dosis auf einmal als tropfenweis. Und wer weiß, vielleicht ist auch etwas von Trost und Linderung darin.«

Und er setzte sich wieder und las.

»An alles andere, meine liebe Klothilde, hätt' ich eher gedacht als daran, daß ich noch einmal in die Lage kommen könnte, von der Familie Zacha zu plaudern. Und zu Dir! Nun, wir waren Nachbarn, und solange der alte Zacha lebte, der übrigens nicht alt war, ein mittlerer Vierziger, ging es hoch her. Er war ein Betriebsdirektor bei den Hohenlohes, verstand nichts und tat nichts (was noch ein Glück war), gab aber die besten Frühstücke. Kavalier, schöner Mann und Anekdotenerzähler, war er allgemein beliebt, freilich noch mehr verschuldet, trotzdem er ein hohes Gehalt hatte. Plötzlich starb er, was man so sterben nennt; die Verlegenheiten waren *zu* groß geworden. Das ›Wie‹ seines Todes wurde vertuscht.

Ich sehe noch die Frau von Zacha, wie sie dem Sarge folgte, tief in Trauer und angestaunt von der gesamten Männerwelt. Denn Frau von Zacha, damals erst dreißig, war noch schöner als Cécile. Diese mochte zwölf sein, als der Vater starb, aber sie wirkte schon wie eine Dame, darauf hielt die Mutter, die wohl von Anfang an ihre Pläne mit ihr hatte. Verwöhntes Kind, aber träumerisch und märchenhaft, so daß jeder, der sie sah, sie für eine Fee in Trauer halten mußte.

Kurz nach dem Tode des Vaters ging es. Die junge Herzogin auf Schloß Rauden, die sich für die schöne Witwe mit ihren drei Kindern interessierte, gab und half. Aber die Wirtschaft war zu toll, und so zog sie zuletzt ihre Hand von den Zachas ab. Alles, was diesen blieb, beschränkte sich auf eine kleine Pension. An Erziehung war nicht zu denken. Frau von Zacha lachte, wenn sie hörte, daß ihre Töchter doch etwas lernen müßten. Sie selbst hatte sich dessen entschlagen und sich trotzdem sehr wohlgefühlt, bis zum Hinscheiden ihres Mannes gewiß und nachher kaum minder. Es stand fest für sie, daß eine junge schöne Dame nur dazu da sei, zu gefallen, und zu diesem Zwecke sei wenig wissen besser als viel. Und so lernten sie nichts.

Oft mußten wir lachen über den Grad von Nichtbildung, worin Mutter und Töchter wetteiferten. Alle Quartal kam ihre Pension. Dann gaben sie Festlichkeiten und schafften neue Rüschen und Bänder an, auch wohl Kleider, aber immer noch Trauerkleider, weil die Mutter wußte, daß ihr Schwarz am besten stände. Vielleicht auch weil sie gehört hatte, daß Königinwitwen die Trauer nie ablegen.

Sie hatte ganz verschrobene Ideen und war abwechselnd unendlich hoch und unendlich niedrig. Sie sprach mit der Herzogin auf einem Gleichheitsfuß, am liebsten aber unterhielt sie sich mit einer alten Waschfrau, die in unserem Hause wohnte. War dann das Geld vertan, was keine Woche dauerte, so hatten sie zwölf Wochen lang nichts. Es wurde dann geborgt oder von Obst aus dem Garten gelebt, und wenn auch das nicht da war, so gab es ›Pilzchen‹. Aber glaube nur nicht, daß ›Pilzchen‹ wirklich Pilze gewesen wären. Pilzchen waren große Rosinen, in welche von unten her halbe Mandelstücke gesteckt wurden. Das war mühevoll genug, und mit Anfertigung davon verbrachte Frau von Zacha den ganzen Vormittag, um die Götterspeise dann mittags auf den Tisch zu bringen. Inmitten des Schüsselchens aber lag, um auch das nicht zu verschweigen, eine besonders große Rosine, die nicht nur den ihr zuständigen Mandelfuß hatte, sondern auch noch von zwei horizontal liegenden und ebenfalls aus Mandelkern geschnittenen Speilerchen kreuzartig durchstochen war. An den vier Spitzen dieser Speilerchen saßen dann ebensoviele kleine Korinthen und stellten das morceau de résistance her, das in der Sprache der Zachas ›le Roi Champignon‹ hieß. Eine Bezeichnung, von der die Leute sagten, daß sich sowohl der Witz wie das damalige Französisch der Familie darin erschöpft habe.

Dies, meine liebe Klothilde, sind meine persönlichen Erlebnisse, Kindererlebnisse. Was dann weiter kam, weißt Du besser als ich. Wie immer Deine

Eva L.«

Gordon hielt den Zettel in der Hand und zitterte. Dann aber war es mit eins, als ob er seine Ruhe wiedergefunden habe. »Ja, das entwaffnet! Großgezogen ohne Vorbild und ohne Schule und nichts gelernt, als sich im Spiegel zu sehen und eine Schleife zu stecken. Und nie zu Haus, wenn eine Rechnung erschien. Und doch tagaus und tagein am Fenster und in beständiger Erwartung des Prinzen, der vorfahren würde, um Kathinka zu holen oder vielleicht auch Lysinka, trotzdem beide noch Kinder waren. Aber was tut das? Prinzen sind fürs Extreme. Vielleicht nimmt er auch die Mutter. Alles gleich, wenn er nur überhaupt kommt und überhaupt wen nimmt. Sie gönnen sich's untereinander. Er ist ja generös, und dann können sie weiterspielen. Ja, spielen, spielen; das ist die Hauptsache. Nur kein Ernst, nicht einmal im Essen. Ach, wer schön ist und immer in Trauer geht und ›Pilzchen‹ ißt, der ist für die Fürstengeliebte wie geschaffen. Arme Cécile! Sie hat sich dies Leben nicht ausgesucht, sie war darin geboren, sie kannt' es nicht anders, und als der Langerwartete kam, nach dem man vielleicht schon bei Lebzeiten des Vaters ausgeschaut hatte, da hat sie nicht nein gesagt. Woher sollte sie dies ›Nein‹ auch nehmen? Ich wette, sie hat nicht einmal an die Möglichkeit gedacht, daß man auch ›nein‹ sagen könne; die Mutter hätte sie für närrisch gehalten und sie sich selber auch.«

Er drehte den Zettel noch immer zwischen den Fingern,

zupfte daran und knipste gegen Rand und Ecken, alles, ohne zu wissen, was er tat. Endlich erhob er sich und sah auf die Baumwipfel hinüber, die jetzt in vollem Morgenlichte lagen.

»Die Nebel drüben sind fort, aber *ich* stecke darin, tiefer, als ob ich auf dem Watzmann wär'. Und ist man erst im Nebel, so ist man auch schon halb in der Irre. Que faire? Soll ich den Entrüsteten spielen oder ihr sagen: ›Bitte, meine Gnädigste, schicken Sie den Hofprediger fort, *ich* bin gekommen, um Ihre Beichte zu hören.‹ Und dann zum Schluß: ›Ei, ei, meine Tochter.‹ Oder soll ich ihr von Bußübungen sprechen? Oder von den Zehn Geboten? Oder vom höheren sittlichen Standpunkt? Oder gar von der verletzten Weiblichkeit? Ich habe nicht Lust, mich unsterblich zu blamieren und Zeuge zu sein, daß sie lächelt und klingelt und ihrer Zofe zuruft: ›Bitte, leuchten Sie dem Herrn.‹«

Er trat, als er so sprach, vom Fenster an die Spiegelkonsole, wo, neben Uhr und Notizbuch, auch sein Zigarrenetui lag. »Ich werde mir eine Gleichmuts-Havanna anzünden und die eine Wolke mit der andern vertreiben. Similia similibus. Colonel Taylor pflegte zu sagen, ›alle Weisheit stecke im Tabak‹. Und ich glaube fast, er hatte recht. Ich werde meine Besuche bei den St. Arnauds ruhig fortsetzen und mir gar keinen Plan machen, sondern alles dem Augenblicke überlassen. Ich glaube wirklich, das ist das beste: sie freundlich ansehen und mit ihr plaudern wie zuvor, als wüßt' ich nichts und als wäre nichts vorgefallen... Und am Ende, was ist denn auch vorgefallen? Was kümmert mich Serenissimus und sein Teefräulein? Oder Serenissimus II.? Oder gar der Kammerherr und Hofmarschall? Ach, wenn ich jetzt an Jagdschloß Todtenrode zurückdenke... Deshalb schrak sie zusammen und wandte sich ab, als wir in die gespenstischen Fenster guckten. Und schon vorher, in Quedlinburg, als ich über die Schönheitsgalerien und die Gräfin Aurora so tapfer perorierte, schon *damals* war es dasselbe. Nun klärt sich alles . . . Arme, schöne Frau!«

Er wollte nichts tun, in seinem Benehmen nichts ändern, und doch ließ er drei Tage vergehen, ohne bei den St. Arnauds vorzusprechen.

Endlich, den vierten Tag, nahm er sich ein Herz.

Es war inzwischen herbstlich und windig geworden, und die Blätter tanzten vor ihm her, als er über den Hafenplatz ging. Er warf einen Blick hinauf und sah, daß überall, ganz wie damals bei seinem ersten vergeblichen Besuche, die Holzjalousien herabgelassen waren. Nur in St. Arnauds Zimmer standen die Fensterflügel weit auf, und die Gardinen wehten im Winde.

»Wieder im Tattersall oder im Klub. Nie zu Haus. Es scheint wirklich, daß er sie manchen Tag keine Stunde sieht, und Rosa mag recht mit ihrer Mutmaßung haben, daß seine Liebe, wenn überhaupt vorhanden, von ganz eigner Art sei. Jedenfalls wird sie dieser Art nicht froh, soviel steht fest, soviel seh' ich. Und beinahe, wenn ich zurückdenke, hab' ich ihr eigen Geständnis davon. Und kann es anders sein? Die Liebe lebt nicht von totgeschossenen Dzialinskis, vielleicht gerade davon am wenigsten, sie lebt von liebenswürdigen Kleinigkeiten, und wer sich eines Frauenherzens dauernd versichern will, der muß immer neu darum werben, der muß die Reihe der Aufmerksamkeiten allstündlich wie einen Rosenkranz abbeten. Und ist er fertig damit, so muß er von neuem anfangen. Immer da sein, immer sich betätigen, darauf kommt es an. Alles andere bedeutet nichts. Ein Armband zum Geburtstag, und wenn es ein Kohinur wäre, oder ein Nerz- oder Zobelpelz zu Weihnachten, das ist zu wenig für dreihundertfünfundsechzig Tage. Wozu läßt der Himmel so viel Blumen blühen? Wozu gibt es Radbouquets von Veilchen und Rosen? Wozu lebt Felix und Sarotti? So denkt jede junge Frau, wobei mir zu meinem Schrecken einfällt, daß ich *auch* ohne Bouquet und ohne Bonbonnière bin. Also nicht besser als St. Arnaud. Und *er* ist doch bloß ein Ehemann.«

Unter solchem Selbstgespräche war er bis an das Haus gekommen, dessen Tür sich im selben Augenblick öffnete, wie wenn sein Erscheinen von der Portierloge her bereits bemerkt worden wäre. Wirklich, ein kleines Mädchen sah neugierig durch das Guckfenster und schien auf seinen Gruß zu warten. Er nickte denn auch und stieg die Treppe hinauf.

Gleich auf dem ersten Absatz traf er den von Cécile kommenden Geheimrat: »Ah, Herr von Gordon«, grüßte dieser. »Les beaux esprits se rencontrent. Die Gnädigste fühlt sich unwohl; leider, oder auch nicht leider; je nachdem, wie man's nehmen will. Sie wissen, es ist ihr ewig Weh und Ach...«

Und er lachte, während er unter nochmaliger legerer Hutlüftung an Gordon vorüberging.

Dieser war von der Begegnung aufs unangenehmste berührt, und um so unangenehmer, als ihm an dem Dinertage nicht entgangen war, daß Cécile viel Entgegenkommen für ihren geheimrätlichen Tischnachbar gehabt hatte. Sein frivoler Witz machte sie lachen, und was seine kaum die nötigsten Schranken innehaltende Dreistigkeit anging, von der Rosa gesprochen hatte, so hatte Gordon gerade lange genug gelebt, um zu wissen, daß die Dreisten die Vorhand haben.

Und nun war er die Treppe hinauf und zog die Klingel.

»Die gnädige Frau wird sehr erfreut sein«, empfing ihn die Jungfer und meldete: »Herr von Gordon.«

»Ah, sehr willkommen.«

Cécile war wirklich leidend, hatte den Lieblingsplatz auf dem Balkon aber nicht aufgegeben. Die kleine Bank mit den zwei Kissen war fortgeräumt, und statt ihrer stand eine Chaiselongue da, darauf die Kranke ruhte, den Oberkörper mit einem Schal, die Füße mit einer Reisedecke zugedeckt, in die das Wappen der St. Arnauds oder vielleicht auch das der Woronesch von Zacha eingestickt war. Auf einem Tischchen daneben stand ein phiolenartiges Fläschchen samt Wasser und Zuckerschale.

Gordon, als er sie so sah, war tiefbewegt, vergaß alles und wollte Worte der Teilnahme sprechen. Sie ließ es aber nicht zu, nahm vielmehr ihrerseits das Wort und sagte, während sie sich mit Anstrengung an dem Rückenkissen höher hinaufrückte: »So spät erst. Ich habe Sie früher erwartet, Herr von Gordon... Hat unser kleines Diner so wenig Gnade vor Ihren

Augen gefunden? Aber setzen Sie sich. Dort unten steht noch ein Stuhl. Werfen Sie das Tuch beiseit; oder nein, geben Sie's her, ich will es noch über den Schal decken. Denn offen gestanden, mich friert.«

»Und doch haben Sie sich hier ins Freie gebettet, als ob wir Juli statt Oktober hätten.«

»Ja, der Geheimrat, der eben hier war, war derselben Meinung und tadelte mich, ja, drang in dem ihm eigenen Tone darauf, mich persönlich umbetten zu wollen.«

»Ein Ton, den ich höre. C'est le ton, qui fait la musique.«

»Freilich. Und bei niemandem mehr als bei dem Geheimrat. Und doch amüsiert er mich; ich gestehe es, wenn auch vielleicht wenig zu meinem Ruhme. Man hört so viel Langweiliges, und er ist immer so pikant. Aber warum ich hier in dieser Oktoberfrische liege, das macht, daß ich einfach keine Wahl habe. Denn laß ich mich in die Vorderzimmer bringen, so hab' ich, so hoch sie sind, keine Luft, und so kommt es denn, daß ich das Frösteln und schlimmstenfalls selbst ein Erkältungsfieber vorziehe. Von zwei Übeln wähle das kleinere. Nun aber fort mit dem ganzen Thema. Nichts ist langweiliger als Krankheitsgeschichten, wenn nicht zwei zusammenkommen, die sich untereinander überbieten. Und zu diesem Rettungsmittel werden Sie nicht greifen wollen. Erzählen Sie mir also lieber von Rosa. Wissen Sie, daß ich schon eifersüchtig war. Immer sprachen Sie leise miteinander, wie wenn Sie Geheimnisse hätten, und als der alte General seinen letzten Trumpf ausspielte, gab es ein verständnisvolles Händedrükken. Oh, mir ist nichts entgangen. Und dann zuletzt noch das Chaperonnieren bis an die Pferdebahn. Nun, das klingt freilich ebenso harmlos wie nah, ist aber doch schließlich ein ziemlich weiter Begriff und reicht, wenn es sein muß, bis an das Engelufer. Beiläufig, wie kann man am Engelufer wohnen, eine Künstlerin und eine Dame.«

»Ach, Sie haben leicht spotten, meine gnädigste Frau. Wissen Sie doch am besten, wie's liegt. Rosa! Mit Rosa könnte man um den Äquator fahren, und man landete genauso, wie man eingestiegen. Ich habe sie bis an ihre Wohnung geführt, und wir haben eine Welt besprochen und bewitzelt. Und doch, wenn ich, statt ihrer selbst, eines ihrer Bilder unterm Arm gehabt hätte, so wär' es dasselbe gewesen. Um es kurz zu sagen, ihr Charmantsein ist ohne Charme, und ich kenne Frauen, deren zustimmendes Schweigen mir mehr bedeutet als Rosas witzigstes Wort.«

Cécile lächelte und verschmähte es, sich das Ansehen zu geben, als ob sie Sinn und Ziel seiner Worte nicht verstanden habe. Zugleich aber schüttelte sie den Kopf und sagte: »Sie werden besser tun, mir von meinen Tropfen zu geben. Da, das Fläschchen. Es ist ohnehin schon über die Zeit. Aber zählen Sie richtig und bedenken Sie, welch ein kostbares Leben auf dem Spiele steht. Es ist Digitalis, Fingerhut. Entsinnen Sie sich noch der Stunden, als wir von Thale nach Altenbrak hinüberritten? Da stand es in roten Büscheln um uns her, kurz vor dem Birkenweg, wo sich die Turner gelagert hatten und dann aufsprangen und vor uns präsentierten.«

»Vor *Ihnen,* Cécile...«

»Ja«, fuhr diese fort, ohne der Unterbrechung zu achten, »damals glaubte ich nicht, daß der Fingerhut für mich blüht. Seit gestern aber ist mir auch noch eine Herzkrankheit in aller Form und Feierlichkeit zudiktiert worden, als ob ich des Elends nicht schon genug hätte. Fünf Tropfen, bitte; nicht mehr. Und nun etwas Wasser.«

Gordon gab ihr das Glas.

»Es schmeckt nicht viel besser als der Tod... Nun aber setzen Sie sich wieder und erzählen Sie mir von Ihrer eigentlichen Tischnachbarin. Interessante Frau, die Baronin. Nicht wahr? Und so distinguiert!«

»Jedenfalls mehr dezidiert als distinguiert. Den Zweifel, diesen Ursprung oder Sprößling aller Bescheidenheit, haben die Götter beispielsweise nicht in ihre Brust gelegt; dafür aber den Haß, wenigstens den redensartlichen. Gott, was haßte diese Frau nicht alles! Und dazu welch ein Appetit! Und jedes dritte Gericht ihr ›Leibgericht‹; pardon, sie brauchte wirklich diesen Ausdruck. Ach, Cécile, wie kommen Sie zu diesem Mannweib, zu solcher Amazone, *Sie,* die Sie ganz Weiblichkeit sind und...«

»Und Schwäche. Sprechen Sie's nur aus. Und nun elend und krank dazu!«

»Nein, nein«, fuhr Gordon in immer wärmer und leidenschaftlicher werdendem Tone fort. »Nein, nein; nicht krank. Sie dürfen nicht krank sein. Und diese dummen Tropfen; weg damit samt der ganzen Doktorensippe. Das brüstet sich mit Ergründung von Leib und Seele, schafft immer neue Wissenschaften, in denen man sich vor ›Psyche‹ nicht retten kann, und kennt nicht mal das Abc der Seele. Verkennung und Irrtum, wohin ich sehe. Ach, meine teure Cécile, Sie haben sich hier in bittere Kälte gebettet, um freier atmen zu können. Aber was Ihnen fehlt, das ist nicht Luft, das ist Licht, Freiheit, Freude. Sie sind eingeschnürt und eingezwängt, *des*halb wird Ihnen das Atmen schwer, *des*halb tut Ihnen das Herz weh, und dies eingezwängte Herz, das heilen Sie nicht mit totem Fingerhutkraut. Sie müßten es wieder blühen sehen, rot und lebendig wie damals, als wir über die Felsen ritten und der helle Sonnenschein um uns her lag. Und dann abends das Mondlicht, das auf das einsame Denkmal am Wege fiel. Unvergeßlicher Tag und unvergeßliche Stunde.«

Sie sog jedes Wort begierig ein, aber in ihrem Auge, darin es von Glück und Freude leuchtete, lag doch zugleich auch ein Ausdruck ängstlicher Sorge. Denn ihr Herz und ihr Wille befehdeten einander, und je gewissenhafter und ehrlicher das war, was sie wollte, je mehr erschrak sie vor allem, was diesen ihren Willen wieder ins Schwanken bringen konnte. Sie hatte sich gegen sich selbst zu verteidigen, und so sagte sie denn: »Oh, nicht so, lieber Freund. Sehen Sie die roten Flecke hier? Ich fühle wenigstens, wie sie brennen. Glauben Sie mir, ich bin wirklich krank. Aber, wenn ich auch gesund wäre, Sie dürfen diese Sprache nicht führen. Um meinetwegen nicht und auch um *Ihret*wegen nicht.«

Es war ersichtlich, daß er diese Worte nicht recht zu deuten verstand, und so wiederholte sie denn: »Ja, auch um Ihretwegen nicht. Denn diese Sprache, soviel sie bedeuten will, ist doch nur Alltagssprache, Sprache, darin ich jeden Ton und jede kleinste Nuance kenne. *Das* wenigstens hab' ich gelernt, *darin* wenigstens hab' ich eine Schule gehabt. So spricht herkömmlich ein Mann von Welt zu einer Frau von Welt, und es fehlen nur noch die Herabsetzungen und Verkleinerungen, ich sage nicht, wessen, und die versteckten Anklagen, ich sage nicht, gegen wen, um das Herkömmliche dieser Sprache vollkommen zu machen. Ein Glück für mich, daß Ihr Taktgefühl mich vor diesem Äußersten wenigstens zu bewahren wußte.«

Sie schob, als sie so sprach, sich abermals aufrichtend, den Schal zurück und setzte dann in wieder freundlicher werdendem Tone hinzu: »Nein, Herr von Gordon, nicht so. Bleiben Sie mir, was Sie waren. Ich finde Sie so verändert und frage vergebens nach der Ursache. Aber was es auch sein möge, machen Sie mir mein Leben leicht, anstatt es mir schwer zu machen, stehen Sie mir bei, helfen Sie mir in allem, was ich soll und muß, und täuschen Sie nicht das Vertrauen oder, wozu soll ich es verschweigen, das herzliche Gefühl, das ich Ihnen von Anfang an entgegenbrachte.«

Gordon schien antworten zu wollen, aber sie wies nur auf die Karaffe, zum Zeichen, daß sie zu trinken wünsche, trank auch wirklich und fuhr dann aufatmend fort: »Es drückt mich mancherlei. Sie haben gesehen, wie wir leben; es ist so viel Spott um mich her, Spott, den ich nicht mag und den ich oft nicht einmal verstehe. Denn die großen Fragen interessieren mich nicht, und ich nehme das Leben, auch jetzt noch, am liebsten als ein Bilderbuch, um darin zu blättern. Über Land fahren und an einer Waldecke sitzen, zusehen, wie das Korn geschnitten wird und die Kinder die Mohnblumen pflücken, oder auch wohl selber hingehen und einen Kranz flechten und dabei mit kleinen Leuten von kleinen Dingen reden, einer Geiß, die verlorenging, oder von einem Sohn, der wiederkam, *das* ist meine Welt, und ich bin glücklich gewesen, solang ich darin leben konnte. Dann, ich war noch ein halbes Kind, wurd' ich aus dieser Welt herausgerissen, um in die große Welt gestellt zu werden, und ich habe mich, solang es galt, auch *ihrer* Freuden gefreut und an ihren Torheiten und Verirrungen teilgenommen. Aber jetzt, jetzt sehne ich mich wieder zurück, ich will nicht sagen, in ›kleine Verhältnisse‹, *die* würd' ich nicht ertragen können – aber doch zurück nach Stille, nach Idyll und Frieden und, gönnen Sie mir, es auszusprechen, auch nach Unschuld. Ich habe Schuld genug gesehen. Und wenn ich auch durch all mein Leben hin in Eitelkeit befangen geblieben bin und der Huldigungen nicht entbehren kann, die meiner Eitelkeit Nahrung geben, so will ich doch, ja, Freund, ich *will* es, daß diesen Huldigungen eine bestimmte Grenze gegeben werde. Das habe ich geschworen, fragen Sie nicht, wann und bei welcher Gelegenheit, und ich will diesen Schwur halten, und wenn ich darüber sterben sollte. Forschen Sie nicht weiter. Es ist hier mehr Tragödie zu Haus, als Sie wissen. Und nun verlassen Sie mich, ich bitte Sie. Der Arzt kann jeden Augenblick kommen, und ich möchte nicht, daß mein Puls ihm verriete, wie sehr ich seine Vorschriften mißachtet habe.«

VIERUNDZWANZIGSTES KAPITEL

In großer Bewegung hatte Gordon Cécile verlassen, und erst auf dem Heimwege kam er wieder zur Besinnung und überdachte sein Benehmen. Er hatte sich wirklich dem Augenblick überlassen und war, als er sie krank und schmerzlich resigniert sah, nur voll herzlicher Teilnahme gewesen. Aber dies Gefühl reiner Teilnahme hatte nicht angedauert. Aller Krankheit und Resignation unerachtet, oder vielleicht auch gesteigert dadurch, war etwas Bestrickendes um sie her gewesen, und diesem Zauber aufs neue hingegeben, war er schließlich doch in eine Sprache verfallen, die zu mäßigen oder gar schweigen zu heißen er nach dem Inhalt von Klothildens Briefe nicht mehr für geboten gehalten hatte. Worte waren gesprochen, Andeutungen gemacht worden, die vor einer Woche noch unmöglich gewesen wären. »Ja«, schloß er seine rückblickende Betrachtung, »*so* war es, *so* verlief es. Und dann antwortete sie so dringend wie nie zuvor und zugleich so demütig wie immer.«

Unter solchem Selbstgespräche war er bis an das Tiergarten-Hotel und gleich danach bis in die unmittelbare Nähe der Lennéstraße gekommen. Aber zu Hause, zwischen Alltagsmöbeln und bei nichts Besserem als zwei Schweizerlandschaften in Öldruck, die schon unter gewöhnlichen Verhältnissen eine Qual für ihn waren, sich einzupferchen, widerstand ihm heute doppelt, und so ging er an seiner Wohnung vorüber und auf eine

Bank zu, die, trotzdem die Oktobersonne einladend darauf schien, unbesetzt war.

Er lehnte sich, den Arm aufstützend, in eine der Ecken und sann und rechnete, bis allmählich eine Bilderreihe, darin es auch an grotesken Gestalten nicht fehlte, die Reihe seiner Gedanken ablöste. Vorauf erschien die schöne Frau von Zacha, ganz in Krepp mit großen schwarzen Jettperlen dreimal um Brust und Hals und an den Perlen ein Kruzifix bis auf den Gürtel. Und dann sah er Cécile, wie sie die Straße hinaufsah. Und dann kamen die, auf die sie wartete: erst ein Alter in Jagdjoppe, rüstig und jovial und mit grauem Backenbart, englisch gestutzt und geschnitten, und dann ein Junger in Reisekostüm, fein und durchsichtig und hüstelnd, und dann ein Dritter in Uniform, mit hohen Schultern und Gold am Kragen. Und er mußte lachen und sagte: »Marinelli. Ja, Kleinerfürsten-Hofmarschall ... Und in *der* Welt hat sie gelebt. Traurig genug. Aber was beweist es? Soll ich daraus herleiten, daß sie mir eine Komödie vorgespielt und daß alles nichts gewesen sei wie der Jargon einer schönen Frau, die sich unbefriedigt fühlt und die langen öden Stunden ihres Daseins mit einer Liebesintrigue kürzen möchte? Nein. Wenn dies Lug und Trug ist, dann ist alles Lüge, dann bin ich entweder unfähig, wahr von unwahr zu unterscheiden, oder die Kunst der Verstellung hat in den sieben Jahren meiner Abwesenheit wahre Riesenfortschritte gemacht, solche, daß ich mit meiner schwachen Erkenntnis nicht mehr folgen kann.«

Er wollte sich losmachen von diesen und ähnlichen Betrachtungen, aber es brodelte weiter in seiner Seele. »Die Welt ist eine Welt der Gegensätze, draußen und drinnen, und wohin das Auge fällt, überall Licht und Schatten. Die dankbarsten Menschen überschlagen sich plötzlich in Undank, und die Frommen, mit dem seligen Hiob an der Spitze, murren wider Gott und seine Gebote. Was hat nicht alles Platz in einem Menschenherzen? Alles verträgt sich, man rückt mit Gut und Bös ein bißchen zusammen, und wer heute sittlich ist und morgen frivol, kann heute gerade so ehrlich sein wie morgen. Klothilde hatte recht, als sie mich ermahnte, das Kind nicht mit dem Bade zu verschütten. Und was sagte Rosa: ›Die arme Frau.‹ Sie muß also doch Züge herausgefunden haben, die Teilnahme verdienen. Und das sagt viel. Denn die Weiber sind untereinander am strengsten, und wo sie pardonieren, da muß Grund für Gnade sein.«

In diesem Augenblicke kam eine Spreewaldsamme mit einem Kinderwagen und nahm neben ihm Platz. Er sah nach ihr hin, aber die gewulsteten Hüften samt dem Ausdruck von Stupidität und Sinnlichkeit waren ihm in der Stimmung, in der er sich befand, geradezu widerwärtig, und so stand er – übrigens zu sichtlicher Verwunderung seiner Bankgenossin – rasch auf, um weiter in die Parkanlagen hineinzugehen.

Als er nach einer Stunde müd und abgespannt nach Hause kam, übergab ihm der Portier einen Brief und ein Telegramm. Der Brief war von Cécile, soviel sah er an der Aufschrift, und die Frage, woher die Depesche komme, war ihm deshalb, momentan wenigstens, gleichgültig. Er stieg hastig in seine Wohnung hinauf, um zu lesen, oben aber überkam ihn eine Furcht. Endlich erbrach er den Brief. Er lautete: »Lieber Freund. Es geht nicht so weiter. Seit dem Tage, wo wir das kleine Diner hatten, sind Sie verändert, verändert in Ihrem Tone gegen mich. Ich sprach es Ihnen schon aus und wiederhole, daß ich darauf verzichte, nach dem Grunde zu forschen. Aber was der Grund auch sei, fragen Sie sich, ob Sie den Willen und die Kraft haben, sich zu dem Tone zurückzufinden, den Sie früher anschlugen und der mich so glücklich machte. Prüfen Sie sich, und wenn Sie antworten müssen ›nein‹, dann lassen Sie das Gespräch, das wir eben geführt haben, das letzte gewesen sein. Es gilt Ihr und mein Glück. Die zitternde Handschrift wird Ihnen sagen, wie mir ums Herz ist, das in allen Stücken nicht will, wie's soll. Aber ich beschwöre Sie: Trennung, oder das Schlimmere bricht herein. Über kurz oder lang würde Sie der Beruf, den Sie gewählt, doch wieder in die Welt hinausgeführt haben – greifen Sie dem vor. Ich vergesse Sie nicht. Wie könnt' ich auch! Immer die Ihrige Cécile.«

Er war bewegt, am bewegtesten durch das rückhaltlose Geständnis ihrer Neigung. Aber er ersah eben daraus auch den ganzen Ernst dessen, was sie nebenher noch schrieb, sie hätte sich sonst zu solchem Geständnisse nicht hinreißen lassen.

»Ob ich den Willen und die Kraft habe, fragt sie. Nun, den Willen, ja. Aber nicht die Kraft. Vielleicht, weil auch der Wille nicht *der* ist, der er sein sollte. Woher sollt' ich ihn auch nehmen? Ich kann hier nicht leben und an ihrem Hause Tag um Tag gleichgiltig vorübergehen, als wüßt' ich nicht, wer hinter den herabgelassenen Rouleaux seine Tage vertrauert. Und so hab' ich denn *beides* nicht, nicht die Kraft und nicht den Willen.«

Als er so sprach, überflog er noch einmal die letzten Zeilen und griff dann erst nach dem Telegramm. Es kam aus Bremen und enthielt die kurze Weisung, herüberzukommen, weil sich dem Unternehmen seitens der dänischen Regierung neue Schwierigkeiten in den Weg gestellt hätten.

»Ohne den Brief wäre mir das Telegramm ein Greuel gewesen, jetzt ist es mir ein Fingerzeig, wie damals der Befehl, der mich aus Thale wegrief. Nur daß die Situation von heute pressanter und das Glück im Unglück ersichtlicher ist. Es bleibt ewig wahr, man soll nicht mit dem Feuer spielen. Trivialer Satz. Aber die trivialsten Sätze sind immer die wahrsten. Und so denn also Rückzug! Er wird mir leichter, als ich's vor einer Stunde noch gedacht hätte, denn alles, was gut und verständig in mir ist, stimmt mit ein und kommt mir zu Hülfe. Sich düpieren lassen oder Spielzeug einer Weiberlaune zu sein, widersteht mir. Aber hier ist nichts von dem allen, nicht Düpierung, nicht Weiberlaune, nicht Spiel. Arme Cécile. Dir ist die höhere Moral nicht an der Wiege gesungen worden, und Oberschlesien mit Adelsanspruch und Adelsarmut war keine Schule dafür. Nur zu wahr. Aber es war ein guter Fond in ihr, ein ästhetisches Element, etwas angeboren Feinfühliges, das sie gelehrt hat, Echt von Unecht und Recht von Unrecht zu unterscheiden. Etwas aus der Zeit, wo die ›Pilzchen‹ mit dem Roi Champignon auf dem Tisch standen, ist ihr freilich geblieben und wird ihr bleiben, aber sie will aus dem alten Menschen heraus, aufrichtig und ehrlich, und sie daran hindern zu wollen, wäre niedrig und geradezu schlecht. Also weg, fort! Leben heißt Hoffnungen begraben.«

Er sprach es in gutem Glauben vor sich hin. Aber plötzlich besann er sich und lächelte: »Hoffnungen – ideales Wort, das für meine Wünsche, wie sie nun mal sind oder doch waren, nicht recht passen will. Aber müssen denn Hoffnungen immer ideal sein, immer weiß wie die Lilien auf dem Felde? Nein, sie können auch Farbe haben, rot wie der Fingerhut, der oben auf den Bergen stand. Aber weiß oder rot, weg, weg!«

Und er klingelte nach der Wirtin und gab Ordres für seine Abreise.

FÜNFUNDZWANZIGSTES KAPITEL

Den andern Morgen war er in Bremen und nahm Wohnung in Hillmanns Hotel, einem entzückenden Gasthause, das er schon aus früheren Aufenthalten kannte. Die Fenster in seinem Zimmer standen auf, und er sah abwechselnd über die die Vorstadt von der Altstadt trennende Esplanade hin in die buntbelebte Sögestraße hinein und dann wieder unmittelbar auf eine neben der ganzen Hotelfront hinlaufende, mit Kies bestreute Rampe, darauf die Gäste saßen und eben ihren Frühkaffee nahmen. Denn es war noch milde Luft, und die mächtigen Bäume des benachbarten Wallgangs bildeten einen Schirm, der die ganze Rampe zu einer windgeschützten Stelle machte. Hier wollt' er auch sitzen, und als er sich umgekleidet hatte, stieg er treppab und nahm an einem der Tische Platz. Das Treiben, das vorüberwogte: Rollwagen, die nach dem Hafen fuhren, Mägde, die zu Markt, und Kinder, die zur Schule gingen, alles tat ihm wohl und gab ihm ein stilles Behagen wieder, das er seit dem Tage, wo Klothildens Brief eintraf, nicht mehr gekannt hatte. Dabei sah er Cécile beständig vor sich, die, wie ein hinschwindendes Nebelbild, ihn aus weiter Ferne her zu grüßen und doch zugleich auch abzuwehren schien. Das war die rechte Stimmung, und er ließ sich Papier und Schreibzeug bringen und schrieb:

»Hochverehrte gnädigste Frau, liebe, teure Freundin. Als ich gestern nachmittag Ihre Zeilen empfing, empfing ich auch ein Telegramm, das mich hierher berief. Es hätte mich noch vierundzwanzig Stunden vorher unglücklich gemacht, jetzt war es mir willkommen und half mir, wie schon einmal, über Schwanken und Kämpfe fort.

Ich soll mich zurückfinden in den Ton unserer glücklichen Tage, so schrieben Sie mir gestern. Mit Ihnen am selben Orte, dieselbe Luft atmend, würd' ich es *nie* gekonnt haben; aber in dieser Trennung werd' ich es können oder es lernen, weil ich es lernen muß. Es ist noch früh am Tag, und ich habe noch niemand aus dem Kreise meiner Auftraggeber gesprochen, aber wenn sich mir erfüllt, was ich von Herzen wünsche, so brechen alle Verhandlungen ab, die mich an diese Küste fesseln, und an ihre Stelle treten wieder Missionen, die mich aufs neue weit in die Welt und in die Fremde hinausführen. Denn in der Fremde nehmen wir, zurückblickend, das Bild für die Wirklichkeit, und die Sehnsucht, die sonst uns quälen würde, wird unser Glück. Über lang oder kurz hoff' ich wieder über die Schneepässe des Himalaja zu gehen, überall aber, und je höher hinauf, desto mehr werd' ich der zurückliegenden schönen Tage gedenken, an Quedlinburg und Altenbrak und das Denkmal auf der Klippe... Träume nur und Visionen, aber man nimmt seinen Trost, wie und wo man ihn findet. Liebe, teure Freundin, Ihr innigst ergebener Leslie-Gordon.«

Gordon sah einer Antwort entgegen, aber sie kam nicht, was ihn anfangs halb beunruhigte, halb verstimmte. Die geschäftlichen Verhandlungen indes, die den Oktober über andauerten und ihn zu Vermessungen und sonstigen Feststellungen erst nach Schleswig und dann hoch hinauf bis an den Limfjord führten, ließen eine Kopfhängerei nicht aufkommen. Erinnerungen erfüllten sein Herz, aber jedes leidenschaftliche Gefühl schien begraben, und er freute sich der Wendung, die diese Lebensbegegnung, deren Gefahren er wohl einsah, schließlich genommen hatte.

So war seine Stimmung, als er ganz unerwartet die Weisung erhielt, abermals nach Berlin zurückzukehren. Er erschrak fast, aber die Verhältnisse gestatteten ihm keine Wahl, und an einem grauen Novembernachmittage, dessen Nebel sich in dem Augenblicke, wo der Zug hielt, zu einem Landregen verdichtete, traf er in Berlin ein und stieg in dem ›Hôtel du Parc‹ ab, in demselben Hotel also, darin er während seines Septemberaufenthaltes täglich verkehrte und seinen Mittagstisch genommen hatte.

Das Zimmer, das ihm angewiesen wurde, lag eine Treppe hoch, nach der Bellevuestraße hinaus und hatte den Blick auf das von Bäumen umstellte Podium, auf dem er ehedem, wenn er vom Hafenplatze kam, manch glückliche Stunde verplaudert hatte. Das lag nun zurück, und auch die Szenerie war nicht mehr dieselbe. Die Kastanienbäume, die damals, wenn auch schon angegelbt, noch in vollem Laube gestanden hatten, zeigten jetzt ein kahles Gezweig, und vom Dach her, just an der Stelle, wo man den ganzen sommerlichen Tisch- und Stühlevorrat übereinandergetürmt hatte, fiel der Regen in ganzen Kaskaden auf das Podium nieder.

Gordon überkam ein Frösteln.

»Hoffentlich ist das nicht die Signatur meiner Berliner Tage. Das würde wenig versprechen. Aber am Ende, was kann man von einem Novembernachmittag erwarten! ›Some days *must* be dark and dreary‹ – ich weiß nicht, sagt es Tennyson oder Longfellow, jedenfalls einer von beiden, und wenn etliche Tage ›dunkel und traurig‹ sein *müssen*, nun denn, warum nicht dieser? Ein Feuer im Ofen und eine Tasse Kaffee werden übrigens die Situation um ein erhebliches verbessern.«

Er zog die Klingel, gab seine Ordres und tat einige Fragen an den Kellner.

»Was gibt es im Theater?«

»Störenfried.«

»Etwas antik. Und im Opernhause?«

»Tannhäuser.«

»Haben Sie Billets?«

»Ja, Parquet und ersten Rang. Niemann singt und die Voggenhuber.«

»Gut. Erster Rang. Deponieren Sie's beim Portier.«

Kurz vor sieben hielt die Droschke vor dem Opernhause, und der allezeit bereitstehende Wagenschlagöffner sagte mit der ihm eigenen und bei Glatteis und trockenem Wetter immer gleichklingenden Fürsorge: »Nehmen Sie sich in acht.«

Gordon freute sich des voll und glänzend besetzten Hauses und ließ von seinem Umschauhalten erst ab, als der Taktstock sich erhob und die Ouvertüre begann. Er kannte jeden Ton und folgte mit Verständnis und Freudigkeit, bis er plötzlich in einer ihm gegenüberliegenden Loge Céciles gewahr wurde. Sie saß vorn an der Brüstung, neben ihr der Geheimrat, der ihr, während der Fächer sie halb verdeckte, kleine Bemerkungen zuflüsterte, wobei beider Köpfe sich berührten. So wenigstens schien es Gordon. Und nun ging der Vorhang auf. Aber er sah und hörte nichts mehr und starrte nur, während er Kinn und Mund in seine linke Hand vergrub, nach der Loge hinüber, ganz und gar seiner Eifersucht hingegeben und von einem prickelnden Verlangen erfüllt, lieber zu viel als zu wenig zu sehen. Es schien aber, daß beide dem Spiele nicht nur oberflächlich, sondern aufmerksam und mit einem gewissen Ernste folgten, und nur dann immer, wenn eine leere Stelle kam, beugte sich der eine zum andern und sprach abwechselnd ein kurzes Wort, das von seiten Céciles meistens mit einem Lächeln, von seiten des Geheimrates aber Mal auf Mal mit einem komisch gravitätischen Kopfnicken beantwortet wurde.

Gordon litt Höllenqualen, und über seiner Rache brütend, war er nur darüber in Zweifel, ob er sich im gegebenen Moment (und der Moment *mußte* sich geben) lieber als »böses Gewissen« oder als »Mephisto« gerieren solle. Natürlich entschied er sich für das letztere. Spott und superiore Witzelei waren der allein richtige Ton, und als ihm dies feststand, fiel zum ersten Male der Vorhang.

Drüben aber leerte sich die Loge, darin nur Cécile mit ihrem Hausfreunde zurückblieb.

Und nun stürmte Gordon hinüber, um sich der gnädigen Frau vorzustellen.

Der Geheimrat hatte sein Glas genommen und musterte den Vorhang. Als er sich eben wieder wandte, vielleicht um seiner Freundin und Nachbarin eine kunstkritische Bemerkung über Arion und noch wahrscheinlicher über die badelustige Nereidengruppe zuzuflüstern, sah er den inzwischen eingetretenen Nebenbuhler, der, mit halbem Gruß ihn streifend, sich eben gegen Cécile verneigte.

»Welches Glück für mich, meine gnädigste Frau«, begann Gordon in seinem spitzesten Tone: »Sie schon heut' und an dieser Stelle begrüßen zu dürfen. Ich hatte vor, mich Ihnen morgen im Laufe des Tages zu präsentieren. Aber es trifft sich günstiger für mich. Darf ich mich nach Ihrem Befinden erkundigen?«

Cécile zitterte vor Erregung und fand in dem Krampf, der ihr die Sprache zu rauben drohte, nichts als die mit höchster Anstrengung gesprochenen Worte: »Die Herren kennen einander? Geheimrat Hedemeyer... Herr von Gordon.«

»Hatte bereits die Ehre«, sagte Gordon, während er sich auf einem der freigewordenen Plätze niederließ. Gleich danach aber, sich leger auf eine Seitenlehne stützend, fuhr er im Tone forcierter guter Laune fort: »Ein volles Haus, meine Gnädigste, jedenfalls voller, als man bei einer Oper glauben sollte, die nun schon dreißig Jahre spielt und jeder auswendig kennt. Es muß der Stoff sein oder die glänzende Besetzung. Ich vermute, Niemann. Er ist doch der geborene Tannhäuser, und kein anderer reicht da heran. Wenigstens nicht auf der Bühne. Für mich sind es Auffrischungen aus Tagen her, in denen ich noch des Vorzugs genoß, mit der silbernen Gardelitze, deren sich, einigermaßen überraschlich, auch das Regiment ›Eisenbahn‹ erfreut, hier sitzen zu dürfen, halb als Kunstenthusiast, halb als militärisches Hausornament. Übrigens empfange ich den Eindruck, als ob Kamerad Hülsen immer noch seine Gnadensonne über Gerechte und Ungerechte scheinen lasse. Sehen Sie da drüben, meine Gnädigste! Die reine Levée en masse, wie gewöhnlich mit Regiment Alexander an der Tête.«

Cécile hörte den spöttischen Ton nur halb heraus, desto deutlicher der Geheimrat, der denn auch, ersichtlich um den draußen in der Welt von »Europens übertünchter Höflichkeit« frei gewordenen »Kanadier« zu markieren – mit der ihm eigenen Ironie replizierte: »Sie waren nur sieben Jahre fort, Herr von Gordon? Ich dachte länger.«

Gordon, der den Wert einer gelungenen maliziösen Bemerkung auch dann noch zu schätzen wußte, wenn sich die Spitze derselben gegen ihn selber richtete, fand sich momentan in eine leichte gute Stimmung zurück und antwortete: »Zu dienen, mein Herr Geheimrat; leider nur sieben Jahre, weshalb ich vorhabe, die Zahl baldmöglichst zu verdoppeln, und zwar um meiner weiteren Ausbildung willen. Natürlich Charakterausbildung. Glückt es, so hoff' ich einen richtigen Naturmenschen zu erzielen, an dem nichts Falsches ist, auch nicht einmal äußerlich. Aber ich sehe, die Loge fängt an, ihre früheren Insassen wieder aufzunehmen und mich an den Rückzug zu mahnen. Ich darf mich doch der gnädigen Frau recht bald in Ihrer Wohnung vorstellen?«

»Zu jeder Zeit, Herr von Gordon«, sagte Cécile. »Lassen Sie mich nicht länger warten, als Ihre geschäftlichen Obliegenheiten es fordern. Ich bin so begierig, von Ihnen zu hören.«

All das wurd' in Hast und Verlegenheit gesprochen, und sie wußte kaum, was sie sagte. Gordon aber empfahl sich und ging in seine Loge zurück.

In dieser angekommen, gab er sich das Ansehen, als ob er dem zweiten Akt mit ganz besonderem Interesse folge, und wirklich nahm ihn der Wartburgsaal und das Erscheinen der Sänger eine Weile gefangen. Aber nicht auf lang, und als er wieder hinübersah, sah er, daß Cécile die Loge verließ und der Geheimrat ihr folgte.

Das war mehr, als er ertragen konnte; tollste Bilder schossen in ihm auf und jagten sich, und ein Schwindel ergriff ihn. Als er es mühsam überwunden, sah er nach der Uhr: »Halb neun. Spät, aber nicht *zu* spät. Und sie sagte ja: ›zu jeder Zeit willkommen‹.«

Und damit erhob er sich, um dem flüchtigen Paare zu folgen. Fand er sie, schlimm genug, fand er sie *nicht*... Er mocht' es nicht ausdenken.

SECHSUNDZWANZIGSTES KAPITEL

»Ah, Herr von Gordon«, sagte die Jungfer, als der zu so später Stunde noch Vorsprechende mit aller Kraft (vielleicht um sein schlechtes Gewissen zu betäuben) die Klingel gezogen hatte.

»Treff' ich die gnädige Frau?«

»Ja. Sie war im Theater, ist aber eben zurück. Die Herrschaften werden sehr erfreut sein.«

»Auch der Herr Oberst zugegen?«

»Nein, der Herr Geheimrat.«

Gordon wurde gemeldet, und ehe noch die Antwort da war, daß er willkommen sei, trat er bereits ein.

Cécile und der Geheimrat waren gleichmäßig frappiert, und das spöttische Lächeln des letztern schien ausdrücken zu wollen: »Etwas stark«.

Gordon sah es sehr wohl, ging aber drüber hin und sagte, während er Cécile die Hand küßte: »Verzeihung, meine gnädige Frau, daß ich von Ihrer Erlaubnis einen so schnellen Gebrauch mache. Aber offen gestanden, im selben Augenblicke, wo Sie die Loge verließen, war mein Interesse hin und nur noch der Wunsch lebendig, den Abend an Ihrer Seite verplaudern zu dürfen. Als Antrittsvisite keine ganz passende Zeit. Indessen Ihr freundliches Wort... Und so verzeihen Sie denn die späte Stunde.«

Cécile hatte sich inzwischen gesammelt und sagte mit einer Ruhe, die deutlich zeigte, daß ihr unter diesem unerhörten Benehmen ihr Selbstbewußtsein zurückzukehren beginne: »Lassen Sie mich Ihnen wiederholen, Herr von Gordon, daß Sie zu jeder Zeit willkommen sind. Und die späte Stunde, von der Sie sprechen... Nun, ich entsinne mich eines Plauderabends mit dem Hofprediger, wo Sie später kamen. Auch aus dem Theater. Es war ein »Don Juan«-Abend, und Sie hatten den Schluß abgewartet.«

»Ganz recht, meine gnädigste Frau. Man will immer gern wissen, was aus dem Don Juan wird.«

»Und aus dem Masetto«, setzte Hedemeyer hinzu, während er sich von dem Fauteuil, auf dem er eben erst Platz genommen hatte, wieder erhob.

»Aber Sie wollen doch nicht schon aufbrechen, mein lieber Geheimrat«, unterbrach ihn Cécile, der in diesem Augenblick ihre ganze Verlegenheit zurückkehrte. »Schon jetzt, schon vor dem Tee. Nein, das dürfen Sie mir nicht antun und Herrn von Gordon nicht, der ein gutes Gespräch liebt. Und was hat er an dem, was ich ihm sage? Nein, nein, Sie müssen bleiben.« Und sie zog die Glocke... »Den Tee, Marie... Hören Sie doch, lieber Freund, wie draußen der Regen fällt. Ich erwarte noch den Hofprediger; er hat es mir zugesagt. Noch einmal also, Sie bleiben.«

Aber der Geheimrat war unerbittlich und sagte: »Meine gnädigste Frau, der Klub und die L'hombrepartie warten auf mich. Und wenn es auch anders läge, man soll nie vergessen, daß man nicht allein auf der Welt ist. Es wär' ein Unrecht, Herrn von Gordon so benachteiligen zu wollen. Er hat viele Wochen hindurch Ihrer Unterhaltung entbehren müssen und Sie der seinigen; nun bringt er Ihnen eine Welt von Neuigkeiten, und ich bin nicht indiskret genug, bei diesen Mitteilungen stören zu wollen. Wenn Sie gestatten, sprech' ich morgen wieder vor. Vorläufig darf ich vielleicht dem Herrn Obersten einen herzlichen Empfehl bringen. Auch von Ihnen, Herr von Gordon?«

Gordon begnügte sich damit, sich kalt und förmlich gegen den Geheimrat zu verneigen, der, inzwischen an Cécile herangetreten, ihre Hand an seine Lippen führte. »Wie gerne wär' ich geblieben. Aber es ist gegen meine Grundsätze. Nennen Sie mir nicht den Hofprediger, Hofprediger stören nie. Wer berufsmäßig Beichte hört, steht über der Indiskretion. Übrigens ist er noch nicht da. Bis morgen also, bis morgen.« Und er ging. Im selben Augenblicke brachte Marie den Tee. Sie wollte den Tisch arrangieren, aber Cécile, die das, was in ihr vorging, nicht länger zurückdämmen konnte, sagte: »Lassen Sie, Marie«, und wandte sich dann rasch und mit vor Erregung und fast vor Zorn zitternder Stimme gegen Gordon. »Ich bin indigniert über Sie, Herr von Gordon. Was bezwekken Sie? Was haben Sie vor?«

»Und Sie fragen?«

»Ja, noch einmal: was haben Sie vor? was bezwecken Sie? Sprechen Sie mir nicht von Ihrer Neigung. Eine Neigung äußert sich nicht in solchem Affront. Und in welchem Lichte müssen Sie dem Geheimrat erschienen sein.«

»Jedenfalls in keinem zweifelhafteren als er mir. Lassen Sie das meine Sorge sein.«

»Aber in welchem Lichte lassen Sie *mich* vor ihm erscheinen. Und Sie begreifen, mein Herr von Gordon, daß *das* meine Sorge ist. Ich habe Sie für einen Kavalier genommen oder, da Sie das Englische so lieben, für einen Gentleman und sehe nun, daß ich mich schwer und bitter in Ihnen getäuscht habe. Schon Ihr Besuch in der Loge war eine Beleidigung; nicht Ihr Erscheinen an sich, aber der Ton, der Ihnen beliebte, die Blicke, die Sie für gut fanden. Ich habe Sie verwöhnt und mein Herz vor Ihnen ausgeschüttet, ich habe mich angeklagt und erniedrigt, aber anstatt mich hochherzig aufzurichten, scheinen Sie zu fordern, daß ich immer kleiner vor Ihrer Größe werde. Meiner Tugenden sind nicht viele, Gott sei's geklagt, aber *eine* darf ich mir unter Ihrer eigenen Zustimmung vielleicht zuschreiben, und nun zwingen Sie mich, dies einzige, was ich habe, mein bißchen Demut, in Hochmut und Prahlerei zu verkehren. Aber Sie lassen mir keine Wahl. Und so hören Sie denn, ich bin nicht schutzlos. Ich beschwöre Sie, zwingen Sie mich nicht, diesen Schutz anzurufen, es wäre Ihr und mein Verderben. Und nun sagen Sie, was soll werden? Wo steckt Ihr Titel für all dies? Was hab' ich gefehlt, um dieses Äußerste zu verdienen? Erklären Sie sich.«

»Erklären, Cécile! Das Rätsel ist leicht gelöst: ich bin eifersüchtig.«

»Eifersüchtig. Und das sprechen Sie so hin, wie wenn Eifersucht Ihr gutes und verbrieftes Recht wäre, wie wenn es Ihnen zustünde, mein Tun zu bestimmen und meine Schritte zu kontrollieren. Haben Sie dies Recht? Sie haben es *nicht*. Aber *wenn* Sie's hätten, eine vornehme Gesinnung verleugnet sich auch in der Eifersucht nicht, ich weiß das, ich habe davon erfahren. Sie konnten Schlimmeres tun, als Sie getan haben, aber nichts Kleineres und nichts Unwürdigeres.«

»Nichts Unwürdigeres! Und was ist es denn, was ich getan habe? Was sich erklärt, ist auch verzeihlich. Cécile, Sie sind strenger gegen mich, als Sie sollten; haben Sie Mitleid mit mir. Sie wissen, wie's mit mir steht, wie's mit mir stand vom ersten Augenblick an. Aber ich bezwang mich. Dann kam der Tag, an dem ich Ihnen alles bekannte. Sie wiesen mich zurück, beschworen mich, Ihren Frieden nicht zu stören. Ich gehorchte, mied Sie, ging. Und der erste Tag, der mich nach langen Wochen und, Gott ist mein Zeuge, durch einen baren Zufall wieder in Ihre Nähe führt, was zeigt er mir? Sie wissen es. Sie wissen es, daß dieser spitze, hämische Herr von Anfang an mein Widerpart war, mein Gegner, der ein Recht zu haben glaubt, sich über mich und meine Neigung zu mokieren. Und eben er, *er* mir vis-à-vis in der Loge, sichrer und süffisanter denn je zuvor, und neben ihm meine vergötterte Cécile, lachend und heiter hinter ihrem Fächer und sich ihm zubeugend, als könne sie's nicht abwarten, immer mehr von seinen Frivolitäten einzusaugen, von all dem süßen Gift, darin er Meister ist. Ach, Cécile, meine Resignation war aufrichtig und ehrlich, ich schwör' es Ihnen; ich kam nicht wieder, um Ihre Ruhe zu stören, aber einen andern bevorzugt sehen und so, so, *das* war mehr, als ich ertragen konnte. Das war zu viel.«

All das wurde gesprochen, während beide heftig erregt über den Teppich hinschritten; das Flämmchen unter dem Wasserkessel brannte weiter, und der Dampf stieg in kleinen Säulen zwischen den beiden Bronzelampen in die Höh'. Alles war Frieden um sie her, und Cécile nahm jetzt seine Hand und sagte: »Setzen wir uns, vielleicht daß wir dann ruhigere Worte finden... Sie suchen es alles an der falschen Stelle. Nicht meine Haltung im Theater ist schuld und nicht mein Lachen oder mein Fächer, und am wenigsten der arme Geheimrat, der mich amüsiert, aber mir ungefährlich ist, ach, daß Sie wüßten, wie sehr. Nein, mein Freund, was schuld ist an Ihrer Eifersucht oder doch zum mindesten an der allem Herkömmlichen hohnsprechenden Form, in die Sie Ihre Eifersucht kleiden, das ist ein andres. *Sie* sind nicht eifersüchtig aus Eifersucht; Eifersucht ist etwas Verbindliches, Eifersucht schmeichelt uns, *Sie* aber sind eifersüchtig aus Überheblichkeit und Sittenrichterei. Da liegt es. Sie haben eines schönen Tages die Lebensgeschichte des armen Fräuleins von Zacha gehört, und diese Lebensgeschichte können Sie nicht mehr vergessen. Sie schweigen, und ich sehe daraus, daß ich's getroffen habe. Nun, diese Lebensgeschichte, so wenigstens glauben Sie, gibt Ihnen ein Anrecht auf einen freieren Ton, ein Anrecht auf Forderungen und Rücksichtslosigkeiten und hat Sie veranlaßt, an diesem Abend einen doppelten Einbruch zu versuchen, *jetzt* in meinen Salon und schon vorher in meine Loge... Nein, unterbrechen Sie mich nicht ... ich will alles sagen, auch das Schlimmste. Nun denn, die Gesellschaft hat mich in den Bann getan, ich seh' es und fühl' es, und so leb' ich denn von der Gnade derer, die meinem Hause die Ehre antun. Und jeden Tag kann diese Gnade zurückgezogen werden, selbst von Leuten wie Rossow und der Baronin. Ich habe nicht den Anspruch, den andre haben. Ich will ihn aber *wieder* haben, und als ich, *auch* ein unvergeßlicher Tag, heimlich und voll Entsetzen in das Haus schlich, wo der erschossene Dzialinski lag und mich mit seinen Totenaugen ansah, als ob er sagen wollte: ›*Du* bist schuld‹, da hab' ich's mir in meine Seele hineingeschworen, nun, Sie wissen, *was*. Und ob ich in der Welt Eitelkeiten stecke, heut' und immerdar, *eines* dank' ich der neuen Lehre: das Gefühl der Pflicht. Und wo dies Gefühl ist, ist auch die Kraft. Und nun sprechen Sie; jetzt will ich hören. Aber sagen Sie mir Freundliches, das mich tröstet und versöhnt und mich wieder an Ihr gutes Herz und Ihre gute Gesinnung glauben macht und mir Ihr Bild wiederherstellt. Sprechen Sie ...«

Gordon sah vor sich hin, und um seinen Mund war ein Zucken und Zittern, als ob die Worte, die sie so warm und wahr gesprochen, doch eines Eindrucks auf ihn nicht verfehlt hätten. Aber im selben Augenblicke trat das Bild wieder vor seine Seele, davon er, vor wenig Stunden erst, Zeuge gewesen war, und verletzt in seiner Eitelkeit, gequält von dem Gedanken, ein bloßes Spielzeug in Weiberhänden, ein Opfer alleralltäglichster List und Laune zu sein, fiel er in sein kaum beschwichtigtes Mißtrauen und schlimmer in den Ton bittren Spottes zurück.

»Sie sind so beredt, Cécile«, sprach er vor sich hin. »Ich wußte nicht, daß Sie *so* gut zu sprechen verstehen.«

»Und doch ist es nicht lange, seit ich Ihnen Ähnliches und mit gleicher Eindringlichkeit sagen mußte. Schlimm genug, daß mir Ihr Wiedererscheinen eine Wiederholung nicht ersparte. Was sie Beredsamkeit nennen, nenn' ich einfach ein Herz.«

»Und ich habe diesem Herzen geglaubt!«

»Sie *haben* ihm geglaubt. Also in diesem Augenblicke *nicht* mehr! Und was glauben Sie *jetzt?* Was glauben Sie *noch?*«

»Daß wir uns beide getäuscht haben... Wir bleiben unsrer Natur getreu, das ist unsre einzige Treue... *Sie* gehören dem Augenblick an und wechseln mit ihm. Und wer den Augenblick hat...«

Er brach ab, verbeugte sich und verließ das Zimmer, ohne weiter ein Wort des Abschieds oder der Versöhnung gesprochen zu haben. Im Vorzimmer schoß er, mit allen Zeichen äußerster Erregung, an Dörffel vorüber, der einen Augenblick später in den Salon eintrat.

Als Cécile seiner ansichtig wurde, stürzte sie dem väterlichen Freund entgegen und beschwor ihn unter Tränen um seinen Beistand und seine Hülfe.

SIEBENUNDZWANZIGSTES KAPITEL

Cécile kam spät zum Frühstück, und St. Arnaud, das Zeitungsblatt aus der Hand legend, sah auf den ersten Blick, daß sie wenig geschlafen und viel geweint hatte. Sie begrüßten sich und wechselten dann einige gleichgiltige Worte. Gleich danach nahm St. Arnaud die Zeitung wieder auf und schien lesen zu wollen. Aber er kam nicht weit, warf das Blatt fort und sagte, während er die Tasse beiseiteschob: »Was ist das mit Gordon?«

»Nichts.«

»Nichts! Wenn es nichts wäre, so früg' ich nicht, und *du* wärst nicht verwacht und verweint. Also heraus mit der Sprache. Was hat er gesagt? Oder was hat er geschrieben? Er schrieb in einem fort. Ewige Briefe.«

»Willst du sie lesen?«

»Unsinn. Ich kenne Liebesbriefe; die besten kriegt man nie zu sehen, und was dann bleibt, ist gut für nichts. Übrigens sind mir seine Beteuerungen und vielleicht auch Bedauerungen absolut gleichgiltig; aber nicht sein Auftreten vor Zeugen, nicht sein Benehmen in Gegenwart andrer. Er hat dich beleidigt. Der Hauptsache nach weiß ich, was geschehen ist; Hedemeyer hat mir gestern im Klub davon erzählt, und ich will nur die Bestätigung aus deinem Munde. Das in der Loge mochte gehen, aber dich bis hierher verfolgen, unerhört! Als ob er den Rächer seiner Ehre zu spielen hätte.«

»Sprich dich nicht in den Zorn hinein, Pierre. Du willst von mir hören, was geschehen ist, und ich sehe, du weißt alles. Ich habe nichts mehr hinzuzusetzen.«

»Doch, doch. Die Hauptsache fehlt noch. All dergleichen hat eine Vorgeschichte und fällt nicht vom Himmel. Am wenigsten vom Himmel. Gordon ist ein Mann von Familie, von Welt und Urteil, und ein solcher Mann handelt nicht ins Unbestimmte hinein. Er befragt die Situation. Und diese Situation will ich wissen, will ich kennenlernen. Schildre sie mir; ich denke, daß du sie mir schildern *kannst*, und zwar ohne sonderliche Verlegenheiten und Verschweigungen. Ein paar Ungenauigkeiten mögen mit drunterlaufen, meinetwegen, ich ereifre mich nicht um Bagatellen. Im übrigen, ich gestatte mir, das vorläufig anzunehmen, kann nichts vorgekommen sein, was das Licht des Tages oder meine Mitwissenschaft zu scheuen hätte. Denn man fordert mich nicht heraus, niemand, am wenigsten meine Frau, die, soviel ich weiß, eine Vorstellung davon hat, daß ich nicht der Mann der Unentschiedenheiten und Ängstlichkeiten bin. Aber du kannst das uralte Frau Eva-Spiel, das Spiel der Hinhaltungen und In-Sicht-Stellungen über das rechte Maß hinaus gespielt haben, gerad unklug und unvorsichtig genug, um mißverstanden zu werden. Liegt es so, so werd' ich meine schöne Cécile bitten, in Zukunft etwas vorsichtiger zu sein. Liegt es aber anders, bist du dir keines Entgegenkommens bewußt, keines Entgegenkommens, das ihm zu *solchem* Eklat und Hausfriedensbruch auch nur einen Schimmer von Recht gegeben hätte, so liegt eine Beleidigung vor, die nicht nur dich trifft, sondern vor allem auch *mich*. Und ich habe nicht gelernt, Effronterien geduldig hinzunehmen. Über diesen Punkt verlang' ich Auskunft, offen und unumwunden.«

Cécile schwieg. Aber wahrnehmend, daß es vergeblich sein würde, ihn durch halbe Worte von seinem Vorhaben abbringen zu wollen, sagte sie: »Was ich zu sagen habe, ist kurz. In Thale waren wir unter deinen Augen, und kein Wort ist gesprochen worden, das sich nicht gleichzeitig an alle Welt, an dich, an den Emeritus, an Rosa gerichtet hätte.«

St. Arnaud wiegte den Kopf und lächelte, während Cécile, die des Heimrittes von Altenbrak gedenken mochte, nicht ohne Verlegenheit vor sich hinblickte.

»*Dann*«, fuhr sie fort, »sahen wir uns hier. Es blieb, wie's gewesen. Er war voll Rücksicht und Aufmerksamkeiten, und nichts geschah, was den Respekt gegen mich auch nur einen Augenblick verleugnet hätte. Seine Konversation war leicht und gefällig, mitunter übermütig, aber trotz dieses Anfluges von Übermut hört' ich aus jedem Wort eine große Zuneigung heraus, ein Gefühl, das mir wohltat und mich beglückte. So waren seine Worte; so waren auch seine Briefe.«

»Laß die Briefe.«

»Du darfst mich nicht unterbrechen. Ich sage, so waren auch seine Briefe. Dann kam das kleine Diner, wo wir Rossow und die Baronin zu Tisch hatten, und von dem Augenblick an war er ein andrer. Die Hergänge jenes Tages können ihn nicht umgestimmt haben, aber unmittelbar danach müssen Dinge zu seiner Kenntnis gekommen sein, ich brauche dir nicht zu sagen, welche, die sein Auftreten und seinen Ton veränderten.«

»Erbärmlich. Eine Infamie.«

»Nein, Pierre.«

»Gut. Weiter.«

»Ich empfand auf der Stelle diese Veränderung und wies in einem Gespräche, darin ich mich ihm offen gab und zugleich Scherz und Ernst zu mischen suchte, darauf hin, daß er diesen veränderten Ton nicht anschlagen dürfe, weder als Mann von Ehre noch als Mann von Welt, und ich hatte den Eindruck, daß er mir selber zustimmte. Wenigstens entsprach dem sein unmittelbares Tun. Er verabschiedete sich in ein paar Zeilen und verließ Berlin. Erst gestern ist er zurückgekehrt. Das andere weißt du. Du mußt es als einen Anfall nehmen.«

»Ich versteh', als einen Anfall von Eifersucht. In der Tat, er geriert sich, als ob er legitimste Rechte geltend zu machen hätte; Prätension über Prätension. Aber, mein Herr von Gordon, Sie sind in der falschen Rolle.«

Dabei schoß sein Auge heftige Blicke, denn er war an seiner empfindlichsten, wenn nicht an seiner *einzig* empfindlichen Stelle getroffen, in seinem Stolz. Nicht das Liebesabenteuer als solches weckte seinen Groll gegen Gordon, sondern der Gedanke, daß die Furcht vor *ihm*, dem Manne der Determiniertheiten, nicht abschreckender gewirkt hatte. Gefürchtet zu sein, einzuschüchtern, die Superiorität, die der Mut gibt, in jedem Augenblicke fühlbar zu machen, das war recht eigentlich seine Passion. Und dieser Durchschnitts-Gordon, dieser verflossene preußische Pionierlieutenant, dieser Kabelmann und internationale Drahtzieher, *der* hatte geglaubt, über ihn weg sein Spiel spielen zu können. Dieser Anmaßliche ...

Cécile las in seiner Seele, und Angst und Sorge vor dem, was jetzt mutmaßlich kommen mußte, befiel sie. Sie nahm deshalb seine Hand, mit der er auf dem Tischtuch in nervöser Unruhe hin und her fuhr, und sagte: »Pierre, versprich mir eins.«

»Was?«

»... Dich nicht zu Gewaltsamkeiten fortreißen zu lassen. Alles was geschehen ist, ist natürlich und, weil natürlich, auch verzeihlich. Es ist keine Beleidigung darin, wenigstens keine gewollte Beleidigung.«

»Ich werde nicht mehr tun als nötig, aber auch nicht weniger. An dieser Zusage mußt du dir genügen lassen.«

Bei diesen Worten erhob er sich von seinem Platze, ging in sein Arbeitszimmer und nahm hier, wie wenn er vorhabe, sich's bequem zu machen, zunächst eine Zigarre. Dann schritt er ein paarmal auf dem türkischen Teppich auf und ab, setzte sich an seinen Schreibtisch und malte langsam und mit sorglicher Handschrift die Adresse: »Sr. Hochwohlgeboren, Herrn von Leslie-Gordon ...«

»Aber wo?« unterbrach er sich, während er auf einen Augenblick die Feder wieder aus der Hand legte. »Nun, er wird sich ja finden lassen ... Wozu haben wir Zeitungen und die Rubrik ›Angekommene Fremde‹. Unterschlagen wird er sich doch nicht haben.«

Und nun schob er das Kuvert zurück, nahm einen Briefbogen mit Wappen und Initiale und schrieb:

»Über den Doppelbesuch, den Sie, mein Herr von Gordon, gestern abend der Frau von St. Arnaud erst in der Loge, dann in der Wohnung derselben abgestattet haben, bin ich unterrichtet worden, übrigens *nicht* durch Frau von St. Arnaud selbst, die vielmehr – wie mir gestattet sein mag, in pflichtschuldiger Berücksichtigung Ihrer Gefühle hinzuzusetzen – in einem eben mit mir gehabten Gespräche nicht Ihre Anklägerin, sondern Ihre Verteidigerin gemacht hat. Aber gerade diese Verteidigung richtet Sie. Daß Sie, mein Herr von Gordon, unmittelbar vor Ihrer Abreise von Berlin einen Ton angeschlagen und ein Spiel gespielt haben, das Sie besser nicht gespielt hätten, verzeih' ich Ihnen. Ich finde mich darin zurecht, denn ich kenne die Welt. Daß Sie dies Spiel aber trotz Abmahnung und Bitte wiederholten und vor allem, *wie* Sie's wiederholten, *das,* mein Herr von Gordon, ist unverzeihlich. Frau von St. Arnaud, als sie rückhaltlos ihr Herz vor Ihnen offenbarte, begab sich dadurch in Ihren Schutz, und einer Frau diesen Schutz zu versagen, ist unritterlich und *ehrlos.* Dies habe ich Ihnen, mein Herr von Gordon, aussprechen wollen und gewärtige durch General von Rossow das Weitere.

von St. Arnaud.«

ACHTUNDZWANZIGSTES KAPITEL

Gordon saß in dem Glaspavillon des Hotels, als St. Arnauds Brief eintraf. Er las und verzog keine Miene. Daß sich etwas derart vorbereiten würde, war ihm von dem Augenblick an wahrscheinlich, wo der Geheimrat, um in den Klub zu gehen, den Salon Céciles verlassen hatte. Das Wahrscheinliche war nun da. Nichts von Furcht überkam ihn, und wenn etwas davon ihn angewandelt hätte, so würd' ihn der unendlich hochmütige Ton des Briefes dieser Anwandlung rasch wieder entrissen haben. War er doch selber ein Trotzkopf und von einem Selbstgefühle, das dem seines Gegners unter Umständen die Spitze bieten konnte. »Gemach, mein Herr Oberst; Sie halten nicht vor Ihrer Front, und ich bin nicht Ihr jüngster Lieutenant. Oder glauben Sie, daß ich devotest um Entschuldigung bitten und mich vor Ihnen klein machen soll, bloß weil Sie das Totschießen als Geschäft betreiben. Sie täuschen sich. Ich hab' auch eine feste Hand und den ersten Schuß dazu, wenn die

Gesetze der Ehre noch dieselben sind. Der Ehre. Was sich nicht alles so nennt! Nun, sei's drum... Aber wen schick' ich an Rossow? Ich werde nach der Villa hinausfahren... Der Bruder der jungen Frau...«

Die Dinge regelten sich in der Tat innerhalb weniger Stunden, und weil beiden Parteien daran lag, allerlei Weiterungen und Hemmnisse vermieden zu sehen, wie sie nicht wohl ausbleiben konnten, wenn Cécile davon erfuhr, so kam man überein, an demselben Abende noch den Dresdner Schnellzug benutzen und am andern Morgen in einem in der Nähe des Großen Gartens gelegenen Wäldchen den Handel ausfechten zu wollen.

Cécile, so gut sie St. Arnauds ungestümen Charakter kannte, gewärtigte keinen unmittelbaren Zusammenstoß und war deshalb nur verstimmt, aber nicht eigentlich geängstigt, als sie den andern Morgen hörte, der Oberst, dessen Unregelmäßigkeiten sie kannte, sei tags vorher nicht nach Hause gekommen.

»Er ist der Mann der Exzentrizitäten. Was wird vorgekommen sein? Ein Sport, eine Klublaune, vielleicht ein Wettritt neben dem Eisenbahnzuge her. Und dann Nachtquartier in einer Dorfschenke mit der Devise: ›Je schlechter, je besser‹.«

Sie nahm ein Buch zur Hand und versuchte zu lesen. Aber es ging nicht, und als auch ein Gespräch mit dem Papagei versagte, zog sie sich in ihr Schlafzimmer zurück, um hier früher als sonst Toilette zu machen.

»Ich will zu Rosa. Freilich am Ende der Welt. Aber seit Wochen hab' ich ihr einen Besuch versprochen, und ich sehne mich nach einem guten Menschen.«

In ihrem Schlafzimmer war ein eleganter Kamin, vor dem die Jungfer sich eben beschäftigte. Diese warf Kohlen und Tannäpfel auf und suchte mit einem kleinen Blasebalg das halb ausgegangene Feuer wieder anzufachen.

»Ah, das ist gut, Marie. Mach es uns warm; ich friere. Du könntest mir noch den Schal bringen.«

Während dieser Worte ging draußen die Klingel, und Cécile hörte, wie des Obersten Diener ein längeres Gespräch hatte.

»Sieh, was es ist!«

Marie ging und kam mit einem Briefe zurück, der eben abgegeben war. Er trug nur die Aufschrift: »Frau von St. Arnaud, Hafenplatz 7a.« Und Cécile sah, daß es Gordons Handschrift war.

»Geh, Marie ... nein, bleib.«

Und mit zitternder Hand riß sie das Kuvert auf und las.

»Verzeihung, gnädigste Frau, Verzeihung, liebe Freundin. Ich hatte wohl unrecht, nein, ich hatte *gewiß* unrecht. Aber der Sinn war mir gestört, und so kam es, wie es kam. Ein berühmter Weiser, ich weiß nicht, alter oder neuer Zeit, soll einmal gesagt haben, ›wir glaubten und vertrauten nicht genug, und das sei der Quell all unsres Unglücks und Elends‹. Und ich fühle jetzt, daß er recht hat. Ich hätte, statt Zweifel zu hegen und Eifersucht großzuziehen, Ihnen vertrauen und der Stimme meines Herzens rückhaltslos gehorchen sollen. Daß ich es unterließ, ist meine Schuld. Ich werde Sie nicht wiedersehen, *nie*, was auch kommen mag. Sehen Sie mich allezeit so, wie ich war, ehe die Trübung kam. Immer der Ihre. Wieder *ganz* der Ihre. v. G.«

Das Blatt entglitt ihrer Hand, und ein heftiges Schluchzen folgte.

Marie sprang herzu, ließ die halb Ohnmächtige in den Fauteuil nieder und griff nach dem Kölnischen Wasser, das auf dem Kaminsims stand. Aber Cécile richtete sich mit Anstrengung wieder auf und sagte: »Laß. Es geht vorüber. Weißt du, Marie ... Herr von Gordon ...«

»Jesus, Maria, gnädige Frau ...«

»Da. Lies. Das sind seine letzten Worte.«

Und die Jungfer bückte sich nach dem auf den Kaminteppich gefallenen Brief, um ihn Cécile zurückzugeben. Aber diese schüttelte nur den Kopf und sagte, während sie nach der Konsoluhr zeigte: »Merk die Minute ... Er ist erschossen ... *jetzt.*«

Am anderen Morgen brachten alle Zeitungen folgende gleichlautende Notiz:

»Wie wir aus Dresden erfahren, hat gestern um neun Uhr früh, in Nähe des Großen Gartens, ein Duell zwischen dem Obersten a.D. von St. Arnaud und dem früher ebenfalls der preußischen Armee zugehörigen Zivilingenieur von Leslie-Gordon stattgefunden. Herr von Leslie-Gordon fiel, während von St. Arnaud nur leicht an der linken Seite verwundet wurde. Herr von Gordon wird, einer letztwilligen Verfügung entsprechend, nach Liegnitz, wo zwei seiner Schwestern leben, übergeführt werden. Herr von St. Arnaud hat Sachsen unmittelbar nach dem Rencontre verlassen. Über die Veranlassung zu dem Duell verlautet nichts Bestimmtes, da die Sekundanten jede Auskunft verweigern.«

Vier Tage danach traf unter der Adresse der Frau von St. Arnaud nachstehender Brief in Berlin ein:

»*Mentone,* den 4. Dezember. Meine liebe Cécile! Was geschehen ist, wirst Du mittlerweile durch Rossow erfahren haben, und über meinen persönlichen Verbleib gibt Dir der Poststempel Auskunft. Ich habe hier im Hotel Bauer (es findet sich überall dieser Name) Wohnung genommen und genieße der Ruhe nach all den Vorkommnissen und unruhigen Bewegungen der nun zurückliegenden Woche. Selbst von einer gewissen Herzensbewegung darf ich sprechen, zu der ich mich, *Dir* gegenüber, gern bekenne. Der Ausgang der Sache machte doch einen Eindruck auf mich, und so bot ich ihm die Hand zur Versöhnung. Aber er wies sie zurück. Eine Minute später war er nicht mehr.

Ich hoffe, daß Du das Geschehene nimmst, wie's genommen werden muß. ›Tu l'as voulu, George Dandin.‹ Sein Benehmen war ein Affront gegen Dich und mich, und er hätte mich besser kennen müssen. Übrigens bin ich seinem Mute Gerechtigkeit schuldig und mehr noch seiner unsentimentalen Entschlossenheit, die mir beinah imponiert hat. Denn er *wollte* mich treffen, und seine Kugel, die mir die Rippen streifte, ging nur zwei Finger breit zu weit rechts. Sonst wär' ich da, wo er jetzt ist. Daß Du mit ein paar Herzensfasern an ihm hingst, weiß ich und war mir recht – eine junge Frau braucht dergleichen. Aber nimm das Ganze nicht tragischer als nötig, die Welt ist kein Treibhaus für überzarte Gefühle.

Daß ich mich den Langweiligkeiten einer abermaligen Prozessierung entzogen habe, wirst Du natürlich finden. Ich werde mit nächstem sechzig und fühle keinen Beruf in mir, abermals ein Jahr lang (oder vielleicht noch länger) um den Juliusturm spazierenzugehen. So zog ich denn die Riviera vor.

Empfiehl mich Rossow. Er hat sich in der ganzen Affaire brillant benommen und teilte nach seinen Verhandlungen mit Gordon ganz meine Meinung über diesen. Gordon täuschte durch glatte Formen; anfangs auch mich. Im Grunde seines Herzens war er hochmütig und eingebildet, wie die meisten dieser Herren. Er überschätzte sich, weil ihm das Weltfahren zu Kopfe gestiegen war, und mißachtete die gesellschaftlichen Scheidungen, die wir, diesseits des großen Wassers, vorläufig wenigstens noch haben.

Wenn Deine Gesundheit es zuläßt, erwart' ich Dich spätestens in nächster Woche. Die Luft hier ist entzückend, keine Spur von Winter, alles noch in Blüte oder schon wieder in Blüte. Komm also. Der Pflicht der Abschiedsbesuche sind wir ja, Gott sei Dank, überhoben; jede Situation hat ihre Meriten. Im übrigen wird es gut sein, wenn Dich Marie begleitet, die hier, was ihr den Abschied von Fritz vielleicht erleichtert, das Katholische näher und bequemer hat als in Berlin. Au revoir! Dein St. Arnaud.«

Drei Tage nach Eintreffen dieses Briefes richtete der Hofprediger Dörffel das folgende Schreiben an den Obersten von St. Arnaud:

»Mein Herr Oberst. Es liegt mir die Pflicht ob, Sie von dem am 4. dieses erfolgten Ableben Ihrer Gemahlin in Kenntnis zu setzen und mich dabei der mir seitens derselben gewordenen schriftlichen Aufträge zu entledigen.

Ich bitte, zunächst chronologisch berichten zu dürfen.

Ihre Frau Gemahlin war schwer leidend seit dem Tage, wo

die Zeitungsnachricht eintraf; sie wollte niemand sehen, folgte widerwillig den Anordnungen des Arztes und sah von den Bekannten nur Fräulein Rosa und mich. Ich sprach täglich vor, in der Regel in den Mittagsstunden. Vorgestern, bei meinem Erscheinen, fand ich die Jungfer in Tränen und erfuhr, die gnädige Frau sei tot.

Als ich in das Zimmer trat, sah ich, was geschehen.

Frau von St. Arnaud lag auf dem Sofa, ein Batisttuch über Kinn und Mund. Es war mir nicht zweifelhaft, auf welche Weise sie sich den Tod gegeben; ihre Linke hielt das kleine Kreuz mit dem Christuskopf, das sie beständig trug. Der Ausdruck ihrer Züge war der Ausdruck derer, die dieser Zeitlichkeit müde sind. Auf dem Tisch neben ihr lag ihr Gebetbuch, in das sie, zusammengekniffft und nach Art eines Lesezeichens, einen an mich adressierten Brief gelegt hatte. Dieser Brief, das Beichtgeheimnis eines demütigen Herzens, ist mir unendlich wertvoll, weshalb ich bitte, den Inhalt desselben Ihnen, mein Herr Oberst, nur abschriftlich und nur in seinem sachlichen Teile mitteilen zu dürfen. Es heißt in diesem Letzten Willen:

›Ich wünsche nach Cyrillenort übergeführt und auf dem dortigen Gemeindekirchhofe, zur Linken der fürstlichen Grabkapelle, beigesetzt zu werden. Ich will der Stelle wenigstens nahe sein, wo *die* ruhen, die in reichem Maße mir *das* gaben, was mir die Welt verweigerte: Liebe und Freundschaft und um der Liebe willen auch Achtung ... Vornehmheit und Herzensgüte sind nicht alles, aber sie sind *viel.*

Mein Vermögen erhält meine Mutter, mein Gut St. Arnaud. Nach seinem Tode fällt es an die fürstliche Familie zurück.

Über die Dinge, die mich täglich umgaben, bitt' ich St. Arnaud, Verfügung treffen zu wollen, und bestimme meinerseits nur noch, daß die Konsoluhr und der türkische Schal an Marie, das Gebetbuch mit den Aquarellinitialen an Rosa, das Opalkreuz aber, das mir beistehen soll bis zuletzt, an *Sie*, mein väterlicher Freund, fallen soll. Ihre hundertfach erprobte Milde wird nicht Anstoß daran nehmen, daß es ein katholisches Kreuz ist, und auch daran nicht, daß ich, eine Konvertitin, meine letzten Gebete an ebendies Kreuz und aus einem katholischen Herzen heraus gerichtet habe. Jede Kirche hat reiche Gaben, und auch der Ihrigen verdank' ich viel; *die* aber, darin ich geboren und großgezogen wurde, macht uns das Sterben leichter und bettet uns sanfter.‹

So, mein Herr Oberst, die Bestimmungen der gnädigen Frau, denen ich meinerseits nur noch hinzuzufügen habe, daß in Gemäßheit derselben verfahren werden und heute nacht noch, und zwar von mir persönlich begleitet, der Kondukt nach Cyrillenort stattfinden wird. Dort werden wir die Tote morgen um die zehnte Stunde zur Ruhe bestatten. Die Vorbereitungen dazu sind bereits getroffen.

Der Friede Gottes aber, der über alle Vernunft ist, sei mit uns allen.«

ANHANG

ANMERKUNGEN

Die Vorbemerkung zu den Anmerkungen aus: Theodor Fontane, Werke, Schriften und Briefe, Abteilung I, Zweiter Band [= HF I, 2], München [2]1971 (Carl Hanser Verlag).

Die Anmerkungen verzeichnen in gleichbleibender Reihenfolge zunächst die notwendigen Daten über die Entstehungszeit, über den Vorabdruck und über die ersten Buchausgaben [...]. Soweit im Anschluß an die Erklärungen über die Textgrundlage unserer Ausgabe und über die Textgeschichte Lesarten geboten werden, geschieht dies, um an einer Anzahl von ausgewählten Beispielen den Charakter der von F. vorgenommenen Änderungen zu verdeutlichen. Dabei handelt es sich stets um das Verhältnis des Vorabdrucks zur ersten Buchausgabe. [...] Keine spektakulären Eingriffe, sondern die für F. typische stilistische Kleinarbeit in der Epoche seines reifen Schaffens, der Prosakunst, war zu zeigen. Kürzungen in der Fassung des Vorabdrucks sind etwas häufiger verzeichnet worden als Zusätze. Dies geschah nur mit Rücksicht darauf, daß die Texte der Vorabdrucke für den Leser nur schwer erreichbar sind [...].

Danach werden in den Abschnitten »Zur Entstehung« und »Briefliche Zeugnisse zur Entstehungsgeschichte« weitere Hinweise zur Biographie der literarischen Texte gegeben. Es wurde versucht, die brieflichen Äußerungen F.s, soweit sie im Druck vorliegen, möglichst vollständig zu erfassen und für sich selbst sprechen zu lassen, die Hinweise der Herausgeber also auf die notwendigen Ergänzungen zu beschränken. Da jedoch die Selbstzeugnisse F.s recht unregelmäßig fließen und da sie sich gelegentlich mehr mit den Schwierigkeiten der Arbeit und der Erschließung der Quellen, bei anderer Gelegenheit wieder mehr mit den zugrundeliegenden künstlerischen Absichten, mit der Kritik und der Wirkung beschäftigen, konnten auch die Zusätze der Herausgeber keinem bestimmten Schema folgen. [...]

Der umfangreiche Apparat der Fontane-Ausgabe des Aufbau-Verlags ist von uns besonders für diesen allgemeinen Teil der Anmerkungen mit Dank benutzt worden. Viele Einzelheiten zur Entstehungsgeschichte der Romane und Erzählungen F.s sind dort, gestützt auf unveröffentlichtes Material aus dem Fontane-Archiv der Deutschen Staatsbibliothek in Potsdam, erstmals erhellt worden, so daß, auch wenn man auf die Wiedergabe von Einzelheiten verzichtet, die ständige Heranziehung dieser Ausgabe gegenwärtig unentbehrlich ist; auch ein bloßer Abriß liefe sonst Gefahr, zahlreiche immer wieder fortgeschleppte Fehler zu wiederholen.

Die Einzelanmerkungen versuchen, dem Leser ohne Hinzuziehung weiterer Hilfsmittel ein sachliches Textverständnis zu ermöglichen

[. . .], Querverweise auf wichtige Parallelstellen [. . .] den inneren Zusammenhang des ausgebreiteten Gesamtwerks zu erschließen. Ebenso wie bei den Hinweisen auf häufiger wiederkehrende, in der Person des Autors wurzelnde Stimmungen und Bilder kann es sich dabei freilich nur um Anregungen handeln, die keinen Anspruch auf Vollständigkeit und systematische Darbietung erheben. Solange umfassende Register und Indices zu F.s Werken noch fehlen, werden, wie wir hoffen, auch notwendig lückenhafte und individuell geprägte Verweise dem Leser von einigem Nutzen sein können. Briefe werden, soweit möglich, nach den neuesten und zuverlässigsten Angaben zitiert, der Fundort im Anschluß an das Zitat verzeichnet. Diese detaillierten Belege mögen das Auffinden und die selbständige Prüfung der gegenwärtig noch in vielen Editionen zerstreuten Briefe erleichtern. Entsprechend den Vorlagen erscheinen die Zitate in der Wiedergabe wort- und buchstabengetreu oder mehr oder weniger normalisiert. In dieser Ungleichmäßigkeit (und teilweise leider auch wohl Unzuverlässigkeit) spiegelt sich ein Stück Geschichte der Fontane-Edition.

Der vorliegende Band (HF I, 2) [. . .] eröffnet [. . .] die Reihe der Gesellschaftsromane im engeren Sinne. Abgesehen von »Unwiederbringlich« liegt der Schauplatz dieser Romane ganz oder zum größeren Teile in Berlin, wohl auch in dessen engerer Umgebung, in der Mark. Die Zeit der Handlung ist die zweite Hälfte des 19. Jahrhunderts, besonders die Epoche nach der Reichsgründung, die Gegenwart des Schriftstellers Fontane. Im Urteil mehrerer Jahrzehnte galten einige dieser Romane, die man von seiner übrigen Produktion deutlich abgehoben sah, als F.s »eigentliche«, bleibende Werke. Als den Kern seines Œuvres wird man sie auch heute bezeichnen dürfen, nachdem die neuere Forschung ein in vielen Einzelzügen differenzierteres Bild entworfen und über die wichtigsten der »epischen Frühwerke« und der »epischen Nebenwerke«, wie Conrad Wandrey sie einstmals nannte, besonders aber auch über die beiden letzten Romane – »Die Poggenpuhls« und »Der Stechlin« –, ein anderes Urteil gebildet hat. [. . .]

Man beobachtet bei der zeilenweisen Durchdringung dieser Gesellschaftsromane eine womöglich noch engere Verwurzelung und Verflechtung der Darstellung mit dem sozialen, topographischen, literarischen und historischen Humus, aus dem sie hervorging, als es sonst bei F. geläufig ist. Es ist eine persönliche Erfahrung, nicht weniger und nicht mehr: quantitativ-statistisch ungeprüft, aber auch nicht auswechselbar, wie Paraphrasen zuweilen sind. In F.s Berliner Romanen, das ist Gemeingut der Betrachtung, aber wie jedes solche Gemeingut auch ein Klischee, vollendet sich der Typus, der einst mit Friedrich Nicolais »Das Leben und die Meinungen des Herrn Magisters Sebaldus Nothanker«, ungelenk genug, begonnen und in den Berliner Romanen der Voß, Ungern-Sternberg, Mühlbach, Alexis und Hesekiel – um nur einige zu nennen – fortgeführt worden war. Sie alle – mit Ausnahme von Raabes »Chronik der Sperlingsgasse« – sind mehr oder weniger ganz vergessen, nur die Romane F.s und ihre Gestalten sind lebendig geblieben: »was die Stadt an Herz und Verstand, an praktischer Vernunft und gelegentlicher Überheblichkeit besitzt, ist in ihnen Fleisch und Blut geworden« (Roch). Über diese Lebenskraft des F.schen Werkes entscheidet immer von neuem das Urteil des Lesers. In seiner Teilnahme liegt das wesentliche Zeugnis, kein epitheton ornans aus zweitem Munde vermag sie zu ersetzen.

Vom Standpunkt des Anmerkungenschreibers, wohl auch von dem des Lesers, scheint ein historischer Roman zunächst in vielen Stücken erklärungsbedürftiger als ein Zeitroman zu sein, und im vordergründigen Sinne stimmt das auch bei F.; »Schach von Wuthenow« etwa erfordert in jedem Falle die Bereitstellung einiger historischer Fakten und Zusammenhänge, während man »Irrungen, Wirrungen« auch wie eine Sommergeschichte aus der Großstadt lesen kann. F. bürdet dem Leser seiner Zeitromane keine Lasten auf, die dieser nicht tragen will, und seine mühsame Korrekturarbeit diente nicht zuletzt der Entfernung möglicher Lesebeschwernisse. »Die Arbeit ist nun ganz was sie sein soll und liest sich wie geschmiert. Alles flink, knapp, unterhaltlich ...«, hat er bei solcher Gelegenheit berichtet [...]. Bei intensiver Lektüre aber erweisen sich seine Zeitromane als Filigrankunstwerke von einer gleichsam historisierenden Subtilität, so daß das Trennende zu den sogenannten historischen Romanen unter dem hier gemeinten Aspekt praktisch aufgehoben scheint. Nun ist gewiß, daß Gesellschaftsromane aus dem Berlin des 19. Jahrhunderts für den heutigen Leser inzwischen historisch geworden sind, und die zunehmende Fliehkraft des Geschichtlichen läßt sie mit jedem Tage schneller Vergangenheit werden. Die Herausgeber aber, die F. einige hundert Seiten lang mit der Verpflichtung gefolgt sind, seine für ihn so charakteristische Kunst der Anspielung zu dokumentieren und zu präzisieren, empfinden beim Abschluß dieser – tatsächlich niemals abzuschließenden – Arbeit, der Dichter habe diese Zeitromane eigentlich sogleich wie historische Romane geschrieben: mit einem Bewußtsein für das Detail, wie es nur der Abstand gibt, in der Erkenntnis, daß schon bald nicht mehr gegenwärtig sein könnte, was so prall und plan als gegenwärtig erschien. Es war so, wie der Künstler es sah, schon deshalb von Vergänglichkeit umschattet, weil dieser Künstler ein alter Mann war. Mit einem überwachen Bewußtsein, das allein der beiläufigen Einzelheit ihren unverlierbaren Wert, die abschließende Prägung gibt, hat F., so scheint uns, geschrieben, er, der »Dunkelschöpfung« und »Kritik« im Vorgang seines Schaffens vereinigt sah [...].

Als ein Beispiel sei hier das Haus Mauerstraße 36 genannt, das

»Königsmarcksche Palais«, zu dessen zweiter Etage F. Waldemar von Haldern auf dem Weg zu seinem Onkel, Baron Papageno, hinaufsehen läßt – »hinter deren kleinen Fenstern er mit einem vor Jahr und Tag dort wohnenden Freunde manche glückliche Stunde verplaudert hatte« [...]. Diese beiläufige Bemerkung hat in F.s Erzählung keine klar erkennbare Funktion. Entschlüsseln läßt sie sich zunächst als autobiographische Anspielung. In dem vornehmen Hause Mauerstraße 36 – es stand in auffallendem Gegensatz zu dem bürgerlich bescheidenen Charakter, den die Straße sonst trug, die mit ihrer charakteristischen Krümmung die südwestliche Grenze der Friedrichstadt bezeichnete und sich in das rechtwinklige Schema der ganzen Anlage nicht einfügte –, in dem »Palais«, wie F. sagt, wohnte Gustav Heinrich Gans Edler zu Putlitz, dessen Schwiegervater, ein Graf Königsmarck, der Besitzer des Hauses war; F. ist dort bis 1873 verkehrt. Dort hat aber auch die Rahel von 1827 bis zu ihrem Tode mit ihrem Gatten, Varnhagen von Ense, gewohnt [...]. F., der die Rahel und ihren Salon ursprünglich in »Vor dem Sturm« erscheinen lassen wollte, wie die Vorstufen zu diesem Roman zeigen, hat bei seinen Besuchen in der Mauerstraße gewiß mit größtem Interesse von dieser berühmtesten Bewohnerin des Hauses gehört. Es ist ein Stück Geschichte des alten Berlin, die in dem unauffälligen Satz beschlossen liegt, – aber ohne jeden Anspruch, bemerkt zu werden und kulturgeschichtlich zu »wirken«. Es ist vielmehr gerade diese dekorativ-illustrierende Wirkung, die F. nunmehr bewußt zu vermeiden sucht und durch eine Verinnerung des Historischen tatsächlich überflüssig macht. »Alles was in hervorragendem Maße ein *Zeitbild* ist«, hat er bereits 1870 über eine Aufführung der »Minna von Barnhelm« geschrieben, »ist auch immer in Gefahr, mit eben derselben Zeit, der es in eminenter Weise Ausdruck gab, vom Schauplatz abtreten zu müssen, und keine Klassizität der Sprache, keine Wahrheit der Charaktere, kein Glanz der Farbengebung sind im Stande darüber ganz hinwegzuhelfen. Das ausgesprochen *Kultur-Bildliche,* das dem Gedanken- und Herzens-Inhalt eines Stückes ein bestimmtes Kleid leiht, steigert die Wirkung *momentan,* aber beschränkt sie in ihrer *Dauer.*« (HF III, 2, S. 11). Gibt es nun neben der verinnerten autobiographischen und geschichtlichen noch eine andere Relevanz dieser Anspielung auf die Putlitzsche Wohnung in der Mauerstraße? Das läßt sich nicht »beweisen«, aber man kann es vermuten. Ein Sohn des Hauses, Stephan zu Putlitz (1854–83), Privatdozent für Nationalökonomie, hat wie Waldemar von Haldern den Freitod gewählt. F. ahnte alsbald die »Geheimgeschichte« in diesem Todesfall, über den sich die Familie jederzeit nur in sehr zurückhaltender Weise geäußert hat: »... ›some days *must* be dark and dreary‹, – davon bin ich tief durchdrungen«, schrieb er am 27. Juli 1883 an seine Frau. »Wie mag es z. B. im Hause Putlitz in diesen letzten drei, vier Tagen ausgesehen haben! ... Das ›Duell‹ ist erfunden, um andres, Fataleres zu cachiren.« (Briefe I, S. 232; vgl. auch S. 164 und Anm.) F. kannte den jungen Baron Putlitz – der ein Autor des Verlages von Wilhelm Hertz war –, wie aus einem Brief F.s an den Verleger vom 22. Mai 1882 hervorgeht. Drei- oder viermal habe ihn Putlitz »in der freundlichsten Weise gegrüßt und ebenso oft habe ich diesen Gruß erst erwidern können, wenn Herr v. P. schon drei Schritte vorbei war«; woran F. die Bitte schließt, ihn bei dem Baron zu entschuldigen (Briefe an Wilhelm und Hans Hertz, S. 264).

Die Aufgabe, die Einzelanmerkungen gestellt ist: dem Leser ohne Hinzuziehung weiterer Hilfsmittel ein sachliches Textverständnis zu ermöglichen, ist in ihrer nüchternen Verbindlichkeit verpflichtend, in ihrem Wesen aber so nüchtern nicht. Das schlichte Verständnis dessen, was an der Oberfläche F.scher Texte gesagt wird, genügt eben nicht, um der Intention des Autors gerecht zu werden. Es gilt vielmehr, möglichst viel von dem aufzudecken – und man wird sich darauf einzustellen haben, daß das in jedem Falle nur ein Bruchteil ist –, was F. aus verschiedenen Gründen, die hier nur angedeutet werden können, maskiert hat. Zu diesen Gründen zählt Rücksicht auf das, was das Publikum in seiner Gesamtheit aufzunehmen fähig war, ebenso wie ein angeborener künstlerischer Aristokratismus, der F. im extremen Fall dazu prädestinierte, ein Autor für *einen* Leser zu sein – für den einen, der es bemerkte. F. hat sich wiederholt darüber ausgelassen, bitter, aber nicht ohne Lust. Im Hinblick auf sein Publikum befand sich F. zweifellos in einem Dilemma. So sehr er dem Urteil seiner Epoche in Einzelbezügen selbst verhaftet blieb, hat er sie in ihrem Ungeschmack, in ihrer veräußerlichten Bildung, in ihrer sozialen und politischen Unausgewogenheit und Brutalität insgesamt doch gründlich durchschaut. Er kannte diese Epoche nur zu gut, aber zugleich war er (und eben deshalb) als realistischer Künstler von ihr fasziniert. In diesem komplizierten Verhältnis zur Gegenwart gründet es, daß er ihr zugleich nah und fern stand, daß er sie so doppelbödig beschrieb (oder wie immer man das sagen will). Er hat mit dem Material gearbeitet, das ihm vorgegeben war, aber er hat es in Beziehungen gesetzt, die nicht selbstverständlich waren, hat es gewogen und beleuchtet, illuminiert, und er hat niemals vergessen, daß er mit ihm als Künstler umging.

Im konkreten Fall mochte das so aussehen, daß er wissentlich die verhunzte Form eines abgeklapperten Zitats benutzte, mochte es auch immer richtig im Büchmann stehen; daß er aber zugleich mehrere solcher fragwürdigen Zitate in der verschlagensten Weise zu etwas Neuem und Anderem verknüpfte. In der Summe referierte er dann in einem kapriziösen Text sui generis die konventionelle Gesprächsbildung seiner Zeit. Nicht anders wußte er das historische

Schulbuch- und Anekdotenwissen und die politischen und gesellschaftlichen Meinungen wiederzugeben und zugleich für den Eingeweihten zu denunzieren. Wer F. als Gesellschaftskritiker lesen und würdigen will, der muß mit dem, was diese Gesellschaft beschäftigte, einigermaßen vertraut sein (und insofern findet jede Generation den Gesellschaftskritiker F., den sie verdient.) Nur selten »enthüllt« F., und selbst für elementare Affekte, wie Angst und Verwirrung, hält seine Darstellungsweise *Ver*hüllungen bereit: eine junge Frau, die bei einem Gang in die Stadt ihren Geliebten an der Seite einer anderen erblickt, läuft danach einige Straßenzüge zu weit; das wird nicht ausdrücklich gesagt, aber die topographischen Angaben sind präzise und an Hand des Stadtplans nachprüfbar, wer die Stadt kennt, wird es bemerken [...].

Unsere relativ ausführlichen Anmerkungen suchen dieser Darstellungsweise Rechnung zu tragen. Was deren Reiz ausmacht: die Kunst der Auslassung, das Überfliegende und Gefällige – dies nachzuahmen, ist ihnen verwehrt. Um das Systematische hingegen, das der Dichter verschmähen darf, führt für sie kein Weg herum. Das scheint nun bei F.s Zeitromanen gelegentlich an eine Grenze zu führen, da das ironische Spiel, das in ihnen getrieben wird, der prägnanten Erläuterung eigentlich widerstrebt, vielmehr an die eher ungewisse Erinnerung anknüpfen möchte. Und bereits im ersten dieser Romane tritt in Kommerzienrat van der Straaten eine Gestalt auf, die allem Schulwissen ins Gesicht lacht und die es zweifellos als einen unfreiwilligen Scherz besonderer Art empfunden haben würde, daß man die eigentümlichen Schöpfungen ihrer Wortbildungsphantasie, wie »Venus Spreavensis«, nachträglich mit Berufung auf die Mythologie erklärt. Aber wie van der Straatens Diktion in ihrem Mutterwitz, so finden Anmerkungen in ihrem Lakonismus ihre schlichte Ehre, zu dem der Leser beitragen kann, indem er sich ihrer nur in dem jeweils nötigen Maße bedient.

Abgekürzt zitierte Literatur

A: Theodor Fontane. Romane und Erzählungen in acht Bänden. Hrsg. von Peter Goldammer, Gotthard Erler, Anita Golz und Jürgen Jahn. Berlin und Weimar: Aufbau-Verlag 1969

Allerlei Gereimtes: Allerlei Gereimtes von Theodor Fontane. Hrsg. von Wolfgang Rost. Dresden 1932

Aufzeichnungen und Briefe: Theodor Fontane. Unveröffentlichte Aufzeichnungen und Briefe. (Mitgeteilt von Hans-Heinrich Reuter.)

In: Sinn und Form. Beiträge zur Literatur. Jg. 13 (1961), Heft 5/6, S. 704–47

Auswahl Erler: Fontanes Briefe. Ausgewählt und erläutert von Gotthard Erler. 2 Bde. Berlin und Weimar 1968 (= Bibliothek Deutscher Klassiker)

Briefe: Theodor Fontane. Briefe I. Briefe an den Vater, die Mutter und die Frau. Hrsg. von Kurt Schreinert. Zu Ende geführt und mit einem Nachwort versehen von Charlotte Jolles. Erste wort- und buchstabengetreue Edition nach den Handschriften. Berlin 1968. Briefe II. Briefe an die Tochter und an die Schwester. Berlin 1969. Briefe III. Briefe an Mathilde von Rohr. Berlin 1971. Briefe IV. Briefe an Karl und Emilie Zöllner und andere Freunde. Berlin 1971

Briefe an Friedlaender: Theodor Fontane. Briefe an Georg Friedlaender. Hrsg. und erläutert von Kurt Schreinert. Heidelberg 1954

Briefe an Harden: Aus Briefen Fontanes an Maximilian Harden. (Mitgeteilt von Hans Pflug.) In: Merkur. Deutsche Zeitschrift für europäisches Denken. Jg. 10 (1956), Heft 11, 1091–98

Briefe an Kletke: Theodor Fontane. Briefe an Hermann Kletke. In Verbindung mit dem Deutschen Literaturarchiv Marbach a. N. hrsg. von Helmuth Nürnberger. München 1969

Briefe an Lindau: Theodor Fontane an Paul Lindau. Mitgeteilt von Alfred Merbach. In: Deutsche Rundschau. Jg. 53 (1927), Bd. 210, S. 239–46; Bd. 211, S. 56–64

Briefe an Rodenberg: Theodor Fontane. Briefe an Julius Rodenberg. Eine Dokumentation. Hrsg. von Hans-Heinrich Reuter. Berlin und Weimar 1969

Briefe an Wilhelm und Hans Hertz: Theodor Fontane. Briefe an Wilhelm und Hans Hertz. 1859–1898. Hrsg. von Kurt Schreinert †. Vollendet und mit einer Einführung versehen von Gerhard Hay. Stuttgart 1971 (= Veröffentlichungen der Deutschen Schillergesellschaft 29)

Briefwechsel mit Heyse: Der Briefwechsel von Theodor Fontane und Paul Heyse 1850–1897. Hrsg. von Erich Petzet. Berlin 1929

Briefwechsel mit Lepel: Theodor Fontane und Bernhard von Lepel. Ein Freundschafts-Briefwechsel. Hrsg. von Julius Petersen. 2 Bde. München 1940

Briefwechsel mit Wolfsohn: Theodor Fontanes Briefwechsel mit Wilhelm Wolfsohn. Hrsg. von Wilhelm Wolters. Berlin 1910

Chronik: Hermann Fricke. Theodor Fontane. Chronik seines Lebens. Berlin-Grunewald 1960

Der richtige Berliner: Der richtige Berliner in Wörtern und Redensarten verfaßt von Hans Meyer [...] fortgeführt von Dr. Siegfried Mannesmann und für die zehnte Auflage bearbeitet und ergänzt von Walther Kiaulehn. München, Berlin (1965)

Das Fontane-Buch: Das Fontane-Buch. Beiträge zu seiner Charakte-

ristik. Unveröffentlichtes aus seinem Nachlaß. Das Tagebuch aus seinen letzten Lebensjahren. Hrsg. von Ernst Heilborn. Berlin 1919
Der deutsche Krieg von 1866: Theodor Fontane. Der deutsche Krieg von 1866. Bd. 1, Der Feldzug in Böhmen und Mähren. Bd. 2, Der Feldzug in West- und Mitteldeutschland. Berlin 1870–71 (Faksimilenachdruck München: Nymphenburger Verlagshandlung 1971)
Der Krieg gegen Frankreich 1870–1871: Theodor Fontane. Der Krieg gegen Frankreich 1870–1871. Bd. 1, 1 und 1, 2, Der Krieg gegen das Kaiserreich. Berlin 1873. Bd. 2, 1 und 2, 2, Der Krieg gegen die Republik. Berlin 1875–76 (Faksimilenachdruck München: Nymphenburger Verlagshandlung 1971)
Der Schleswig-Holsteinsche Krieg im Jahre 1864: Theodor Fontane. Der Schleswig-Holsteinsche Krieg im Jahre 1864. Berlin 1866 (Faksimilenachdruck München: Nymphenburger Verlagshandlung 1971)
Engere Welt: Theodor Fontanes engere Welt. Aus dem Nachlaß hrsg. von Mario Krammer. Berlin (1920)
Familienbriefe: Theodor Fontanes Briefe an seine Familie. Hrsg. von Karl Emil Otto Fritsch. 2 Bde. Berlin 1905 (= Ges. Werke. Serie 2, Bd. 6–7)
Fontane-Blätter: Fontane Blätter. Hrsg. vom Theodor-Fontane-Archiv der Deutschen Staatsbibliothek, Potsdam. Potsdam 1965 ff.
Freundesbriefe. Letzte Auslese: Theodor Fontane. Briefe an die Freunde. Letzte Auslese. Hrsg. von Friedrich Fontane und Hermann Fricke. 2 Bde. Berlin 1943
Freundesbriefe. Zweite Sammlung: Briefe Theodor Fontanes. Zweite Sammlung. Hrsg. von Otto Pniower und Paul Schlenther. 2 Bde. Berlin 1910 (= Ges. Werke. Serie 2, Bd. 10–11)
Heiteres Darüberstehen: Theodor Fontane. Heiteres Darüberstehen. Familienbriefe. Neue Folge. Hrsg. von Friedrich Fontane. Mit einer Einführung von Hanns Martin Elster. Berlin 1937
Kehler: Neunundachtzig bisher ungedruckte Briefe und Handschriften von Theodor Fontane. Hrsg. und mit Anmerkungen versehen von Richard von Kehler. Berlin 1936
Lohrer: Liselotte Lohrer. Fontane und Cotta. In: Festgabe für Eduard Berend zum 75. Geburtstag am 5. Dezember 1958. (Hrsg. von Hans Werner Seiffert und Bernhard Zeller.) Weimar 1959, S. 439–66
Meyer, Zitat: Hermann Meyer. Das Zitat in der Erzählkunst. Zur Geschichte und Poetik des europäischen Romans. Stuttgart (1961)
N: Theodor Fontane. Sämtliche Werke. München: Nymphenburger Verlagshandlung 1959 ff.
Rosenfeld: Hans-Friedrich Rosenfeld. Zur Entstehung Fontanescher Romane. Groningen, Den Haag 1926
Rost: Wolfgang E. Rost. Örtlichkeit und Schauplatz in Fontanes Werken. Berlin und Leipzig 1931 (= Germanisch und Deutsch. Studien zur Sprache und Kultur, H. 6)

Schriften und Glossen: Theodor Fontane. Schriften und Glossen zur europäischen Literatur. Ausgewählt, eingeleitet und erläutert von Werner Weber. 2 Bde. Zürich und Stuttgart 1965–67 (= Klassiker der Kritik)

Nur gelegentlich herangezogene Literatur wird in den Anmerkungen mit den bibliographischen Angaben zitiert.

Erläuterungen zu den Verweisen:

Verweise mit Bandnummer und Seitenzahl beziehen sich auf die Ullstein Taschenbuchedition »Theodor Fontane, Sämtliche Romane, Erzählungen, Gedichte, Nachgelassenes«. Seitenzahlen ohne Zusatz beziehen sich auf den vorliegenden Band.
Die »Wanderungen durch die Mark Brandenburg« und »Fünf Schlösser« (Ullstein-Buch Nr. 4501–5) werden mit der Abkürzung W 1, W 2 etc. und der Seitenangabe zitiert.
Die frühen Erzählungen und Fragmente, die in Band 24 der Ullstein-Taschenbuchedition erscheinen, werden nach der Originalausgabe in Band HF 1, 5 (in zweiter Auflage HF I, 7) der Hanser-Fontane-Ausgabe zitiert.
Auf die Bände der Hanser-Fontane-Ausgabe (HF) wird durch Angabe der Abteilung (römische Ziffer) und der Bandnummer (arabische Ziffer) verwiesen. Gliederung der Ausgabe: Abteilung I: Sämtliche Romane, Erzählungen, Gedichte, Nachgelassenes; 7 Bde. (in erster Auflage 6 Bde.). Abteilung II: Wanderungen durch die Mark Brandenburg; 3 Bde. Abteilung III: Erinnerungen, Ausgewählte Aufsätze und Kritiken; 5 Bde. (Bd. 1: Aufsätze und Aufzeichnungen; Bd. 2: Theaterkritiken; Bd. 3/1 und 3/2: Reiseberichte und Tagebücher; Bd. 4: Autobiographisches; Bd. 5: Zur deutschen Geschichte und Kunstgeschichte. Abteilung IV: Briefe; 3 Bde. und ein Kommentarband.

Die Taschenbuchausgabe ist um einige neuerdings erstmals publizierte oder neu ermittelte Briefzeugnisse und um Literaturhinweise erweitert worden. Für die zusätzlichen Briefzeugnisse wurde mit

Dank herangezogen und unter der folgenden Abkürzung zitiert: Dichter über ihre Dichtungen: Dichter über ihre Dichtungen. Band 12. I. II. Theodor Fontane. Hrsg. von Richard Brinkmann in Zusammenarbeit mit Waltraud Wiethölter. München (1973).

Andreas Catsch / Helmuth Nürnberger

Literatur zu »Cécile«:

Croner, Else: Fontanes Frauengestalten. Berlin 1906, S. 25–51 (Cécile). (2. Auflage Langensalza 1931 = Schriften zur Frauenbildung. 12).

Friedrich, Gerhard: Die Schuldfrage in Fontanes »Cécile«. In: Jahrbuch der deutschen Schillergesellschaft 14 (1970), S. 520–545.

Günther, Vincent J.: Das Symbol im erzählerischen Werk Fontanes. Bonn 1967 (= Bonner Arbeiten zur deutschen Literatur. 16) (zu »Cécile« S. 32–38).

Heuser, Magdalene: Fontanes »Cécile«. Zum Problem des ausgesparten Anfangs. In: Zeitschrift für Deutsche Philologie 92 (1973), Sonderheft Theodor Fontane, S. 36–58.

Hohendahl, Peter Uwe: Theodor Fontane: »Cécile«. Zum Problem der Mehrdeutigkeit. In: Germanisch-Romanische Monatsschrift 18 (1968), S. 381–405.

Keitel, Walter: »Thale. Zweiter ...«. Ein Fontane-Kapitel. In: Neue Zürcher Zeitung, 28. 5. 1970, Fernausgabe Nr. 144, S. 85.

Mittenzwei, Ingrid: Die Sprache als Thema. Untersuchungen zu Fontanes Gesellschaftsromanen. Berlin, Zürich 1970 (= Frankfurter Beiträge zur Germanistik. 12), S. 78–94 (»Roman und Roman ›dahinter‹: »Mutmaßungen über Cécile«).

Müller-Seidel, Walter: Theodor Fontane. Soziale Romankunst in Deutschland. Stuttgart 1975, S. 181–196 (Frauenporträts. 2. Cécile).

Reuter, Hans-Heinrich: Fontane. 2 Bde. Berlin 1968 (zu »Cécile« Bd. 2, S. 654–664).

Wandrey, Conrad: Theodor Fontane. München 1919, S. 190–209 (Die Novellen der Mittelzeit. 2. Cécile).

Entstehungszeit: Juni 1884 – März 1886. – *Vorabdruck* in »Universum. Illustrierter Hausschatz für Poesie, Natur und Welt, Literatur, Kunst und Wissenschaft«, 2. Jg., Dresden 1886 (April – September), S. 1–12 (Kap. 1–6), 49–60 (Kap. 7–11), 97–110 (Kap. 11 [Forts.] – 14), 145–156 (Kap. 14 [Forts.] – 18), 217–228 (Kap. 18 [Forts.] – 22), 269–282 (Kap. 23–29). – *Erstausgabe:* April 1887 (Emil Dominik, Berlin). Die zweite, mit der ersten identische, Auflage erschien ebenfalls 1887 bei Emil Dominik, Berlin, die weiteren Auflagen bei F. Fontane & Co., Berlin. 3000 Exemplare wurden für die Ausgabe »Gesammelte Romane und Erzählungen« (Berlin: Dominik, bzw. Fontane 1890–92), 5000 Exemplare in der Ausgabe »Gesammelte Werke. I. Serie« (Berlin: Fontane 1905, 1908 und 1913) gedruckt.

Textgrundlage: Erstausgabe. Änderungen im Vorabdruck, die Fontane für die Buchausgabe vorgenommen hat, werden im Variantenverzeichnis auf S. 238 ff. wiedergegeben, wobei über die relevanten Unterschiede hinaus zahlreiche kleine stilistische Änderungen verzeichnet werden, die für die beiden Fassungen charakteristisch sind.

In einer Reihe von Fällen haben wir uns für die Lesart des Vorabdrucks (vor der Klammer) entschieden: S. 25, 18 Unbefangenheit] Befangenheit — 33, 37 erst] fehlt B — 34, 8 nich] nicht — 35, 5 allein] daheim — 53, 8 Cécile?] Cécile! — 79, 5 Wagenschlage] Wappenschlage — 80, 28 *un*treu] untreu — 92, 6 dem] fehlt B — 92, 11 *so*] so — 98, 17 *zu*] zu — 102, 38 Ah] Uh — 107, 21 aus] fehlt B — 131, 2 habe«.] habe«, — 139, 28 *sie*] sie — 141, 11 »Nein, nicht dumm.«] fehlt B — 146, 5 Haltung] Handlung — 148, 32 *zu*] zu — 151, 4 *ich*] ich — 157, 34 *die*] die — 159, 21 möchte?] möchte. — 159, 25 Riesenfortschritte] Riesenschritte — 161, 22 zu] zur — 163, 3 *nie*] nie — 170, 28 nichts Kleineres] nicht Kleineres — 172, 24 in] von — 173, 23 *du*] du

Konjekturen wurden an den folgenden Stellen vorgenommen: 163, 32 darstellte] darstellt — 81, 19 da] daß — 117, 1 Diebitschschen] Diebitschen

Zur Entstehung: Deutlich und spannungsvoll für den Leser spiegeln F.s Briefe vom Juni 1884 aus Thale Fund und Sammlung wichtiger Wirklichkeitselemente, die den Kunst-Bestand seiner geplanten neuen Novelle begründen helfen, den Kunst-Verstand ihres Autors anregen und sättigen (vgl. S. 868 ff. sowie die Auszüge aus Briefen in den Anmerkungen). Auch der zusammenfassende Rückblick auf diesen Monat im Tagebuch berichtet von den Begegnungen in Thale, wenngleich der Ton hier deutlich herabgestimmt ist:

»In Thale blieb ich beinah drei Wochen, bis zum 28. Ich bezog mein altes Quartier auf dem Hubertus-Bad, bei Marcell Sieben, und hatte im wesentlichen wieder Ursache zufrieden zu sein. Ich fand gute Gesellschaft: General Willerding, Amtsrat Wanschaffe, Gräfin Rothenburg (früher Schauspielerin, Schwiegertochter des Fürsten von Hohenzollern-Hechingen), Frl. von Heineccius, ein Ehepaar aus Insterburg, Siebens Schwiegersohn: Friedrich Raspe und Frau usw. Das gab denn viel Plauderei bei Tisch. So war der Aufenthalt eigentlich weniger langweilig, als meine Sommeraufenthalte sonst wohl zu sein pflegen. Aber recht froh wurde ich der Sache nicht; ich war matt, arbeitsunfähig und in den letzten drei Tagen krank, ein starker Anfall, der mich ganz runter brachte. Schon auf der Hinreise hatte ich im Coupé die Bekanntschaft des Hofpredigers Dr. Strauß mit Frau und Tochter gemacht; sie, die Frau Hofpredigerin, ist eine geborene von Alten und gefiel mir recht gut. Auch er war nicht übel. Sie luden mich zu einer Partie auf die Victorshöhe und von da nach Alexisbad, Mägdesprung, Gernrode und Suderode ein; zum Schluß besuchten wir die christliche Sommerwirtschaft ›Hagenthal‹ bei Gernrode, die für Sommerfrischlinge ungefähr dasselbe ist, was das ›evangelische Vereinshaus, Oranienstraße 106‹ (soweit es ›Hotel‹ spielt) für Berlin ist. Es liegt hübsch und anmutig. Am Tage darauf waren die Sträuße meine Kaffeegäste. In der letzten Woche besuchte ich auch den vielgenannten ›Präzeptor von Altenbrak‹, Rodenstein mit Namen, ein 80jähriges Original. Es war eine Tagespartie, die mich sehr erfreute, trotzdem ich doch fand, daß man von dem Alten mehr macht als nötig.« (HF III, 3/2).

Besonders eindringlich hat Hans-Heinrich Reuter die Quellen und Anregungen gewürdigt, die zur Komposition von »Cécile« beigetragen haben (»Fontane«, Berlin 1968, Bd. 2, S. 656 ff.). Das Thema der Fürstengeliebten ist von F. bereits in den »Wanderungen«, ›Spreeland‹, ›Julie von Voß‹ behandelt worden (W 4, S. 173 ff.). In den Entwürfen zu »Allerlei Glück« wird die Geschichte einer Frau v. Birch-Heiligenfelde erzählt, die in Einzelheiten für »Cécile« modellhaften Charakter gewonnen hat (HF I, 7; in 1. Aufl. Bd. 5, S. 683 f.). Zu einer wesentlichen Quelle ist für F. die Erzählung des Grafen Philipp zu Eulenburg über ein Mitglied seiner Familie geworden, die sich der Dichter noch am selben Tage, am 21. Jan. 1882, ausführlich notiert hat. Die Notiz ist 1969 von Anita Golz in der Fontane-Ausgabe des Aufbau-Verlags erstmals veröffentlicht worden.

»Beim Kaffee erzählte mir Graf Eulenburg die Geschichte mit seinem zweiten Sohn, die, wie bekannt, nahe daran war, zu einem Duell zwischen dem Obersten Graf Alten und dem Lieutenant Graf Eulenburg zu führen. Der ganze Verlauf war der folgende...« Danach hatte sich der junge Graf mit einem Fräulein von Schaeffer-Voit verlobt und seinem Kommandeur, dem damaligen Oberstleutnant von Alten, davon Anzeige gemacht. Alten habe die unerhörte Antwort gegeben: »Lieber Eulenburg, solche Dame liebt man, aber heiratet man nicht.« Eulenburg forderte Alten zum Duell, dieser aber »brachte die Sache auf den Dienst-Fuß«, und Eulenburg wurde infolgedessen zu zwei Jahren Festung verurteilt. Sechs Wochen später aber wurde er vom König begnadigt und trat in sein Regiment, zu den Gardes du Corps, zurück. Da er unter Alten nicht dienen wollte, erwog er den Abschied zu nehmen. Sein Vater hielt ihn davon ab und ließ seine Beziehungen zu General von Albedyll, dem Chef des für die Personalfragen zuständigen Militärkabinetts spielen (vgl. auch S. 138 und Anm.); allerdings war Albedyll ein Schwager Altens, was die Regelung komplizierte. Der junge Eulenburg wurde zunächst (1874) zur Kriegsschule in Metz kommandiert. In Metz heiratete er Fräulein von Schaeffer-Voit, und dem Paar wurde dort das erste Kind geboren. Nach etwa einjähriger Dienstzeit an der Kriegsschule wurde Eulenburg zur Gesandtschaft in Rom versetzt. Er stand immer noch bei den Gardes du Corps, und er trug auch noch die Uniform dieses Regiments. Nun erhielt er die Mitteilung, daß er zum 13. Husaren-Regiment in Frankfurt am Main versetzt sei, dessen Chef König Humbert von Italien war. Jede andere Transferierung wäre einer Zurücksetzung Eulenburgs gleichgekommen (da eben die Gardes du Corps das vornehmste Kavallerieregiment der Armee waren), die Versetzung zu den 13. Husaren aber bildete eine Huldigung gegen König Humbert ... Eulenburg erschien in der Uniform des 13. Husaren-Regiments beim König in Audienz. Dann trat er seinen Dienst in Frankfurt am Main an. Dort diente er auch noch, als der alte Graf Eulenburg F. die Geschichte erzählte, »glücklich in seiner Ehe«, wie F. schließt, »Vater von drei Kindern. Der alte Graf pries den glücklichen Verlauf der Sache, und als ich einstimmte und hinzusetzte: ›Gleichviel ob Alten Ihren Herrn Sohn oder Ihr Herr Sohn den Grafen Alten erschoß, es wär immer eine furchtbare Geschichte geworden‹, bemerkte der alte Graf Eulenburg: ›Und fiel mein Sohn, so hätt es damit noch kein Ende gehabt; ich hätte die Sache persönlich fortgesetzt.‹« (A 4, S. 563 f.).

Diese Notizen F.s sind auf Grund von Mitteilungen der Familie Eulenburg ergänzt und teilweise berichtigt worden (Walter Keitel, »›Thale. Zweiter ...‹ Ein Fontane-Kapitel«. In: Neue Zürcher Zeitung, 28. Mai 1970, Fernausgabe Nr. 144, S. 85). Danach ging um Anna Clara Henriette Jeanette von Schaeffer-Voit das On dit, sie sei die illegitime Tochter des Königs von Bayern gewesen. Ihr Mann soll nicht der Sohn, sondern der Bruder von Philipp Graf zu Eulenburg gewesen sein. (Vgl. hierzu auch F.s Skizze zu einem »Novellenstoff«: »Ein junger Graf – nehmen wir eine ähnliche Situation wie die des jungen Grafen. E. mit der Schaeffer-Voit ...« (HF I, 7; in 1. Aufl. Bd. 5, S. 1004).

So ist F.s »tragische Erzählung, die in der inneren Form der Novelle näher steht als dem Roman ... aus mehreren unabhängigen Zuflüssen hervorgegangen«, wie Kurt Schreinert ausgeführt hat (Theodor Fontane, »Cécile«. Mit einem Nachwort von Kurt Schreinert. Frankfurt und Hamburg 1961 = exempla classica. 29).

Wie aus F.s Brief an Emilie Zöllner vom 5. Juni 1884 hervorgeht, reiste er nach Thale, um dort in Ruhe an seiner neuen Novelle zu arbeiten (vgl. S. 199). Der Ort war ihm von mehreren Aufenthalten (zuerst 1868, zuletzt 1883) bereits gut bekannt. Die erhoffte befriedigende Arbeitsatmosphäre fand F. in Thale diesmal nicht, der Aufenthalt trug aber dennoch reiche Früchte, denn besonders der Verkehr mit den Kurgästen trug ihm eine Fülle von Anregungen für die Novelle ein, die sich offenbar in seiner Phantasie jetzt erst ausgestaltete. Wie es seiner Schaffensweise entsprach, fertigte F. sich an den wichtigeren Schauplätzen (besonders in Quedlinburg) Notizen an, die sich z. T. erhalten haben (vgl. Rost, S. 156; A 4, S. 566 f.).

Erst in Krummhübel, wohin F. im Juli 1884 reiste, machte die Niederschrift der Novelle wesentliche Fortschritte. »Am Vormittag arbeitete ich an meiner Novelle ›Cécile‹, las O. Brahms ›Kleistbuch‹ und die Nationalzeitung«, hält das Tagebuch fest (HF III, 3/2); auch Briefe sprechen von seiner Arbeit. F. beschäftigte sich in Krummhübel aber auch mit »Unterm Birnbaum«, und in Berlin wandte er sich ganz diesem Stoff zu. Erst im folgenden Frühjahr hören wir in einem Brief an Anton Glaser, den Redakteur der Westermannschen »Monatshefte«, wiederum von »Cécile« (vgl. S. 202). Das Angebot an Glaser zeitigte ebenso wie das an Adolf Kröner kein Ergebnis. Erst im Januar 1886 sollte sich die in Dresden erscheinende Zeitschrift »Universum« für den Vorabdruck entscheiden. Inzwischen beschäftigte F. immer wieder die Korrektur der Novelle. So begann F. zunächst in Krummhübel Mitte Juli 1885 »mit der Korrektur meiner Novelle ›Cécile‹, welche schwierige Arbeit bis zum 17. oder 18. September andauerte, an welchem Tage ich ... nach Berlin zurückkehrte«, verzeichnet das Tagebuch (HF III, 3/2), dem auch die folgenden Notizen entnommen sind. »Einige Tage widmete ich noch der Novellenkorrektur ...« Unter dem 18. November bis 31. Dezember 1885 notiert F.: »Ich fahre fort mit der Korrektur meiner Novelle ›Cécile‹ und komme damit bis zur Hälfte.« Auf den März 1886 bezieht sich die abschließende Eintragung: »Meine Arbeit bis Ende März war Fortsetzung und Schluß meiner Novellenkorrektur (Cécile). Das Honorar wird mir zu meiner Freude prompt ausgezahlt.«

F. erhoffte die Buchausgabe noch zu Weihnachten, sie unterblieb indes, »da Müller-Grote den Druck meiner Novelle ›Cécile‹ abgelehnt hatte«, wie wiederum das Tagebuch verzeichnet, und da zu F.s schmerzlicher Enttäuschung auch Hertz sich ablehnend zeigte. So erschien »Cécile« erst 1887 bei Emil Dominik. Auch hierzu liegt eine Eintragung im Tagebuch vor: »Im März oder April erscheint Dominik und nimmt meine Novelle ›Cécile‹ in seinen Verlag. Es verkehrt sich sehr angenehm mit ihm, Fortfall aller Kleinlichkeit und Sechserwirtschaft. In 14 Tagen oder doch spätestens in drei Wochen war das Buch fertig und stand in den Schaufenstern. Die Aufnahme beim Publikum ziemlich gut; Dr. Ed. Engel schreibt mir einen Brief voll Anerkennung, Paul Schlenther bringt eine Kritik in der Vossin, das Freundlichste sagt Lübke in der Augsb. Allg. Ztg. in einem längeren Artikel ›Th. Fontane als Erzähler‹.«

F. hat »Cécile« für die Buchausgabe noch einmal einer gründlichen stilistischen Durchsicht unterzogen. Da der kurze Zeitraum zwischen der Vereinbarung mit Dominik und dem Erscheinen des Buches dafür schwerlich ausreichte, gehen die Änderungen vielleicht bereits auf das Jahr 1886 zurück.

Briefliche Zeugnisse zur Entstehungsgeschichte

An Emilie Zöllner Berlin, 5. Juni 1884

Ich *muß* die letzten drei Juni-Wochen in Thale zubringen, weil ich dort – im ersten Entwurf – eine Novelle niederschreiben will, deren erste Hälfte in Thale, im Hôtel Zehnpfund, spielt. Ich muß dazu das *Lokal* vor Augen, aber als Zweites, eben so Wichtiges auch unbedingte Ruhe haben, nicht blos äußerliche, sondern namentlich auch innerliche. *Die* hat man aber immer nur in der Einsamkeit, als Solo-Krebs. ... Die Menschen, unter denen man lebt, stellen sich zwischen einen und das Papier darauf man schreiben will. Natürlich klingt all dergleichen kindisch und doch ist es eine Thatsache. (Briefe IV, S. 85 f.)

An Emilie Fontane Thale, 9. Juni 1884

Seit Potsdam, wo Hofprediger Strauß mit Frau u. Tochter einstieg, bin ich bis diesen Augenblick 7½ in einer unausgesetzten Conversation geblieben, erst legte der Strauß seine Eier, dann bei Tische General Willerding u. Oberamtmann Wannschaffe, dann ein Ostpreuße aus Insterburg ... dann die Familie Sieben, dann ich — ich genieße diese Plaudereien, sehr wählerisch bin ich nicht, aus allem saug' ich meinen Honig und jedenfalls werde ich stundenlang der *ewigen Produktion* entrissen, was das Beste und Wohlthuendste ist. (Briefe I, S. 258)

An Emilie Fontane Thale, 15. Juni 1884

Gestern machte ich mit Hofprediger Strauß, Frau und Tochter eine Tagespartie ... *sie* ist eine geborne v. Alten, Tochter eines Generals, Nichte von unsrer Frau v. Blomberg, und 33 jünger als *er* (Strauß). Was alles vorkommt! (Briefe I, S. 264 f.)

An Emilie Fontane Thale, 16. Juni 1884

... *sie* [Frau Strauß] erschien in einem kirschrothen Sammtjacquet mit einem drei fingerbreiten türkisch-orientalischen Collier drauf, ganz wie ein breiter *Gold-Kragen,* und ähnlich dem Schmuck den einige der G. Richterschen Aegypterinnen tragen. Es sah sehr schön aus und Frau Friedrich Raspe ... kriegte bei dem Erscheinen der *so* ornamentirten geb. v. Alten einen ordentlichen Schreck. She was evidently shrinking together. Die geb. v. Alten gefällt mir übrigens ganz gut; sie ist sehr nervös, und hat – wenn ich mich nicht verrechne – ein kleines liking für mich, was ja immer captivirt. Der Verkehr zwischen dem Ehepaar ist ein sehr netter, durchaus nicht pappstofflich ...

Heute bin ich 8 Tage hier und habe das Gefühl nichts gethan und nichts erlebt zu haben. Das Letztre ist nun aber doch falsch: ich war 3 mal mit Strauß'ens zusammen, war mit Raspe und dem Bruder Insterburger ... in Quedlinburg, sehe die Gräfin Rothenburg ... täglich bei Tisch und habe mich mit General Willerding, Amtsrath Wanschaffe und Banquier Cohn einigermaßen angefreundet. ... Hier noch zu arbeiten, habe ich aufgegeben ... (Briefe I, S. 265 f.)

An Friedrich Stephany Thale, 18. Juni 1884

Noch habe ich keinen Strich geschrieben, und so soll's bis Ende Juni bleiben. Zu dem Behagen trägt auch die Gesellschaft bei. Die Durchschnitts-Table d'hôte ist von altersher mein Schrecken. Trifft man's aber gut, so kann es reizend sein. Sechs Mann hoch bilden wir hier eine scharfe Ecke: ein General, ein Amtsrat, ein Bankier, dazu der Wirt, ein ostpreußischer Industrieller und ich. Der Ostpreuße heißt Blechschmidt, ein guter Kerl, aber von Mutter Natur seinem Namen in einer merkwürdigen Weise angepaßt. Desto origineller ist der General, der sich wie alle »a.D.-Leute« dreimal den Tag den Strick um den Hals spricht. Wär' er ein bißchen feiner und ein bißchen weniger eitel, so wär' er ganz Nummer I. So aber kann ich ihm nur IIa geben. Zu diesen sechs Herren kommen drei Damen, eine Gräfin R., deren Dame d'honneur, ein Fräulein v. H., und eine Oberstabsarztfrau aus Potsdam, Jugendfreundin der Gräfin. Diese letztere, zweiunddreißig Jahre alt, ist eine Schwiegertochter des alten Fürsten von H., der mehrere Kebsinnen hatte, mit deren Hilfe er, wenn nicht den Ruhm, so doch das Blut des Hauses fortsetzte. Durch diesen physiologischen Vorgang entstanden auch die R., und der älteste dieses Namens heiratete ein strammes (das ist immer die Hauptsache) bürgerliches Madel, das nun als »Gräfin R.« an unsrem Tisch sitzt. Sie quietscht vor Leben und Vergnügen, und wenn der alte General auf der Höhe seiner Zweideutigkeiten steht, verklärt sich ihr fideles Gesicht.

(Freundesbriefe. Zweite Sammlung, Bd. 2, S. 91 f.)

An Emilie Fontane Altenbrak a. d. Bode, 19. Juni [1884]
Nach 3stündigem Marsch traf ich hier in Altenbrak ein und will nun über Treseburg zurück, nachdem ich mit dem *›Herrn Praeceptor‹* einer klassischen 80jährigen Figur (Kopf genau wie Roquette aber 6 Fuß groß und in tiefstem Baß sprechend) zwei Stunden lang geplaudert habe. Alles wundervoll, phantastisch-humoristische Märchenwelt: *Er,* seine ›am Zittern‹ leidende, beständig weinende Frau und seine entzückende Tochter, Förstersfrau, 30 Jahre alt, mit 5 strammen Jungens.

Alles wundervoller Stoff für meine neue Novelle ... die sich mir heut auf dem 3stündigen Marsch in allen Theilen klar ausgestaltet hat. Es kann nun also damit los gehn, – ich glaube was ganz Feines.

(Briefe I, S. 271 f.)

An Emilie Fontane Thale, 20. Juni 1884
Gestern war ich von Mittag an unterwegs, und kam nur dazu, von Altenbrak aus, Dir einige Zeilen zu stiften ...

... Das Beste war, daß ich mit meiner Arbeit plötzlich von der Stelle kam; bis dahin hatte ich nur die Tendenz und ein paar Einzelscenen, mit einem Male aber ging die ganze Geschichte klar vor mir auf, namentlich auch in ihren schwierigsten Partieen, und heute früh hab ich denn auch alles in 14 Kapiteln niedergeschrieben. D. h. ganz kurz, jedes Kapitel ein Blatt. Aber es lebt doch nun und strampelt. (Briefe I, S. 272)

An Emilie Fontane Thale, 22. Juni 1884
... ich kann im Waldkater nach wie vor im Freien Kaffe trinken. – Heute Abend werde ich Schmerlen essen, meiner neuen Novelle zu Liebe, worin ›beim Praeceptor‹ Schmerlen gegessen werden.

(Briefe I, S. 275)

An Emilie Fontane Krummhübel, 24. Juli 1884
Vormittags arbeite ich ein wenig; ich ordne, gruppire, erfinde, nur das *Gestalten* glückt nicht, es ist als ob mir alle Kraft dazu abhanden gekommen wäre und nicht wiederkommen wolle. Nun, es muß auch so gehn. (Briefe I, S. 285)

An Emilie Fontane Krummhübel, 28. Juli 1884
Ich arbeite jeden Tag und schreibe im Laufe des Vormittags 6 Seiten in einem *sehr* unfertigen Zustande nieder, aber selbst diese 6 unfertigen Seiten greifen mich an und zeigen mir, daß ich noch immer nicht auf meinem frühren Normalstand oder aber überhaupt in der Decadence bin. (Briefe I, S. 287)

An Emilie Fontane Krummhübel, 8. August 1884
... bleib' ich bei Kräften u. Stimmung, so schreibe ich ... an meiner Novelle weiter. (Briefe I, S. 292)

An Martha Fontane Krummhübel, 18. August 1884
Diese Woche ist noch theaterfrei ... In *dieser* Woche will ich noch fleißig sein; jeden Morgen schreibe ich 8 bis 10 Blätter d. h. was man so schreiben heißt. (Briefe II, S. 69)

An Friedrich Fontane Krummhübel, 24. August 1884
... morgen (Montag) habe ich noch zu tun, dann aber bin ich mit meiner neuen Novelle so weit fertig, wie ich hier überhaupt kommen wollte. (A 4, S. 570)

An Adolf Glaser 25. April 1885
Gestern endlich ist die Novelle, die mich den Winter über beschäftigt hat [»Unterm Birnbaum«], an Kröner abgegangen, und da der deutsche Schriftsteller bekanntlich nur *die* Form der Erholung kennt, die sich Wechsel der Arbeit nennt, so habe ich heut schon die für Sie bzw. Westermanns bestimmte aus dem Stall gezogen. Eh ich nun aber ans Aufputzen und Striegeln gehe, möchte ich gern noch einmal hören, daß Sie die Sache auch bestimmt wollen, sonst sitze ich schließlich mit meiner Herrlichkeit da. Stoff: Ein forscher Kerl, 35, Mann von Welt, liebt und verehrt – nein, verehrt ist zuviel – liebt und umcourt eine schöne junge Frau, kränklich, pikant. Eines schönen Tages entpuppt sie sich als reponierte Fürstengeliebte. Sofort veränderter Ton, Zudringlichkeit mit den Allüren des guten Rechts. Konflikte; tragischer Ausgang. Das die Geschichte in 22 Kapiteln; ich taxiere den Umfang auf 6 Bogen, wenn mehr, nur ein ganz geringes. Honorar: 500 Mark pro Bogen, zahlbar nach Empfang des Manuskripts. Ablieferungstermin nicht genau zu bestimmen, nach meiner Berechnung Mitte September. Ihre Güte wird diese Zeilen gelegentlich in Braunschweig vorlegen und sehe ich dann einem entscheidenden Nein oder Ja entgegen. Hoffentlich ein Ja! ... Noch ein Punkt: ich muß es Herbst 86 als Buch erscheinen lassen dürfen. (A 4, S. 570)

An Emilie Fontane Krummhübel, 13. September 1885
Es ist 2 und ich bin angegriffen vom Corrigiren; unter den schwierigen Kapiteln war es das letzte; was nun noch kommt, ist verhältnismäßig leicht. (Briefe I, S. 309)

An Theodor Fontane Berlin, 21. September 1885
Ich habe während meiner Sommerfrische eine lange Novelle durchkorrigirt, von deren Ertrag ich diesen Winter zu leben hoffe. (Auswahl Erler, Bd. 2, S. 141)

An Wilhelm Hertz Berlin, 19. Januar 1886
Vor einigen Tagen besuchte mich ein Herr v. Puttkamer, Redakteur der mir unbekannten Wochen- oder Monatsschrift »das Universum« und bat mich um einen Roman oder eine längere Novelle. »Die

Honorarfrage komme gar nicht in Betracht.« Süßer Klang. Aber vielleicht Sirenenlied, um den armen Schiffer zu verderben. Ich möchte deshalb nicht eher »ja« sagen, als bis ich über die Zahlungslust und Zahlungsfähigkeit des »Universums« völlig beruhigt bin. Das Universum ist ein mißliches Pfandobjekt; was nutzt einem eine Anweisung auf den gestirnten Himmel? Herr v. Puttkamer und sein Journal sind in *Dresden* zu Haus; ist es Ihnen vielleicht möglich in Erfahrung zu bringen, wie groß und wie zuverlässig der betr. Arnheim ist? Ich kann einige Bedenken nicht los werden.

(Briefe an Wilhelm und Hans Hertz, S. 284)

An Adolf Kröner 22. Januar 1886

Das »*Universum*« eine in Dresden erscheinende, mir bis dahin unbekannte Monatsschrift, hat mich um eine größere Novelle gebeten, mit dem imposanten Zusatze: »Honorarfrage gleichgültig«. Ich habe denn auch zugesagt und dem betr. Herrn *die* Novelle (»Cécile«) versprochen, mit deren Inhaltsangabe ich Sie, glaub' ich, 2 mal inkommodirt habe. So weit alles gut. Aber wie steht es mit der Zahlungsfähigkeit derer, denen die »Honorarfrage gleichgültig« ist? Wenn es nicht gegen Ihre Prinzipien verstößt, eine solche Frage wenigstens andeutungsweise zu beantworten, so bitte ich darum.

(Lohrer, S. 463 f.)

An Friedrich Fontane Berlin, 3. Februar 1886

Mama ist fleißig bei der Abschrift meiner neuesten Novelle; sie wird in einer neuen Monatsschrift, die den Titel führt »Das Universum«, erscheinen, und zwar schon im März- oder Aprilheft. Die Bedingungen sind günstig, das literarische Ansehn nicht bedeutend, was mir aber gleichgültig ist, weil ich nicht die Erfahrung gemacht habe, daß bei berühmten Firmen und Redaktionen mehr herauskommt als bei kleinen. (Auswahl Erler, Bd. 2, S. 145 f.)

An Friedrich Fontane Berlin, 29. März 1886

... Du bist in Oldenburg besser unterrichtet als ich hier, denn ich wußte noch gar nicht, daß der Anfang der Novelle schon erschienen sei. Ich freue mich, daß es Dir gefallen hat, auch ist Deine Bemerkung sehr richtig, daß der nebenherlaufende Bummelton einiger Figuren, also besonders auch der beiden Berliner, die Gewitterschwüle des Hauptthemas steigern soll.

(Aufzeichnungen und Briefe, S. 731)

An Georg Friedlaender Berlin, 9. April 1886

Im »Universum« (den Westermannschen Monatsheften verwandt) erscheint jetzt meine neuste Arbeit, an der ich schon in Krummhübel herumcorrigirte und dann den ganzen Winter durch bis jetzt, – eine riesig mühevolle Arbeit und vielleicht nicht mal geglückt. Meine Frau wenigstens betont ziemlich unverblümt eine starke

Langweiligkeit. Aber schließlich, *was* ist interessant? Doch am Ende nur das, was fleißig und ordentlich ist. Alles andre ist Schwindel oder nicht besser als Polizeibericht. Im Gegentheil; *der* hat wenigstens die Phrasenlosigkeit. (Briefe an Friedlaender, S. 32 f.)

Emilie Fontane an Mathilde von Rohr Berlin, 10. März 1887

Eine Novelle meines Mannes »Cécilie« hat in einem in Dresden erscheinenden Journal: »Universum« gestanden u. mein Mann hoffte es Ihnen bereits zu Weihnachten überreichen zu können. Aber eine neue Kränkung wartete seiner. Hertz, aus unerklärlichen Gründen *lehnte die Arbeit ab*, die von Kennern als eine der feinsten meines Mannes angesehen wird u. so liegt sie nun ruhig im Kasten. Natürlich ermutigen solche Erlebnisse meinen armen Mann nicht zu neuem Schaffen u. was er nie ausgesprochen hat, thut er jetzt: brauchte ich es nicht zum Lebensunterhalt, ich schriebe keine Zeile mehr.

(Dichter über ihre Dichtungen, Bd. 2, S. 353)

An Mathilde von Rohr Berlin, 19. April 1887

W. Hertz wird mir zwar schon zuvorgekommen sein und Ihnen ein ›Cécile‹-Exemplar geschickt haben, aber auch eins aus des Verfassers, Ihres dankbaren alten Freundes Hand soll nicht fehlen. Möge die Geschichte leidlich Gnade vor Ihren Augen finden; moralisch ist sie, denn sie predigt den Satz: ›sitzt man erst mal drin, gleichviel ob durch eigne Schuld oder unglückliche Constellation, so kommt man nicht mehr heraus. Es wird nichts vergessen.‹

(Briefe III, S. 225)

An Paul Schlenther 19. April 1887

[Mit einem Exemplar von »Cécile« und der Bitte:] ... ein paar freundliche Worte darüber zu sagen, freundliche, die deshalb durchaus nicht lobende zu sein brauchen. (A 4, S. 577)

An Emil Dominik Berlin, 24. April 1887

Wie geht es mit dem Buch? Ich bin schon glücklich, wenn ich höre: nicht schlecht.

L. P[ietsch] denke ich wird nächstens eine kleine Kritik loslassen. Vielleicht folgt dann Schlenther, W. Lübke will in der Augsb[urger] Allg. schreiben.

(Dichter über ihre Dichtungen, Bd. 2, S. 354)

An Paul Schlenther Berlin, 2. Juni 1887

Erst gestern abend, wo Dr. Brahm eine Stunde bei uns verplauderte, habe ich in Erfahrung gebracht, daß ich die freundliche Besprechung »Céciles« in der Vossin Ihrer Güte verdanke. Jede Zeile bekundet Wohlgeneigtheit gegen Buch und Verfasser, am meisten vielleicht da, wo der Schwächen und angreifbaren Punkte gedacht wird. So

z. B. der Längen und Breiten in der Quedlinburger Lokalbeschreibung. Dabei hat Ihre Güte darauf verzichtet, den Leser wissen zu lassen, daß das Buch von solchen »Quedlinburgereien« (J. Wolff, deutungsreich, ist aus Quedlinburg, nicht bloß Klopstock) wimmelt. In einem Punkte sind Sie mir, glaub ich, nicht ganz gerecht geworden, »Cécile« ist doch mehr als eine Alltagsgeschichte, die liebevoll und mit einem gewissen Aufwande von Kunst erzählt ist. Wenigstens *will* die Geschichte noch etwas mehr sein; sie setzt sich erstens vor, einen Charakter zu zeichnen, der, soweit meine Novellenkenntnis reicht (freilich nicht sehr weit), noch nicht gezeichnet ist, und will zweitens den Satz illustrieren, »wer mal ›drinsitzt‹, gleichviel mit oder ohne Schuld, kommt nicht wieder heraus«. Also etwas wie Tendenz. Auch das, wenigstens in dieser Gestaltung, ist neu. Mein Dank wird durch diese Bemerkungen nicht beeinträchtigt.

(Auswahl Erler, Bd. 2, S. 159)

An Emilie Fontane Seebad Rüdersdorf, 10. Juli 1887

[Exzerpt aus dem besonders für »Irrungen, Wirrungen« relevanten Brief siehe Bd. 12.]

An Friedrich Stephany Seebad Rüdersdorf, 16. Juli 1887

Wem verdanke ich die famose Kritik [eine anonyme Rezension, verfaßt von Adolf Stern] in den Grenzboten? Ist Ihnen der Verfasser erreichbar, so bitte ich dringend, ihm in meinem Namen zu danken. Gott, sich so liebevoll, eingängig und nicht bloß wohlwollend, sondern auch fein im Ausdruck behandelt zu sehn, ist eine wahre Herzstärkung. Wer die Sachen *so* anfaßt, *den* Ton hat, der könnte einem selbst den schärfsten Tadel versüßen.

(Auswahl Erler, Bd. 2, S. 169)

An Theodor Fontane Krummhübel, 8. September 1887

In der Parallele, die Du zwischen »Irrungen, Wirrungen« und »Cécile« ziehst, stehe ich ganz auf Deiner Seite. Die langen Auseinandersetzungen über die Askanier werden nicht viel Freunde gefunden haben, und hinsichtlich meiner künstlerischen Absicht, den »Privatgelehrten« als eine langweilige Figur zu zeichnen, wird man mir mutmaßlich sagen, »meinem Ziele nähergekommen zu sein als nötig«. Als ich an »Cécile« arbeitete, begegneten mir allerhand Ödheiten in den Berliner und brandenburgischen Geschichtsvereinen, und weil diese Ledernheiten zugleich sehr anspruchsvoll auftraten, beschloß ich, solche Gelehrtenkarikatur abzukonterfeien. Ich hätte es aber lieber nicht tun sollen, die Novelle wäre dadurch um etwas kürzer und um vieles besser geworden.

(Auswahl Erler, Bd. 2, S. 171)

An Paul Schlenther Krummhübel, 9. September 1887

Als ich noch in Rüdersdorf war ... schickte mir Stephany ein Grenzbotenheft mit einer längeren, überaus freundlichen Besprechung meiner Cécile [von Adolf Stern, vgl. 873]. Waren Sie der liebenswürdige Attentäter? Oder Brahm? Wenn keiner von Ihnen beiden, so weiß ich nicht mehr, auf wen ich raten soll. Ich habe keinen, der sich, wie Auerbach sagte, »eines Veteranen annimmt«. Dann und wann findet sich wohl einer, aber das ist dann auch meist danach, guter Mensch und schlechter Musikante.

(Freundesbriefe. Letzte Auslese, Bd. 2, S. 422)

An Julius Rodenberg Berlin, 2. Juli 1891

Heute habe ich vom »Universum« – das die Tugend guten Zahlens hat –, einen Brief mit einer Roman-Anfrage gekriegt ... Natürlich ist mir »Rundschau« für alles, was ich schreibe, lieber, auch wenn ich ein etwas geringeres Honorar bekomme, als mir das »Universum« schon mal (für meinen Roman »Cécile«) bewilligt hat ...

(Briefe an Rodenberg, S. 47)

An Martha Fontane Berlin, 16. Februar 1894

Sehr hat mich amüsirt, was Du in Deinem letzten Briefe über Eginhard und die Askanier schriebst. Ja, so kommt man 'runter, oder auch 'rauf, je nachdem. Der Stoff ist etwas Gleichgültiges und die Sensation – und nun gar die sensationelle Liebesgeschichte – etwas Gemeines. Nur Goethe oder ähnliche dürfen sich den Spaß erlauben.

(Briefe II, S. 234)

An Colmar Grünhagen Berlin, 10. Oktober 1895

... wie ich eine Vorliebe für die Schlesier überhaupt habe, so speziell für den schlesischen Adel. Er ist gewiß, nach bestimmten Seiten hin, sehr anfechtbar, aber grade diese Anfechtbarkeiten machen ihn interessant und mir auch sympathisch. Es sind keine Tugendmeier, was mir immer wohltut. Ich war nie ein Lebemann, aber ich freue mich, wenn andere leben, Männlein wie Fräulein. Der natürliche Mensch will leben, will weder fromm noch keusch noch sittlich sein, lauter Kunstprodukte von einem gewissen, aber immer zweifelhaft bleibenden Wert, weil es an Echtheit und Natürlichkeit fehlt. Dies Natürliche hat es mir seit lange angetan, ich lege nur *da*rauf Gewicht, fühle mich nur *da*durch angezogen, und dies ist wohl der Grund, warum meine Frauengestalten alle einen Knacks weghaben. Gerade dadurch sind sie mir lieb, ich verliebe mich in sie, nicht um ihrer Tugenden, sondern um ihrer Menschlichkeiten, d. h. um ihrer Schwächen und Sünden willen. Sehr viel gilt mir auch die Ehrlichkeit, der man bei den Magdalenen mehr begegnet als bei den Genoveven. Dies alles, um Cécile und Effi ein wenig zu erklären.

(Auswahl Erler, Bd. 2, S. 382)

An Richard Sternfeld [Weißer Hirsch, 28. Mai 1898]
Seien Sie schönstens bedankt für Ihren freundlichen Gruß aus dem Bodethal, an das ich oft mit besonderer Freude zurückdenke. Aus vielen Gründen. Wegen Cécile, aber noch mehr wegen Effi Briest.
(Hs Max Ulrich Freiherr von Stoltzenberg)

7 *Cécile:* Die Buchausgabe trug den Untertitel »Roman«, im Unterschied zu »Novelle« im Vorabdruck. Ob die Änderung von F. herrührt, ist nicht bekannt, da der Briefwechsel mit dem Verleger nicht erhalten blieb. Der Name C. mag F. in den Memoiren der Gräfin Sophie von Schwerin aufgefallen sein, die 1863 unter dem Titel »Vor hundert Jahren. Ein Lebensbild« von Amalie von Romberg herausgegeben worden waren und die F. bereits 1869 in einem Brief an Mathilde von Rohr erwähnt (Bd. 1, S. 161); 1878 las er die Memoiren als Quelle für »Schach von Wuthenow« (vgl. Bd. 8, S. 150 f.). Dort heißt es – in der in Leipzig 1909 erschienenen Ausgabe –: »... so schwankte Cécile [Cécile von Dönhoff, die Schwester der Gräfin Schwerin] und hielt sich an mich ... eine Ohnmacht ... bis es sie für immer auf das Krankenlager warf ...«. – *Thale:* oft besuchter Ferienort F.s (vgl. »Zur Entstehung«), damals Pfarrdorf mit 3321 Einwohnern (1875) im preußischen Regierungsbezirk Magdeburg; mit großem Eisenhüttenwerk aus dem 15. Jahrhundert, Emaillierwerk und einer Maschinenfabrik. Auf einer Bodeinsel das Hubertusbad (seit 1836) mit jod- und bromhaltigen Kochsalzquellen; Kurbetrieb. Lage in der großartigsten Partie des Harzes: Bodetal mit Roßtrappe und Hexentanzplatz. – *Compartiments:* Abteile.

8 *kleinen Fehler am linken Auge:* von F. wiederholt benützter physiognomischer Akzent, vgl. »Quitt«, 21. Kap. (Bd. 14, S. 142 und Anm.). – *Lisière:* Grenze.

9 *M. H. E.:* Magdeburgisch-Halberstädter Eisenbahngesellschaft.

10 *Saldern:* preußische Offiziersfamilie, wiederholt in den »Wanderungen«, vgl. das Register, ebenso in »Vor dem Sturm«, ›Auf dem Windmühlenberge‹ (Bd. 3, S. 20). – *Die Reise nach dem Glück:* Titel einer Novelle (1864) von Paul Heyse, die Geschichte einer Magd in einem Regensburger Gasthof, die in einem Gast, der auf der »Reise nach dem

Glück« ist, ihren Bräutigam findet; die Vergangenheit des stolzen und sensiblen Mädchens bildet den eigentlichen Inhalt der Novelle, die F. auch in einem Brief an Karl Zöllner vom 19. Jan. 1889 erwähnt (Briefe IV, S. 104). »Die Reise nach dem Glück« erschien 1866 bei Wilhelm Hertz, Berlin, in dem Band »Fünf neue Novellen. Sechste Sammlung«; Heyse hatte ihn »Meinen lieben Freunden Theodor Fontane und Bernhard von Lepel zugeeignet«. – *Hotel Zehnpfund:* F.s Ferienhotel in Thale, 1862 erbaut. – *Wernigeroder Graf:* damals Otto Fürst zu Stolberg-Wernigerode (1837–96), Inhaber verschiedener hoher Staatsämter, u. a. 1878–81 Stellvertreter des Reichskanzlers und Vizepräsident des preußischen Staatsministeriums; Kanzler des Johanniterordens. Vgl. auch »Ellernklipp«, wo Wernigerode als Emmerode erscheint (Bd. 6, S. 123). – *Table d'hôte:* Gemeinschaftstafel. – *Brandenburg ... Sankt Godehards-Kirche:* F. meint die Gotthard-Kirche. – *Oschersleben:* Kreisstadt an der Bode.

11 *Hubertusbad:* Vgl. Anm. zu S. 7. F.s »Tagebuch aus seinen letzten Lebensjahren« verzeichnet für Juni 1884: »Ich bezog mein altes Quartier auf dem Hubertus-Bad, bei Marcell Sieben, und hatte im wesentlichen wieder Ursache zufrieden zu sein.« (HF III, 3/2). Am 13. Juli 1883 hatte F. an Wilhelm Friedrich geschrieben: »Wenn Ihr Weg ... Sie nach Thale führt, empfehl ich Ihnen Hotel Hubertusbad, es ist schattiger und ruhiger als das im übrigen auch sehr gute Hotel Zehnpfund.« (Auswahl Erler, Bd. 2, S. 114). – *Waldkater:* Hotel im Bodetal bei Thale. Vgl. F.s Brief an Emilie vom 22. Juni 1884 (S. 870) und an Karl Zöllner vom 13. Juli 1881 (Briefe IV, S. 77). – *Feueressen und Rauchsäulen:* Vgl. Anm. zu S. 7 (*Thale*). – *Ahorn und Platanen:* Diese poetisch bedeutungsvollen Bäume finden sich auch in »Effi Briest«, 36. Kap. (Bd. 17, S. 294) und in den »Wanderungen«, ›Die Grafschaft Ruppin‹, ›Neu-Ruppin‹, ›Am Wall‹: »... Sommerfäden ziehen, und ein gelbes Platanenblatt fällt leis und langsam vor mich nieder. – Wie still, wie schön!« (W 1, S. 201). Vgl. auch »Unwiederbringlich«, Bd. 15, S. 234.

12 *Cicerone:* Fremdenführer. – *Hexentanzplatz:* vielbesuchte Stätte im Bodetal (wie auch die »Roßtrappe«). – *Immer Prinzessinnen und Riesenspielzeug:* Anspielung auf das Gedicht »Das Riesenspielzeug« von Adelbert von Chamisso (1781–1838); vgl. auch Wilhelm Schwartz, »Sagen der Mark Brandenburg«, ›Frau Harke‹. Die Riesin Frau Harke nahm dem Bauer Pflug und Ochsen weg und steckte sie zum Spielen in ihre Schürze, wenn die Spukzeit der »Zwölften« gekommen war (zit. nach der 3. Aufl., Berlin 1895).

13 *zwei Schwalben ... als haschten sie sich:* Vgl. »Grete Minde«, 1. Kap. (Bd. 5, S. 7) und »Ein Sommer in London«, ›Ein

Gang durch den leeren Glaspalast‹: »...auch die Schwalben flattern mit herein und erzählen sich unter Trümmern von dem Leben und der Liebe, die nicht stirbt.« (HF III, 3/1); vgl. auch Bd. 12, S. 64 und Bd. 12, S. 162. – *Chenilletuch:* chenille = Raupe, Samtschnürchen, Borten oder Schnüre von Seide, zu Fransen und Tüchern verwendet. – *Gordon:* Die Namenswahl erinnert zunächst an Gordon, Kommandant von Eger in Schillers »Wallensteins Tod«. F.s Sohn George diente 1870–71 in einem Regiment, das zu der unter dem Befehl des Generalmajors von Gordon stehenden Brigade Gordon gehörte; über Gordons Rolle in der Schlacht bei Königgrätz vgl. »Der deutsche Krieg von 1866«, Bd. 1, S. 523 und Abb.; s. auch Anm. zu S. 20 *(Leslie).*

14 *In St. Denis ... anno 70:* Der damalige Vorort von Paris wurde am 29. Jan. 1871 von deutschen Truppen besetzt. Vgl. »Der Krieg gegen Frankreich«, Bd. 1, S. 274 ff., sowie »Aus den Tagen der Okkupation«, Bd. 1, ›St. Denis I‹ (HF III, 4, S. 737 ff.). – *Carotis:* große Halsschlagader. – *bei Franz:* das Kaiser-Franz-Garde-Grenadier-Regiment Nr. 2, 1814 begründet, das seinen Namen nach dem österreichischen Kaiser Franz I. führte; in diesem Regiment hatte F. 1844/45 sein Militärjahr abgeleistet. – *oder den ›Maikäfern‹:* Das Garde-Füsilier-Regiment, das ursprünglich in Potsdam und in Spandau garnisonierte und nur zu den Paraden im Mai nach Berlin kam, wurde volkstümlich »Maikäferregiment« genannt. – *Witzleben:* Ein Offizier dieses Namens diente damals im Garde-Füsilier-Regiment. – *im ›Cerf‹:* »Grand cerf« war der Name eines Gasthofs in St. Denis, in dem auch F. verkehrte; vgl. »Aus den Tagen der Okkupation«, Bd. 1, ›St. Denis II‹: »Wir hatten bis über Mitternacht hinaus im Cerf geplaudert, beinah ausschließlich mit Offizieren des Garde-Füsilier-Regiments, das damals ... die Garnison von St. Denis bildete.« (HF III, 4, S. 742). – *Fortschritte der Russen in Turkmenien:* Nach dem Berliner Kongreß von 1878 setzte Rußland seine Eroberungspolitik in Asien verstärkt fort und unterwarf nach 1880 die turkmenischen Völkerschaften.

15 *Brighton:* das von F. wiederholt gewürdigte »Neapel des Nordens«, der »fashionable Badeplatz der Aristokratie«, vgl. »Ein Sommer in London«, ›Out of town‹ (HF III, 3/1). – *Biarritz:* Vgl. F.s Brief an Emilie vom 10. Juli 1887 aus Seebad Rüdersdorf: »Wie so vieles, ist auch *das* lediglich eine Geldfrage, Bleichroeder gehört nach Tréport oder Biarritz, *ich* gehöre nach Seebad Rüdersdorff« (Briefe I, S. 324). – *comme il faut:* wie er sein muß. – *katholisch ... wenigstens aus Aachen:* Vgl. den für das Urteil des jungen F. bezeichnenden Brief über Erscheinungsformen der katholischen Frömmigkeit aus Aachen vom 12. April 1852 an Emilie (Auswahl Erler, Bd. 1, S. 81 f.). – *Polin oder wenigstens polnisches Halbblut:* Vgl. F. an Emilie am 17.

Juli 1880: »Es ist doch kein leerer Wahn, was von der Liebenswürdigkeit und einem eigenthümlichen ›charme‹ der Polinnen gesagt wird.« (Briefe I, S. 131). – *›Sacré coeur‹:* Gemeint ist die Societé du Sacré-Coeur (Gesellschaft des heiligen Herzens Jesu), besonders die Gesellschaft der »Dames du Sacré-Coeur«, eine katholische Kongregation, die sich besonders Erziehungsaufgaben widmet. In Deutschland war die Gesellschaft als ein den Jesuiten affiliierter Orden infolge des Jesuitengesetzes von 1872 ausgewiesen.

16 *Wo das blüht ...:* Eine von den verschiedenen Parodien auf die Eingangsverse des Gedichts »Die Gesänge« von Johann Gottfried Seume (1763–1810), die sich jedoch auf die volkstümliche Umwandlung beziehen: »Wo man singt, da laß dich ruhig nieder; / Böse Menschen haben keine Lieder.« – *Jedem Mann ein Ei ...:* Nach der Anekdote soll Kaiser Ludwig der Bayer am Abend nach der Schlacht von Mühldorf (28. Sept. 1322), als bei der Vorbereitung zur Abendmahlzeit ein Korb mit Eiern zur fürstlichen Tafel gebracht wurde, diesen Satz zu Ehren des tapferen Feldhauptmanns von Nürnberg, Seyfried Schweppermann, ausgesprochen haben.

17 *Tivoli:* Brauerei mit Lokal südlich des Kreuzbergs in Berlin. »Steigen wir die Straße am Tempelhofer Berg aufwärts, so kommen wir am Wasserturm vorbei ... Gegenüber ist der Eingang zur Bockbrauerei ... Der Gründer der Brauerei ist Georg Hopf ...« (P. Schaeffer, »Berlin. Vor dem Halleschen Tor«, Leipzig 1913, S. 104 = Berliner Heimatbücher. 4). 1891 an die Schultheiß-Brauerei übergegangen. – *Kuhnheimsche Fabrik:* In der Nähe des Kreuzbergs. »Neben dem Dreifaltigkeitskirchhof befand sich eine Fabrik für Düngepulver, die 1835 Heinrich Kuhnheim zur Herstellung von Essigprodukten und Beizen ankaufte ...« (P. Torge, »Rings um die alten Mauern Berlins«, Berlin 1937, S. 40). 1885 nach Nieder-Schöneweide verlegt. Vgl. auch P. Schaeffer, »Vor dem Halleschen Tor« (a. a. O., S. 97) und Lothar Baar, »Die Berliner Industrie ...«, Berlin 1966, S. 135 f., die andere Gründungsjahre nennen. – *diese Schornsteine:* Vgl. Anm. zu S. 7 *(Thale).* – *Schmook:* Rauch.

18 *Emeritus:* hier: Geistlicher im Ruhestand. – *einen Rabulisten:* einen Rechtsverdreher, Haarspalter.

19 *Urnenbuddler:* Die hier nur angedeutete kritische Beurteilung des dilettantischen archäologischen Sammeleifers ist in »Vor dem Sturm«, ›Der Wagen Odins‹ mit souveräner Ironie ausgeführt worden (Bd. 1, S. 101 ff.). – *Hautesaison:* Hochsaison.

20 *en coquille:* in Muscheln. – *States:* die Vereinigten Staaten von Nordamerika. – *Sohn des Generals:* Vgl. Anm. zu S. 13 *(Gordon)*; schwerlich dürfte Charles George G. (G. Pascha), 1833

bis 1885, gemeint sein. – *Leslie:* englische Malerfamilie, die F. in Kunstberichten wiederholt erwähnt (Charles Robert L.), vgl. N XXIII/1, S. 123 f.; es gab jedoch auch eine schottische Familie dieses Namens. Ein Walter L. stand als Oberstwachmeister im Regiment Trčka-Gordon in Wallensteins Armee.

21 *Andreasberg:* Über die lokalitätsgetreuen Schilderungen vgl. Rost, S. 125 ff. – *Panachee:* gemischtes Gefrorenes.

22 *der reine Wallensteins Tod:* Vgl S. 13 und Anm. Auch Buttler ist eine Gestalt aus Schillers Tragödie. Es gab den Namen jedoch – ebenso wie Gordon – auch in der damaligen preußischen Armee.

23 *Pfadfinder ... Reminiszenz aus Lederstrumpf:* »The Pathfinder« ist der Titel des 1840 erschienenen dritten Bandes der »Leather-Stocking-Tales« von James Fenimore Cooper (1789 bis 1851); vgl. auch »Quitt«, 17. Kap. und Anm. (Bd. 14, S. 115); s. auch Bd. 14, S. 66 und Anm. (*Chingachgook*).– *wenn nicht ein prächtiger Pfau:* Vgl. Anm. zu Bd. 7, S. 44. – *das ›verwunschene Schloß‹:* Vgl. F.s Brief aus Thale an Emilie vom 23. Juni 1883: »So still die Tage hier vergehn, so hat diese stille Welt doch auch ihre Aufregungen. Heute Nachmittag hat sich unser nächster Hubertusbader Nachbar Dr. Jahn erschossen. Du entsinnst Dich des ›verwunschenen Schlosses‹ im Walde, mit wildem Wein und Papagei-Volière, – es sah aus, als ob Frieden und Poesie ihr Heim darin haben müßten. Und wie war es? Welche furchtbaren Dinge haben sich seit Jahren darin abgespielt? Sie, die Frau, war reich; ihr erster Mann starb und bald nach dem Tode heirathete sie diesen Jahn, einen strammen Hauslehrer ihres einzigen Sohnes. Das ist nun zehn, zwölf Jahre her. Von seiner Frau Gelde kaufte er sich den Doktortitel, der Sohn kam in Pension, sie (bald elend werdend und viel älter als er) langte bald bei Morphium-Einspritzungen an, während er den Lebemann, den Süffel und den Lüderjahn spielte. So weit das Geld nicht fest gemacht war durch die Vormünder des Jungen, hat er alles verkriescht und sich in den letzten Wochen auch noch eine Scheidungsklage wegen Ehebruch zugezogen. Erfolgte die Scheidung, so war er ein Bettler. Er machte sich dies klar, hat diese ganze Nacht noch durchgekneipt und heute Nachmittag der Tragikomödie ein Ende gemacht. Wie viel Schreckliches muß in dem ›Märchenhause‹ vorausgegangen sein! Wenn ich etwas ganz in Rosen und Vergißmeinnicht liegen sehe, wird mir schon immer angst und bange. Da doch lieber niedrige Stufen und einen schiefgebauten Ofen.« (Briefe I, S. 209). Die Villa in der sogenannten »Hundesenke« gehörte »Frau Hauptmann Roch«; wegen seiner Größe soll Jahn in der Ecke der Selbstmörder schräg begraben worden sein.

24 *Teufelsmauer:* mauerartig aus der Umgebung hervortretender Sandsteinfelsen zwischen Blankenburg und Ballenstedt.

25 *Was du tun willst, tue bald:* Redensart nach Joh. 13, 27, dort die Aufforderung Jesus an Judas, den geplanten Verrat zu begehen; vgl. auch »Unterm Birnbaum«, 19. Kap. (Bd. 10, S. 99); auch in Briefen F.s zitiert. Vgl. auch das Gedicht »Als ich zwei dicke Bände herausgab« (Bd. 23, S. 43).

26 *ein verständiger und liebevoller Tadel...:* Vgl. F.s Brief an seine Tochter Mete vom 24. Aug. 1882: »...daß ich einen klugen, wohl motivirten und vor allem *liebevollen* Tadel... lieber habe als uneingeschränktes Lob...« (Briefe II, S. 45 f.).

27 *intrikate:* verwickelte. – *Rosa Malheur:* parodistisch nach Rosa Bonheur (1822–99), der damals bekannten Malerin naturalistischer Tierbilder (malheur = Unglück; bonheur = Glück). – *von den Hohenzollern herleiten:* Unter dem Burggrafen Friedrich VI. von Nürnberg (1371–1440), dem späteren Kurfürsten Friedrich I. von Brandenburg (1417), faßten die Hohenzollern in der Mark Fuß. – *Askanier:* Das Fürstenhaus der Askanier regierte die Mark von 1134 bis 1319. Der Name stammt von der Burg Askanien bei Aschersleben, nach der die Grafen von Ballenstedt um 1100 ihren Titel wählten; die Fürsten und Herzöge von Anhalt nannten sich bis 1918 Grafen von Askanien. – *Albrecht dem Bären:* Albrecht I. (Adelbert), der Bär oder der Schöne, Markgraf von Brandenburg (um 1100–70). – *Waldemar dem Großen:* der vorletzte Markgraf von Brandenburg aus dem Geschlecht der Askanier (1281–1319), vereinigte sämtliche märkische Besitzungen in seiner Hand; berühmt durch seine glänzende Hofhaltung und als Förderer der märkischen Städte.

28 *Otto mit dem Pfeil... Heilwig... Schatz in Angermünde:* Otto IV. (1266–1309), Markgraf von Brandenburg, 1278 von den Magdeburgern in der Schlacht bei Frose gefangen und in einen Käfig gesperrt. Der Sage nach wurde er durch seine Gattin Heilwig und den Ritter Johann von Buch mittels eines Schatzes von 4000 Pfund Silber, der in der Tangermünder St. Stephanskirche aufbewahrt wurde, ausgelöst; vgl. »Grete Minde« 12. Kap., wo auch auf Ottos poetische Gaben angespielt wird: »Ein schöner Herr und sehr ritterlich und war ein Dichter und liebte die Frauen.« (Bd. 5, S. 55). 1280 wurde er bei Staßfurt durch einen Pfeil getroffen, den er ein Jahr lang im Kopf herumtrug. – Friedrich Gottlieb *Klopstock:* 1724–1803, der Dichter des Versepos »Der Messias«. – Wolfgang Robert *Griepenkerl:* 1810 bis 68, Dichter, Lehrer der Ästhetik und Kunstgeschichte am Karolinum in Braunschweig und Professor der deutschen Literatur an der dortigen Kadettenanstalt; schrieb Dramen und Novellen. Unter dem 25. Nov. 1849 schrieb F. in einer Korrespondenz aus Berlin für die »Dresdner Zeitung«: »Robert Grie-

penkerls ›Robespierre‹ wird mehren Ortes als der dramatische Messias angekündigt... Interessant ist der *Name* des Dichters...« (HF III, 1, S. 25 f.). – Johann Albrecht *Bengel:* 1687 bis 1752, protestantischer Theologe, begründete die neutestamentliche Bibelkritik. Auf seinen Versuch, die Wiederkehr Christi und den Beginn des Tausendjährigen Reiches zu berechnen – er bestimmte dafür den Sommer des Jahres 1836 –, stützte sich die Sekte der Bengelianer. – Karl Friedrich *Ledderhose:* 1806–90, bekannt durch die Neuherausgabe der Postillen von Valerius Herberger; vgl. »Quitt«, 29. Kap. (Bd. 14, S. 207 und Anm.). – *»um Mümmelns willen«:* oder mummeln, onomatopetisch für: undeutlich reden, langsam (mit zahnlosem Munde) kauen. – *retiré:* zurückgezogen. – *Retraite:* Rückzug.

29 *zwischen Ernst und Scherz:* Vgl. Anm. zu Bd. 7, S. 8 (*Scherz und Ernst*). – *Wereschtschagin:* Wassili Wassiljewitsch Werestschagin (1842–1904), russischer realistischer Maler, dessen Werke 1882 und 1886 in Berlin ausgestellt worden waren. F. äußerte sich darüber, kritisch, aber offensichtlich stark beeindruckt, in Briefen an Emil Dominik vom 13. Febr. 1882 und an Moritz Lazarus vom 6. Juni 1886 (Freundesbriefe. Zweite Sammlung, Bd. 2, S. 66 ff. und 113 f.). Eines der Gemälde von Werestschagin, die er mit beißender Ironie »Allen großen Eroberern der Vergangenheit, Gegenwart und Zukunft gewidmet« hat, die »Apotheose des Krieges«, zeigt einen zu einer Pyramide aufgeschichteten Haufen von Schädeln.

30 *Samarkand:* die einstige Residenz Timurs, im westlichen Zentralasien, vgl. S. 58 und Anm. (*Skobeleff*). – *Plewna:* Plewen, Stadt in Bulgarien, vgl. S. 58 und Anm. – *Tempelwächter... der seltsam kriegerischsten Beschäftigung hingegeben... wo sich Krieg und Jagd berühren:* Ein Gemälde von Werestschagin (»Tür einer Moschee«) zeigt links und rechts der verschlossenen Tür zwei Wächter, die sich lausen. – *Lohengrin:* die gleichnamige romantische Oper von Richard Wagner. – *Hiller:* anspruchsvolles Restaurant Unter den Linden, von F. oft erwähnt; vgl. Bd. 12, S. 36. – *Berliner Zoologischen:* Vgl. Anm. zu Bd. 12, S. 7. – *Trienniums in der Steppe:* Zeitraum von drei Jahren, hier übertragen gebraucht; das triennium academicum war die einstmals übliche, als Minimum für die Ablegung der meisten Staatsprüfungen gesetzlich geforderte Studienzeit, vgl. »Vor dem Sturm«, ›Im Kolleg‹ (Bd. 3, S. 76).

31 *in der Wüste den Wüstenkönig:* Anspielung auf Ferdinand Freiligraths seinerzeit berühmtes Gedicht »Der Löwenritt«: »Wüstenkönig ist der Löwe...« – *Hexen sind hier... Landesprodukt:* Vgl. Wilhelm Schwartz, »Sagen der Mark Brandenburg«, ›Von den Hexen auf dem Blocksberg‹. A. a. O., S. 54 ff. – *der rote Fingerhut:* Vgl. »Grete Minde«, 14. Kap. (Bd. 5,

S. 65 und Anm.). – *›Mägdesprung‹:* eine vorspringende Felsplatte im Ostharz. – *die Mondsichel:* Vgl. Anm. zu S. 58. – *wozu so weit in die Ferne schweifen:* so häufig falsch zitiert nach Goethes Gedicht »Erinnerung«: »Willst du immer weiter schweifen? / Sieh, das Gute liegt so nah, / Lerne nur das Glück ergreifen . . .«.

32 *wo die Gefahr liegt, liegt auch die Rettung:* Anspielung auf Hölderlins Gedicht »Patmos«: »Wo aber Gefahr ist, wächst / Das Rettende auch.« – *aide toi même:* hilf dir selbst. – *multrig:* angefault, gegoren.

33 *»Schurre«:* steiler Serpentinenabstieg zum Bodetal. – *Vertebrallinie:* Wirbellinie.

34 *Chacun à son goût:* Jeder nach seinem Geschmack; vielverbreitet durch Strauß' »Fledermaus« (Refrain eines Trinklieds des Prinzen Orlofsky).

35 *die Mondsichel:* Vgl. Anm. zu Bd. 7, S. 58. – *ein gelber französischer Roman:* die allgemein übliche Broschur der französischen Romane. – *›Ehrenström, ein Lebensbild . . .‹:* C. Ehrenström war ein altlutheranischer Pastor, der in der Uckermark, später in Berlin wirkte. Er predigte und schrieb gegen die Vereinigung der lutherischen und reformierten zur uniierten Kirche. Vgl. »Vom Bauerndorf zur Kaiserstadt. Altes und Neues aus dem Leben von Karl Büchsel«, hrsg. von Hans Berneck, Potsdam o. J., S. 10: »Die aufregenden und aufreizenden Predigten des separierten Pastors Ehrenström hatten fast die ganze Gemeinde [Brüssow in der Uckermark] auf dessen Seite gezogen . . .«; s. auch Carl Nagel, »Wallmow und seine Pfarrer. Ein Beitrag zur uckermärkischen Kirchengeschichte«, in Jahrb. für Berlin-Brandenburgische Kirchengeschichte, 39. Jg., Berlin 1964, S. 114 bis 139, wo geschildert wird, wie Ehrenström aus Stettin, volkstümlich und fanatisch, »die große Dirne Babylon«, die Kirche, angriff und die Vermischung von »der falschen reformierten Lehre mit dem reinen lutherischen Glauben« tadelte, Amerika dagegen als »Kanaan der Freiheit« pries, was zu vielen Auswanderungen Veranlassung gab. Ebda. wird S. 137 auf einen Aufsatz der Hengstenbergschen Kirchenzeitung, Jg. 1842, mit dem Titel »Der Separatismus in der uckermärkischen Geschichte und Lehre« verwiesen.

37 *des . . . Baron Bucheschen Parkes:* Der Park bestand wirklich; gemeint ist Georg Clamor Max Traugott Freiherr von dem Bussche-Streithorst (1825–96). – *Bois de Boulogne:* 1853–57 im englischen Stil angelegter Park im Westen von Paris, wurde zum Treffpunkt der vornehmen Welt. – *Karl Ritter:* 1779–1859, einer der Begründer der wissenschaftlichen Geographie, seit 1820 Professor in Berlin. – *Klopstock . . . Tempelchen mit Büste:* 1824 im Brühlwäldchen errichtet. – *steinernen Rolands:* Vgl.

Heinz Müller, »Quedlinburg«, Leipzig 1960, S. 25: »Neben dem Portal steht als Zeugnis einstiger Machtfülle der Stadt der steinerne Roland ... drei Meter hoch und damit die kleinste aller bekannten Rolandfiguren.« Vgl. auch »Grete Minde«, 4. Kap., über den Stendalschen Roland (Bd. 5, S. 24 und Anm.). – *der Regensteiner:* Der Kampf zwischen dem Grafen Albrecht von Regenstein, dessen Familie die Schutzherrschaft über Quedlinburg innehatte, und den Bürgern der Stadt, der 1336 zur Gefangennahme des Grafen führte, steht im Mittelpunkt des Romans »Der Raubgraf« (1884) von Julius Wolff, über dessen überaus erfolgreiche und populäre schriftstellerische Produktion F. sich wiederholt mit bitterem Spott ausgelassen hat. 1338 schwor Graf Albrecht Urfehde und wurde aus der Gefangenschaft entlassen. Ein aus Eichenbohlen gefertigter Kasten erinnert an die Haft des Ritters, doch sind die Umstände nicht sicher bezeugt.

38 *Versteckplätze meiner Jugend:* Über die Passion des Versteckspiels vgl. Anm. zu Bd. 7, S. 114. – *Die Bourgeoisie, die nie tief aus dem Becher der Humanität trank:* typisch für F.s in den Berliner Romanen und in Briefen vehement bezeugte Kritik am emporgekommenen Bürgertum, dessen Herrschaftsanspruch von der hier apostrophierten »liberalen Geschichtsschreibung« unterstützt wurde. – *›Die Nürnberger henken keinen ...‹:* dem Raubritter Eppelein von Gailingen zugeschrieben, dem die Flucht aus seinem Gefängnis auf der Burg in Nürnberg gelang. – *Neinstedt ... die Nathusiusse:* Vgl. die in dem Brief an die Tochter vom 20. Juni 1882 zitierte Anekdote über die Eheschließung von Philipp und Marie von Nathusius: »Ich ging über Neinstedt ...« (Briefe II, S. 42). Philipp von N. (1815 bis 72), konservativer Publizist, Mitarbeiter der »Kreuz-Zeitung«, gründete 1850, zusammen mit seiner Frau, Marie von N. (1817–57), die eine zu ihrer Zeit vielgelesene Schriftstellerin war, das »Knabenrettungs- und Bruderhaus« Lindenhof auf seinem Neinstedter Gut. Beider Sohn, Philipp von N.-Nudom (1842–1900), war von 1872–76 Chefredakteur der »Kreuz-Zeitung«, gründete den »Reichsboten« und war an der Bildung der deutsch-konservativen Partei beteiligt; 1877–78 gehörte er dem Reichstag an. Er war der Führer der altkonservativen Opposition gegen Bismarck. F. hat ihn im Juni 1882 in Neinstedt besucht. – *a tempo:* gleichzeitig.

39 *Reprimande:* Zurechtweisung. – *Kreuz-Zeitung:* Vgl. Anm. zu Bd. 12, S. 42. – *Rambouillet-Zucht:* Rambouillet im französischen Departement Seine et Oise ist bekannt durch die von Ludwig XVI. dort für die Veredelungszucht eingerichtete Schäferei (Rambouillet-Widder); Anspielung auf die beiden Brüder Philipps von Nathusius, Hermann Engelhard (1809–79) und Wil-

helm von Nathusius (1821–99). Jener war berühmt als Tierzüchter, dieser Mitglied des Landesökonomiekollegiums und schrieb »Das Wollhaar des Schafs« (1866). – *Geschichte von der aufgenommenen Stecknadel:* Ähnlich hat noch Walther Rathenau aus dem nicht aufgehobenen Nagel eine Untergangsgefahr für den Betrieb hergeleitet. – *Ahnherr der Nathusiusse:* Gottlob Nathusius (1760–1835), arbeitete sich vom Lehrling bei einem Kleinkrämer zu einem bedeutenden Industriellen und Gutsbesitzer empor; er war Inhaber des Handlungshauses Richter & Nathusius, betrieb in dem ehemaligen Kloster Neuhaldensleben eine Tabakfabrik, erfolgreich als Landwirt und Tierzüchter. – *Gebrüder Grimm:* Jakob (1785–1863) und Wilhelm Grimm (1786–1859), die Herausgeber der »Deutschen Sagen« und der »Kinder- und Hausmärchen«; Begründer der Germanistik.

40 *zwei großen Gartenfirmen:* die Firma von Gustav Adolf Dippe (1824–90), seit 1882 Ökonomierat, und die Firma Mette.

41 *excelsior:* höher.

42 *In-die-zweite-Linie-Gestelltwerden:* Vgl. auch »Der Stechlin«, 21. Kap., über »den Zug, sich in die zweite Linie zu stellen« (Bd. 19, S. 208).

43 *Rubens:* Vgl. Anm. zu Bd. 7, S. 19. – Frans *Snyders:* 1579–1657, Mitarbeiter Rubens', malte Stilleben und Tierstücke. – Philips *Wouwerman:* 1619–68, niederländischer Tier- und Landschaftsmaler (Pferdebilder). – Paulus *Potters:* (1625–54), bedeutendster niederländischer Tiermaler des 17. Jahrhunderts. – *Bärenhatz:* Vgl. Bd. 12, S. 34 und Anm. – *Embonpoint:* Beleibtheit, Körperfülle. – *Mechthildis:* Die erste Äbtissin von Quedlinburg war Mathilde (neuere Form von Mechthild), 955–99, die Tochter Kaiser Ottos I., und zwar mit 11 Jahren; gegründet wurde das Stift von Heinrichs I. zweiter Gemahlin Mathilde. – *Otto des Großen:* 912–73, 962 römischer Kaiser. – *Arras:* Stadt in Frankreich mit berühmter Wandteppichwirkerei.

44 *Wappen:* Das Wappen bestand aus zwei silbernen, goldschaligen, ins Andreaskreuz gesetzten Kredenzmessern; dazu kamen die Familienwappen der Äbtissinnen. – *Josephine Albertine:* Sophie Albertine von Schweden (1743–1829), seit 1787 die letzte Äbtissin in Quedlinburg. – *Königin Ulrike:* Luise Ulrike von Preußen (1720–82), Schwester Friedrichs des Großen, Gemahlin Adolph Friedrichs von Schweden (1710–71). – *westfälisch ... unter König Jérôme:* Das Stift fiel infolge des Reichsdeputationshauptschlusses 1803 an Preußen, durch den Tilsiter Frieden 1807 an das Königreich Westfalen, das von dem Bruder Napoleons I., Jérôme (1784–1860), bis zu seiner Auflösung 1813 regiert wurde. Der Jérôme zugeschriebene Ausspruch: »Morgen wieder lustik sein«, begründete seinen Spitz-

namen »König Lustik«, unter dem er in die Geschichte eingegangen ist.

45 *Schloßinventar unter den Hammer:* 1813 wurde das Mobiliar des Schlosses verkauft. – *Bernadottesche Zeit:* Jean Baptiste Bernadotte (1763–1844), Marschall von Frankreich, wurde 1810 vom schwedischen Reichstag zum Kronprinzen gewählt und von Karl XIII. adoptiert, 1818 als dessen Nachfolger König von Schweden und Norwegen. – *Ridderholm-Museum:* Auf Riddarholm, einer der kleineren Inseln der Stockholmer Altstadt, befinden sich verschiedene historische Gebäude, die öffentlichen Zwecken dienen; vielleicht meint F. das Riddarhuset (Ritterhaus). – *Anna Sophie,* Pfalzgräfin bei Rhein: 1619–80, 1645 Äbtissin in Quedlinburg.

46 *Friedrich Wilhelms des Vierten:* Vgl. Anm. zu Bd. 15, S. 23.

47 *mit großer Kurfürstennase:* Druckfehler in unserer Ausgabe; lies: Kurfürsten-Nase. Die Prinzessin war durch ihre Mutter eine Nachfahrin des Kurfürsten Friedrich Wilhelm von Preußen, des Großen Kurfürsten; vgl. die Anm. zu S. 44 (*Josephine Albertine* und *Königin Ulrike*) und zu Bd. 12, S. 42 (*der bei Fehrbellin*). – *Gräfin Aurora von Königsmark:* 1668–1728, seit 1694 Geliebte König Augusts des Starken von Sachsen, Mutter Moritz von Sachsens, 1701 Pröpstin in Quedlinburg. – *einen historischen Roman:* F. meint vielleicht den damals vielgelesenen Roman »Maria Aurora, Gräfin von Königsmarck«, Leipzig 1848, von Bernhard von Corvin-Wiersbitzky oder den Roman »Aurora Gräfin von Königsmark« von Wilhelmine von Gersdorf, der 1817 in Quedlinburg erschienen war. – *Sukkurs:* Unterstützung.

48 *›Galeries of beauties‹:* Schönheitengalerien. – *Donatoren:* Geschenkgeber. – *in effigie:* im Bild. – *Einer von ihnen ... mit seiner Galerie von Magdalenen ... ein Stuart:* Karl II. (1630 bis 85), 1649 König von England, Schottland und Irland, vgl. F.s Gedicht »König Karl der Zweite von Engelland«: »... In jedem Geschichtsbuch ist zu lesen, / Er ... / ... habe das denkbar Schlimmste verbrochen: / Nie was Kluges getan, nie was Dummes gesprochen.« (Bd. 23, S. 101). F. kannte diese Bemerkung über den König, die vom Grafen Rochester stammt, vermutlich aus der von ihm benutzten »Beckers Weltgeschichte«, 6. Aufl., 1828–30. Die von Peter Lely gemalte Galerie »von Magdalenen« hat F. in »Ein Sommer in London«, ›Ein Picknick in Hampton-Court‹ erwähnt: »In oberster Reihe, zunächst der Decke, gewahrst du die schönen Buhlerinnen Karl II., und angesichts dieser lachenden Gesichter mit den koketten Ringellöckchen und den sinnlich aufgeworfenen Lippen, mildert sich dein Urteil über die Schwäche des liebenswürdigen Stuart ...« (HF III, 3); vgl. auch F.s Novelle »James Monmouth«, 1. Kap. (HF I, 7; in 1. Aufl. Bd. 5, S. 537). – *Lola*

Montez ... Gräfin Landsfeld: die aus Montrose in Schottland stammende Tänzerin Lola Montez (1820–61), die Geliebte Ludwigs I. von Bayern, der sie zur Gräfin von Landsfeld erhob. – Thomas de *Torquemada:* 1420–98, Dominikaner, seit 1483 Großinquisitor in Kastilien und Aragonien.

49 *votre santé:* auf Ihr Wohl.

50 *Emponpoint:* Vgl. Anm. zu S. 42. – *eine Kinderseele:* wie es wiederholt von F.s Gestalten, besonders den weiblichen, gesagt wird bis hin zum alten Stechlin (vgl. Bd. 19, S. 378); vgl. auch F.s Gedicht »Großes Kind«: »Ich bin, trotz manchem Unterfangen, / Ein großes Kind durchs Leben gegangen ...« (Bd. 23, S. 40). – *das Regiment:* In Liegnitz garnisonierte das Grenadier-Regiment König Wilhelm I. (2. westpreußisches) Nr. 7. – *die Ritterakademie:* 1708 als Standesschule für Adlige gegründet, 1810 mit Vorbehaltung der adligen Freistellen in ein Gymnasium umgewandelt. – *two birds with one stone:* zwei Vögel mit einem Stein, im Sinne von: zwei Fliegen auf einen Streich.

51 Heinrich von *Stephan:* 1831–97, Staatssekretär des deutschen Reichspostamtes, hochverdient um den Aufbau des deutschen Postwesens, 1871 Generalpostdirektor des Deutschen Reiches; Gründer des Weltpostvereins. – *nach Bismarck:* Wortspiel; Stephan wurde im Volksmund Post-Bismarck genannt, F. knüpft an die lateinische Bedeutung an (post = nach). – *und schrieb:* Danach folgt in der Erstausgabe ein Absatz. – *Klotho:* die Wahl des Namens ist Anspielung auf eine der drei Schicksalsgöttinnen, die Parze Klotho (Spinnerin), die den Lebensfaden spinnt. – *Elsy:* Name einer Privatschülerin des jungen F., zu deren Elternhaus er später in freundschaftliche Beziehungen trat, E. von Wangenheim. – *Luft ist kein leerer Wahn ... Lofoten ... Engadin ... Sahara:* Vgl. F.s Brief an seine Tochter vom 18. Aug. 1884: »... es bleibt dabei ›Luft ist kein leerer Wahn‹ und ich denke mir die Zukunft der Medicin und speziell der Hygiene so, daß die Luftarten in ihren hundert Nüancen *alles* bedeuten. Und wie die Pharmacieen jetzt aus Flaschen und Büchsen bestehn, deren Inhalt unter lateinischem Namen verschrieben wird, so werden die Rezepte der Zukunft lauten: drei Wochen Lofoden, sechs Wochen Engadin, drei Monate Wüste Sahara. Auch die Malaria-Gegenden werden tageweis eingegeben werden, wie man jetzt Arsenik oder Strychnin eingiebt. Die große Wirkung der Luftmedizin liegt in ihrer Perpetuirlichkeit, – man kommt aus dem Heilmittel bei Tage und Nacht nicht heraus.« (Briefe II, S. 68). »Luft ist kein leerer Wahn« ist dabei eine Anspielung auf Schillers Ballade »Die Bürgschaft«: »Und die Treue, sie ist doch kein leerer Wahn ...«.

52 *Ökonomie der Kräfte:* Vgl. F.s Brief an Karl Zöllner vom 12.

Dez. 1891: »Aber die Kunst der Lebensführung besteht bekanntlich darin, mit gerade so viel Dampf zu fahren, wie gerade da ist.« (Briefe IV, S. 113). – *arrondieren:* abrunden. – *›zur Disposition‹:* ausgeschieden aus dem aktiven Dienst, zu weiterer Verwendung, besonders im Kriegsfall, zurückgestellt; dagegen ›a. D.‹ = außer Dienst. – *from top to toe:* vom Scheitel bis zur Sohle. – *languissanten Zuges:* oft gebrauchter Begriff bei F., die Erscheinung einer erregenden Abgekehrtheit (languissant = müde, matt, verlöschend), deren Prototyp neben Cécile Hilde Rochussen in »Ellernklipp« ist (vgl. Bd. 6, S. 16 und Anm.). – *Gemmenkopf:* Vgl. »Mathilde Möhring« (Bd. 20, S. 9). – *den Genealogischen:* den genealogischen Adelskalender, den »Gotha«. – *die Rangliste:* die jährlich erscheinende Rangliste der preußischen Armee, die auch F. benutzte. – *Wahlstätter Kadettenlieutenants:* In Wahlstatt bei Liegnitz befand sich eine Kadettenanstalt, an die F.s Sohn George 1882 als Militärlehrer kommandiert worden war.

53 *Brüssel, Aachen, Sacré Cœur:* Vgl. S. 15 und Anm.

54 *Man hat es – oder hat es nicht:* Vgl. das gleichnamige Gedicht (Bd. 23, S. 100). – *je ne sais quoi:* ich weiß nicht was, ein gewisses Etwas. Von F. wiederholt verwendete, charakteristische Redensart, vgl. »Der Stechlin«. 9. Kap. (Bd. 19, S. 100) und das Gedicht »Christnacht« (Bd. 24, S. 176). – *Federballspiel:* oft bei F., der wohl eine Vorliebe für das Spiel hegte, vgl. »Graf Petöfy«, 7. Kap. (Bd. 9, S. 58 und Anm.). – *Tochter Thaliens oder gar Terpsichorens:* Thalia und Terpsichore sind in der griechischen Mythologie die Musen der Komödie und des Tanzes. – *Repartie:* Erwiderung.

55 *poste restante ...:* Vgl. F.s Brief an Julius Rodenberg vom 29. Okt. 1891: »›postlagernd‹ (furchtbares Wort; o wie seufze ich nach all dem Fremdländischen zurück) ...« (Briefe an Rodenberg, S. 49). – *Skriptum:* Schriftstück. – *comme il faut:* Vgl. Anm. zu S. 19. – *Typus eines alten Garçons:* eines alten Junggesellen. – *Courtoisie:* graziöse Höflichkeit. – *einen ›genierten Blick‹:* leicht schielende Augenstellung. – *Jeu-Oberst:* jeu = Spiel.

56 *›Komm in mein Schloß mit mir‹:* aus dem Duett »Reich mir die Hand mein Leben« in Mozarts »Don Giovanni«, gesungen von Don Giovanni und dem Bauernmädchen Zerline. – *Donna Elvira* eine von Don Giovannis verlassenen Geliebten, eine »vornehme Dame aus Burgos«, wie sie im Personenverzeichnis genannt wird.

57 *de tout mon cœur:* von ganzem Herzen.

58 *Prätension:* Anspruch. – *chevalier errant:* fahrender, Abenteuer suchender Ritter. – *bei den Pionieren in Magdeburg:* beim Magdeburgischen Pionier-Bataillon Nr. 4. – *Eisenbahnbatail-*

lon unter Golz: Die militärisch-technisch ausgebildeten Eisenbahntruppen wurden nach 1871 wiederholt verstärkt. Das in diesem Jahr gebildete Eisenbahnbataillon wurde 1875 zu einem Eisenbahnregiment, 1893 zu einer Brigade erweitert. Kommandeur des Eisenbahnregiments war von 1877–86 Gustav von Golz (1833–1908). – *Draht durch das Rote Meer:* Die Auslegung der Meereskabel führte die Eastern Telegraph Company, London (gegr. 1870), durch. Das Kabel durch das Rote Meer lief von Suez über Aden nach Bombay. Die Persian Gulf Company ist wohl mit dem *persischen* Dienstherrn gemeint, die Indo-europäische Telegraphen-Compagnie (gegr. 1868) legte 1869 den Draht durch das *russische* Gebiet. In der *Nordsee* legte ein neues Kabel die 1870 gegründete Vereinigte Deutsche Telegraphengesellschaft, Berlin (von Greetsiel nach Lowestoft). – *Skobeleff:* Michael Dimitrijewitsch Skobelew (1841–82), russischer General, eroberte 1868 Samarkand, befehligte im Russisch-Türkischen Krieg 1877 vor Plewna den linken Flügel und zeichnete sich bei der Gefangennahme der türkischen Armee am Schipkapaß aus (1878); vgl. S. 148 und 164. Er wurde 1881 Gouverneur von Minsk, führte die deutschfeindliche panslawistische Kriegspartei und galt als designierter Oberbefehlshaber in einem Krieg gegen die Deutschen; vgl. »Quitt«, 3. Kap. (Bd. 14, S. 19). Über seine Feldzüge schuf Werestschagin verschiedene Gemälde (vgl. S. 29 und Anm.). – *Plewna:* während des Russisch-Türkischen Krieges von den Türken als starke Festung ausgebaut und gegen eine russische Belagerungsarmee verteidigt; am 10. Dez. 1877 mußte sich der türkische Oberbefehlshaber mit 40 000 Mann ergeben; vgl. auch S. 30.

59 *in petto:* Aus in pectore, in der Brust behalten (nämlich die Namen neuernannter Kardinäle, die geheimgehalten, denen die Anciennität jedoch gesichert werden soll; seit dem Papst Martin V. gelegentlich geübter Brauch). – *Kartenpassion:* Vgl. F.s Brief an James Morris vom 4. Nov. 1896: »... ich bin nämlich ein *Karten*mensch, was etwas sehr Wichtiges ist, weil das Orientierungsbedürfnis, der Hang nach Klarheit damit zusammenhängt...« (Freundesbriefe. Letzte Auslese, Bd. 2, S. 582); vgl. auch »Quitt«, 6. Kap. (Bd. 14, S. 45).

61 *Ventilationshasser ... Ventilationsenthusiast ... Ventilationsfeinde:* F.sche Wortbildungen, die, mit leiser Selbstpersiflierung, davon sprechen, was »Luft«, »Ventilation« ihm bedeuten; vgl. auch S. 51 und Anm.

62 *Timidität:* Furchtsamkeit. – *Effronterie:* Unverschämtheit. – *Aus dem Grunde:* ironische Namensbildung, formal ähnlich wie Aus dem Winkel (vgl. S. 77) und Auf der Mauer in Schillers »Wilhelm Tell«. – *Degebrodt:* »Degebrodt, J. A. W. und Sohn, Konditorei und Pfefferkuchlerei, Hoflieferant, Leip-

ziger Str. 25« (Adreßbuch 1884). – *revoziere:* widerrufe.

63 *anthropophagisch:* menschenfresserisch. – *Markgräfler:* milder Tafelwein aus dem südwestlichen Teil Badens. – *Maränen:* Fischgattung (Renke); vgl. auch Bd. 12, S. 45 und Anm. – *Lago di Bolsena:* großer, fischreicher Kratersee nördlich von Rom. – *Kinroßsee ... Maria Stuart ... Douglas-Schlosse ... Willy Douglas:* Vgl. F.s Aufsatz »Lochleven-Castle«, in dem er von seinem während der Schottlandreise mit Lepel 1858 unternommenen Besuch auf dem Schloß im Leven-See und von der Flucht Maria Stuarts mit Hilfe des Pagen Willy Douglas erzählt (HF III, 3). Vgl. auch F.s Vorwort zur ersten Auflage der »Wanderungen« (W 1, S. 9 f.) und das Gedicht »Der sterbende Douglas« (Bd. 22, S. 27 f.).

64 *Gourmandise:* Feinschmeckerei. – *Altenbrak ... Todtenrode ... Treseburg ... Altenbraker Präzeptor:* Vgl. »Zur Entstehung« und »Briefliche Zeugnisse zur Entstehungsgeschichte«, S. 196 und S. 200 f. – *das eine zu tun und das andere nicht zu lassen:* Vgl. Matth. 23, 23; s. auch »Irrungen, Wirrungen«, Bd. 12, S. 35. – *Nomination:* Benennung.

65 *Konventikliges:* Vgl. auch »Ellernklipp«, 10. Kap.: »Konvivchen«, »Konventikelchen« (Bd. 6, S. 68). – *Mormonen:* Vgl. auch »Quitt«, 17. Kapitel (Bd. 14, S. 121 und Anm.). – *Es ist das Gute, was sich in uns erhebt ...:* für die Schuldproblematik der Gestalten F.s, besonders seiner »Magdalenen«, charakteristischer Zug.

66 *Konsistorium:* hier: hohe Verwaltungsbehörde der evangelischen Kirche.

67 *sein berühmter Namensvetter:* in Scheffels Ballade »Das war der Herr von Rodenstein«, vgl. S. 100 und Anm. – *Mischluft:* Vgl. F.s Brief an Friedrich Stephany vom 28. Juli 1886: »Denn man bilde sich doch nicht ein, daß der Sauerstoff, der einfache oder der doppelte, wie er in Gebirgsdörfern verzapft wird, ein Element, ein einheitlicher Stoff sei. Es läßt sich umgekehrt behaupten, daß es nichts Komplizierteres gäbe...« (Freundesbriefe. Letzte Auslese, Bd. 2, S. 406).

68 *seinem Hange, zu generalisieren:* Vgl. »Schach von Wuthenow«, 20. Kap. (Bd. 8, S. 130). – *Doktor Miquels:* Johannes von Miquel (1828–1901), hervorragendes Mitglied der Nationalliberalen Partei, deren rechten Flügel er führte. M. hatte 1848 mit dem Bund der Kommunisten sympathisiert, war 1859 einer der Gründer des Deutschen Nationalvereins gewesen. 1865–67 und 1870–77 Bürgermeister und Oberbürgermeister von Osnabrück, 1880–90 Oberbürgermeister von Frankfurt a. Main, 1890–1901 preußischer Finanzminister.

69 *Kyffhäuser:* Waldgebirge südlich des Harzes, in dem, wie auch Uhlands einst sehr bekannte Ballade es darstellt, der Sage nach

Kaiser Barbarossa schlafend sitzt. – *der erste große Sachsenkaiser:* Gemeint ist König Heinrich I. (876–936). – *der noch größere zweite:* Otto I., vgl. Anm. zu S. 43. – *Heinrich:* Kaiser Heinrich IV. (1056–1106), der zu Canossa 1077 öffentlich Buße tat und dadurch von seinem Gegner, Papst Gregor VII., die Lösung vom Bann und die Anerkennung als Kaiser erlangte; eine besonders in der Kulturkampfstimmung der siebziger Jahre von der nationalen Propaganda oft vergegenwärtigte Situation (»Nach Canossa gehen wir nicht!«). – *die große Kaiserpfalz:* 1867–78 restauriert. – *Träger des ghibellinischen Gedankens:* im Mittelalter die Anhänger der kaiserlichen Politik in Italien, benannt nach dem ins Italienische gewandelten Namen der Stauferstadt Waiblingen, auf die der Kampfruf »Hie Waiblingen« zurückgeht; ihre Gegner waren die Guelfen (Welfen). Vgl. auch F.s Fragment »Die preußische Idee«, das die immer neuen, widersprüchlichen Abwandlungen der »Idee« darstellt, denen der gehorsame Staatsdiener Adalbert Schulze gerecht werden möchte; so erkennt er etwa als Assessor vor 1849, »daß sich die preußische Idee mit der ghibellinischen Idee deckte« (HF I, 7; in 1. Auf. Bd. 5, S. 864).

70 *Askanischen Platz:* vor dem Anhalter Bahnhof in Berlin. – *historischer Notizenkram:* entsprechend F.s Abneigung gegen »das bloß Aktenmäßige« in der Geschichte, das er »immer langweilig« fand.

71 *des Doppel-Oxygens:* des Sauerstoffs. – *Larix tenuifolia wie sibirica:* schmalblättrige wie sibirische Lärche. – *Quercus robur:* Stieleiche. – *Douglasia:* Douglasfichte. – *Autopsie:* Inaugenscheinnahme. – *Epilobium:* Weidenröschen. – *Boncœur:* Gutherz. – *Neufundländer:* bei F. wiederholt als Bild der Treue und Anhänglichkeit, vgl. »Quitt«, 22. Kap. (Bd. 14, S. 147) und »Effi Briest« (Bd. 17), den Neufundländer Rollo.

73 *gelbe Schmetterlinge:* Vgl. »Ellernklipp«, 1. Kap. (Bd. 6, S. 9 und Anm.).

74 *Alles freute sich auf Altenbrak...:* Vgl. F.s Brief an Emilie vom 19. Juni [1884] (S. 201).

75 *antwortete der Kuckuck ... jeder ist abergläubisch:* entsprechend F.s Vorbedeutungsglauben, vgl. »Ellernklipp«, 9. Kap. (Bd. 6, S. 61 und Anm.), ferner »Wanderungen«, ›Spreeland‹, ›Freiherr von Canitz‹: »Da schwieg der Kuckuck. Ein wehmütiges Lächeln umspielte seine Lippe...« (W 4, S. 198). – *à tout prix:* um jeden Preis. – *Kartäuserorden:* In der Einöde von La Chartreuse 1084 von Bruno von Reims gestifteter Männerorden, dessen Regel u. a. ein strenges Schweigegebot vorsieht.

76 *Kavalkaden:* hier: Reiterstücke. – *A la bonne heure:* vortrefflich, alle Achtung. – *der preußische Schulmeister... Zu welch*

erstaunlichen Siegen: Anspielung auf die zuerst in einem Aufsatz des Leipziger Geographen O. F. Peschel vorgebrachte Behauptung, der preußische Schulmeister habe die Schlacht bei Königgrätz gewonnen. Eine ähnliche Szene, in der sich F's Geringschätzung des Angelernten, Eingehämmerten ausdrückt, findet sich in »Der Stechlin«, 5. Kap. (Bd. 19, S. 60). – *Crèvecœur:* Herzeleid.

77 *Vom Rat:* rheinischer Adel. – *Aus dem Winkel:* Vgl. Eduard Vehse, »Geschichte der Höfe des Hauses Sachsen«, Hamburg 1854, 7. Teil, S. 469, wo der Name genannt ist, neben dem Namen v. Nimptsch (vgl. Anm. zu Bd. 12, S. 8). – *Genserowsky:* ostpreußischer Name, kommt in der Rangliste der preußischen Armee von 1884 vor. – *homo literatus:* Gelehrter.

78 *›multum non multa‹:* viel, nicht vielerlei, nach Plinius, »Epistolae« VII, 9, 15: »Aiunt multum legendum esse non multa«. – *Gero:* 900–65, Markgraf und Herzog der Ostmark, begründete die deutsche Herrschaft in den Slawenländern jenseits der Elbe, vgl. auch »Wanderungen«, ›Havelland‹, ›Die Wenden in der Mark‹: »In noch schlimmerem Lichte erscheint das Deutschtum in der Geschichte von Markgraf *Gero.* Dieser, wie in Balladen oft erzählt, ließ dreißig wendische Fürsten, also wahrscheinlich die Häupter fast aller Stämme zwischen Elbe und Oder, zu einem Gastmahle laden, machte die Erschienenen trunken und ließ sie dann ermorden.« (W 3, S. 26). Gero wurde in der romanischen Stiftskirche St. Cyriakus des von ihm gegründeten Nonnenklosters Gernrode begraben. – *Karl der Große:* 742–814, 800 römischer Kaiser. – *zehntausend Sachsen:* 782 ließ Karl der Große bei Verden an der Aller gefangene Sachsen zur Strafe für ihren Aufruhr hinrichten. – *Männer, die Geschichte machen:* Anspielung auf die Thesen Treitschkes (»Männer machen die Geschichte« und Carlyles über die bestimmende Rolle einzelner großer Persönlichkeiten in der Geschichte; vgl. auch »Graf Petöfy«, 33. Kap. (Bd. 9, S. 179 und Anm.). – *›Kopf ab‹:* Vgl. F.s Brief an Friedrich Stephany vom 16. Juli 1887, in dem er dieselbe These auf sich selbst bezieht (S. 205).

79 *Hauderer:* oberdt. Mietfuhrwerk. – *alten Dessauer:* geläufige Bezeichnung für Leopold I., Fürst von Anhalt-Dessau (1676 bis 1747), preußischer Feldmarschall, der den eisernen Ladestock und den Gleichschritt im Heere einführte und damit wesentlich die überlegene Feuerkraft und Disziplin der friderizianischen Infanterie begründete; vgl. auch F.s Ballade »Der alte Dessauer« (Bd. 22, S. 205 f.). – *›So leben wir‹:* dem nach dem Feldmarschall benannten »Dessauer Marsch« unterlegter Text.

80 *Otto von Bismarcks . . . Otto den Faulen . . . Otto den Finner:* Vgl. die Anm. zu Bd. 7, S. 37; Otto VI. (der Faule), 1341–79, Sohn

Ludwigs von Bayern, Markgraf von Brandenburg, verkaufte die Mark 1373 für 500 000 Goldgulden an Kaiser Karl IV.; vgl. auch »Wanderungen«, ›Havelland‹, ›Kloster Lehnin, wie es war und wie es ist‹ (W 3, S. 74); »der Finner« war ein Beiname des Markgrafen Ottos I. (1170–84), Sohn Albrechts des Bären. – *Heinrich dem Löwen:* 1129–95, aus dem Hause der Welfen, Herzog von Sachsen und Bayern, vgl. »Ellernklipp«, 8. Kap. (Bd. 6, S. 52 und Anm.). – *mein Herzog stirbt:* Wilhelm von Braunschweig (vgl. S. 84 und Anm.); ihm folgte als Regent des Herzogtums Prinz Albrecht von Preußen. – *›Das Wort sie sollen lassen stahn‹:* Vers aus dem Lied »Ein' feste Burg ist unser Gott« von Martin Luther, protestantische These gegen jede Entfernung vom geschriebenen Wort der Bibel.

81 *in pontificalibus:* im päpstlichen Ornat, in den päpstlichen priesterlichen Gewändern.

82 *fast noch über Emilie:* Anspielung F.s auf die Namen seiner Frau und seiner Mutter. – *von ebenbürtiger Solidität ... Mathilde:* Vgl. den aus solchem Bewußtsein gewählten Namen für die Heldin von F.s Roman »Mathilde Möhring« (Bd. 20, S. 7 f.). – *die Namen haben eine Bedeutung:* wiederholt geäußerte Überzeugung F.s. – *heiliggesprochenen Namensschwester:* die heilige Cäcilie, die Schutzpatronin der Musik. – *auf ein weites Elsbruch einbog:* Anklang an »Ellernklipp«, 1. Kap. (Bd. 6, S. 13).

83 *mise en scène:* in Szene gesetzt, »gemacht«. – *Plätze zu wechseln.:* Danach folgt in der Erstausgabe kein Absatz.

84 *ganz von wildem Wein überwachsen:* bei F. häufig wiederkehrendes Bild, vgl. etwa »Grete Minde«, 12. Kap. (Bd. 5, S. 52). – *unsrem Herzog:* Wilhelm von Braunschweig (1806–84), folgte 1830 seinem Bruder Karl in der Regierung des Herzogtums. – *der vorige:* Karl II. von Braunschweig (1804–73), 1830 durch einen Volksaufstand verjagt und mittels eines Landtagsbeschlusses, den der Bundestag bestätigte, des Thrones verlustig erklärt; lebte danach zumeist in Paris. – *Duodezfürsten:* Fürsten mit winzigem Besitztum (Zwölftelgröße). – *Durchläuchtings:* »Dörchläuchting«, der Spottname eines Herzogs von Mecklenburg-Strelitz, ist der Titel einer 1866 erschienenen Erzählung von Fritz Reuter.

85 *Philippika:* Strafrede, nach den Reden, die Demosthenes gegen Philipp von Makedonien hielt.

86 *Vite, vite:* Schnell, schnell. – *Tempelhof und Tivoli:* Vgl. Anm. zu S. 17.

88 *»Gasthaus zum Rodenstein«:* Vgl. F.s Brief an Emilie vom 19. Juni [1884] aus Altenbrak (s. 201). – *Braunschweigischen Roß:* Wappentier der Herzöge von Braunschweig, ein springendes silbernes Roß zwischen zwei gegeneinander gekehrten, mit

Pfauenfedern besetzten Sicheln, vgl. »Ellernklipp«, 16. Kap. (Bd. 6, S. 104). – *Askanischen Bären:* Der Bär war das Wappentier des askanischen Fürstenhauses.

89 *Jakob Rehbock:* ein angeblicher Müller aus Hundeluft im Anhaltischen, trat 1347 mit dem Anspruch auf, der askanische Markgraf Woldemar zu sein, »unter Vorgabe, daß dieser 1319 *nicht* gestorben, vielmehr zur Beruhigung seiner Seele, dem Gelobten Lande zugepilgert sei«, wie F. in seinem Aufsatz über Willibald Alexis ausgeführt hat, der dem »falschen Woldemar« einen Roman widmete (HF III, 1, S. 425 f.). Rehbock wurde zunächst von mehreren deutschen Fürsten aus politischen Gründen unterstützt und 1348 von Kaiser Karl IV. mit der Mark belehnt, zwei Jahre später jedoch fallengelassen. Er starb 1356 in Dresden. – *Otto mit dem Pfeil:* Vgl. Anm. zu S. 28.

90 *einen Waldeck-Kopf:* Benedikt Franz Leo Waldeck (1802–70), liberaler Politiker, Führer der Fortschrittspartei, hatte einen großen Kopf, dichtes langes Haupthaar und Bart. Über den Waldeck-Prozeß, der 1849 großes Aufsehen erregt und mit dem Freispruch W.s geendet hatte, berichtete F. ausführlich in Korrespondenzen für die »Dresdner Zeitung« aus Berlin (vgl. HF III, 1, S. 16 ff. und Anm.). – *eine junge Förstersfrau:* Vgl. F.s Brief an seine Frau vom 19. Juni [1884] (S. 201).

92 *Michaeli:* Fest des Erzengels Michael am 29. September. – *der Reiche, der nicht ins Himmelreich kommt:* Vgl. Matth. 19, 24. – *In einer guten Ehe ...:* Vgl. »Von Zwanzig bis Dreißig«, ›Fritz, Fritz, die Brücke kommt‹, 2. Kap.: »... ein anständiges sich Helfen, mit guter Rollenverteilung, bedeutet viel in der Ehe, und ›mine Fru‹ hat diese große Sache geleistet.« (HF III, 4, S. 476). Vgl. auch »Unwiederbringlich«, Bd. 15, S. 161.

93 *Porphyr:* Gestein mit eingewachsenen Kristallen. – *Belvedere:* »Schönsicht«, häufig Name von Lustschlössern und Aussichtsgebäuden.

94 *Polykrates auf seines Daches Zinnen:* Anspielung auf Schillers Ballade »Der Ring des Polykrates«: »Er stand auf seines Daches Zinnen ...« Vgl. auch »Vor dem Sturm«, ›Kleiner Zirkel‹ (Bd. 3, S. 156); s. auch »Stine«, Bd. 13, S. 53.

95 *demissioniert:* den Abschied genommen. – *Affen meiner Eitelkeit ... Zuckerbrot:* Vgl. F.s Brief an Lepel vom 23. Juli 1851 über die geplante Ballade »Hansen-Trotz«: »... namentlich freu ich mich auf die Schilderung der Anna Bulen, wobei ich dem Affen meiner feinsten Sinnlichkeit mal wieder Zucker geben kann.« (Briefwechsel mit Lepel, Bd. 1, S. 338 f.). – *Sich ein Genüge tun ...:* ähnlich wiederholt in Briefen, vgl. etwa an Mathilde von Rohr am 29. Jan. 1878: »... zuletzt ... schreibt man doch sich selber zu Liebe, will *sich* ein Genüge

thun ...« (Briefe III, S. 182).

96 *Tout à fait comme il faut:* ganz, wie es sein soll. – *Saucißchen:* Bratwürstchen. – *Mosel, dir leb' ich ...:* Anspielung auf das Kirchenlied »Jesus, Dir leb ich! / Jesus, Dir sterb ich ...« (Liegnitz 1828) von Franz Bühler (1760–1824).

97 *»White bait«:* Weißfisch. – *Yklei:* Karpfenart (Ukelei). – *Spree-Stint:* Lachsart. – *»Honny soit qui mal y pense.«:* Motto des englischen Hosenbandordens: »Ehrlos, wer schlecht darüber denkt.« – *Revozierung:* Widerruf. – *Leberreim:* Stegreifgedicht beim Hechtessen (wer die Leber erhielt, mußte einen Zweizeiler zum besten geben). Vgl. »Wanderungen«, ›Spreeland‹, ›Die Leber ist von einem Hecht‹: »Das wäre kein echtes Spreewaldsmahl, wenn nicht ein Hecht auf dem Tisch stünde ... Und mit diesem zeitgemäßen Leberreime ging es ...« (W 4, S. 17 ff.); s. auch »L'Adultera«, Bd. 7, S. 74.

98 *commençons:* beginnen wir! – *Vergißnichtmein:* in der Erstausgabe: Vergißmeinnicht. – *Aland Blei:* Karpfenarten. – *auch (leider) auf dem der Malerei:* Hinweis auf die blühende Schlachtenmalerei der Georg Bleibtreu (1828–92), Karl Röchling (1855 bis 1920), Emil Hünten (1827–1902) und vor allem Anton von Werner (1843–1915). Über Werner, den gefeierten Maler des Panoramas der Schlacht bei Sedan, zu dem F. während seiner Amtszeit als Sekretär der Akademie 1876 auch in dienstliche Beziehung getreten war, vgl. den Brief an seine Tochter vom 13. Mai 1889 (Briefe II, S. 126). – *Firdusi:* 932–1020, berühmter persischer Dichter, von F. wiederholt erwähnt. – *Inkulpat:* der Beschuldigte. – *Eginhard ... im Namen der Poesie:* Eginhard gleichbedeutend mit Einhart. Anspielung auf Einhart (770–840), den Biographen Karls des Großen (»Vita Caroli Magni«).

99 *Werle:* mittelalterliches Grafengeschlecht in Niedersachsen; bei Burgdorf, Kreis Goslar, lag die ehemalige Kaiserpfalz Werle. – *Sonne schon im Niedergehen ... Alles war schweigend ...:* Vgl. auch »Wanderungen«, ›Spreeland‹, ›Löwenbruch‹: »Die Sonne scheidet eben ... Alles ist sabbatstill ... Niemand spricht mehr ...« (W 4, S. 314).

100 *en ligne:* in Linie. – *»Das war der Herr von Rodenstein ...«:* Kommerslied von Viktor von Scheffel (1826–86), vgl. auch S. 67, ferner F.s Brief an Wilhelm Hertz vom 4. Nov. 1884: »Scheffel? Es ist zu viel Kneipen-Atmosphäre darüber.« (Briefe an Wilhelm und Hans Hertz, S. 276).

101 *Rübeland:* im Bodetal mit einem Höhlenmuseum und benachbarten Tropfsteinhöhlen. – *Kloster Michelstein:* das im 12. Jahrhundert gegründete Zisterzienserkloster Michaelstein bei Blankenburg; später Domäne. – *de haut en bas:* von oben herab; vgl. auch »L'Adultera«, Bd. 7, S. 118.

102 *Storch und Schwalbe:* Vgl. das vierte der unter dem Titel »In Hangen und Bangen« zusammengestellten Gedichte: »Storch und Schwalbe sind gekommen ...« (Bd. 23, S. 10).

103 *die gastrosophischen Versuche:* Gastrosophie = die Kunst oder Lehre, die Tafelfreuden mit Weisheit zu genießen. – *Lady Macbeth:* schottische Königin, Gestalt aus Shakespeares »Macbeth«, von F. oft genannt; vgl. auch Bd. 15, S. 78.

104 *Denkmal ... ein Wilddieb erschossen:* Vgl. »Quitt«, *Zur Entstehung* (Bd. 14). – Friedrich Wilhelm Leopold *Pfeil:* 1783 bis 1859, Forstwissenschaftler, Direktor der Forstakademie in Eberswalde, geb. in Rammelsberg am Harz. 1865 wurde ihm in der Nähe des Dambacher Forsthauses bei Thale ein Denkmal errichtet; vgl. auch F.s Brief an seine Frau aus Thale vom 22. Mai 1868: »Dann marschierten wir weiter, auf der Bergeshöhe hin, durch einen Laubholz-Wald, besuchten das schöne Denkmal, das dem Landforstmeister Pfeil ... mitten im Walde errichtet worden ist ...« (Heiteres Darüberstehen, S. 103). Pfeil schrieb u. a. »Die Forstgeschichte Preußens bis zum Jahr 1806«, Leipzig 1839. – *Graf Pfeil:* Es gab eine gräfliche Linie von Pfeil, die viele preußische Offiziere hervorbrachte. – *Pyritzer Weizacker:* bekannt fruchtbarer Weizenboden in der Gegend um Pyritz in der Altmark bei Stettin.

105 *Contre:* Wechseltanz. – *Pace:* Schrittart.

106 *Alles war still:* Vgl. F.s in zwei Fassungen überliefertes Gedicht »Alles still« (Bd. 23, S. 35 und Bd. 24, S. 177), das freilich eine Winterstimmung widerspiegelt.

107 *Spektralanalyse:* Zerlegung des Sonnenlichts. – *Poor:* arm. – *Die Sonne mag ihre Geheimnisse herausgeben ...:* ähnlich oft bei F., vgl. »Schach von Wuthenow«, 21. Kap. (Bd. 8, S. 133 f. und Anm.) und das Gedicht »Umsonst«: »Und wir kommen doch nicht weiter, / und des Lebens Rätsel bleibt.« (Bd. 23, S. 105).

108 *Wer sich in Gefahr begibt, kommt drin um:* Geläufiges Sprichwort nach Jesus Sirach 3, 27: »Denn wer sich gern in Gefahr begibt, der verdirbt darin.«

109 *ein Bild von Queen Mary:* Vgl. »Ein Sommer in London«, ›Ein Picknick in Hampton-Court‹: »... das blasse Antlitz Maria Stuarts ... Ein Klosterschleier umhüllt weiß und dicht das schmale, feine, geheimnisvolle Gesicht ...« (HF III, 3); F. benützt hier, wie öfter im Roman, die fiktive Frageform; es sind Eindrücke von seinen Reisen in England und Schottland und von seinen Übersetzungen schottischer Balladen, die hier nachwirken und von denen er auch in »Von Zwanzig bis Dreißig«, ›Bei Kaiser Franz‹, 2. Kap., erzählt: »Ein eigentümlich schwermütiger und ohne schön zu sein ungemein anziehender Nonnenkopf ...« (HF III, 4, S. 304). Vgl. auch Bd. 15, S. 170 und

Anm. – *Bothwell ... Darnley ... Pulverfaßreminiszenzen:* James Hepburn Lord Bothwell (um 1536–1578), der Geliebte Maria Stuarts, ließ ihren zweiten Gatten, Henry Stuart Lord Darnley, König von Schottland (1545–67) ermorden und heiratete danach die Königin, der Mitwisserschaft nachgesagt wurde; vgl. F.s. Ballade »Maria und Bothwell« (Bd. 22, S. 25 ff.).

111 *Windham:* Der Name ist bekannt durch den britischen Staatsmann William W. (1750–1810), einen Anhänger Pitts.

112 *›Flora‹-Konzerte:* in dem 1874 nach dem Vorbild des Frankfurter Palmengartens gegründeten Konzert- und Vergnügungsetablissement »Flora« in der Nähe des Charlottenburger Schlosses. Vgl. »Irrungen, Wirrungen«, Bd. 12, S. 25.

113 *Lennéstraße:* am Südostrand des Tiergartens; vgl. F.s Gelegenheitsgedicht an »Herrn Geheimrat Stöckhardt, Lennéstraße 6« (Bd. 23, S. 262 f.).

114 *Unsinn, Briefe gehen nicht verloren:* Wie F.s Korrespondenz zeigt, neigte er oft zu der Vermutung, es seien Briefe verlorengegangen, wenn Stockungen auftraten.

116 *Schneckenberg:* an der Südostecke des Berliner Tiergartens, zwischen Siegesallee, Lennéstraße und Friedrich-Ebert-Straße. – *ein Stück von dem Schaperschen Goethe:* das 1880 im Tiergarten aufgestellte Goethe-Denkmal von Fritz Schaper (1841 bis 1919); vgl. F.s Gedicht »Was mir gefällt« (Bd. 23, S. 57) und den Brief an seinen Sohn Theo vom 4. Mai 1894 (Familienbriefe, Bd. 2, S. 303 f.). – *roten Kopftüchern:* die zur Tracht der Spreewaldammen gehörten. – *Berlin wird Weltstadt:* Titel einer Posse von David Kalisch (s. HF III, 2, S. 977); vgl. auch »Auf der Treppe von Sanssouci« (Bd. 22, S. 260).

117 *auf dem Hafenplatze:* zwischen Köthener Straße und Schöneberger Straße am Nordufer des Landwehrkanals; distinguierte Wohngegend. – *Defilee:* Hohlweg. – *»gekeilt in drangvoll fürchterliche Enge«:* zitiert nach Schiller, »Wallensteins Tod«, IV, 10; s. auch »Kriegsgefangen«, ›Comme officier supérieur‹, ›Poitiers-Rochefort‹ (HF III, 4, S. 613). – *Tiene:* niederdt. Hängeeimer. – *Besinge:* niederdt. Heidelbeeren.

118 *Diebitschen Hause:* das »Maurische Haus«, Hafenplatz Nr. 4 / Ecke Dessauer Straße, 1857 erbaut von Karl von Diebitsch (1819–69), der in den sechziger Jahren bis zu seinem Tode Hofbaumeister des Vizekönigs von Ägypten war. Diebitsch stellte maurische Friese, Arabesken und Mosaiken in rotem Ton her und verwendete daneben den in der Mark heimischen Backstein. – *Alhambra:* maurisches Schloß bei Granada. – *Abenceragen:* Abencerragen, vornehmes arabisches Geschlecht in Granada, nach dem noch heute ein Teil der Alhambra benannt ist (Saal der A.); in diesen Saal soll König Abul Hassan um 1480 die A., mit denen er in geheimer Feindschaft lebte,

locken und ermorden lassen haben. Den Anlaß gab die Liebschaft zwischen seiner Schwester Zoraïde und einem der A. – *der poetisch letzte von ihnen:* Anspielung auf Chateaubriands Roman »Les aventures du dernier des Abencérages« (1826), der auch dem Textbuch von Cherubinis Oper »Abencérages« zugrunde liegt. – *Abdel-Kader:* 1807–83, Führer der arabischen Widerstandsbewegung (»Heiliger Krieg«) gegen Frankreich in Nordafrika. – *Dotationen:* Ehrengeschenke, wie sie nach siegreichen Kriegen, so auch nach 1866 und 1870/71, hohen Offizieren, zumeist Feldmarschällen, zuteil wurden.

119 *Hôtel du Parc:* Vgl. die Anzeige in »Gesellschaft von Berlin«, 1893/94: »Thiergarten-Hotel (HOTEL DU PARC) Besitzer: Emil Metzger Berlin W Königgrätzer Straße 11 gegenüber dem Potsdamer Bahnhof in unmittelbarer Nähe des Thiergartens«; das spätere Bellevue-Hotel.

120 *Wrangelbrunnen:* am Südrande des Tiergartens auf dem Kemper Platz, Abschluß der Siegesallee, vgl. F.s Gedicht »Meine Reiselust« (Bd. 23, S. 56); 1902 durch einen von Wilhelm II. der Stadt geschenkten Rolandsbrunnen ersetzt. – *Matthäikirche:* Vgl. Anm. zu »L'Adultera«, Bd. 7, S. 120.

121 *Dörffel:* Name bekannt durch Georg Samuel Dörfel (1643–88), Theologe und Astronom. – *Montefiascone:* italienischer Muskatwein; vgl. auch »L'Adultera«, Bd. 7, S. 26.

122 *Dioskuren:* Zwillingssöhne Jupiters, hier Goethe und Schiller. – *Buko von Halberstadt:* Burchard II (1030–88), Bischof von Halberstadt, der in der Sage als Kinderfreund fortlebt, vgl. »Ellernklipp«, 15. Kap. (Bd. 6, S. 94 und Anm.) und »Effi Briest«, 18. Kap. (Bd. 17, S. 143). – *des Pfarrers Tochter ... von Taubenhain:* Vgl. F.s Brief an Paul Schlenther vom 9. Juni 1894 (Freundesbriefe. Zweite Sammlung, Bd. 2, S. 321) über Bürgers »Des Pfarrers Tochter von Taubenhain«, ein »wundervolles Gedicht«, wie F. urteilt.

123 *d'accord:* einig. – *König von Thule:* Ballade von Goethe (»Der König von Thule«), vgl. auch Bd. 15, S. 98 und Anm. sowie »Der Stechlin«, 41. Kap. (Bd. 17, S. 367). – *Canna indica:* Zierpflanze aus Amerika. – *»Insel der Seligen«:* Vgl. Anm. zu »Stine«, Bd. 13, S. 28. – *nach dem Diener klingelte:* Danach folgt in der Erstausgabe eine Freizeile.

124 *Sentiments:* Empfindungen. – *nicht Prophet, auch nicht einmal von den kleinen:* Nach dem Umfang ihrer Schriften werden vier große und zwölf kleine Propheten des Alten Testaments unterschieden. – *einsamer, als Sie sollten:* Vgl. F. an seine Frau am 23. Aug. 1883: »Die Einsamkeit thut weh, aber doch nicht *so* weh wie falsche Geselligkeit.« (Briefe I, S. 245).

125 *gehört nicht zu den Machtmitteln unserer Kirche, den Himmel aufzuschließen:* Vgl. F.s Brief an Georg Friedlaender vom 29.

Nov. 1893: »Nur ganz Wenigen ist es gegeben – ich habe nur *einen* kennen gelernt: Müllensiefen – einem den Himmel aufzuschließen.« (Briefe an Friedlaender, S. 244).

126 *der reinen Herzens ist:* nach Matth. 5, 8; Anknüpfung an die von F. oft zitierten Seligpreisungen der Bergpredigt, vgl. etwa »Grete Minde«, 7. Kap. (Bd. 5, S. 38 und Anm.). – *Paroxysmen:* Anfälle, krankhafte Aufregungen.

127 *Medem:* baltische Adelsfamilie, die auch in der Mark ansässig war. – *Terracina:* Stadt und Bistum am Tyrrhenischen Meer. – *Gregor XVI.:* Bartolomeo Alberto Cappellari (1765–1846), 1831 Papst; aus dem Kamaldulenserorden, als Charakter integer, aber weltfremd und weltfeindlich, von autoritärem Souveränitätsbewußtsein geleitet. – *Una enthusiastica:* eine Überschwengliche.

128 *Schlagwasser:* Erinnerung an den Laboranten Zölfel, vgl. »Von, vor und nach der Reise«, ›Der letzte Laborant‹ (Bd. 21, S. 94); Zölfel heißt in F.s Darstellung Hampel. Es gab weißes und rotes Schlagwasser (Mittel gegen Schlagfluß). — *am Potsdamer Bahndamm entlang:* die spätere Flottwellstraße.

129 *Begräbniszuges ... Gordon wäre gern ausgewichen:* Vgl. F.s Brief an Friedrich Witte vom 3. Mai 1846: »Ich habe Ahnungen. ... und wär' es eine Herde Schafe oder ein lächerlicher Trauerzug gewesen, irgendein Umstand wurde mir zur Prophezeiung.« (Freundesbriefe. Zweite Sammlung, Bd. 1, S. 1). – *Kathinka:* Name einer Hauptgestalt in »Vor dem Sturm« (Bd. 1–4).

130 *Hautefinance-Klub:* haute finance = Hochfinanz. – *Points:* Einsätze. – *Billetsdoux:* zarte Botschaften, Liebesbriefchen.

131 *U. A. w. g.:* Um Antwort wird gebeten. – *quand même:* trotz alledem.

132 *Kraczinski:* bekannt war die polnische Grafenfamilie Krasinski, die in Zygmunt K. (1812–59) einen bedeutenden Dichter hervorbrachte. – *süffisant:* dünkelhaft. – *Anti-Schweninger:* Ernst Schweninger (1850–1924), Hausarzt Bismarcks, forderte, die allgemeine Konstitution des Patienten bei der Therapie zu berücksichtigen und begründete eine »Naturheilkunde« mit Abmagerungskuren. – *von Snatterlöw:* von Schmitterlöw hieß eine preußische Adelsfamilie. – *»Gerettet« ... »Gerichtet«:* Umkehrung der Schlußworte in Goethes »Faust«, Erster Teil, ›Kerker‹. – *mit Ostentation:* mit gewollter Deutlichkeit.

133 Adolf Friedrich (1876: Graf) von *Schack:* 1815–94, Dichter, Literarhistoriker und Übersetzer, hatte seit 1855 seinen Wohnsitz in München, wo F. 1859 mit ihm zusammentraf; aus dem Persischen übersetzte er die »Heldensagen des Firdusi« (Berlin 1851) und »Firdusi. Epische Dichtungen« (Berlin 1853), wofür er vom Schah den Sonnenorden erhielt; vgl. auch »Schach

von Wuthenow«, Zur Entstehung (Bd. 8, S. 144 f.), über Otto Friedrich Ludwig von Schack und die Schah-Karikaturen im 13. Kap. dieses Romans. – *Horreur:* Schreckensstück. – *Turbot:* Steinbutt.

134 *mit krähender Kommandostimme:* als Charakterisierungsmittel von F. wiederholt gebraucht, vgl. Leutnant von Zieten in »Schach von Wuthenow«, 10. Kap. (Bd. 8, S. 76) und der dem Sohn des Generals von Zieten nachgebildete General Bamme in »Vor dem Sturm«, ›Allerlei Freunde‹ (Bd. 2, S. 27). – *Harzburg ... Burgberg:* unmittelbar über Bad Harzburg liegen der Große Burgberg und der Kleine Burgberg mit Resten der unter Heinrich IV. angelegten Befestigungen (»Harzburg«). – *Säule ... Inschrift ›Nach Canossa gehen wir nicht‹:* Die sog. Canossa-Säule erinnert an den genannten Ausspruch Bismarcks am 14. Mai 1872 im Reichstag. Am 9. Juni 1883 schrieb F. aus Thale an seine Frau: »Es soll jetzt in ›doch‹ abgeändert werden, vielleicht blos überklebt, damit man's leicht wieder abreißen kann.« (Briefe I, S. 194). – Heinrich von *Mühler:* 1813 bis 74, preußischer Kultusminister von 1862–72, im Kulturkampf durch Falk ersetzt. M. war Mitglied des »Tunnels«, vgl. »Von Zwanzig bis Dreißig«, ›Der Tunnel über die Spree‹, 1. Kap. (HF III, 4, S. 315). – *Kulturkampf:* die Auseinandersetzung Bismarcks und der Reichsregierung mit der katholischen Kirche und der Zentrumspartei zwischen 1872–78, die schwerste Krise, der das deutsche Reich sogleich nach seiner Begründung ausgesetzt wurde; endete schließlich in einem Ausgleich mit dem Vatikan. – Adalbert von *Falk:* 1827–1900, 1872–79 preußischer Kultusminister, führte mit den sog. Maigesetzen den Kampf des Staates gegen die Kirche, trat im Zuge der Entspannung zwischen beiden Mächten von seinem Posten zurück. – *Toupet:* Vgl. »Meine Kinderjahre«, 5. Kap., die Bemühungen von F.s Vater um seine »Tour« (HF III, 4, S. 47).

135 *ad hoc:* zum besonderen Zweck. – *Dalai-Lama:* Priesterherrscher in Tibet, gemeint: Bismarck. – Georg *Herwegh:* 1817 bis 75, dessen revolutionäre politische Lyrik im Vormärz von unberechenbarem Einfluß, auch auf den jungen F., gewesen war; vgl. besonders »Von Zwanzig bis Dreißig«, ›Mein Leipzig lob ich mir‹, 4. Kap. (HF III, 4, S. 257 ff.). – *›Flügelschlag der freien Seele‹:* Zitat aus Herweghs Gedicht »Aus den Bergen« (1842): »Raum, ihr Herrn, dem Flügelschlag / Einer freien Seele«. – *Omnipotenz:* Allmacht. – *Arnim:* Vgl. Anm. zu »Irrungen, Wirrungen«, Bd. 12, S. 43.

136 *pourquoi tant de bruit ...:* warum soviel Lärm um einen Eierkuchen, d. h. warum soviel Lärm um nichts (geflügeltes Wort nach einer Anekdote um den französischen Dichter Desbarreaux, 1602–73, der an einem Freitag, also einem Fasttag, wäh-

rend eines Unwetters in einem Wirtshaus einen Eierkuchen mit Speck bestellte. Ein Donnerschlag ertönte, als der Wirt widerstrebend servierte, und dieser sank in die Knie. Da warf der Dichter, um den Wirt zu beruhigen, den Kuchen mit den zitierten Worten aus dem Fenster).

137 *Melonenkirche:* Vgl. »Schach von Wuthenow«, 19. Kap., den Bericht Tante Marguerites: »... in der kleinen Melonenkürche ..., die wieder sehr leer war, ich glaube nicht mehr als ölf oder zwölf ...« (Bd. 8, S. 126). – *jeder auf seine Façon selig werden:* nach dem bekannten Marginalentscheid Friedrichs des Großen vom 22. Juni 1740, vgl. »Unterm Birnbaum«, 8. Kap. (Bd. 10, S. 45 und Anm.). – *›Die Welt ruht nicht sicherer ...‹:* Ausspruch Friedrichs des Großen, vgl. »Schach von Wuthenow«, 3. Kap. (Bd. 8, S. 24). – *das Kabinett:* das Militärkabinett, das für die Personalfragen zuständig war.

138 *Chef, trotz altem livländischen Adel:* Emil Heinrich Ludwig von Albedyll (1824–97), General der Kavallerie, von 1871 provisorisch, 1872 definitiv bis 1888 Chef des Militärkabinetts. Er stammte aus einer im 14. Jahrhundert geadelten rigaischen Familie. – *homo novus:* Emporgekommener. – *unglückseligen Anschauung von der geistigen Bedeutung der Offiziere:* Anspielung auf die von den preußischen Reformern niedergelegten Grundsätze der Offiziersauswahl, von denen man nach 1848 und nach den Verfassungskämpfen wieder abgewichen war, weil man im Offizierskorps das einzige zuverlässige Bollwerk gegen soziale Umwälzungen erblickte. Zeitweilig wurden wiederum bürgerliche Offiziere systematisch aus der Armee entfernt. Nach 1871 änderten sich sodann die Verhältniszahlen ständig zugunsten der Bürgerlichen, woraus sich jedoch bald andere Spannungen und soziale Probleme ergaben. – *am Cremmer-Damm ... bei Ketzer-Angermünde:* Am Kremmer Damm am 24. Okt. 1412 und bei Angermünde 1420 kämpfte der spätere Kurfürst Burggraf Friedrich VI. von Hohenzollern gegen den einheimischen märkischen Adel, der von den Quitzows angeführt wurde, bzw. gegen die Pommernherzöge um den Besitz der Uckermark; vgl. besonders »Wanderungen« und »Fünf Schlösser«, Orts- und Personenregister; s. auch Bd. 13, S. 57.

139 *Gordon, Kommandant von Eger:* Vgl. Anm. zu S. 13. – *»General St. Arnaud des 2. Dezember«:* Jacques Leroy de Saint-Arnaud (1796–1854), Marschall von Frankreich, leitete als Kriegsminister die Vorbereitungen zum Staatsstreich Louis Napoleons vom 2. Dez. 1851; am Jahrestag des Staatsstreichs ernannte ihn der Kaiser 1852 zum Marschall; vgl. auch »Graf Petöfy«, 31. Kap. (Bd. 9, S. 169 und Anm.). – *Ragaz:* Kurort in der Schweiz; F. besuchte R. am 7. Aug. 1875. – *Kaiserin Eugenie:* 1826–1920, Gemahlin Napoleons III.; vgl. auch »Aus

den Tagen der Okkupation«, Bd. 2, ›Wilhelmshöhe‹: »... die schöne, unglückliche Frau (die ich mich nicht entschließen kann, halb als Messaline, halb als weiblichen Torquemada zu fassen)...« (HF III, 4, S. 1016). – *Polisson:* Gassenjunge. – *Alexander-Regiment:* Kaiser Alexander Garde-Grenadier-Regiment Nr. 1 in Berlin.

140 *Chartreuse:* Kräuterlikör, der ursprünglich nur von den Mönchen der Grande Chartreuse (großen Kartause) bei Grenoble fabriziert wurde. – *filou comme il faut:* durchtriebener Schlingel, wie er im Buche steht.

141 *Engel-Ufer:* heute Engeldamm, in der Nähe des Schlesischen Bahnhofs (jetzt: Ostbahnhofs), führte am Krankenhaus Bethanien vorbei, vgl. »Von Zwanzig bis Dreißig«, ›In Bethanien‹ (HF III, 4, S. 518 ff.). – *Chronique scandaleuse:* Klatschgeschichte, nach dem Tagebuch von Jean de Roye (geb. 1425), das jedoch erst in der Ausgabe von 1611 unter diesem Titel erschien. Das Werk verzeichnet Ereignisse der Regierungszeit Ludwigs XI. von Frankreich. – *Malicen:* Boshaftigkeiten. – *Hampel von Hampelshausen:* Die Namensbildung erinnert an Hampel und Hampelbaude, vgl. »Von, vor und nach der Reise« (Bd. 21, S. 92 ff.). – *pot à feu:* Feuertopf; in der Feuerwerkerei ein Mörser, der Leuchtkugeln, Frösche oder Schwärmer auswirft. Vgl. »Graf Petöfy«, 30. Kap. (Bd. 9, S. 165 und Anm.). – *die keusche Susanne:* Susanne aus Babylon, Gestalt des apokryphen Buches »Geschichte von Susanna und Daniel«, bekannt aus zahlreichen Werken der Malerei.

142 *Libertinage:* Leichtfertigkeit. – *Afrikareisender:* Vgl. das gleichnamige Gedicht (Bd. 23, S. 103). – *Schönheit ist eine Gefahr...:* Vgl. F. an seine Tochter am 16. Okt. 1879: »... geistreich-sein ist blos gefährlich wie schön-sein und ruinirt den Charakter.« (Briefe II, S. 21). – *bei Grolmans:* von G., bekannte Offiziersfamilie; zur Zeit der Erzählung trugen mehrere Generale diesen Namen.

143 *Bank, wo die Spötter sitzen:* Vgl. Psalmen, 1, 1. – *Tattersall:* Reitbahnen mit Pensionsstallungen. – *Garçon:* Vgl. Anm. zu S. 55.

144 *con amore:* mit Liebe, mit Vergnügen. – *Kramsta... Rothkirch:* bekannte Adelsfamilien. – *Prinzessin Alexandrine:* Friederike Wilhelmine A. Helene, Großherzogin von Mecklenburg-Schwerin (1803–92), eine Schwester Wilhelms I.; vgl. »Schach von Wuthenow«, 4. Kap. (Bd. 8, S. 29 f.).

145 *Zedlitz:* sächsisch-schlesische Adelsfamilie. – *Woronesch:* Name einer russischen Stadt.

146 *Welfen-Echingen:* wohl freie Umformung des Fürstennamens Welf und des Herzogtitels Elchingen, den Marschall Ney trug. – *Cyrillenort:* Aus Sybillenort, einem zwischen Breslau und Oels gelegenen Schlosse des Herzogs von Braunschweig. –

Beauregard: Schönblick, Name mehrerer Lustschlösser.

147 *von Schluckmann:* wohl nach von Schuckmann, einer Familie, die auch im preußischen Staatsdienst wirkte, vgl. »Fünf Schlösser«, ›Liebenberg‹ (W 5, S. 245). – *›den unglückseligen Gestirnen‹:* Vgl. Schiller, Prolog zur »Wallenstein«-Trilogie: die Kunst »sieht den Menschen in des Lebens Drang / Und wälzt die größre Hälfte seiner Schuld / Den unglückseligen Gestirnen zu.«. – *Lewinski:* Sowohl an die gleichnamige Adelsfamilie ist bei der Namenswahl zu denken als auch an das wiederholt in den »Causerien« genannte Schauspielerehepaar Lewinsky, vgl. das Register (HF III, 2, S. 1095).

148 *in duplo:* in doppelter Weise. – *Betriebsdirektor bei den Hohenlohes:* Das ursprünglich fränkische Geschlecht war auch in Schlesien verzweigt und besaß dort zu seinen Ländereien auch ausgedehnte Industriebetriebe. Auch die Herzöge von Ratibor (vgl. die Anm. zur folgenden Seite) waren aus den Hohenlohes hervorgegangen. – *Frau von Zacha:* Vgl. zu der folgenden Schilderung die Lebensumstände der »*alten* Gräfin Rothenburg«, die von F. in einem Brief an seine Frau vom 17. Juni 1884 erwähnt wird. Die Gräfin, eine geb. Freiin Schenk von Geyern (1821–97), war im Juli 1850 die morganatische Gattin eines Fürsten von Hohenzollern-Hechingen geworden; 1863 von ihm geschieden, heiratete sie wenige Monate später den Hofmarschall des Fürsten (vgl. Briefe I, S. 268 und Anm.).

149 *Schloß Rauden:* im ehemaligen preußischen Regierungsbezirk Oppeln, Besitz der Herzöge von Ratibor.

150 *morceau de résistance:* Hauptstück, vgl. F.s Brief an Georg Friedlaender vom 5. Febr. 1890 (Briefe an Friedlaender, S. 120). – *›le Roi Champignon‹:* der König Champignon.

151 *Que faire?:* Was tun? – *Similia similibus:* eigentlich »similia similibus curantur«, Ähnliches wird durch Ähnliches geheilt, Grundsatz der Homöopathie; vgl. auch »Fünf Schlösser«, ›Plaue a. H.‹, F.s Begegnung mit Carl Ferdinand Wiesike, der zu den »begeistertsten Anhängern« der Lehre Samuel Hahnemanns zählte (W 5, S. 127 ff.); s. auch »Unwiederbringlich«, Bd. 15, S. 17.

152 *Kohinur:* indisch »Berg des Lichts«, der wohl berühmteste Diamant, zum englischen Kronschatz gehörig; vgl. »Ein Sommer in London«, ›Ein Gang durch den leeren Glaspalast‹ (HF III, 3) und das Gedicht »Arm oder reich«: »Ist der Kohinoor, dieser ›Berg des Lichts‹, / Ihnen allen Ernstes nichts?« (Bd. 23, S. 51) auch in Briefen F.s erwähnt. – *Felix und Sarotti:* führende Fabrikanten feiner Schokoladen, vgl. Bd. 7, S. 72.

153 *Les beaux esprits se recontrent:* Die Schöngeister begegnen sich. Vgl. auch Bd. 12, S. 78. – *es ist ihr ewig Weh und Ach . . .:* »So tausendfach / Aus *einem* Punkte zu kurieren«, bemerkt Mephisto zum Schüler (Goethe, »Faust«, Erster Teil, ›Studierzimmer‹).

– *Lieblingsplatz auf dem Balkon:* Vgl. Anm. zu »Irrungen, Wirrungen«, Bd. 12, S. 74 *(Giebelfenster).*

154 *C'est le ton, qui fait la musique:* Der Ton macht die Musik (französisches Sprichwort). – *Von zwei Übeln wähle das kleinere:* nach Cicero, »De officiis«, III, 29, 105 bei den Alten sprichwörtlich; in ähnlicher Form bereits bei Sokrates und Aristoteles zitiert. – *Chaperonnieren:* begleiten, (Damen) beschützen.

155 *Digitalis, Fingerhut:* Pflanze, aus der herzwirksame Glykoside gewonnen werden, vgl. »Der Stechlin«, 36. Kap.: »›Ja, Engelke, nu geht es los. Fingerhut.‹« (Bd. 19, S. 313). Vgl. auch Bd. 12, S. 123. – *mehr dezidiert als distinguiert:* mehr entschieden als vornehm.

156 *neue Wissenschaften:* etwa die physiologische Psychologie.

157 *das Leben ... als ein Bilderbuch:* oft bei F., sowohl mit dem Akzent auf der Buntheit und Zufälligkeit des Bilderbuchs, wie in dem Gedicht »Drehrad« (Bd. 23, S. 48), als auch mit Betonung des Abbildhaften, mit dem man sich resignierend bescheidet, wie in dem Gedichtentwurf »Die Witwe von Bow-Church«: »Das Bild des Lebens ist das Leben mir.« (Bd. 24, S. 218). – *›kleine Verhältnisse‹ ... würd' ich nicht ertragen:* Vgl. Ursel Hradschek in »Unterm Birnbaum«, 3. Kap. (Bd. 10, S. 21).

159 *Jettperlen:* Jett = schwarzer Bernstein, Gagat, sowie dessen künstliche Nachbildung. – *Marinelli:* intriganter Hofmarschall in Lessings Trauerspiel »Emilia Galotti«; hierzu Hans-Heinrich Reuter über das Orsina-Motiv (»Fontane«, Berlin 1968, Bd. 2, S. 679 f.). – *Hiob:* ein reicher, angesehener und dabei sehr gottesfürchtiger Mann im Lande Hus, nach dem ein Buch des Alten Testaments benannt ist.

162 *Hillmanns Hotel:* Vgl. F.s Brief an Emilie vom 17. Juli 1880, geschrieben in »Hillmanns Hôtel«: »... auf einer entzückenden Terrasse, eine Blumen-Balustrade vor mir und dahinter ein Stück Park mit zahllosen Kindern, Kinderwagen und Kindermädchen. Es sah aus wie ein Feenmarkt. ... das sehr schöne Hotel liegt am Rande [der Stadt], am ehemaligen Wall ...« (Briefe I, S. 132).

163 *Ihr ... Leslie-Gordon.«:* Danach folgt in der Erstausgabe eine Freizeile. – *Limfjord:* tiefe Bucht an der Westküste Jütlands, die F. auf seiner Reise durch Dänemark kennenlernte, wie sein Brief an Emilie vom 16. Sept. 1864 festhält (Familienbriefe, Bd. 1, S. 138 f.), und die er auch in »Vor dem Sturm«, ›Dejeuner bei Jürgaß‹, erwähnt: »der hunderttausend wie weiße Nymphäen auf dem Limfjord schwimmenden Möwen« gedenkt dort Hansen-Grell, der »nie ein smaragdgrüneres Wasser und nie einen azurblaueren Himmel gesehen haben wollte« (Bd. 3, S. 123).

164 *›Some days must be dark and dreary‹:* in Freiligraths Ubersetzung: »Mancher Tag muß trüb sein und traurig!«, Schlußzeile des Gedichts »The Rain Day« (»Der Regentag«) von Henry Wadsworth Longfellow (1807–82), nicht von Alfred Tennyson (1809–92); F. hat die Verse, die er vermutlich aus Freiligraths Übersetzung von Longfellows Gedichten (»Voices of the Night«, 1839) kannte, wiederholt zitiert, z. B. am 29. Juli 1883 in einem Brief an Emilie: »›some days *must* be dark and dreary‹, – davon bin ich tief durchdrungen« (Briefe I, S. 232), am 25. Nov. 1888 in einem Brief an Rodenberg (vgl. Briefe an Rodenberg, S. 29 und Anm.). – *Störenfried:* »Der Störenfried«, Lustspiel von Roderich Benedix (1811–73), dessen zahlreiche Stücke F. oft besprochen hat; vgl. »Theaterkritiken«, Register (HF III, 2, S. 1064). – Albert *Niemann:* 1831–1917, gefeierter Tenor, besonders Wagnersänger, der bereits bei der Pariser Uraufführung die Partie des Tannhäuser gesungen hatte. – *Voggenhuber:* Vgl. Anm. zu »L'Adultera«, Bd. 7, S. 33.

165 *Arion ... Nereidengruppe:* Über den von August von Heyden (1827–97) für das Königliche Opernhaus in Berlin geschaffenen, am Neujahrstag 1868 eingeweihten neuen Bühnenvorhang, der Arion, den Sänger aus Methymna auf Lesbos, auf den Wogen darstellt, umgeben von mythologischen Meereswesen (Nereiden = Töchter des Meergottes Nereus), hat F. sich wiederholt geäußert; vgl. »Graf Petöfy«, 7. Kap. (Bd. 9, S. 54 und Anm.) sowie das Gedicht »Heydens Geburtstag« (Bd. 23, S. 207 f.).

166 *Gardelitze ... Regiment ›Eisenbahn‹:* Vgl. Anm. zu S. 192. – Botho von *Hülsen:* 1815–86, zunächst Offizier im Gardegrenadier-Regiment Nr. 1 (vgl. Anm. zu S. 139, *Alexander-Regiment),* begabter Dilettant, 1851 Generalintendant der Kgl. preußischen Schauspiele in Berlin, später auch der Hoftheater in Hannover, Kassel und Wiesbaden; vgl. »Theaterkritiken«, Register (HF III, 2, S. 1088) und F.s Briefe, besonders die Korrespondenz mit Lepel. – *Levée en masse:* allgemeines Aufgebot (zum Kriegsdienst), Landsturm, hier: Massenaufgebot. – *»Europens übertünchter Höflichkeit« ... »Kanadier«:* Zitat aus dem Gedicht »Der Wilde« von Seume (vgl. Anm. zu S. 16, *»Wo das blüht ...«).*

168 *ein ›Don Juan‹-Abend:* Vgl. S. 56 und Anm. – *Masetto:* Figur aus Mozarts »Don Giovanni«, ein eifersüchtiger junger Bauer, Bräutigam der Zerline.

172 *Gefühl der Pflicht:* Vgl. F. an seinen Sohn Theodor: »Ich habe mich in meinem ganzen Leben über das Schwerste und Drükkendste nicht ärgern können, wenn ich einsah, daß dies Drükkendste nur eine Pflichterfüllung war.« (Heiteres Darüberstehen, S. 211).

174 *Effronterien:* Unverschämtheiten.
176 *Determiniertheiten:* Bestimmtheiten, hier: Grundsätze.
178 *Ehre. Was sich alles so nennt:* Vgl. »Schach von Wuthenow«, 20. Kap. (Bd. 8, S. 131). – *in der Nähe des Großen Gartens:* Der Große Garten im Südosten der Altstadt Dresdens, mit einem im Stil der italienischen Renaissance 1680 erbauten Palais, wurde 1678 als Fasanengehege angelegt, später erweitert.
179 *Ein berühmter Weiser:* Eine Kausalverbindung zwischen Unglauben und Unglück findet sich schon in den Sprüchen Salomonis, 11. Kap. (Unglück des Bösen), aber auch bei Blaise Pascal, »Pénsees sur la religion«.
180 *Großen Gartens:* Vgl. Anm. zu S. 178. – *Mentone:* französische Hafenstadt am Mittelmeer (Arrondissement Nizza), bekannter klimatischer Kurort. – *Hotel Bauer ... überall:* auch in Berlin, nämlich das elegante Café Bauer, das F. in dem Aufsatz »Cafés von heut und Konditoreien von ehmals« beschreibt (HF I, 7); s. auch F.s Briefe an Karl und Emilie Zöllner vom 7. und 10. Okt. 1874 über das Hotel und das »Restaurant Bauer (Wiener Fabrikat) in allervorzüglichster Qualität« in Venedig (Briefe IV, S. 45). – *›Tu l'as voulu, George Dandin‹:* ›Du hast es gewollt, George Dandin‹, eigentlich »Vous l'avez voulu, George Dandin«, geläufiges Zitat aus Molières »George Dandin« (1668), I, 9, von F. wiederholt, auch deutsch, zitiert, vgl. Briefe an Kletke, S. 64 f.
181 *Juliusturm:* mittelalterlicher Turm der auf einer Insel in der Havel gelegenen Zitadelle der Festung Spandau; die Zitadelle diente als Festungsgefängnis, im Juliusturm war der Reichskriegsschatz untergebracht. Auch die zu Festungshaft verurteilten Offiziere der Berliner Garnison büßten in Spandau. Im Herbst 1848 hatte F. dort den Leutnant Gustav Adolf Techow besucht, der wegen seiner Teilnahme an dem Sturm auf das Berliner Zeughaus in Haft war; vgl. »Von Zwanzig bis Dreißig«, ›Berlin 1840‹, 2. Kap. (HF III 4, S. 209 f.).
182 *katholisches Kreuz:* Vgl. Ursel Hradschek (»Unterm Birnbaum«), Gräfin Franziska Petöfy (»Graf Petöfy«), Victoire von Carayon am Araceli (»Schach von Wuthenow«), Alexander von Ladalinski (»Vor dem Sturm«) – Wortführer der auch hier bekräftigten Auffassung, daß der Katholizismus »sanfter bettet«.

Varianten

Das Variantenverzeichnis bringt alle relevanten Textabweichungen zwischen dem Vorabdruck (V) und der ersten Buchveröffentlichung (B). Nicht aufgenommen wurden: 1. zusätzliche oder fehlende »eben«, »und«, »auch«, »selbst«, »hin«, »her« u. ä., mit Ausnahme weniger Fälle, 2. Tempus- und Modusänderungen, wenn sie zu keiner wesentlichen Verschiedenheit der Aussage führen, 3. die für Fontanes Stil charakteristischen verkürzten Wortformen (z. B. andre statt andere, unsre statt unsere etc.), die in den Buchausgaben vom Setzer sehr wahrscheinlich normiert worden sind.

Vor der Klammer wird der Wortlaut von B, danach der von V gegeben.

10,11 aufrichtige, wenn auch freilich nur] fehlt V
13,35 a. D.] fehlt V
15,29 heraustreten] hinaustreten
19,1 Der joviale Hotelier jedoch] Aber der joviale Hotelier
21,19 dann mit sich rasch belebender Stimme] fehlt V
21,23 nehmen] zu nehmen
21,24 nicht ich] ich nicht
22,9 Oberst] fehlt V
22,10 alte] alte Oberst

22,24 dann] fehlt V
23,11 Steinweg] Seitenweg
23,25 kreischte.] gekreischt hätte.
24,25 paar- und gruppenweis] paar- oder gruppenweis
27,6 speziellen] fehlt V
29,27 legend, mit unerschüttertem und beinah] legend, bittend und mit beinah
30,36 von Herzen] fehlt V
32,2 aber] fehlt V
32,3 da,] da, da
32,19 von einer] fehlt V
32,29 ihrer] einer
32,30 allerorten im Harz] im Harz überall
33,12 Heimweg] fehlt V
33,25 nicht, er war sonst so diskret.] nicht.
33,30 lächelnd] lächelnd und
34,5 »Sieh die Große«, sagte der ältere. »Pompöse Figur.«] »Sieh nur, pompöse Figur, die Große«, sagte der Ältere.
34,8 Mir aber.] Aber mir.
34,9 mir] fehlt V
36,14 wird] wird, was diesen Punkt angeht,
37,6 der nach Quedlinburg abdampfende Zug] der Quedlinburger Zug
39,20 glaubten] glauben
40,12 umfließenden] einfassenden
41,20 des] ihres
41,27 Ja, meine gnädigste Frau.] fehlt V
41,32 so] sehr
41,34 verfärbte] verfärbe
42,30 von der Küche her] fehlt V
42,34 worden waren, waren] worden, waren
42,38 andererseits] fehlt V
43,2 einigermaßen] fehlt V
43,6 ihm, dem Hüter ehemaliger Herrlichkeit,] ihm
43,37 traten] treten
43,38 in welchem] darin,
44,34 was das Nebensächliche, wenn auch freilich für sie das Liebste war.«] was ihr das Liebste war.«
45,8 nunmehr] nunmehr raschen und
47,8 Bild] Bildnis
47,11 nur leis] fehlt V
48,14 von Magdalenen] fehlt V
51,35 Anstrengungen] Anstrengung
52,16 gleich anfänglich] schon vorher
53,13 Neugier] Neugierde
54,24 dieses] dies

54,28 daran] an dem
56,28 spöttisch] spöttisch und beinah bitter
57,2 durchaus] wieder
60,17 doch viel] entschieden
62,26 aber] fehlt V
62,28 in der Weihnachtszeit jedesmal] fehlt V
62,30 scheinen... begegnen.] scheinen; wenigstens entsinne ich mich nicht in den Hildebrandt'schen Läden, auch nicht in der Mater in der Spandauerstraße, derartigen Hervorbringungen begegnet zu sein) also bei Degebrodt in der Leipzigerstraße das bis dahin nur ideale Pfefferkuchenhaus gelegentlich greifbar vor mir gehabt zu haben.
63,31 »Kinroßsee«.] »Im Kinroß-See.«
64,25 das] dieser Titel
64,26 es] er
64,29 Dorfschulmeistern] Dorfschulmeistern, wenigstens in unserer Braunschweiger Gegend und
64,31 Wenigstens in unsrer Braunschweiger Gegend.] fehlt V
65,3 von] fehlt V
65,11 ist] steht
65,23 doppelt] fehlt V
68,19 Nein; am] Am
69,11 beehrt] geehrt
69,24 Doktor Miquel,] fehlt V
70,8 nicht so weit;] fehlt V
70,12 an der Spitze] fehlt V
70,18 mittelmäßige] fehlt V
70,34 erweiterten] fehlt V
70,35 vielmehr] vielmehr ängstlich
70,36 ziemlich ängstlich] fehlt V
71,25 wild durcheinander] beständig
71,35 Boncoeur, der schöne Neufundländer,] Boncoeur
71,36 vom Hotel her] fehlt V
72,16 zwischen die Vorderfüße gelegt] zwischen den Vorderfüßen
72,21 ein paar] einige
72,28 aber] fehlt V
73,15 gleich] gleich, gleich
73,23 hier] fehlt V
73,25 von] vom
73,32 herangeschwebt] fehlt V
73,36 bedeutet] bedeutet uns
74,34 schmeichelhafte] fehlt V
74,35 naive] fehlt V
76,14 im selben Moment aber wahrnehmend] aber im selben Augenblicke wahrnehmend
79,9 Zeit] Zeit her

79,16 speziell] fehlt V
79,19 es diesem Askaniertum? Ich ... können.] es (ich ... können) diesem Askaniertum.
79,23 erheblichen] fehlt V
79,24 tagtäglich] fehlt V
80,19 nur allzu] fehlt V
80,25 da] fehlt V
82,30 erkennbar] fehlt V
82,33 jedoch] aber
83,26 zu wechseln.] wechseln zu wollen.
84,3 in] in der
85,22 neben der, in der Tiefe,] zu deren Füßen
85,28 nunmehr] fehlt V
85,29 ansichtig] fehlt V
85,30 mußten,] mußten, ansichtig
85,30 er] er jetzt
85,37 nichtsdestoweniger] doch
89,2 und kenne ... genau,] weshalb ich ... genau kenne,
89,12 des Emeritus zu geschweigen,] fehlt V
89,35 daneben] fehlt V
94,6 hoffentlich sagen Sie mit ihm] sagen hoffentlich mit ihm
94,16 »Das] »Es
95,3 doch] fehlt V
95,36 hart] fehlt V
97,2 überraschlicherweise] fehlt V
98,11 sofort:] im selben Momente:
98,15 Militär, siegreich auf] Militär! Und auf
98,16 (leider)] fehlt V
99,14 wir] Sie
99,36 Sprechen und] fehlt V
100,2 wurden] wurden und dazwischen die Rufe solcher
100,4 die] die, wie sich bald herausstellte,
100,11 als] im selben Augenblick, wo
100,14 schmale] schmale Holzbrücke
100,15 liegende Holzbrücke] lag und
100,27 hoch oben stehenden] fehlt V
100,32 aber] fehlt V
101,7 ihrerseits] fehlt V
101,14 auch] fehlt V
101,25 während ... in Cécile drang] und ... drang in Cécile
102,19 lachte.] lachte:
102,21 bleiben, ja] bleiben und
103,9 hin] fehlt V
104,8 sonst voll] sonst«, begegnete Gordon der Anklage, »voll
104,12 und hielt] fehlt V
104,13 beide] beide wieder

104,14 ihnen wieder gesellte.] zu ihnen gesellte.
104,30 gebrauchen] brauchen
106,2 zweifellos] fehlt V
106,27 schon] fehlt V
106,30 hingeben] freuen
107,5 werde] werd hier
107,6 hier] ganz ernsthaft
107,7 das] ein
107,16 alle] fehlt V
107,30 heute] fehlt V
107,31 ebenso] fehlt V
107,34 nun] fehlt V
109,18 Nun, nur] Aber
111,3 lüftend] lüpfend
111,24 damit] denn
113,25 und Kontrakte] fehlt V
114,14 und] fehlt V
115,24 als Überraschung] fehlt V
116,3 einen anderen Stadtteil und vor allem] fehlt V
116,28 seiner Holzriegel] mit seinen Holzriegeln
117,21 Wirklich, das war nichts Leichtes,] Das war nichts Leichtes, im Gegenteil:
117,31 wenn es gewünscht werden sollte] wenn gewünscht
118,19 aber doch] indeß
118,31 wieder] fehlt V
119,5 gab] ward
119,27 und ihnen bekannten] fehlt V
121,21 mit schneeweißem Haar saß] saß, das Scheitelhaar schneeweiß,
122,37 oder mühte sich wenigstens, auf etwas Näherliegendes einzulenken. »Ja, der Harz!« fuhr er fort. »Wir] und sagte: »Ja, der Harz! Wir
123,9 Sie] Sie hier
123,14 des] ihres
123,15 eine Art] ein
123,23 und bedauerte doch schon im selben Augenblicke] im selben Augenblicke bedauernd
126,16 ein Bangen und] fehlt V
126,18 Hören Sie.] fehlt V
126,25 sehen Sie] fehlt V
126,29 und meinem] fehlt V
127,4 recht eigentlich] fehlt V
127,33 und verstimmt] fehlt V
128,10 in] fehlt V
128,17 Potsdamer] fehlt V
128,19 sich, nachdem er den Balkon verlassen, im Gemüte seiner

Freundin vollzogen] sich im Gemüte seiner Freundin inzwischen abermals vollzogen
128,27 zu verblassen begann.] verschwand.
128,30 wurde] war
129,3 wieder zurück nach dem Tiergarten] wieder nach Hause
129,31 augenscheinlich mehr nach Verhältnissen als nach Huldigungen ausblickend.] augenscheinlich Verhältnisse statt Huldigungen erwartend.
130,5 bei diesen Begegnungen auch] dann
130,17 alte] fehlt V
130,21 langen Skriptum] Briefe
130,23 damals annehmen konnte] selbst vermutet
130,26 gleichzeitig] fehlt V
130,28 das war doch schließlich die Hauptsache, das gab den] das gab doch schließlich den
131,6 haben sollte] hätte
133,8 eigenhändig] höchst eigenhändig
134,26 hob er seine goldene Brille mit der Absicht, sie zu putzen] hob er, um sie zu putzen, seine goldene Brille
134,29 aber widerstritten diesem Versuche] waren dagegen
134,33 jener »Energie«] jener Raschheit und »Energie«
135,1 indes] aber
135,25 zu rühmen, ja, die] fehlt V
135,33 wo die Wurzel?] fehlt V
135,37 Daran gebricht es.] fehlt V
136,1 sein Verbrechen, das allein.] sein alleiniges Verbrechen.
136,2 meine Herren] fehlt V
136,8 O nein, wir gehen nicht, aber wir laufen, wir rennen und jagen] O nein, aber wir laufen, rennen, jagen
136,19 verfiel zwar dem] hatte freilich das
136,32 mit Vorbedacht] fehlt V
136,37 in eben diesem Augenblicke dem General] dem General in eben diesem Augenblicke
137,1 Dieser] fehlt V
137,2 nahm] nahm er
137,6 wirklich] wirklich engagiert oder
137,8 denn] fehlt V
137,25 lautete] lautete schon
137,28 der Schulmeister] Schulmeister
137,32 Ich meine] Also
138,5 Familien und] Familien,
138,15 nur, weil sie bloß,] bloß weil sie
138,17 überhaupt] fehlt V
138,18 Aber, was soll das dem Staat? Der verlangt andres.] fehlt V
138,22 jetzt übersehen,] fehlt V
138,23 einer mir ganz unbegreiflichen] mir ganz unbegreiflicher

138,26 allzu] fehlt V
138,28 müßten] die müßten
138,33 Da, nur da.] fehlt V
139,7 alter Familien] alter Namen und Familien
139,10 zähle] zählte
139,21 besiegte] bedinge
139,30 aber] fehlt V
140,12 berühmter] berühmterer
140,16 Cécile, was Sie freilich nicht wissen konnten, läßt sich denn auch] Cécile läßt sich denn auch, was Sie freilich nicht wissen konnten,
140,33 jedoch,] aber,
141,1 denken?] **denken**!
142,26 fast] beinah
142,36 wieder] fehlt V
143,16 Cécile, da] Cécile, das ist die partie honteuse. Da
143,17 freilich] fehlt V
143,20 wenn wir's so nennen wollen, nun] fehlt V
143,21 Rechthaberei, Dünkel] Rechthaberei, nur Dünkel
143,27 gleich danach] dann
144,31 Orte] Orte aber
144,37 junge] jüngste
147,24 handele] handelte
148,8 und] auf
150,8 damalige] fehlt V
150,18 tagaus und tagein] tagaus, tagein
155,18 blüht] blühe
156,3 Tropfen; weg damit samt der ganzen Doktorensippe.] Tropfen, samt der ganzen Doctorensippe, die nicht klüger ist!
156,14 Fingerhutkraut] Fingerhutkraut und am wenigsten mit den fünf Tropfen da.
156,21 ängstlicher] ängstlichster
158,15 sie krank] sie so krank
158,20 schließlich doch] fehlt V
158,21 oder gar schweigen zu heißen] fehlt V
159,18 und daß alles nichts gewesen sei] und alles nichts sei
160,28 Ihnen] Ihnen am besten
162,1 doch] wenigstens
166,28 ersichtlich] fehlt V
177,1 von] fehlt V
177,15 und], ist

Theodor Fontane

Sämtliche Romane,
Erzählungen, Gedichte,
Nachgelassenes

Band 1: Vor dem Sturm. Erster Band
Band 2: Vor dem Sturm. Zweiter Band
Band 3: Vor dem Sturm. Dritter Band
Band 4: Vor dem Sturm. Vierter Band
Band 5: Grete Minde
Band 6: Ellernklipp
Band 7: L'Adultera
Band 8: Schach von Wuthenow
Band 9: Graf Petöfy
Band 10: Unterm Birnbaum
Band 11: Cécile
Band 12: Irrungen, Wirrungen
Band 13: Stine
Band 14: Quitt
Band 15: Unwiederbringlich
Band 16: Frau Jenny Treibel
Band 17: Effi Briest
Band 18: Die Poggenpuhls
Band 19: Der Stechlin
Band 20: Mathilde Möhring
Band 21: Von, vor und nach der Reise
Band 22: Balladen, Lieder, Sprüche
Band 23: Bekenntnisse, Lebensweisheiten
Gelegenheitsgedichte
Band 24: Frühe Gedichte, Versuche und
Fragmente

Theodor Fontane

Wanderungen durch die Mark Brandenburg

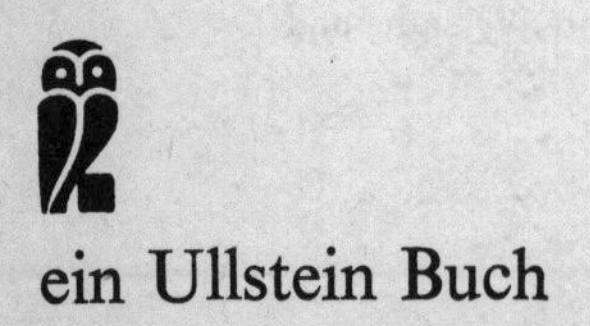

Wanderungen I
Die Grafschaft Ruppin
Ullstein Buch 4501

Wanderungen II
Das Oderland
Ullstein Buch 4502

Wanderungen III
Havelland
Ullstein Buch 4503

Wanderungen IV
Spreeland
Ullstein Buch 4504

Wanderungen V
Fünf Schlösser
Ullstein Buch 4505

Band I bis V in Kassette
Ullstein Buch 4506

Theodor Fontane

Reisebriefe vom Kriegsschauplatz Böhmen 1866

Ullstein Buch 4600

ein Ullstein Buch

Für alle Liebhaber Fontanes und für die Spezialisten der Fontane-Forschung war die Wiederentdeckung des Werkes ein Ereignis. Wie in den »Wanderungen durch die Mark Brandenburg« ist die Beschreibung des Landes, seiner Bewohner und ihrer Lebensgewohnheiten von Liebe zum Detail und zum Anekdotischen getragen. Die Ausgabe wird eingeleitet und kommentiert.

Helmuth Nürnberger

Der frühe Fontane

Politik — Poesie — Geschichte
1840—1860

Ullstein Buch 4601

Eine ebenso sorgfältige wie aufschlußreiche Darstellung der in ihren Folgen und Wirkungen so wichtigen »Lehr- und Wanderjahre« Fontanes.
»Es gab bisher nur Arbeiten zu einzelnen Aspekten der frühen Entwicklung Fontanes, keine umfassende Monographie für die Zeit bis etwa 1860. Hier ist sie — mit eindrucksvollem Reichtum des Materials und akribistischer Gründlichkeit.« Germanistik

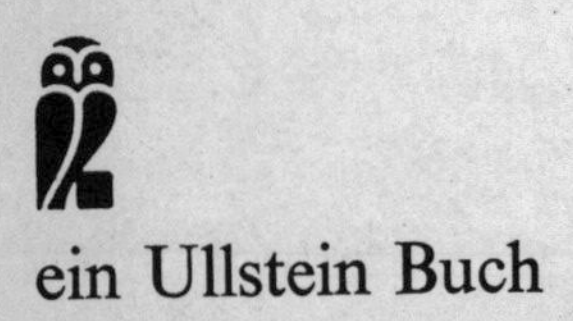

ein Ullstein Buch

Mete Fontane

Briefe an die Eltern 1880 bis 1882

Herausgegeben von
Edgar R. Rosen

Ullstein Buch 4602

ein Ullstein Buch

»Marthas Briefe und Karten sind vorzüglich; sie hat ein ganz entschiedenes schriftstellerisches Talent, beobachtet scharf, ist geistvoll und hat für alles einen natürlichen Ausdruck.« Theodor Fontane in einem Brief vom 22. Juni 1883 an seine Frau.
Die Briefe zeigen sehr deutlich die Beziehungslosigkeit Metes zur eigenen Generation und lassen die starke emotionale Bindung an den Vater spürbar werden.

Ullstein Theater Texte

Gerhart Hauptmann

Der Biberpelz
Fuhrmann Henschel
Die Ratten
Rose Bernd
Vor Sonnenaufgang
Vor Sonnenuntergang
Der rote Hahn

Ullstein Buch 4975—4981

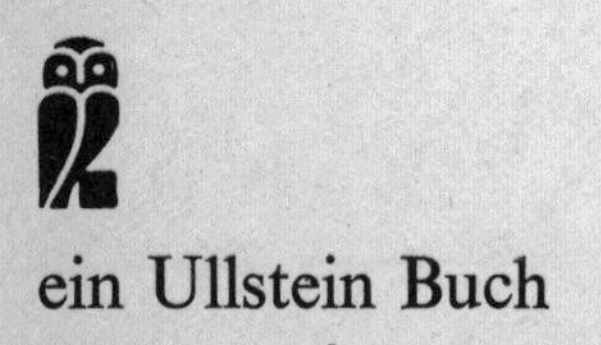

»Gerhart Hauptmanns Werk gehört als gesamte Erscheinung für das heutige Deutschland durchaus zur gegenwärtigen, im vollen Sinne lebendigen, also immer noch modernen und gleichzeitig zu seiner klassischen Literatur, deren Rang in der Geschichte und Ästhetik unverrückbar feststeht.«
Carl Zuckmayer

Oscar Wilde

Werke

Band 1
Ullstein Buch 3210

Band 2
Ullstein Buch 3211

Band 1 und 2 in Kassette
Ullstein Buch 3231

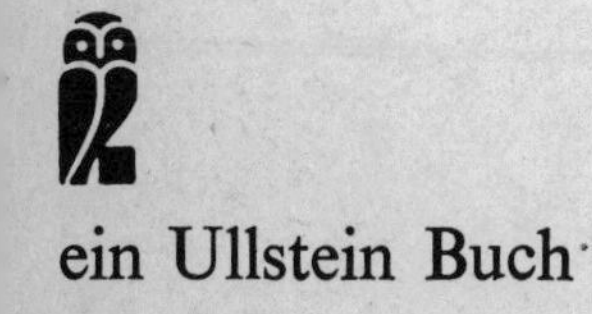

Inhalt Band 1:
Gedichte in Prosa — Märchen — »Das Bildnis des Dorian Gray« — »Das Gespenst von Canterbury« — »Die Sphinx ohne Geheimnis« — Versuche und Aphorismen (sechs Essays) — »Maximen zur Belehrung der Über-Gebildeten«.

Inhalt Band 2:
Theaterstücke: »Bunbury«, »Lady Windermeres Fächer«, »Eine Frau ohne Bedeutung«, »Ein idealer Gatte«, »Die heilige Hure«, »Salome« — Briefe — »Die Ballade vom Zuchthaus zu Reading« — Essay von Rainer Gruenter: »Versuch über Oscar Wilde«.

Walter Jens

Herr Meister

Dialog über einen Roman

Ullstein Buch 3028

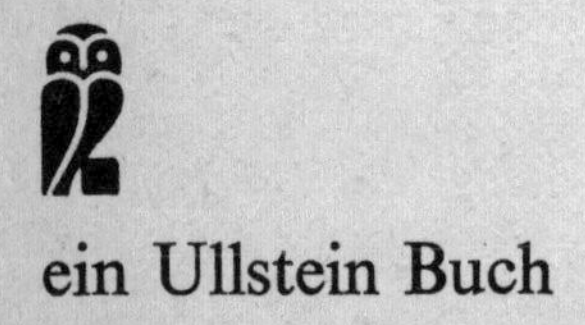

Walter Jens hat in einer nuancierten und an großen Vorbildern geschulten Prosa phantasievolle Gestaltung und wissenschaftliche Analysen kunstvoll verbunden.
»Dialog über einen Roman« heißt hier spannende Erzählung und weitausholendes Kolleg in einem.

Eyvind Johnson

Wolken über Metapont

Ullstein Buch 3124

ein Ullstein Buch

Der große und packende Roman des 1974 mit dem Nobelpreis für Literatur ausgezeichneten schwedischen Dichters erzählt die Geschichte des Schweden Klemens Decorbie, der die flüchtige Begegnung mit der schönen Claire nicht vergessen kann: noch immer hofft er, die Französin wiederzufinden. Aber er sucht nicht nur das Mädchen. Seine Reise in den Süden Italiens führt zu einem Tempel in Metapont, der ihm seit den Erzählungen eines Mitgefangenen im Kriege Ruhe und Frieden bedeutet, so wie Claire Liebe und Glück für ihn verkörpert.

»Indem Johnson das Zarte und Rohe in Sprache zu bannen, ja das Keusche im Obszönen und umgekehrt zu gestalten versteht, fesselt er immer wieder.«

DIE ZEIT

Hannah Arendt

Rahel Varnhagen

Lebensgeschichte
einer deutschen Jüdin
aus der Romantik

Ullstein Buch 3091

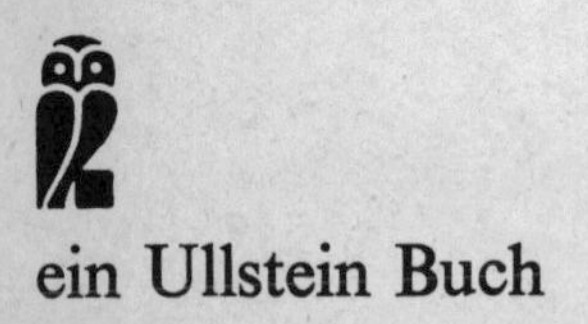

Hier ist eine große »innere Biographie« entstanden, eine genau dokumentierte und zugleich romanhaft spannende Darstellung eines romantischen Frauenschicksals.
»Es hat lange kein Buch gegeben, in dem leidenschaftlichster Anteil am Thema zu solcher Objektivität gebändigt ist. 1933 ›schon mit dem Bewußtsein des Untergangs des deutschen Judentums geschrieben‹, legt es Gesetzlichkeiten bloß, die nicht nur Rahel betreffen.«
Frankfurter Allgemeine Zeitung